ダッシュエックス文庫

JN178269

ユリシーズ
ジャンヌ・ダルクと錬金の騎士 I

春日みかげ

人　物　相　関　図

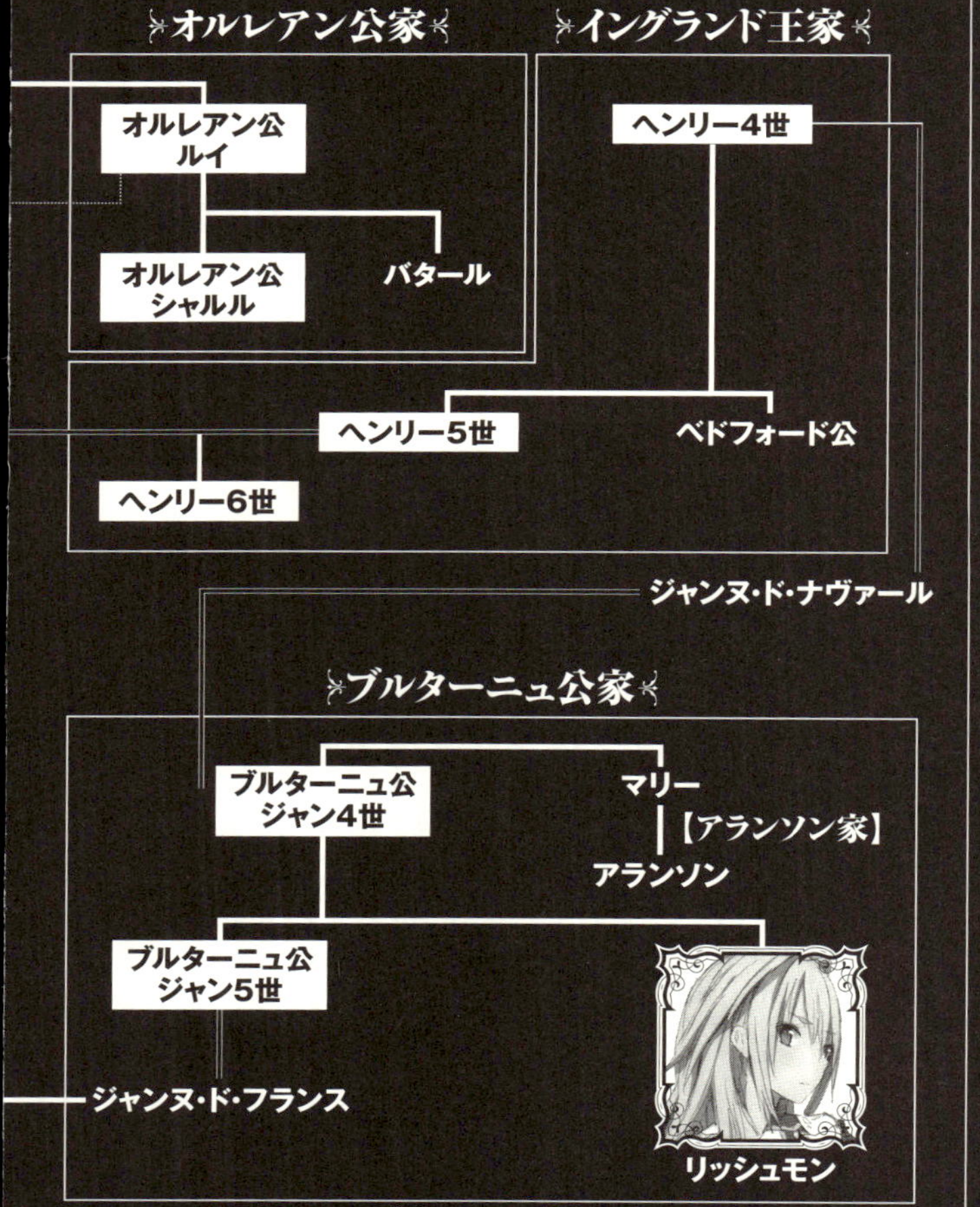

オルレアン公家
イングランド王家
オルレアン公
ルイ
ヘンリー4世
オルレアン公
シャルル
バタール
ヘンリー5世
ベドフォード公
ヘンリー6世
ジャンヌ・ド・ナヴァール
ブルターニュ公家
ブルターニュ公
ジャン4世
マリー
【アランソン家】
アランソン
ブルターニュ公
ジャン5世
ジャンヌ・ド・フランス
リッシュモン

ブルゴーニュ公家
フランス王家
ブルゴーニュ公
フィリップ豪胆公
ブルゴーニュ公
ジャン無怖公
賢王シャルル5世
シャルル6世
イザボー
兄
兄
キャサリン
フィリップ善良公女
シャルロット姫太子
村 娘
妖 精
錬金術師
ジャンヌ
アスタロト
モンモランシ
ガスコーニュ傭兵
ザントライユ
ラ・イル

ジャンヌが登場した時期のヨーロッパ地図

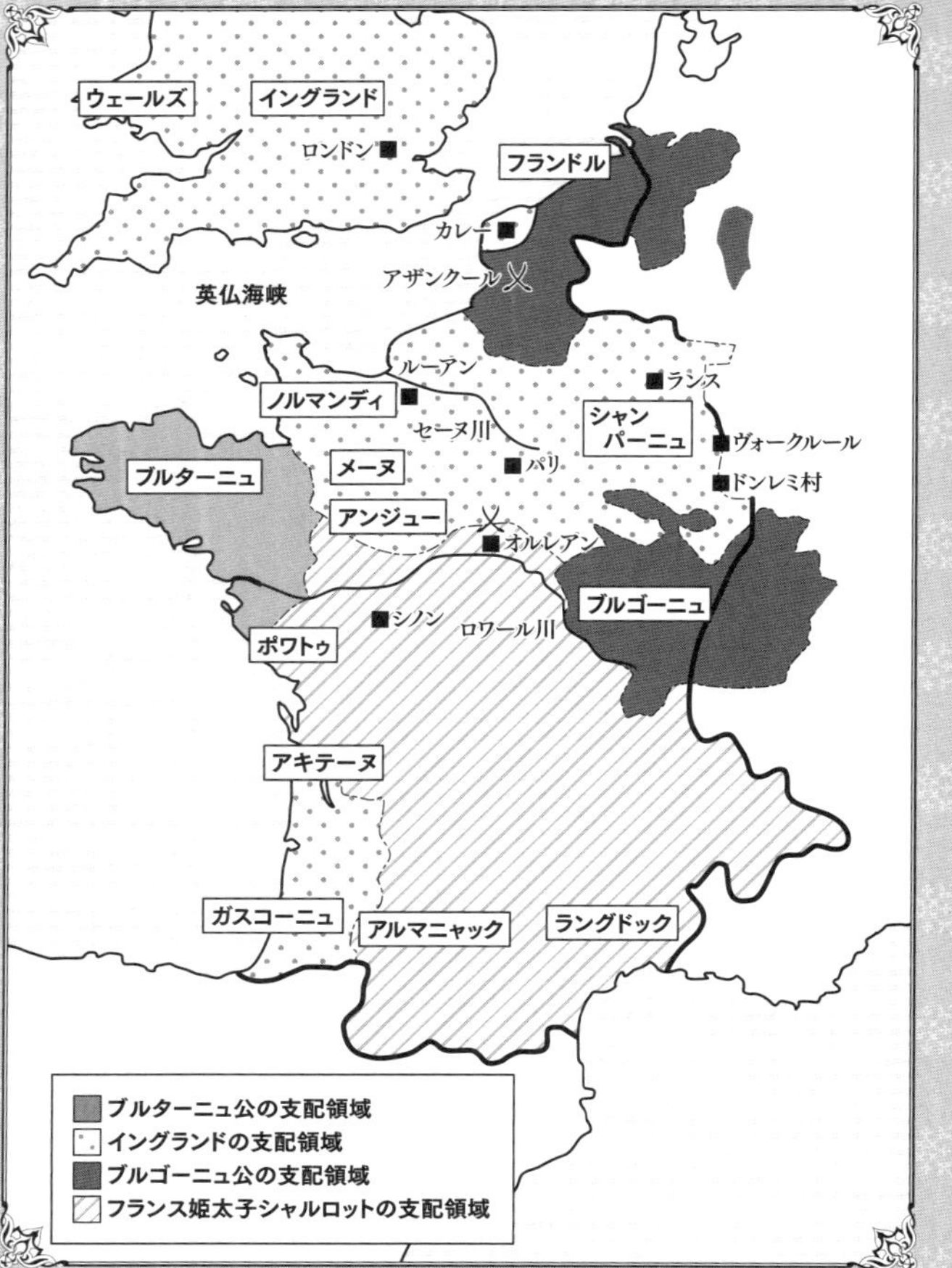

【「アンガルタ、キガルシェ」第一歌　キエンギ】

キエンギの天空と大地と大海を統《す》べる「大いなる神々の種族」アヌンナは、わたしたちの世代が最後となるだろう。

いまや「神々の会議」アヌンナキに集まるアヌンナの総数は、わずか百柱《はしら》強にすぎない。

豊穣の地キエンギはかつて、地上の楽園として栄えていた。大河の畔《ほとり》に発展した五大都市を中心とするキエンギの神殿都市群は、時に戦い、時に連携しながら、共存しあって繁栄を謳歌《おうか》してきた。

おぞましい疫病と激しい干魃《かんばつ》がキエンギを襲った時代にも、われわれは偉大なる「石《メ》」のもたらす超越的な「力」によって、世界に調和をもたらし、絶望的な破局を乗り越えてきたのだ。

しかしいまや、目に見えない第三の破局がキエンギを覆《おお》い尽くしていた。

会議場「ウブシュウキンナ」へと向かう途上、天船《あまふね》「マアンナ」の艦橋に立ちながら、わたしは変わりつつあるキエンギの大地を遙《はる》かなる上空から見下ろしていた。

森が後退しはじめていた。海岸線も、後退していた。

あれほどの生命力を放っていた無数の植物も動物も、その身体を次第に縮ませつつあった。

植物や動物だけではない。キエンギの都市文明を運営維持している知的生物、つまり神々の肉体にも、変化が訪れていた。世代を経《へ》るごとに小さくなりつつあるのだ。われわれは、これら生物すべての身体を縮めつつある原因となっている見えない力を「重力」と呼んでいた。

大地と海底の奥底から、さらには天空に浮かぶあの「月」から、あるいはそれらのどれでもないいずこからか、この未知の力である「重力」が漏《も》れ出してキエンギの生物すべてに打撃を与えているのだという。あらゆる生命、あらゆる物質は、「重力」から逃れられない。身体が大きければ大きいほど、体重が重ければ重いほど、重力から受ける影響もまた強くなる。そのため、生物はその身体を縮めて体重を軽くしなければならなくなったのだという。

重力は遥か以前の時代から、天と地からかすかに漏れていた力だった。その頃は決して生物にとって害ではなく、むしろ恵みの「力」だった。だが、明らかにこの数万年の間に、その重力がおそるべき勢いで増幅しているのだという。

生物の小型化現象によって、いくつもの問題が生じていた。

われわれアヌンナとて「神」を名乗ってはいるが、その起源はキエンギに生まれた生物の一種族に他ならない。そしてわたしたちアヌンナは、重力の影響をもっとも受けている生物だった。

世代が進むごとに、身体が縮んでいく。身体が縮めば強い重力下でも自重《じじゅう》に押し潰《つぶ》されることなく活動できるが、小さくなれば体内に蓄積できる生命力とも言うべきものの総量も減るのだから、寿命もまた縮むのだ。

わたしたちの世代のアヌンナは、その体長が六から十キューピッド。いくらかは小型化してしまったが、それでもほぼ、旧世代の質量を保っている。理論的には寿命も短縮されないはずである。しかしその寿命は、二万年から三万年程度にまで縮んでいる。かつてはもっと長寿だったはずなのだ。

なによりも最悪なことに、アヌンナはその巨大な身体と生命力を保持することと引き替えに、生殖能力を喪失していた。

現存するアヌンナの中でもっとも若い男神《おがみ》だったエンリルとエンキが、その生物としての本能である性欲と生殖能力をともに失った時から、アヌンナは「次世代」を生みだすことができなくなったのだ。

そして「アヌンナ最終世代」であるこのわたしに至っては、生まれつき、生殖能力がない。わたしは「血を流さない女」なのだ。性欲もなければ、男性に恋をしたこともない――。

かつて単一の種族だった「大いなる神々」アヌンナの一族は、今や、重力の影響で三種類の異なる種族に枝分かれしている。

本来のアヌンナの形態と能力を継いでいる者は、約百柱。キエンギの各都市を統べる神々の議会アヌンナキへの出席権を持つ者たちだ。ずいぶんと減ってしまっている。その上、次世代を産めない。現世代のわたしたちの寿命が尽きれば、純粋なアヌンナはキエンギから絶滅する。

大幅に身体を小型化して、高重力の大地に適応した種族もいる。それらがイギギ。キエンギの諸都市の市民階級を構成している「小さき神々」だ。イギギたちの体長はわずか三から四キユービッドほどで、たいていはわたしたちアヌンナの腰までも背が届かない。それだけ寿命も短いし、力も弱い。背中の翼も失っていて、空を自力で飛ぶことができない。知能の点でも、他の生物よりははるかに高いし言語能力も自我も持っているが、アヌンナには劣る。身体を小型化する際に脳の容積までが縮んだためだろう。寿命も約千年しかない。しかも、イギギは世代を経るごとになおも急激な速度で身体を縮めているのだ。

ただし、イギギの個体数は多い。繁殖力もある。次世代を作ることはできる。もっとも、ごく一部の例外を除いて、「単性生殖」が主なイギギの繁殖手段だった。これほど身体を小型化して高重力環境に適応していながら、複雑で高度で大量の生命力を消耗する有性生殖能力を、イギギは維持できなかったのだ。彼らは、いや、彼女らは、雌《めす》だけで繁殖する。卵を産み自分自身を複製したり、あるいは直接分裂して増えたりする。かつてアヌンナが行っていた「夫婦の営み」のようなものはあるが、それも雌同士での疑似交尾である。雌雄《しゆう》が互いの「卵」と「種」を掛け合わせるという、真の意味での交配はない。番《つがい》の片割れの姿が雄《おす》のように変化することはあるが、それも疑似生殖活動を可能とするための「変成男子」ともいうべき変化であって、本来が雌であることに変わりはない。イギギの生殖とはつまり自己増殖であり自己複製であって、二つの個体の「卵」と「種」を混ぜ合わせた「新しい個体」は生みだせないのだ。

それでもかろうじて生殖できるとはいえ、翼を持たないイギギには都市を支配する権利はなく、都市を支配するそれぞれのアヌンナに従属しながらその集団性・多産性を生かしてそれぞれのコロニーを形成している。イギギは「和」を重んじる種族で、概《がい》して労働意欲に欠ける個体が多く、闘争心や上昇志向に乏《とぼ》しいのだ。

そして、イギギよりもさらに身体を小型化させることで有性生殖能力を保持している「第三の種族」が、労働階級に属する「人間」なのだった。体長は一キュービッドから一スパンしかなく、小さい個体はわたしの手のひらに乗せられる程度の小ささだ。イギギ同様に、翼は持たない。二本の足で地を駆ける種族だ。ただ、知能は高い。イギギよりも脳が小さな分だけ愚かであるということはなく、むしろ頭の回転も速い。アヌンナに匹敵する知性の持ち主だった。イギギが平和的で牧歌的な性格なのに対して、人間は好戦的で冒険を好むという違いもある。ただし人間はあまりにも身体が小さく脆弱《ぜいじゃく》なために寿命は約百年と極端に短いし、他の多くの生物と同様、有性生殖活動にほとんどの生命力を使ってしまう。

「まもなく港へ到着いたします。わが女神」

わたしに忠実に仕える小柄な人間族の少年ドゥムジが、声をあげた。透き通るような白く細い、綺麗な指を持った少年だった。天船マアンナをその小さな身体で自在に操縦しているわたしの従者ドゥムジは、人間の中でもとびきり有能な少年だった。とても小さくて、黒く美しい髪を持つ、従順な従者。

「わが女神イナンナ。アヌンナたちの多くは保守的です。もしも今日、あなたの目的がかなわなければ？」

「その時は、かねてからの計画を強行するのみよ。わたしたちの手でキエンギの生命を未来へと繋げなければならないわ。たとえ、反逆者に身を落とそうとも……あなたには試練ばかり与えているわね、ドゥムジ。これほどの苦難をあなたに与えていいのかしら。わたしはまだ、迷っているの」

「そう言っていただけるだけで光栄です。わたくしはどこまでもお供します。明星《みようじよう》と愛と戦争の女神。お優しいイナンナさま。あなたの慈愛に、わたくしは応《こた》えるだけです」

　ドゥムジが、慈愛に満ちた笑顔を浮かべた。しかしわたしは、ドゥムジがわたしに捧げてくれる好意に応えるすべを知らない。わたしの心には、愛などないからだ。愛の女神という称号は母から継いだもの。生まれながらに生殖機能も恋愛感情も持たなかったわたしは、あらゆる感情のうち、ただ愛というものだけを知らない。これからも、知ることはできないだろう。アヌンナはやはり、滅び去る運命の種族なのだ。しかし、たとえ愛という感情を知らなくても「愛しているかのように振る舞い、生きぎれば」それは愛を知っていることと同じよ、そのはずだわ、とわたしは思い直した。

I　アスタロト

「この王立騎士《シュヴァリエ》養成学校の教育方針、設立目的についてはもう話したかな？」

十五世紀初頭、フランス王国の王都パリ。

宮廷の一角に、緑に包まれた建物があった。

一部例外もあるが、基本的には貴族の第二子・第三子や庶子など、将来「家」を継ぐ予定のない少年少女たちが送り込まれてくる「騎士養成学校」だ。

半年ほど前に母を失ったばかりの少年モンモランシは、実家の書斎から引っぱりだしてきた魔道書《グリモワール》を開きながら、窓の外に広がる青空を眺めていた。

とても貴族の御曹司《おんぞうし》とは思えない、雑に伸ばしっぱなしの黒髪。モンモランシは身なりに気を配らない。

隣の席に座っている優等生の姫騎士《シュヴァリエール》候補生リッシュモンが「モンモランシ。きみは授業中に、いつもぼんやりしているな。ダメだぞ」と小声で囁《ささや》いてきた。

金色の髪と青い瞳、整った顔立ち、すらりと長い足。異教の女神のように美しいとパリ中の人々から憧《あこが》れられているリッシュモンは成績優秀で武芸にも秀《ひい》で、きゃしゃな身体の少女でありながらパリ市内で開催された「騎士トーナメント《トゥルノワ》十代前半の部」では無敗を誇り、学内外の女子たちから崇拝されている。

騎士養成学校が誇る「三姫騎士候補」の筆頭にしてその実力は頂点。

しかもその血筋と家柄はフランス王家ヴァロワ家に比肩《ひけん》する、あるいは凌駕《りょうが》するほどで、兄はモンモランシの主君筋であるブルターニュ公。

ブルターニュ公国はフランスの領邦国だが、ヨーロッパの古い先住民族であり、ブリテン島から渡ってきたブルトン人が建てた国で、海を隔《へだ》てたブリテン島のイングランドとの関係が深い半独立国である。フランス王国軍は、ブルターニュ公国が誇る精強なブルトン人軍団がいなければ立ちゆかない。

その上、リッシュモンの実母は夫の死後、先代のイングランド王と再婚している。

つまりリッシュモンは、現在のイングランド王の義理の妹でもあった。

また、リッシュモンはフランス王室における最強の実力者・ブルゴーニュ公にも幼い頃からその才能を買われ、騎士道を学ぶためにブルゴーニュ宮廷に留学した経験もある。

彼女はいわば、フランス・イングランド・ブルターニュ・ブルゴーニュの四大実力者からその血筋と才能を保証された、エリート候補生中のエリート候補生だった。

一方のモンモランシは、見た目の通り、外見にいっさい気を配らない上に授業もろくに聞かない冴《さ》えない少年だった。

だがリッシュモンとモンモランシは、物心ついた頃からの幼なじみなのだ。二人ともまだ子供と言える年齢だが、利発なリッシュモンは年齢よりもずっと大人びていて、モンモランシを弟分扱いしている。

「きみは本当にしょうがないなモンモランシ。いつも言っているだろう？　グリモワールや錬金術書を教室に持ち込んではいけないぞ。異端の嫌疑をかけられてしまう」

「別に異端宣告されてもいいぜリッシュモン。俺はさ、死んだ生命をよみがえらせる方法を探しているんだ」

「いくら魔術《マジー》や錬金術《アルシミー》を研鑽《けんさん》しても、死んだ者は生き返らないのだぞ？」

「ジェズユ・クリ《イエス・キリスト》は死人を再生させたし、自分自身も十字架にかけられて殺されたあとに復活したぜ」

「じぇ、ジェズユ・クリは特別だ。神の子なのだから」

「神の子か、悪魔の子でもなければ、命を操ることはできないのかなあ」

「モンモランシ？　その……亡くなられたお母さんのことを、まだ気にしているのか？」

「妹が、病気なんだ。けっこう重い」

「カトリーヌが？」

「ジャンヌだ。あいつも、俺の『妹』だからさ」

「そうか……私も、あの子の病《やまい》が癒《い》えるように、祈ろう。快癒《かいゆ》すれば、いいな」

老いたブリエンヌ先生が、話を続ける。

「フランスは前世紀から、隣国イングランドの侵略を受けておる。両国はわしが産まれた年から戦っておるから、もう八十年近くになるかのう。イングランド王家はフランス王家と血縁関係にあるので、イングランド王はフランスの王位を継承する権利があるというのじゃな。ほとんど言いがかりのようなものじゃが、イングランド軍は戦《いくさ》にめっぽう強い。残念ながらフランスはこの戦争では負けっぱなしじゃ。エドワード黒太子《ブラック・プリンス》っちゅうのがそりゃあもう強くてのう。戦場ではまさに人間離れしておったよ。フランスがイングランド王家の王位継承権を否定すべく大昔の『サリカ法典』を引っ張り出して、ゲルマン人の伝統を継承するフランス王室では女系継承は認めぬ、イングランド王家は女系だから権利がないと主張すれば、あちらはあちらでさらに格上の『サガラ法典』を持ち出してきてゲルマン人であろうがラテン人であろうがヨーロッパにおける王位の女系継承は永遠不滅の権利であると対抗する。かくしてフランスの滅亡が決定的となった時、伝説の騎士ベルトラン・デュ・ゲクラン元帥《げんすい》が奇跡的に勝利を重ねて奪われた土地を奪回したものの、そのデュ・ゲクラン元帥が急な病で亡くなられてからはまたもフランス軍は負け続けじゃ」

しかしな。パリ大学の付属校にあたるこの騎士養成学校は、そのデュ・ゲクラン元帥が創設された栄《は》えある学校なのじゃ、とブリエンヌ先生は胸を張った。

すぐに「腰が痛い」と咳《せ》き込んだが。

「げほげほげほ。デュ・ゲクラン元帥は言い残された。この仏英戦争は百年続く。いずれ『百年戦争』と歴史家に命名されることになるだろう。同じキリスト教国家同士が王権を巡って血を流し戦い土地を荒らすこの戦は、フランスの民にとってもイングランドの民にとっても不幸である。自分なきあとはわが資産を用いてパリに騎士養成学校を設置し、派閥門閥《はばつもんばつ》血統性別に関係なく才能ある少年少女を集め、古代ギリシャの英雄オデュッセウスのごとき才覚に溢《あふ》れた騎士を育成せよ、新しい若者の力でこの戦争を終わらせよ、とな。きみたちはみな、偉大なりしデュ・ゲクラン元帥の弟子であるぞ！　誇りに思うがよいぞ、むふーん！」

　ここで変わり者のモンモランシがすかさず、

「先生？　騎士になるには、貴族じゃないとダメなのか？　平民は騎士になれないのか？」

　と厄介なことを言いだしたので、ブリエンヌ先生は困惑してしまった。

「そ、そのような難しいことを言われてものう。昔から、騎士になれる者は貴族だけと決まっておるのじゃ」

「誰が決めたんだ？　貴族だろうが平民だろうがフランス人に違いはないだろう？　べつに平民が騎士になって戦ってもいいんじゃないか？　黒死病と負け戦続きで男貴族の頭数が足りなくなったから、姫騎士が流行《はや》ってるんだろう？　女の子に戦わせるくらいなら、町人や農民から騎士を抜擢したって構わないだろう」

「だ、だろうだろうを連発されても、わ、わからぬのう～。わしゃまだ八十年しか生きておらぬのでの、それ以前のことははっきりとは知らぬのぢゃ。まったく、お前は騎士養成学校の根幹を揺るがすようなことを平気で口にするのう。型破りというか破天荒《はてんこう》というか。そのくせ、成績は歴代最低。変わったやつぢゃ」

「親父とジジイには言わないでくれよ、先生。俺の成績が歴代最低だということはさ」

モンモランシは長男だが、錬金術や魔術にばかり没頭して武術を学ばないので祖父に叱《しか》りつけられ、「絞られてこい」と強制的にこの学校に放り込まれたクチだ。授業中にじっとしているのが苦手らしく、ブリエンヌ先生との会話中の今も、実家の書斎で古書を引っぱりだしている時に偶然見つけた小さくて古い宝物「石の卵」を手のひらの上に載《の》せてもてあそんでいる。

「これモンモランシよ。なんじゃね、その妙な石っころは？」

「気になって仕方がないんだ。なんだと思う、先生？」

「わしは知らーん！」

そんなモンモランシの腕を「こら。授業中なのだから先生を困らせてはダメだぞ」とつつきながらリッシュモンが、

「先生。私は女の子ですが、世界最高の騎士になれるようにがんばります。男子に比べて体力的に劣る部分は、技術と努力と頭脳とで補います！　デュ・ゲクランさまはわが祖国ブルターニュ公国が生んだ偉大なる騎士。私にとっても誇るべき英雄なんです」

と自信に溢れた瞳を輝かせた。

ブリエンヌ先生も「リッシュモンは模範生じゃのう。さすが無敵無敗の騎士候補生にして成績一番の特待生じゃ。完璧すぎて同級生たちが近づきがたい雰囲気が玉に瑕《きず》じゃが、それも優秀すぎる者故《ゆえ》の悩みじゃろうて。ふぉっふぉっふぉっ」とご満悦。

「リッシュモンって、近づきがたいのか？　そうだったたか？」

「……私には自覚がないが、そうかもしれない。女の子たちから遠巻きにされて騒がれること

は多いのだが」

「まあ、一見冷静そうに見えて実は激情家。いったん怒りだしたら手が付けられないことは知っているけどさ。でもそんなリッシュモンのおそるべき暗黒面を知っている生徒は少ないはずだぜ？」

「暗黒面とはなんだ、私を魔王かなにかの眷属《けんぞく》みたいに言うなモンモランシ！　しかしきみとは幼なじみだから一緒にいるのが当然になっているが、冷静に考えたら私がモンモランシと教室で毎日相席しているのはあらゆる意味で釣り合わないかもしれないな……私を遠目で見ている女の子たちは、きっときみを妬《ねた》みそねみ恨んでいるだろうな」

「こらこらこら～っ！　ちょっとばかり最強で成績優秀で高貴な血筋で美人な顔立ちに生まれてきたからって、落ちこぼれの俺を哀れむような目線で語るのはやめろっ！」

「おや。そういうつもりではないのだが、すまない。私はどうも、自然に振る舞っているつもりでも周囲からは尊大な女の子だと思われるらしい」

「ま、しょうがねーか。俺みたいな三流貴族とは育ちが違うからな」

この教室には二人、問題児がいる。

一人は、この学校はじまって以来の最低成績を更新し続けているモンモランシ。

もう一人は、成績はリッシュモンに匹敵するくらい優秀だが、態度に難ありの女の子だった。

「シャルは、デュ・ゲクランって苦手～。肖像画を見てもぉ、美男子とは言いがたいよね。エドワード黒太子の宿命のライバルにしてには、見た目がいまいちじゃない？」

騎士養成学校が誇る「三姫騎士候補」の一人と言われながらいまいちやる気がなく、基本的に和を乱す発言がデフォルトのシャルロットだ。

相変わらず、間延びした舌足らずな声でリッシュモンをむっとさせる。

「失礼だぞ、シャルロット。わがブルターニュの英雄デュ・ゲクランさまを豚みたいな顔とはなんだ。そもそも騎士の値打ちは顔ではない。魂の高貴さだ」

「ちょっとリッシュモン？　誰も、豚みたいだなんて言ってないじゃん！」

「おや、そうだったか？」

「シャルはね、男の騎士そのものが嫌いなの。男の騎士にうかつに忠誠を誓われたりしたら、たいへんだよ。フンフンと鼻を鳴らされながら迫られたりしたら困っちゃうじゃん。シャルは、忠誠を誓われるならかわいい姫騎士のほうがいいな～」

シャルロットは、このフランスでもっとも尊い血筋と家柄と身分を持つフランス王シャルル六世の娘だ。

趣味は、贅沢《ぜいたく》すること。お菓子を食べること。ぬいぐるみを集めること。

フランス王室は、イングランド王家との継承権戦争のために「女系継承権」を有効にしたり無効にしたりと騒がしかったが、現在は女系継承が認められている。だがシャルロットには兄が二人もいるので王位継承権はないに等しく、「貴族の子弟であればみな差別も区別もなく平等に育成する」という騎士養成学校の方針に従ってリッシュモンやモンモランシと一緒に学校に通っていた。

ブリエンヌ先生も、シャルロットが王家の姫だからといって特別扱いはしない。しかしシャルロットは「自分のことは自分でやらない」というお姫さま癖《へき》をこじらせているので、バタールと呼んでいる従弟《いとこ》を連れて身の回りの世話を全部やらせている。

「ひいい。リッシュモンをあまり挑発して怒らせちゃダメですよお。リッシュモンは生真面目《きまじめ》なぶん、いちど怒らせたら頑固なんですよう。一晩寝れば全部忘れるシャルロットさまとは違うんですよう〜」

バタールはフランス王家の分家「オルレアン公家」の男子だが、嫡子《ちゃくし》ではなく庶子。つまり父親が愛人と浮気してできた子だ。それ故、バタールは幼い頃からいろいろと苦労してきたのだが、彼にとって最大の悩みの種は自分の出自や、生前ほとんど面識がなかった父・先代オルレアン公ルイが政敵ブルゴーニュ公に暗殺されてしまったことではなく、自分を下僕としてこき使う従姉《いとこ》シャルロットのわがままな暴君ぶりだった。

なにしろ——。

「バタール。どうしてあんたまで男騎士に肩入れするわけ〜？　もしかしてあんた、女装をやめたいと言いだすつもり〜？」

「やめたいですう！」

「だーめ！　シャルは男騎士が嫌いなのっ。シャルってほら、色白の美少女じゃん。さすがはフランス王家のお姫さまって感じじゃん。ヨーロッパ一淫乱と呼ばれている母上の娘だけあって、子供ながらにオンナの色香《いろか》に満ちてるじゃん。男をみだりに近づけて、迫られたら困るじゃん。だから従者のあんたはずっと、女装！」

「ふえええ。なに言ってるんですかあ。ボクはシャルロットさまの従者ではなく従弟ですよう！　だいたいボクは女の子が怖いんです、怖くて怖くて仕方ないんですっ、ほとんど全部ボクに対して横暴の限りを尽くすシャルロットさまのせいですが！　そんなボクに限って、まさか女の子に迫ったりしませんっ」

「今はあんたまだ子供だからそんなこと言ってるけど、あと何年かすれば一人前の男になって盛りがついた犬みたいになってシャルの身体を狙いはじめるに決まってるじゃん。だから今のうちに身も心も女の子にしちゃうように調教してるんじゃん」

「なんでそんなに男性不信なんですかあ〜。シャルロットさまはまだお子さまですよう？」

「王家の姫ってたいへんなんだから。シャルは、物心ついた頃から男どもに妙な目で見られてきたのよ。母上が男好きで浮気ばかりしているから、シャルもいずれ母上みたいな淫乱な女になるってみんな決めつけてるでしょ。あいつら、嫌らしい視線でシャルの身体を舐《な》めるように見つめてくるんだから……！　だからあ、男は嫌いなのっ」

シャルロットの母は、ドイツからフランス王家に嫁いできた絶世の美女、王妃イザボー・ド・バヴィエール。

シャルロットの父・フランス王シャルル六世は、ある事件がきっかけで不幸にも精神の病に冒《おか》され、満足に宮廷に出ることもできなくなった。

王の発病によってもたらされた王家の弱体化を防ぐためか、あるいは「淫乱」とパリ市民たちから蔑《さげす》まれていた恋愛好きな性格のためか、王妃イザボーは夫シャルル六世の実弟・オルレアン公ルイとの不義の恋に走った。

このオルレアン公ルイが、バタールの父親だ。

実の兄である王の后《きさき》と不義の関係を結んだだけでなく、身分の低い愛人にも手をつけて庶子バタールをちゃっかりもうけているあたり、オルレアン公ルイも恋多き男だったらしい。

王妃イザボーの愛人となってフランス宮廷の権力を掌握《しょうあく》したオルレアン公ルイは、しかし、もう一人の王族——政敵ブルゴーニュ公ジャンによって暗殺された。

国王が政治に参加できないという異常事態に陥《おちい》っていたフランス宮廷は、王弟オルレアン公ルイが率いる「オルレアン派」こと「アルマニャック派」と、貿易都市フランドルを支配してフランス最強の実力を蓄えた王族ブルゴーニュ公ジャンが率いる「ブルゴーニュ派」とに二分されていた。

王妃イザボーの愛人になることで権力を独占しようとしたオルレアン公ルイが消され、怖いもの知らずのブルゴーニュ公ジャンが権力を奪った。彼は自ら十字軍に参加してオスマン帝国の人質になった経験もある猛将で、「無怖公《むふこう》」という通り名を持っている男だ。政敵を暗殺することに、なんのためらいもなかった。

そして今、驚くべきことにオルレアン公ルイを失った王妃イザボーは、そのオルレアン公ルイを殺したブルゴーニュ公ジャンと密通していると噂されているのだった。

シャルロットが幼くして男性嫌いになった理由のほぼすべてが、母親イザボーのこの自由奔放すぎる恋愛遍歴《へんれき》にあると言っていい。

「まあまあ。シャルロットもバタールもリッシュモンも、仲良くのう。フランス宮廷は長らくアルマニャック派とブルゴーニュ派とに二分し、互いに足を引っ張り合っておる。残念じゃ。今、イングランド軍はフランスに再上陸してパリを窺《うかが》っておる。フランスという国が滅び去る時は近い。デュ・ゲクランさまがご存命であれば、かような愚かなことにはならなかっただろうのう。じゃがの」

この学校に入学した以上、諸君はみな仲間じゃ、身分も実家同士の恩讐《おんしゅう》もすべてを乗り越えてともにフランスの未来を切り開くのじゃ、とブリエンヌ先生は述べた。

「この部屋に飾られている、フランス王家に伝わる『百合《ゆり》の旗』をごらん。百合こそはフランス王家が神に選ばれて王権を授けられたことの証《あかし》。今をさかのぼること九百年前。フランス王国の前身となったフランク王国の始祖・クロヴィスさまは、天使から王を聖別《コンセクラシオン》する聖油《クレーム》と百合の花を与えられたのじゃよ。この百合の花ちゅうのは、処女《ヴィエルジュ》の純潔を象徴しておる。ええのう。ええのう。男のみならず姫騎士がなんら差別されることなく戦場で華々しく活躍できるのも、フランスが百合を掲げる処女と乙女の王国だからなのじゃ。フランスを救うオデュッセウスになる者は、姫騎士かもしれぬのう」

どやあ！　いい演説じゃろう！　とブリエンヌ先生がふんぞり返ると、教室の片隅に座っていた影の薄い痩《や》せた少女が、ぼろぼろと大粒の涙を流して泣きはじめた。

「くすんくすん。ごめんなさい。ごめんなさい……私のお父さまが、バタールのお父上にひどい真似を……バタール、許して……気が済むまで、私の背中を鞭《むち》打って……ひぐっ……」

「三姫騎士候補」の一人。

ブルゴーニュ公ジャンの娘、フィリップ。

フィリップは、政敵を平然と暗殺するような父親とは正反対の優しい性格で、善良公女・泣き虫姫・お漏らし姫などと呼ばれたりしている。彼女はブルゴーニュ公家の長女でれっきとしたブルゴーニュ公国の跡取りなのだが、父親の政敵であるオルレアン公家のバタールや、母をフィリップの父親に奪われたシャルロットに懺悔《ざんげ》するために、敢《あ》えてこの学校に身を投じたという。

騎士養成学校にはアルマニャック派の子弟が大勢おります、もしも暗殺されたらどうするのですと止めた家臣に、フィリップは「それでお父さまの罪が許されるのならば構わないわ」と涙目で答えたという。

彼女が人々から「善良公女」と呼ばれるゆえんだった。

しかしフィリップにとって幸運だったことに、騎士養成学校には一時期ブルゴーニュに留学してフィリップと姉妹として育てられていたリッシュモンがいた。「正義の人《ジュスティス》」と呼ばれるほど高潔なリッシュモンが学内で目を光らせているため、フィリップに表立って危害を加えようとする者はいなかったのだ。むろんリッシュモンはブルゴーニュ公による政敵オルレアン公暗殺を「不義だ」と憤《いきどお》ってはいたが、娘に父親への怒りをぶつけるようなことは決してしない。むしろ彼女に深く同情し、「学校内では私がフィリップを守ろう」と誓っていた。

「さあバタール。この鞭で私をいたぶって、お父上の恨みを晴らして。くすんくすん」

「えええ、遠慮しますよう～！　フィリップにはなんの罪もないですよう！　っていうか、どうして鞭なんて持ち歩いているんですかあ？」

「お父さまの罪深さを思うと、私はいたたまれなくなるの。魂が罪に汚れそうになった時、自分で自分を鞭打つの。くすんくすん」

「うわあ。なんて敬虔《けいけん》なキリスト教徒なんだあ！　女の子にも優しい子はいるんですねえ。シャルロットさまに、フィリップの爪の垢《あか》を煎じて飲ませてあげたいですねえ！」

そのシャルロットは目をらんらんと輝かせて、フィリップに迫ってきた。

「面白そう～。ねえねえフィリップ、シャルが鞭打っていい～？　どうせなら白い素肌を直接びしりと叩きたいなあ、ほら脱いで！　全部脱ぐ！」

「ひっ？　で、でも、お、お、男の子たちがいるのに？」

「あんたのお父上の罪をあがないたいんでしょう？　だったら、脱ぎなさいよ～」

「ダメですようシャルロットさまっ！　なんで舌なめずりしてるんですかあ？」

「ああ……そんな……でも、これもお父さまの罪をあがなうためなら……私……我慢するわ。死にたくなるほど恥ずかしいけれど、脱ぐわ。くすん、くすん」

またこの二人は仲違《なかたが》いなのか馴れ合いなのかよくわからない真似を。こういう女の子の恥《は》ずかしい場面を見てはいけないぞモンモランシ、とリッシュモンがモンモランシの目を手で覆《おお》ってきた。

モンモランシは「女の子の裸なんか妹たちで見慣れているよ」と平然としているが、リッシュモンは「い、妹と女の子は別だ」となぜか頰を紅潮させた。

ドレスを脱ごうと身体を震わせていたフィリップの手を、そっとにぎりしめた少年がいた。

「おやめください、お嬢さま。いえ、同じ学校の仲間ですからフィリップと呼ぶんでしたね。女の子を裸にむいて鞭打つなど。僕には耐えられません。このアランソンがあなたをお守りします」

十歳くらいの少年にしては妙に気障《きざ》ったらしい彼は、アランソン。

ブルターニュ公家出身の母を持つ金髪の美少年で、リッシュモンの従弟だ。

「あの。その……ええと。あ、あうあう。は、離して……くすんくすん」

気の弱いフィリップが身体をよじらせて「がくがく」と震えはじめた。

アランソンはしかし、そんなフィリップの仕草が愛らしい、とうっとりため息をついて手を離さない。

「ああフィリップ。僕は一日も早く騎士として戦場に立ち、イングランド軍と戦いたいのです。ですが、騎士たるもの、ただ武術を身につけるだけでは不十分で、貴婦人に愛《アムール》を誓わなければならないといいます。騎士は愛を知らなければ、ただの荒くれ者の人殺しに堕《だ》してしまう。僕が騎士養成学校に通っているのは、武芸や学問を学ぶためだけではありません。騎士として愛と忠誠を捧げる貴婦人候補を探しているのです。それがフィリップ、もしかしたらあなたかも――」

石の卵を弄《もてあそ》びながらモンモランシがアランソンに「いいから手を離してやれよ」と声をかけたが、アランソンは「武芸も愛もなにも身につけようとしないぐうたらものは黙っていてくれたまえ！」ととりつくしまもない。

やばい、もう間に合わない、とモンモランシが声をあげた。

「……ひぐっ？　あ、あ、あ……！」

フィリップはドレスを脱ぎかけた時に身体が冷えたらしい。

立ったまま、お漏らしししていた。

フィリップには、お漏らし癖《ぐせ》があるのだ。

生まれつき、動揺したり冷えたりすると漏らしてしまう体質らしい。その上、気が弱いので言いだせないため、手遅れになることが多い。

リッシュモンが「しまった！」と席を立って、アランソンの腕をぐいっとねじった。

「アランソン。フィリップの顔色から異変を察知することもできないくせに貴婦人候補だの愛だのと、そういう台詞《せりふ》は未熟者のお前には十年早いと言っているだろう。フィリップの従者役は、妹の世話に慣れているモンモランシに任せているはずだぞ？」

「リッシュモン姉上、申し訳ありません！　どうか腕折りだけは！」

「折ったりはしない。私は女の子だぞ。そんな怪力の持ち主ではない、失敬な」

「力はありませんが、卓越した技術で僕の肘《ひじ》の関節を逆に曲げたことがあります！」

「おや、そうだったかな？　それはすまない。しかし戦場で出会う敵は私のように優しくないから、手加減してもらえないぞ。もっと鍛えておくのだな」

アランソンは、従姉のリッシュモンにだけは頭があがらない。

そもそもアランソンは長男なので騎士養成学校に入る必要はないのだが、生真面目な従姉のリッシュモンに「イングランドとの決戦は近いぞ。お前も騎士として自分を鍛えるべきだ。うむ。そうしよう」と笑顔で正論を唱えられ、無理矢理連れてこられて日々しごかれているのだった。

バタールもアランソンもおっかない従姉をもってたいへんだな、とモンモランシは同情した。

「モンモランシ。悪いがフィリップの着替え中、見張り役を頼まれてくれ」

「はいはい。こういう時の始末は俺に任せておけ。妹のおかげでそうは慣れている」

「……くすんくすん。ごめんなさいモンモランシ……」

「いいからいいから」

なぜか不機嫌になったシャルロットが「フィリップってさ〜。モンモランシを独占したいから、わざと二人きりになる機会を作ってるんじゃない？」と軽口を叩いて、冗談を聞き流せない性格のリッシュモンは「きみはほんとうに心が曲がっているなあ！」と呆《あき》れた。

放置しておくとまたこの二人の間で言い争いがはじまってしまう。

「シャルロットは面白いやつだな。みんなが自分に構ってくれないと拗《す》ねる。ま、そこがかわいいかもな」

とモンモランシは笑いながら二人の間に割って入り、そのまま「ごめんなさいごめんなさい」と涙目で怯《おび》えるフィリップを庭園へと連れ出していった。

「ちょっと〜！　モンモランシ、あんたっていつもシャルのこと妹扱いして生温かく見守ってない？　そーゆー態度、すっごく腹が立つんだけどお！」

「はいはい。ごめんごめん」

「待ちなさいよう！」

「あとでな」

シャルロットはなにかあるとモンモランシにつっかかるが、（とりあえずつっかかるのがシャルロットの愛情表現、友情表現だからな）とモンモランシはいつも適当に受け流している。

ともあれ。

こういう時、誰もいない庭園でフィリップがそそうの後始末をする間に「壁役」「見張り役」を務めるのがモンモランシに課せられた掟《おきて》なのだった。本来はフィリップの従者が駆けつけるべき場面だが、フィリップは「一人でがんばりますから」と言い張って学校には自分の従者を連れてこないのだ。

「うう……見ないで。目を逸《そ》らしていて。くすん、くすん」

「わかってるって」

モンモランシは入学した初日に、リッシュモンから「フィリップのそそう始末係」に任命された。なぜ男の俺が？　それって女の子の係じゃないのか？　との疑問もあったが、「第一に、きみは妹さんの世話でこういう時の女の子の扱いに慣れている。第二に、フィリップの男の子恐怖症を改善するためだ。フィリップはずっと以前から対人恐怖症、とりわけ男の子が苦手なんだ。このままではよくないので、きみとぜひ信頼関係を築いてもらいたいんだ。そして第三に、きみはまだまだ子供だしこの先数年にわたってもずっと子供だろうから、卒業までに間違いが起こる心配はない。だからきみが適任だ。私のこの深慮遠謀《しんりよえんぼう》に間違いはない」とリッシュモンに整然と理屈を並べ立てられて微笑まれては何も言い返せなかった。お前ほんとに子供か？　なに言ってるのかよくわかんねえ、と涙目になるのが精一杯だった。

もっとも、入学当初はともかく、最近はフィリップがだんだん成長してきたのでさすがのモンモランシも気恥ずかしくなってきた。だから今では冗談半分でも彼女のお尻を見たりはしない。あくまでも見張り係、壁役、後始末をするお手伝い係である。

「モンモランシ？　わ、私をこんな人目のないところに連れ込んで、今日こそは変なことをするの？　くすん、くすん」

「しないしない。変なことって言われても、いったいどんなことをするんだよ？　俺は妹の世話でこういう場面に慣れてるんだから、気にするな」

「でも気にするわよ。わ、わ、私、も、もうすぐ、乙女になる年頃なんだから」

「俺はまだそんなお年頃じゃないし、身分卑《いや》しい下僕だとでも思ってくれ。お前はフランス最強の公国を統《す》べるブルゴーニュ公家のお世継ぎだろう？　俺はブルターニュ公国に仕える一貴族の息子で、リッシュモンの家臣筋だぜ」

「き、貴族は貴族よ。それにモンモランシ、あなたはあの偉大なるデュ・ゲクランさまのご子孫でしょう？　ほ、本気を出したらきっと、すごい騎士になれるわ。もうちょっと、その、やる気を見せたほうが。あまりにも成績が悪いから、り、リッシュモンも不満みたいだし。あなたは、騎士養成学校開設以来の最低成績を更新し続けているのよ？」

「いやあ。騎士とか言われてもなあ。戦は苦手だ。俺は魔術とか錬金術を学ぶほうが好きなんだよなあ。命を奪う仕事よりも、命を救う仕事をしてみたいんだ」

賢者の石《ピエール・フィロソファル》って知っているか？　フィリップ？　と、モンモランシは笑った。

「錬金術における究極の宝具《ホリック》ね。賢者《ピエール》の石を手に入れた者は不老不死の肉体を得られる上に、人間を越えた超人に進化できるというわ。パリの錬金術師《アルシミスト》ニコラ・フラメルが賢者の石を錬成したと噂になっているけれど、誰も追試に成功していないところをみると、詐欺《さぎ》なのかしら？」

「おっ！　詳しいじゃねえか？　そうなんだよ。パリに来たついでにフラメルのジジイのもとへ突撃して弟子入りを要求してみたりもしたけれど、あのジジイ、うさんくさくてさ！」

「うふふ。モンモランシ。私が錬金術に詳しいのは、半分はあなたのせいよ。あなたからたくさんのことを教えられたのよ？」

「そうだっけか。お前は俺の与太話を笑顔で聞いてくれるもんな。リッシュモンは『そんないんちきに頼っているからきみは騎士学校開設以来の落ちこぼれなんだ！　武術でも軍学でもいいからちゃんと勉強するんだ』と目を吊り上げるからなあ～」

「リッシュモンは、幼なじみのモンモランシを心配しているのよ」

「わかってるけど、もうちょっと優しく扱ってくれても」

「ブルゴーニュ公家はね、熱烈なカトリック教徒の家だけれど、錬金術や異教の魔術には寛大なの。私のお父さまは十字軍遠征に参加してオスマン帝国で人質暮らしをした経験があるわ。その人質時代、東方の異文化にいよいよ詳しくなったみたい。錬金術も、戦争を勝ち抜くためには必要な技術だ、っておっしゃっているわ」

「十字軍遠征か。もう二度とないかもなあ東方への十字軍は。兄弟国のイングランドとフランスが激戦を続ける限りは。戦争はともかく、東方へは行ってみたいぜ。錬金術のふるさとだしな。東方には、まだまだいろいろな聖遺物が眠っているらしい」

「錬金術の話をしている時のモンモランシは、ほんとうに楽しそう」

「そうか？」

「……モンモランシはきっと将来、多くの貴婦人に憧れられて奪い合われるような騎士になるわ。くすん、くすん」

「え？　なんで？」

「だってあなたは、女の子にかいがいしいもの。ぶっきらぼうだけど、心根が優しいわ」

「そうかな？　俺はただ、妹たちの面倒をさんざんみさせられてきただけだぜ？　それに、騎士になるつもりはないよ」

「くすん。乱世だもの。あなたはいつの日か誰よりも偉大な騎士になるわ。愛と忠誠を捧げる運命の貴婦人と、巡り会った時に」

その貴婦人が私だったらいいのに、とフィリップは寂《さび》しげにつぶやいていたが、「この石の卵、なんだと思う？　実家で見つけたんだ。年代物だろう？」と夢中で謎の石の卵を見せびらかしているモンモランシの耳にまでは届かなかった。


午後の最初の授業は、「古代ローマ帝国の復興はなるか否《いな》か」だった。

フランス。イングランド。神聖ローマ帝国の名称を継いだドイツ。イタリアの教皇領。

今は当たり前のように複数の国々に分裂していつ果てるとも知れない覇権争いを繰り広げているヨーロッパは、かつては「ローマ帝国」というひとつの統一された超大国だった。

遙かなる昔。イタリア半島の都市国家だったラテン人の国・ローマは、王制から共和制、そして帝制へと変貌を繰り返しながら、やがて地中海世界を統一し、東はカスピ海へ到達。さらには、大勢の妖精族とともに森に暮らす金髪碧眼《へきがん》の先住民たちの世界だった西ヨーロッパにも進出した。

西ヨーロッパの先住民族ガリア人は、森と巨石遺跡を聖なる地として崇《あが》め「ドルイド僧」を頂点とした多神教の信仰体系を持ち、独自の文明を発展させていた。もっとも、それらの巨石遺跡はガリア人が築いたものではなく、彼らよりも古いさらなる先住民族、もしくは神々、あるいは妖精族が古代に築き上げたものらしい。

ともあれ、ガリア人は武装と戦術に長《た》けるローマ帝国軍にその支配地を次々と侵略され、移住してきたラテン人と混血して「ガロ・ローマ人」となり、やがて大陸から純粋なガリア人の文明はほぼ姿を消した。

ガリア人との闘争に勝利したローマ帝国は、最盛期には西ヨーロッパおよびブリテン島南部の大部分、南ヨーロッパ、中東、北アフリカに至る広大な版図《はんと》を支配した。

かつて、ローマ帝国がすなわち「世界」だった時代が、あったのだ。

文明は高度に発達し、都市生活者たちは水道設備や温泉設備などの都市文明を享受《きょうじゅ》した。学問・科学も発達していた。黒死病禍《か》や教会による学問・思想への弾圧によって文明が停滞している十五世紀の西ヨーロッパとは比べものにならない、人類の黄金時代だった。

しかし統一は永遠のものではなかった。ローマ帝国は、北方からのゲルマン人の領土内への大移動によって大きく揺らぎ、東西に分裂したのだ。

ギリシャ世界を統治した東ローマ帝国はなおも繁栄を続けたが、イタリアのローマを首都とした西ローマ帝国はゲルマン人の台頭《たいとう》を抑えきれず、滅亡した。

いわゆるヨーロッパは、「世界」そのものだった西ローマ帝国が地上から消え去った瞬間から、「分裂」へと向かう力と「再統一」への意志との間で揺れ動くことになったのだ。

移動を終えたゲルマン人の諸部族は、旧西ローマ帝国世界に定住してそれぞれ国家を建てた。ラテン人やガロ・ローマ人に交じり合いながら。そして彼らゲルマン人の中でも精強無比なフランク人の王クロヴィスが、ゲルマン系としては初めての統一国家「フランク王国」を建国した。クロヴィスが建てた王国は、メロヴィング朝と呼ばれる。

その後、フランク王国の実権を握ったカロリング家が王位を奪い、カロリング朝が成立した。

フランク王国カロリング朝の全盛期に即位してフランス・ドイツ・イタリアに跨がる巨大な版図を築いたシャルルマーニュ（カール大帝）はローマ教皇に選ばれて「皇帝」として戴冠《たいかん》し、「ヨーロッパの再統一、西ローマ帝国の復興」を果たした。これは、西ローマ帝国滅亡から三百五十年かけての再統一だった。

だが、シャルルマーニュの帝国には大きな問題があった。ゲルマン人には「分割相続」という掟があった。せっかく再統一を達成したシャルルマーニュの帝国も、やがて三人の孫に分割されてしまった。

西フランク王国。のちのフランス。

東フランク王国。のちのドイツ。

中フランク王国。のちのイタリア。

かくしてフランスとドイツは別々の国となり、お互いに皇帝権とヨーロッパの覇権を激しく奪い合い戦い続けることになった。最終的に皇帝権はドイツが握り、ドイツは「神聖ローマ帝国」を名乗った。あるいはドイツが「ローマ」の名を継承した時から、フランスは「西フランク」ではなくなり「フランス」という国となったのかもしれない。

いずれにせよ、もはやフランスとドイツの再統一は、不可能となった――。

もうひとつの問題は、ヨーロッパ随一の宗教的権威を持つ存在、「ローマ教皇」がイタリアに台頭したことだった。

北方からヨーロッパに侵入したフランク人の末裔《まつえい》であるシャルルマーニュは、ゲルマン人諸部族のうちの一部族の長《おさ》にすぎず、古代ローマ帝国時代からの先住民族であるラテン人やガロ・ローマ人から見ればよそ者にすぎない。だからシャルルマーニュがヨーロッパの「皇帝」になるためには、キリスト教という宗教的権威がどうしても必要だった。フランク人が皇帝を自称することはできない。ローマ教皇から戴冠されねばならなかった。

このため、シャルルマーニュの戴冠以後、ヨーロッパでは「宗教世界ではローマ教皇が、世俗世界ではフランクの皇帝がそれぞれ頂点に立つ」という宗教と政治の二元体制が成立せざるを得なかった。同じ古代ローマ帝国から分かれた東ローマ帝国の皇帝が宗教的権威をも独占して安定した一元支配体制を敷いていたのとは、あまりに対照的だった。

シャルルマーニュの「帝国」はだから、成立当初から宗教世界の権力（神権）と世俗世界の権力（王権）の内部分裂という矛盾《むじゅん》を抱えており、完全な統一を果たしきれなかったのだ。

とりわけイタリアでは、教皇と教会の権力が増大したことで国内がいよいよ細かく分裂し、統一国家すら形成できない有様だった。フランク王国から「教皇領」を寄進された教皇が、あたかも諸侯のように割拠《かっきょ》したのだ。

古代ローマ帝国を真に復興するならば、皇帝たるものは教皇を屈服させてイタリアを統一しなければならない。ドイツの皇帝たちは代々、教皇と対立しながらイタリアを再統一しようとしては失敗するという苦渋《くじゅう》を味わい続けることになった。

このようにライバルのドイツが「古代ローマ帝国の復興」という夢に引きずられてイタリア問題で苦しむ隙《すき》に、皇帝位を失ったフランスは悠々と超大国への道を突き進めるはずだった。

だが、そうはならなかった。

皇帝位を失ったフランスにおいてはイタリア問題はそれほど深刻なものとはならなかったが、「イングランド問題」が発生したのだ。

かつて古代ローマ帝国は北から大移動してくるゲルマン人の諸部族に悩まされた。それと同じ現象が、もう一度繰り返されたのだ。九世紀頃からのヨーロッパ諸国は、こんどは新たな北方の異民族ノルマン人の侵略に悩まされるようになっていた。

フランスはとりわけ大きな被害を被《こうむ》り、ついにはノルマン人を封建領主として認め、フランスの国土の一部を割譲《かつじょう》した。フランス国王を宗主と仰《あお》ぐノルマン人の国「ノルマンディ公国」が、フランス内に誕生した。

だが、事態はさらに錯綜《さくそう》した。十一世紀、ノルマン人でフランス王に仕える「フランス諸侯」のノルマンディ公ギョームが兵を率いて海峡を越えてブリテン島に上陸。イングランドを征服し、イングランド王ウィリアム一世として即位したのだ。

これによってイングランドは、「フランス王の家臣にすぎないノルマンディ公が、王として治める国」となった。

この二重構造が、イングランドとフランスを果てしない戦争へと引きずり込むことになった。微妙な関係を持つ両王朝は決して並び立たない。イングランド王がフランス王に服従すれば、それで問題はなかった。だが当然そうはならない。むしろ「フランス王の家臣」という複雑な立場を利用しながらイングランド王家はフランス国内で次々と領土を獲得し続け、フランス王家を圧倒した。追い詰められたフランス王家も巻き返しを図り領土を奪い返す。両王家の血統も、婚姻政策によって入り混じりはじめる。ついに、もともとはフランス王の家臣あがりにすぎないという過去を打ち消したいイングランド王家は、フランス王そのものになろうと欲《ほっ》するようになった。ドイツの「皇帝」が帝国の故郷であるイタリアを支配しなければならないという運命を背負ったのと同様に、フランス出身のイングランド王家はそのフランスを逆支配しなければならなかったのだ。

こうして、西暦一三三七年。ついにフランスの王権を巡って両国間で本格的な大戦――後世言われるところの「百年戦争」の火蓋《ひぶた》が切って落とされたのだった。

モンモランシたちは、フランスの王権をイングランド・フランス両国の王家が激しく奪い合い一世紀近くにわたって戦い続けている、そんな戦争の時代に生まれてきた。

ブリエンヌ先生は語った。

「今もいつ果てるともなく戦いは続いておる。戦争終結が見えてきたと思いきや、忌《い》まわしき黒死病によって唐突に英雄が死んでしまうという事態が繰り返されてきたのじゃ。世紀はあらたまり、すでに十五世紀に突入しておるが、戦争はまだ続いておる――イングランドの完全勝利は間近じゃが、どっこいフランスの貴族たちには『フランスこそはクロヴィス、シャルルマーニュ以来の正統な王国』という誇りがあり、いずれイングランドとの戦いに決着をつけた暁《あかつき》にはドイツから皇帝権を奪い返したいという夢もあるのじゃ。意地でもドイツよりも先に倒れるわけにはいかぬのじゃな。ドイツはイタリアに、フランスはイングランドに躓《つまず》いて、ヨーロッパの再統一はいっこうに果たされる気配がない。しかしそれでも古代ローマ帝国という人類の黄金時代を人々が忘れえぬ限り、ヨーロッパの再統一という人々の意志は消えることがないだろうて、それはつまり統一という夢がある限り戦争は続くということでもあるがのう」

とブリエンヌ先生は結んだ。

古代ローマ帝国っていつの時代の話ぃ？　あまりにも昔すぎてぴんとこなーい、ドイツの皇帝が名乗ってる「神聖ローマ帝国」って結局名前だけってこと？　とシャルロットがまぜっかえした。

「あー。シャルロットは一応はフランス王家の姫なのじゃから、もうちょっと歴史にも眼を向けてくれぬかのう」

「お言葉ですが先生？　ラテン人とゲルマン人とノルマン人の話ばかりで、わがブルトン人の歴史がないがしろにされています。フランス本土ではすでにラテンとガリアとゲルマンの血が混じり合って『フランス人』となっていますが、わが祖国ブルターニュは違います。ブリテン島からの移民ブルトン人が建てた、れっきとしたブルトン人の国なのです！」

「しもうた。わしゃうっかり、ブルターニュの話をすっ飛ばしてリッシュモンのブルトン人魂に火をつけてしもうた？　まままま待ちたまえ。そなたもれっきとしたフランス人じゃからのう？　頼むぞえ。騎士の国ブルターニュが味方してくれんとフランスは終わりなんじゃよ、ごほごほ」

「いいえ。私はフランス人ではなくブルトン人です。だからこそ私は両親から、ブルトン史上最大の英雄『アルチュール』の名をいただいたのです。私が騎士としてフランス王に忠誠を誓うことと、祖国ブルターニュの独立を守ろうと願うことは、矛盾していません！」

「しかしのう。ブルターニュがフランスから完全に独立してしもうたら、フランスはイングランドには勝てん」

「だいじょうぶです先生。たとえブルターニュが独立国であっても、大陸への移住を認めてくださったフランス王家への忠誠は永遠です！　それがブルトン人の騎士道精神です！　いずれこの私が成長してフランス軍元帥となった暁には、必ずイングランド軍に勝ちます！」

「そなたならばほんとうに勝てるかもしれんが……しかし矛盾した辛《つら》い生涯を送ることになるぞ、リッシュモン……二つの祖国に忠誠を誓う英雄は、最後まで報《むく》われんぞ？　とりわけブルターニュは、イングランドとフランスの両国の間で揺れ動く運命の国じゃ。いつまでも独立を貫くのは困難であろう」

「構いません！　私は私自身が信じる正義を貫くだけです、報われることなど最初から考えてはいません！」

　この調子じゃヨーロッパどころかフランスの統一すら夢物語だな、とモンモランシは苦笑した。だが……二つの祖国を持ち、さらにイングランド王の義妹《いもうと》でもあるリッシュモンのこの先の生涯は、きっと矛盾と困難に満ちたものになるのだろう。そう思うと、笑みはやがてほんとうに苦いものになった。

授業が終わったあと、モンモランシと学友たちは連れ立ってセーヌ川の岸辺を歩く。

偉大なるデュ・ゲクランが個人資産を費やして設立した騎士養成学校には、ブルゴーニュ派もアルマニャック派もない。王家も公家も家臣もない。みな、仲間だった。

いずれ大人になれば、お互いに政敵となり、戦場で戦うことになるかもしれない。

だからこそ、今この時だけは、仲間として同じ時間を過ごしたかった。

「モンモランシ。唐突に騎士道の授業がはじまって『アルチュール王伝説』の話がえんえんと続くとは思わなかったぞ」

「しかも悪い例として、だもんな。リッシュモンのご機嫌を取るつもりが、すっかり藪蛇《やぶへび》になっちまって。笑っちまったな」

かつてブリテン島を守り、侵略者サクソン人たちと戦った、伝説のブルトン人の王、アルチュール王。イングランドでは「アーサー王」と呼ばれる英雄。

もともとはローマ帝国からブリテン島に派遣され、帝国が防衛を放棄したブリテン島に踏みとどまってブルトン人をサクソン人の侵略から守り続けた異国の将軍だったとも、あるいは生粋《きっすい》のブルトン人であったとも言われるが、今となってはその出自は定かではない。

ブリエンヌ先生が「リッシュモンとシャルロットには耳の痛い話かもしれぬが、たいせつなことなので聞いておくれ。騎士道には貴婦人への愛が必要じゃが、不義の恋になってはいかんのぢゃ。不義の恋は国を滅ぼす。その例がアルチュール王の后ジュヌヴィエーヴと、円卓の騎士筆頭であったランスロとの不義の恋ぢゃな」と言いだしたので、リッシュモンが授業中に半泣きになったのだ。

アルチュール王と彼が率いた「円卓の騎士」は、もとはブリテン島で語り継がれたブルトン神話の英雄たちだが、そのブルトン人が大陸に移住した際に、彼らはアルチュール王の伝説を大陸に運んできたのだ。そして、「騎士道物語《ロマンス》」と名付けられたアルチュール王伝説はヨーロッパ全土で爆発的な人気を呼んだ。

フランスで。ドイツで。イタリアで。

フランス史上もっとも偉大な英雄は、西ローマ帝国の滅亡によって分裂したヨーロッパを再統一して皇帝の位に就《つ》いた「シャルルマーニュ」。だが、シャルルマーニュに統合されなかったブリテン島では祖国の英雄といえば「アーサー王」だった。

だからブルターニュ公国では、シャルルマーニュではなく、もっぱらアルチュール王が崇《あが》められていた。

ブルターニュ公家の姫であるリッシュモンは俄然アルチュールびいきなのに、学問に対しては妙に生真面目なブリエンヌ先生が「アルチュール王率いる円卓の騎士の王国は、騎士が犯した不義ゆえに破滅したぞな」と語り始めたので、「先生は、わが祖国ブルターニュの騎士たちを愚弄《ぐろう》されるのでしょうか……」と珍しく取り乱してしまったのだ。

「アルチュール王ってかわいそう〜。奥さんが長年、自分の家臣ランスロと浮気していたのに、見て見ぬふりをして耐えていたんだよね〜。そしたらランスロが増長して、奥さんを奪ってブルターニュに逃げたんでしょ〜。で、仕方なくブリテン島を空っぽにして海を渡り奥さんを奪い返すためにブルターニュに攻め込んだら、お膝元《ひざもと》のブリテン島で謀反《むほん》が起きて円卓の騎士全滅、だもんね～。いかにもブリテン島を追われてブルターニュに逃げ込んできた負け組英雄の伝説って感じ～」

シャルロットが目を細めてリッシュモンをからかう。

「そもそもアルチュール王が毅然《きぜん》とした態度を取っていれば問題なかったんだ。いくら相手が自分の片腕たる騎士ランスロだからって、妻の浮気を見逃すだなんて腰抜けすぎる！　さすがの私もこの点ではアルチュール王を弁護できない。妻と騎士が犯した不義と不忠に対して厳正な処分を下してさえいれば、なにも問題なかったんだ！」

生真面目なリッシュモンらしいな、とモンモランシは思った。

「ずいぶんアルチュールびいきね～、リッシュモン。そういえば、リッシュモンの本名ってアルチュールだっけ？　アルチュール・ド・リッシュモンちゃん？」

「……先に言っておくがシャルロット。私の母上は父上が亡くなったあと再婚したが、断じて不義の恋ではない。父上が亡くなったのが先なのだ。ぜ、絶対に不義とは違うぞ」

リッシュモンはお澄まし顔を装っているわりには動揺すると隠しきれなくなるからシャルロットにいつもおちょくられるんだよなあ、とモンモランシはため息をついた。

「リッシュモンのお父上はアルチュール王のように浮気を知りながら黙っていただけかもよ？　シャルの父上もぉ、母上が自分の弟……先代のオルレアン公と浮気していることを知っていたけれど、最後までなにも言わなかったんだよね～。今だって母上はブルゴーニュ公と浮気しているけれど、や～っぱり父上は見て見ぬふりなんだよね～。父上は時々正気に返ってるのにね～。あ～……だんだんシャル、気持ちが暗くなってきちゃった……なんでシャルなんて要《い》らない子が生まれてきちゃったんだろう……ほんとうは父上の子じゃない、先代のオルレアン公ルイがシャルの実の父親だなんて世間では噂されているし……」

「しゃ、シャルロット？　一人で毒舌《どくぜつ》を吐いて、勝手に落ち込まないでくれないか。私はまだなにも言っていないぞ？」

「それはシャルロットさまのお父さまがお優しいからですよぉ。お后さまを愛しておられるからですよぅ」

ドレスを着せられたバタールがけんめいにシャルロットを慰めるが、

「そんなの愛じゃないじゃん。愛しているなら、奪い取らなくちゃ。アルチュール王は要はダメ男なの。自分の妻と家臣の浮気を見て見ぬふりをするような小心な王なんて、諸国からも家臣からも舐《な》められるじゃん。国を失っても当然じゃん。ランスロが正しいよ！」

とシャルロットは唇を尖《とが》らせて、小石をセーヌ川へと投げ込んだ。

「ねえシャルロット。僕は、ランスロが王妃ジュヌヴィエーヴと不義の関係を持ったのは間違っていたと思いますけれどね。騎士が貴婦人に捧げる愛は、あくまでも魂だけの純粋なものでなければなりません。純潔の愛、それが騎士道恋愛です。身体と身体が結ばれてしまえば、それは愛ではなく肉欲です。まして主君の奥方を寝取るなど、騎士として許されないことですよ。僕はセーヌ川に誓います、僕の貴婦人への愛は純潔とともにあると」

「アランソン。お前はまだ子供のくせにわかったようなことを言ってるが、男女の身体が結ばれるということがどういう意味か知ってるのか？」

「ふふ。知っていますよ、リッシュモン姉上。以前、実家にある好色本を盗み読みしましたからね……はっ、しまった⁉」

「……アランソン……これは私の監督不行届だ。このままではお前は将来、大勢の女の子を泣かせる悪い男になってしまうぞ。心を鬼にして、少々強くしつけておかなければならないな！」

「待ってください、姉上っ⁉　股間は蹴らないでくださいっ！　……うぐっ……⁉」

アランソンがうっかり口を滑らせて潔癖なリッシュモンにお仕置きされる姿を何度も見てきたので、モンモランシは（女の子、特にリッシュモンの前でいやらしい話をするのは御法度《ごはっと》なんだな）と学習できた。だが、女性恐怖症をこじらせつつあるバタールは恐怖が先立って「股間だけは許してくださいよう、股間を潰されたらほんとうに女の子になっちゃいますよう。がくがくぶるぶる」と泣いている。

「くすんくすん。でも……男の騎士は貴婦人に忠誠と愛を捧げなければ野蛮な殺人鬼になってしまうという先生のお話はわかったけど、姫騎士は？　姫騎士は、どうすればいいの？」

ちょこちょこと川岸を歩いていたフィリップが、小首をかしげた。

「そりゃあフィリップ。姫騎士も、貴婦人に愛を捧げて戦うんじゃん。騎士なんだから当たり前じゃん」

シャルロットが鼻を鳴らしながら「えへん」と大いばりした。

なぜ威張ってるんだ？　とモンモランシには謎だった。

「女の子同士で愛を誓い合う、だって？　そ、そ、それは……不道徳ではないのか？」

　リッシュモンは、顔を赤らめてうろたえていた。

「はあ？　あんたたち授業でなにを聞いてたわけ？　騎士道恋愛は魂と魂の愛じゃん。身体の交わりは不要なんじゃん。むしろ禁じられてるんじゃん。だから、女の子同士でも問題ないどころか、女の子同士のほうがより理想の騎士道恋愛を実現できるんじゃん！」

　シャルロットは「シャルは騎士になりたくなーい。お姫さまになって、美しい姫騎士に愛と忠誠を捧げてもらいたーい。面倒っちい戦や政治は、ぜーんぶシャルの姫騎士にやってもらうの。イングランド軍なんかシャルの姫騎士が滅殺《めっさつ》。ヨーロッパ全土もシャルの姫騎士が統一。でね、世界の皇帝となったシャルはぁセーヌ川のほとりの宮廷で三食昼寝つきの暮らしを送って楽しく過ごすの！」と瞳を輝かせながら天を仰いでいる。

　リッシュモンは「さっきまで落ち込んでいたのに、相変わらず立ち直りが早いな」と苦笑し、モンモランシは「俺が女の子だったらシャルロットに仕えたのになあ。毎日楽しそうでいいや」と口走った。

　なぜか、リッシュモンとフィリップに、同時に足を踏まれていた。

「ぐはっ？　な、なんだよいきなりっ？」

「おや、済まない。身体が勝手に」

「ごめんなさい、くすん」

「まったく。相変わらずシャルロットさまはぐうたらなんですから。でもたしかに、姫騎士が騎士道恋愛の相手ならば浮気なんて起こりませんよね！」

バタールが（よかった。機嫌を直してくれた）とうれしげにうなずき、

「そうなの。やっと理解できたんじゃん。だからシャルはあんたの股間のそれをいずれちょんぎって、完全に女の子にしちゃうから！」

と調子に乗ったシャルロットに宣言されてまた震え上がるのだった。

「くすん。私たちはみな同じフランス人で、同じ神を信じる仲間なのに、どうしてお父さまたちは争うのかしら。学校を卒業したあとも、私、みんなとずっとお友達でいたいのに」

セーヌ川に浮かぶ船を眺めながら、フィリップは震える声でつぶやいていた。

「このアランソンは、いつまでもフィリップの信愛なる友人ですよ」

「安心してくれていいフィリップ。私が戦う相手はあくまでも侵略者イングランドだ。ブルゴーニュもブルターニュも、ともにフランス王家を宗主と仰ぐ同胞だぞ」

「しゃ、シャルもその『お友達』の中に入ってるの？　ど、どうなの……？」

「だいじょうぶです！　親たちが勝手に起こした問題なんてボクたちには関係ないですよ！親の因縁なんて全部、セーヌ川に流してしまえばいいんです。さもなくばこの戦争は永遠に終わりませんからね。ボクたちはいつまでも騎士養成学校の仲間です、フィリップ！」

「くすんくすん。あ、ありがとう、みんな……」

モンモランシが、「女の子に触れるのは苦手で」と遠慮するバタールの代わりに、さくっと

フィリップの手を握って微笑んだ。

「バタールが言うと真実味があるよな。俺が同じ台詞を言うとうさん臭《くさ》がられるのにさ。それじゃあまあ、セーヌ川に誓おうか。俺たち六人は」

「学校を卒業しても、ずっと」

「親愛なる友人だ」

「しゃ、シャルもお友達でいいの？」

「約束ですよ！　たとえ戦場で敵として相まみえても、政敵同士として宮廷で対立することになっても」

「ああ。俺たちの友情は、永遠だ」

セーヌ川での誓い。

イングランド軍が上陸し、決戦が迫っている中で――

モンモランシにとっても、誰にとっても、この日川のほとりで交わした約束は忘れられない思い出となった。

そして、四人と別れたあと、リッシュモンに「きみにだけ伝えたい話があるのだが……」と誘われて二人きりで話した夜のことも。

※

夜のセーヌ川は、昼間とはまた違った美しさを誇る。

「話ってなんだ？」

「も、モンモランシ。みんなが解散したあと二人でこうしてセーヌ川を眺めていることは、シャルロットには内緒だぞ」

「シャルロットに？　なんで？　フランス王家への謀反《むほん》の相談でもはじめるのか？」

「違う。あの子は男嫌いをこじらせているが、モンモランシだけは特別みたいなんだ。ああいう独占欲の強い子にやっかまれるとあとあと面倒だからな」

「俺が？　そうか？　リッシュモン得意の先走った思い込みだろう？」

「たしかに私は少々思い込みが激しい性格かもしれないが……むしろ、きみはちょっとばかり鈍《にぶ》くないか？」

「鈍いとは？」

「……いや、もういい。そういう話をするために誘ったのではないからな」

モンモランシは、リッシュモンがふと見せた深刻な表情が気がかりだった。

リッシュモンは自信家で、意志が強い。滅多《めった》に迷ったり揺らいだりすることがない。

それだけに、よほどのことがありそうだった。

「なにか言いたいことがあるのか？　言ってみろ」

「極秘事項だぞ。ノルマンディに上陸して進撃中だったイングランド軍が、疫病に悩まされて前進基地のカレーへと撤退するそうだ。フランス軍はこのイングランド軍をアザンクールで待ち受けて決戦を挑むと決まった。イングランド軍は七千、フランス軍は二万。フランス軍はこれまで野戦でイングランド軍に勝ったことがないが、こんどこそ有利と見たのだろう」

リッシュモンはまだ幼い少女だが、「私は世界最高の騎士になる」と誓って古今東西の兵法を学んで早熟な天才ぶりを発揮し、その評判はブルターニュ宮廷のみならずフランス宮廷やブルゴーニュ宮廷にも鳴り響いている。もしも男に生まれていれば混迷する全ヨーロッパを統一する救世の英雄になっただろうに、と残念がる者すらいる。

ブルターニュ公国はアルマニャック派に属し、ブルゴーニュ派とは敵対している。にもかかわらずブルゴーニュ公ジャンは、リッシュモンの才能に惚《ほ》れ込んでなにかと目をかけている。世継ぎであるフィリップの懇願《こんがん》を聞き入れてパリの騎士養成学校へ送ったのも、将来間違いなくフランス最強の騎士となるであろうリッシュモンとさらに親しくさせたかったからだと言われている。

そのリッシュモンが「このアザンクールの戦いでも、フランスは負ける。おそらくは二度と立ち上がれないほどに大敗するだろう」とつぶやいたから、モンモランシは驚いた。

「フランスが、負ける？　兵力差は三倍あるんだろう？」

「ああ。だが、騎士道を重んじるフランス軍は伝統的に、重装騎兵による突進力を重視してきた。イングランド軍は違う。強力な飛び道具を用いるんだ。ウェールズ人のロングボウ部隊が、重装騎兵の速度を殺してしまう。フランスという国がまだ存在することが奇跡なんだ」

「とはいえ、フランス軍の将校たちだってそこまで馬鹿じゃないはずだ。決戦を挑むからには、ロングボウ対策くらい練ってるだろう?」

「練ってはいる。だが、自ら軍を率いて攻め込んできているわが義兄《あに》イングランド王ヘンリー五世はさらにその上を行く戦術を準備しているはずだ。私にはわかる。ヘンリー五世はフランスの王位を要求するだけでなく、フランス王家の姫を妻にするので差し出せと言ってくるような恥知らずな野心家だが、彼は戦に強い。増長するだけの実力がある」

「エドワード黒太子に匹敵するほどに?」

「あるいは、戦略性においてはそれ以上に。フランス軍の将校たちはいつも、戦局というものは自分たちに都合のいいように動くという楽観論に凝《こ》り固まっている。なにかあれば騎士道、困った時は重装騎兵で突進すれば敵は蹴散らせる、不安があれば『フランスは神の守護を受けている国だから負けない』という信仰に逃げる。私に言わせれば彼らはみな愚かだ。戦争を行う際には、自分に有利に運ぶように入念に下準備しつつ、自分に都合よく展開しなかった最悪の事態をも想定しておくべきだ。ましてや、神の守護があるから勝てるだなどと、修道士や僧侶じゃあるまいし馬鹿げている。デュ・ゲクランさまという例外を除けば、八十年イングランド軍に負け続けだった事実をまるで見ようとしていない」

　こいつ俺と同い年くらいだったよな?　とモンモランシは感心して深いため息をついた。

「ふはあ。リッシュモン。子供とは思えないなお前。俺には相変わらず、お前の言葉の半分もわからないや」

「一言で言えば、イングランド王ヘンリー五世は戦の天才なんだ。彼の武器は柔軟な思考だ。

ロングボウさえあればフランスに勝てる、などという甘い考えは持っていない。自らの成功体験を盲信することもせず、どんな手を使ってでも、アザンクールでフランス軍を殲滅《せんめつ》するだろう。フランスがあくまでも神の守護を頼みにするならば、自分は悪魔に魂を売ってでも勝つ。彼は、そのつもりだ」

「なあリッシュモン。お前、アザンクールに騎士として参戦するって言っていたよな？」

「ああ。私の初陣《ういじん》になる。アランソンも連れていく。ただ、わが兄は参戦を怖がっている……ブルターニュ公国を継いでいながら、どうしてああも意気地がないのだろう。歯がゆいな」

「ブルターニュ公の参戦が微妙なら、負けるかもな。リッシュモンが動かせる兵数は少ないんだろう？」

「うむ。その上、もう一人の雄・ブルゴーニュ公も参戦しないだろうからな。参戦する貴族たちの多くは、ブルゴーニュ派の政敵アルマニャック派だ。フィリップがブルゴーニュ公を説得してくれるだろうが、彼女は気が弱いからお父上を押し切れないと思う。残念だが、フランスは負けるだろう」

「負けるとわかっていて、行くのか？　せめて学校を卒業してからにしないか？」

「この一戦でフランスが滅びるかもしれないのだから、迷う必要はない。そもそも、パリが陥落すれば騎士養成学校も消滅する。私は今、みんなと過ごす日々に満足して幸福を感じているが、パリの外は戦場なんだ。戦わなければ、このささやかな暮らしを守ることもできない」

お前はほんとうに強いやつだなあ、とモンモランシは幼なじみの毅然《きぜん》とした横顔に見入ってしまった。

「そこまで女の子に言われちゃ、黙っちゃいられないな。俺もアザンクールへ行こう」

「おや。きみはお爺《じい》さまとお父上から、学校を卒業するまでは戦場には出るなと厳しく言いつけられているのではなかったか？」

「ジジイさえ出し抜けば、親父はなんとか説得できそうだ。まあ、それが難しいんだけどな……あのジジイは狡猾《こうかつ》で、俺の悪巧《わるだく》みなんて全部見抜いちまう」

「無理することはないぞ。モンモランシにはモンモランシの使命があるはずだ。私は早熟だが、きみは成長するまでまだ時間がかかると思う。男の子は、子供っぽいものだからな。きみは特にそうだ。今も妙な石の卵を手に持って、転がしているのだから。ふふ」

「ほっとけ」

「私はいずれフランス軍の頂点、元帥に上り詰めるつもりだ。もしも生きていられれば、だがな。もしも私が帰ってこなかったら、モンモランシ、きみが私の意志を継いで元帥になってくれ。そしてイングランド軍をフランスから追い出してほしい。きみは騎士養成学校はじまって以来の劣等生だが、きっと私とは違う形の才能がある。今の学校や先生には、それが見えないだけなんだ。あまりにもきみが型破りすぎて」

いやだね、とモンモランシは頭をかきながらぶっきらぼうに吐き捨てた。

「俺は錬金術師になりたいんだよ。生命の秘密を、この手に握りたいんだ。命を奪う戦ってのはどうにも苦手だ。フランス軍元帥だなんて、冗談じゃない――

「ふふ。誰よりも優しい、きみらしいな」

「今から、戦場に行くなって止めても、無理なんだろうな」

リッシュモンの青い瞳が、暗く揺らいだ。

「ああ。私は母上のように、父を裏切り祖国を裏切り家族を捨ててイングランドへ去ったりはしない。最後までフランス王家への忠節を守り、イングランドが興《おこ》したこの侵略戦争を阻止して正義を貫く。私は断じて母上とは違う。私は、アルチュール王やデュ・ゲクラン元帥を輩出した栄光ある『騎士の国』ブルターニュの姫騎士。不義の恋に走って王国を滅ぼしたランスロにはならない。そのことを、自分自身の生き様で証明しなくてはいけないんだ」

シャルロットが、母イザボーの無節操なまでの不倫癖《へき》を目《ま》の当たりにして「シャルは母上のような淫乱な女にはなりたくない」と男性嫌いになったのと同じように、リッシュモンもまた自分の母親に対して深刻なコンプレックスと憎しみを抱いていた。ただ、誇り高きリッシュモンは、幼なじみとして気を許しているモンモランシ以外の人間の前ではその自分自身の心の傷を決して見せないだけなのだ。

リッシュモンの母ジャンヌ・ド・ナヴァールは、先のブルターニュ公ジャン四世に嫁《とつ》ぎ、リッシュモンたち大勢の子を産んで家族をなしていた。

だがリッシュモンが産まれるよりも少し前に、フランスに、イングランドから英国王家のヘンリー・ボリングブルックという男が亡命したことから、運命が狂い始めた。

イングランドの王になろうという野心を抱いていたヘンリー・ボリングブルックは、ジャンヌ・ド・ナヴァールに目をつけたのだ。夫のブルターニュ公ジャン四世が死んだのち、ジャンヌ・ド・ナヴァールはヘンリー・ボリングブルックのもとへ走った。ヘンリー・ボリングブルックは兵を率いてイングランドに舞い戻り、激しい戦闘の末に国権を奪って新イングランド王ヘンリー四世として即位し、ジャンヌ・ド・ナヴァールを王妃として迎え入れたのだった。

イングランドを手に入れたヘンリー四世は、引き続きブルターニュをイングランドに併合《へいごう》してしまうつもりだったらしい。ブルターニュはフランスの中心部（パリ周辺）とイングランドとの狭間《はざま》に位置する上に、フランスを宗主国と仰いではいるがもとはブリテン島からの移民ブルトン人が建てた国で、イングランドとフランスのいずれがブルターニュを手にすることができるかどうかが仏英戦争の決着をつける最大の要因になると誰もが見ていたからである。

それ故に、ヘンリー四世は夫を失って悲しみに暮れていたジャンヌ・ド・ナヴァールにけんめいに愛を語って妻とし、イングランドへ連れ去ったのだ。

しかしこの時、まだ幼かった娘リッシュモンと、ブルターニュ公位を継いだ兄のジャン五世は、イングランドへは行かず、ブルターニュにとどまった。

リッシュモンが「私たちは母上とは違います。祖国ブルターニュをイングランドには併合させません」と毅然として言い張り、イングランドへ母を追いかけるべきかブルターニュにとどまるべきか迷っておろおろしていた兄ジャン五世を止めたのだという。

かくしてヘンリー四世はイングランド王となったが、幼いリッシュモンが見せた強固な意志に阻《はば》まれ、ブルターニュを併合することはできなかったのだ。

まだ子供だったリッシュモンが「この娘はいずれフランス王家を守護する最強の騎士になる」「リッシュモンをデュ・ゲクランのように手懐けて飼い慣らせた者がフランスの覇者となる」とフランス王家やブルゴーニュ公に一目《いちもく》置かれるようになったのも、当然だった。

「モンモランシ。私から母上を奪った憎いヘンリー四世は死んだが、その息子ヘンリー五世が今こうしてフランス征服の野心を燃やして上陸してきた。イングランド王家は私から母上を奪い、ブルターニュを奪おうとし、次はフランスをも奪おうとしている。許されることではない。私はブルターニュをイングランドに売り渡したりはしない。あくまでもフランスに忠節を誓いフランスの騎士として戦い続ける。母上のように、裏切ったりはしない。絶対に」

シャルロットもリッシュモンも、その小さな肩に重い十字架を背負わされている、とモンモランシは思った。

いつまでも終わらない戦争で男どもが死にすぎたせいだ、とも。

「でもさ。リッシュモンの母さんは、リッシュモンを捨てるつもりはなかったと思うぜ。リッシュモンが自分の意志でブルターニュに残ったんだからさ」

「……わ、わかっている！　捨てられたなどとは思っていない！　私が、母上を捨てたのだ。あんな母親なんて、私は要らない……！」

「やめろよ、リッシュモン。そんな言葉、自分を刺すだけだ」

「だってそうじゃないか。最初に、母上がブルターニュを捨てフランスを捨てたんだ！　イングランド王妃の座に目が眩《くら》んで欲を出した母上がいけないんだ！」

リッシュモンは自分の感情を剝《む》き出しにすることを恥じて禁じているが、内心は燃えるように熱い少女だった。興奮すると息を荒らげ、額《ひたい》に汗をかき、小刻みに震える癖がある。

その青い目が涙に濡れていることに、モンモランシは気づいた。

「う……うう……」

母親の話を語ると、リッシュモンはこうして自分の心がわからなくなるほどに激高し、最後は唇を嚙みしめて声を押し殺したまま泣きはじめる。モンモランシはいつものように、そっとリッシュモンの細い背中を撫《な》でて、落ち着かせた。

「リッシュモン。学校の女の子たちにお前の今の姿を見られたら、びっくりされるぜ」

「……すまない。モンモランシはお母上を亡くされたばかりだったな……私よりもずっと辛い思いをしているだろうに」

「いつかお母さんと再会できると、いいな。リッシュモンのお母さんは生きているんだから、会えるさ」

「いや。再会など永遠にない。私の母上は、敵国イングランドへ行ってしまったのだから……」

「なあリッシュモン。お前がみんなの前では隠している、そういうまっすぐで情熱的なところ、かわいいかもな。なんていうか、『生きている』って感じがする。いつもそんなふうに素直でいてくれたら、友達も増えるかもしれないぜ」

さっきまで涙を浮かべていたリッシュモンが、こんどは、真っ赤になって慌《あわ》てふためいた。

「ま、ま、まぜっかえすな！　なにを考えているのだきみは！　みょ、妙な石ころに夢中になっている子供のくせに、一人前に女の子を口説くつもりか？　し、しかも、ブルターニュ公の妹にしてイングランド王の義妹《いもうと》である、この私を……アルチュール・ド・リッシュモンを？」

「く、口説くってなんのことだよ？　お、俺はただ思ったことをそのまま口にしただけだよ？」

「なんだ。それはそれで、失礼だな……モンモランシ？　きみは、考えなしに女の子に優しく接するその悪癖を早く修正したほうがいいぞ。人間の愛とは本来、選択的なものだ。万人に平等に与えられる神の愛とは質が違う。とりわけ女の子はそうだ。きっと、きみのその無邪気な優しさは、今に悲劇を招くぞ」

「人間の愛？　悲劇？　なんの話だ？　騎士道物語の読み過ぎだぜ、リッシュモン」

　とにかくなにがあってもお互いに生きて戦場から戻ろうぜ、約束だ、とモンモランシは言った。

「だってさ。俺にお前の代わりなんて務まるわけがないだろう？」

「ふふ。きみはダメだな、ほんとうに。私がついていてあげないと、戦場ですぐに殺されてしまいそうだ。わかった、なにがあっても生きて戻ると約束しよう」

　リッシュモンは、苦笑しながらうなずいていた――。

「いやいや、戦場では俺がリッシュモンを守るんだぜ？」

「騎士トーナメント全敗中の今のきみにはまだ無理だな。私がきみを守ることになると思うぞ。でも……ありがとう、モンモランシ。きみにそう言ってもらえて、私はとても……嬉しいな。今夜はきっと私の生涯において、もっとも美しい思い出になる」

いつもと同じ男の子のような口調なのに、今夜のリッシュモンはやけにかわいい、とモンモランシはどきりとした。幼なじみとして過ごしてきたとはいえ、あまりにも身分が違う。意識してはいけない相手だとは理解しているが、否応《いやおう》なしに意識させられた。

戦嫌いのモンモランシがアザンクールの戦いに参戦すると決めた理由は、少しでも目を離すとどこまでも猪突《ちょとつ》猛進しようとする幼なじみの女の子を守りたい、ただそれだけの想いだった。

※

モンモランシがその日の深夜に、セーヌ川北岸の屋敷に住まう錬金術師ニコラ・フラメルのもとを訪れたのは、錬金術を戦争に応用する方法はないか？　と問うためだった。

「げえっ!?　モンモランシ!?　わしは弟子など取らん！　もう来るなと言うたじゃろうが！」

ニコラ・フラメル。齢《よわい》およそ八十の老翁《ろうおう》である。すでに妻を失い、一人暮らし。貴族でもなんでもないこの本屋の店主はどういうわけか途方もなく膨大な資産を持っていた。当時、まだ活版印刷は発明されていないから、本屋といっても文章を一文字ずつ手で書写《しょしゃ》して、一冊一冊を製本して売るという地味な仕事である。彼ほどの大金を稼《かせ》げるはずがないのだ。

なので、かつてスペインでユダヤ人とともにカバラの秘法を学んでいたという噂もあいまって、ニコラ・フラメルは「賢者の石を手に入れた錬金術師に違いない」「卑《ひ》金属から黄金をいくらでも作ることができるから金持ちなのだ」「不老不死の身体を手に入れているんだ」とパリ中でもっぱらの評判になっていたのだった。

錬金術大好きなモンモランシもはじめてパリに来た際に、いの一番にニコラ・フラメルのもとに押しかけて弟子入り志願したくらいだった。

だがこの隠者めいた老人は「わしは錬金術師ではない。そんなものはただの噂よ」と繰り返し、モンモランシから逃げ回ってきた。

この日の夜は、しかし、モンモランシはニコラ・フラメルを逃がさなかった。いつもの「趣味」のために来たのではない。リッシュモンを救うため、守るためなのだ。

お前は女のことになると目の色が変わる小僧だったのじゃな、と部屋に閉じ込められたニコラ・フラメルはあきらめたようにため息をつき、お土産《みやげ》のパンにかぶりついていた。

「頼むぜ爺さん！　俺は、黄金はいらない。資産なら実家にいくらでもある。だが賢者の石には黄金生成の他に、人間の身体を不老不死にしてくれるという力があるんだろう。そっちを教えてくれ！　そうだよ。リッシュモンを不老不死にすれば、仮に戦場で傷を受けても死なねえ！　文字通り、無敵の騎士になれるぜ！」

「……無茶を言うな小僧。人間の身体は脆弱《ぜいじゃく》なものじゃ。賢者の石によって肉体を強化したところで、永遠に生きるなど夢物語よ」

「強化することはできるんだな!?」

「それはできるとも。たとえば古代エジプトのファラオたちが進んでミイラになったのは、あれは錬金術で不老不死の肉体を得るためよ。失敗して干ぼしになってしまった者がほとんどだがのう」

「成功した者もいるのか？」

「いることはいる。だが今の世では、たとえ成功したところで教会に化け物として狩られる運命よ。不死の肉体を持つ存在は、もはや人間とは呼ばれまい。魔女だのルー・ガルー（人狼）だの吸血鬼だの生ける屍《しかばね》だのと恐れられ忌《い》み嫌われるだけよ。異端審問機関は、実のところそのような化け物を狩るために存在するのじゃ。かつてアルビジョワのカタリ派が大々的に十字軍に狩られてことごとく殲滅されたのは、錬金術を研鑽《けんさん》したカタリ派の賢者たちが不老不死の肉体を手に入れる秘術を発見し不死者を目指そうとしたためともいうのう」

「なぜ不死者を目指しただけで、教会に狩られることになるんだ？」

「神の子ジェズュ・クリ自身と彼が起こす奇跡以外で、死人が生き返ったりするようなことがあってはならないのじゃよ。『奇跡』はすべて『十字架』の中にしまい込まれねばならない。それが人間の世の掟というもの——教会は『一神教』という装置の中に『神々』のすべてを隔離し隠蔽《いんぺい》することで、地上の世界を『人間だけの世界』に造り替えたのだ」

とニコラ・フラメルは言った。モンモランシには、ぴんと来ない。

「そんな話はいいから、不老不死の術を教えてくれ！　金に糸目はつけない、俺が相続する資産を全部くれてやってもいい。だから賢者の石の力でリッシュモンを守ってくれ」

「落ち着け。たとえ不老不死の身体を得ても、頭を破壊されれば再生できぬ。この頭に詰まっている脳という器官だけは、再生がきかぬのでな」

「賢者の石の力も、完璧じゃあないってことか？」

「というよりも、人間の身体のほうが賢者の石の力に耐えられぬのじゃな。あの石は人体に直接激しい影響を与える、すさまじい力の集積物だからのう。それに、賢者の石というものは誰にも作れない」

「作れない？」

「そうとも。あれは作れるものではない。はるかなるいにしえの時代に、天から飛来したものじゃ。世界に数えるほどしか存在せん。原石は、七個ほどかのう……人の手で分割されて多少水増しされておるともいうが。わしが持っていた石はスペインのユダヤ人術士から譲ってもらったものでのう。もう、手放してしもうたよ」

「手放した、だって？　どうして？」

「錬金術の奥義《おうぎ》に精通した者が賢者の石を用いれば、たしかに奇跡を起こせる。しかし、妻が死んだために、わしにはもう使えなくなったのじゃな。神は唯一神であり男であるというキリスト教の教義に洗脳された世の錬金術師どもはみんな間違っておる。男だけで工房に籠《こ》もり、錬金術の奇跡を起こそうとあがいている。だが錬金術とは、自然が生命を生みだす過程を人為的に工房の中で再現しようとする術よ。つまり、男と女が必要なのだ。陰と陽が。光と闇が。いわば——男性の原理と、女性の原理。相反するこの二つの原理が混じり合うところに、奇跡が生まれるのじゃ」

「術士が男一人では、錬金術は成功しない？」

「むろん。この世の理《ことわり》というものは、なにごとも雌雄一対《しゆういっつい》なのじゃ。生命だけでなく、石もそうじゃし水も空気もそうじゃ。いにしえの神話の世界では、神の一族にも男と女がおった。男だけの神が、なぜ生命を生み出せる？　そのようなことはできるはずがない。それなのに教会はなぜ女神を否定して一神教を掲げるか？　あらゆる古代異教の術を失敗させ、奇跡を封じ続けるためじゃよ。ことに錬金術は、まかり間違えば世界を滅ぼしてしまうほどに危険な術なのでな」

錬金術の大いなる秘術は、たしかにある。だが、行きずりの女が相方では無理だ。錬金術に精通し、しかも相方と長い時をともに過ごし互いに信頼し合い、心で堅く繋がっていなければならない、とフラメルは苦笑した。

「わしは長年ともに工房で実験を続けてくれた妻に先立たれたことによって、大いなる秘術を成功させる資格を失ったのじゃ。今さら新しい妻を見つけようとも思わぬしな。ま、小僧のような恋も知らぬお子さまには、まだまだ無理な話よのう」

「……リッシュモンとは幼なじみで、信頼関係は……たぶん、あるっちゃあ、ある。まあ俺はぜんぜん信頼されてないかもしれねーが。俺はあいつを信頼しているし。もしかしたら成功するかもしれないぜ？　その大いなる秘術、俺に伝授してくれ！　賢者の石はどこで手に入れればいい？　そいつから力を引き出す方法は？」

「わしはもう寿命が尽きつつある。身体も弱っておる。今からではもはや教えられぬ、本ならばくれてやるから自分で学べ」

「無理だ。あんたが書いている本はどれも暗号ばかりで、ちんぷんかんぷんだ！」

「容易にはわからないように書いているのだから当然であろう」

この時。ぱたぱた、とフラメルの足下を数匹の小さな妖精族がチーズを抱えて通っていった。

妖精族とは、犬やネズミのような小さな生物だが外見は人間によく似ていて、知能も高く、人語を話すことができるという奇妙な種族だ。この人なつっこそうな妖精たちはとりわけ人間臭さに溢れている「フェイ族」らしい。だが妖精族は、教会からは悪魔の眷属と呼ばれて蔑視《べっし》され、狩られている。教会の監視がさほど強力ではない田舎ですら、人間とのおおっぴらな共存は禁じられていた。パリの街中でこのようなものを飼ってはならないはずだ。

謎が解けるかもしれない、とモンモランシは突如閃《ひらめ》いていた。

「なんで爺さんがこんなチーズばかり食い散らかす面々を飼っているんだ？　そうか。錬金術と妖精には関係があるんだな？　だから妖精は教会から魔族扱いされて執拗《しつよう》に狩られるんだ！　そうなんだろう？」

「うぐ。そそそれは言えぬのう～」

「図星だな！　今日の俺はいつもとは違うんだ、冴えてるぜ！」

「いや、こやつら妖精族はみな、古き世界の残骸。錬金術や魔術《マジー》など使えぬのに、教会に『滅び去った世界』の生きた証拠になると警戒されて狩られるというその境遇を哀れに思って飼っておるだけじゃ。かつては人間よりも大きな身体を持ち栄えていたものの、じょじょに縮んでいき、いずれは地上から消えてしまう運命の種族よ。妖精族は人間とは違い、『進化』することがないからのう」

「進化、ってなんだい？」

「ただ、例外もおる……その例外の存在はな、まことの魔物じゃ。妖精たちは生物として退化した種族じゃが、退化しなかった種族がおる。『旧支配者』の種族よ。かつて人間族と妖精族を支配し、世界を統治していた者ども、それが『神々』じゃ――人間の世界を切り開いてきた教会の連中は、その神々をこそ、悪魔と呼んでおる」

　ニコラ・フラメルは、机の上に積んでいる本をちらりと見た。古代エルサレム王国のソロモン王が悪魔の召喚方法を記したと言われるグリモワール『ソロモンのレメゲトン』の、幻のヘブライ語版だった。

「悪魔ねえ。見たことがないなあ。そいつらは地獄にいるのか、それとも冥界暮《めいかいぐ》らしか？」

「モンモランシよ。この世界には、地獄も地下世界もないのじゃよ。滅び去ったいにしえの世界では、神々は地上にいたのじゃ。われわれ人間と同じく、この大地にな。大地と海と空は元来、神々のものじゃった。彼らが大洪水によって姿を消したあと、われわれ人間が彼らの世界を奪い取ったのじゃ。神々が不在であった隙《すき》にな――しかしその眠れる神々を呼び戻すことができる力を秘めた妖精が、この世界に、ただ一体だけ存在するのじゃ。そやつは人間の心を惑《まど》わせ、人間の世に戦争を巻き起こす妖精よ。ソロモン王に悪魔を召喚させたのも、そやつじゃ。まことに、危険な存在じゃ……」

　錬金術――妖精――滅び去った世界の旧支配者、神々――爺さんの言葉はあっちへ飛んだりこっちへ逸れたりでよくわからねえ。もしかして耄碌《もうろく》してるんだろうか？　モンモランシは首を捻《ひね》った。

「悪魔の正体は眠れる古代の神々、か。待てよ。そいつらを召喚して使役《しえき》すれば……戦場に投入すれば、イングランドに勝てるんじゃないか？」

「愚かものめ！　旧支配者どもは、この世界の神じゃ！　人間など足下にも及ばぬ地上最強の生物どもじゃ！　もともとは神々の下僕にすぎない人間ごときのために働く連中ではない！ひとたび目覚めれば、地上に繁殖した邪魔な人間どもを間引きして再び制圧し、地上の世界の支配権を取り戻そうとするに決まっておるであろうが！」

「でも爺さん。要はそれって『悪魔との契約』だろう？　あんたの言う神々ってのは教会が悪魔と呼ぶ連中なんだろう。だったら対価を支払えば、使役できるんじゃあないか？」

「『ソロモンの指輪《ソ・ドウ・サロモン》』の力で神々を使役した伝説の賢者ソロモン王のごとき知恵と才能がなければ、連中を使役などできぬ。そのソロモン王ですら、最後は神々に叛逆されて身を滅ぼした。ソロモン王は人間の世界を守るために、自分の命と引き替えに指輪の力を解放して野に放たれた神々を再封印したのだという」

「冥界に、か？」

「この地上のどこかに実在する、見えざる空間に、よ」

「どこなんだよ、そこは？　さっぱりわからねえぞ？」

「……残念ながら、いずれすべてが明らかにされるであろう。ただしそなたをソロモン王の如《ごと》き運命に導く存在は、わしではないがな」

よいか。錬金術を用いて人間の戦争に勝とうなどと考えるなモンモランシよ。神々の力を人間の歴史に持ち込むな。お前自身の力で、人間の力で運命を切り開くのだ。たとえその結果が失敗であり滅びであったとしても——フラメルはそう言い残すと、妖精たちとともにいつの間にか部屋から忽然《こつぜん》と姿を消していた。

「あ、あれ？　どこへ隠れちまったんだ？　不思議な爺さんだよな、相変わらず……」

もう時間がない。錬金術の力には頼れねえ、リッシュモンは俺自身が守る、騎士として、とモンモランシは決意した。

※

「リッシュモン！　リッシュモン？　どこだあああっ？」

豪雨が降りしきるアザンクールの戦場を、モンモランシは駆け回っていた。

騎士養成学校で史上最低成績を更新中の劣等生だったモンモランシの参戦を、父親と祖父「赤髭《あかひげ》のジャン」が許可するはずもなかった。

だが、アザンクールの戦いの直前に、モンモランシの父親が、急死した。

狩りの途中で、狼に襲われて食われたのだ。

年初に母を失ったモンモランシにとって、父の死は衝撃だったが、モンモランシには「リッシュモンを守りたい」という想いがあった。だから、悲しみに打ちひしがれている時間はなかった。「親父に代わって俺がアザンクールの戦いに参戦する」と自分自身に、家臣団に、そして祖父「赤髭のジャン」に言い聞かせた。

しかし、家長を忌まわしい事件によって突如失った家臣団の混乱は激しく、また行軍中にすさまじい豪雨に巻き込まれ、モンモランシは戦場への到着に手間取った。

ずぶ濡れになり、家臣たちを置いてただ一騎で戦場に到着した時にはもう、アザンクールの戦いは終わっていた。

アザンクールの左右に開けた森には、将兵たちの無残な死体が転がっていた。

千。二千。三千。四千。五千。

いや、もっともっと多くの死者。

黒死病ですら、これほど多くの命をまとめて持っていくことはないだろう。

みな、フランス軍の兵士たちだった。

騎士養成学校が誇る天才・リッシュモンの予言通り、二万の大軍を誇るフランス軍は、わずか七千のイングランド軍の前に文字通り壊滅させられていた。

八十年近く続いてきた仏英戦争において、フランス軍はほとんどの局面でイングランド軍に敗れ続けてきたが、これほどの大敗を喫したことはなかった。

「リッシュモン！　返事をしてくれ！　アランソン！　アランソン！」

リッシュモンも、アランソンも、モンモランシに返事をすることはなかった。

雷雨を割くようにモンモランシの前に立ちはだかった巨体の男がいた。

「赤髭のジャン」。

モンモランシの母方の祖父。

ブルターニュを震撼《しんかん》させる武人。歴戦の勇者。

その性《さが》は蛮族のように残虐で、敵に対しても容赦ないばかりか、戦争のたびに「食料調達」と称してフランス国内の村や町を略奪して回る男だ。

その上、一族の資産と領地を増やすためならば、手段を選ばない。

強引な略奪婚を重ね、資産家の貴族の娘を一族の男に妻としてあてがい、領土を次々と拡大していく。そんな男だった。

モンモランシは、この強欲で残虐な祖父を忌み嫌っていた。

「小僧。ブルターニュ公の妹ならば、捕らわれてイングランド軍に連れ去られたぞ。アランソンもな」

「な……なんだってえええ!?　それじゃまさかリッシュモンは今頃!?」

「慌てるな。あれは、義理とはいえイングランド王家にとっても一族にあたる姫騎士だ。身分の低い娘のように、兵士どもから乱暴や辱《はずかし》めを受ける心配はない」

だがしかし、あの娘がイングランド王家の人間であるということはつまり解放されることもないということだ、とジャンは言った。

「お前は、遅れて幸運だったのだ。もしもこの豪雨がなければ、未熟なお前は今頃戦場に屍《しかばね》をさらしていただろう」

「……ジジイ」

「フランス軍は敗れた。イングランド軍自慢のロングボウ部隊を撃ち破るために重装騎兵による奇襲策を決行したが、ヘンリー五世のほうが上手《うわて》だった。やつは、自陣を木の杭で包囲して騎兵の突進を封じ、ロングボウで狙い撃ちしたのだ。フランス軍の総大将は討ち死に。暗殺された先代オルレアン公ルイの息子で、アルマニャック派の首領を務めていた若きオルレアン公シャルルは捕虜となった。千人を超える名だたる貴族と騎士が捕らわれ、一万人の兵士が殺された」

「バタールの兄貴まで捕らわれたのか?」

フランス貴族はみな、人質たちを取り戻すためにイングランドへ多額の身代金を支払わねばならなくなった。どいつもこいつも破産するだろう、フランスは終わりだ、と赤髭のジャンは吐き捨てた。

「ハン。馬鹿な戦をやったものよ！　無怖公ことブルゴーニュ公ジャンと、腰抜け公のブルターニュ公。あの真逆の通り名を持つ二人の間抜けどものせいだ！　ブルゴーニュ公は、政敵のアルマニャック派がほどよくイングランド軍に痛めつけられれば自分がパリ宮廷の権力を独占できると欲を出して、出兵を拒否した！　その結果、フランス軍は歴史的大敗を喫したのだ！もうイングランド軍の進撃は止められない。ヘンリー五世は遠からずパリへ入城する。フランス王継承権を正式に手に入れ、フランスの王女を妻に迎えるだろう。フランスはイングランドに併合されるのだ」

「ブルターニュ公は？　リッシュモンの兄貴は、ブルターニュ公はどうなった？」

「あいつは女の腐ったような性根《しょうね》の男よ。わが母はイングランドにいる、イングランドと戦いたくはない、などとぐだぐだ迷いながらふらふらとおぼつかない足取りで進軍して、結局間に合わなかったのよ。八千もの援軍が、無駄足になった」

ブルゴーニュとブルターニュ。このフランス最強を誇る二大公国が参戦しなかったのだから、最初から勝てる道理がなかった、と赤髭のジャンは切って捨てた。

「俺は略奪をしながら自分の城へ帰るとする」

「こんな時にも略奪か？　俺は道中、見てきたぞ。フランスの民たちは、この戦争でフランスが勝とうがイングランドが勝とうがどうでもいいと思っている。どうせ軍に略奪されるだけだ、となー　だからフランス軍に協力するはずもない」

だが赤髭のジャンは、意外な言葉を漏らした。

「わが息子アモーリも、戦死した。流れ矢に当たってな」

「……なんだって？　アモーリ伯父《おじ》さんは参戦を渋っていたはず」

「今年は俺にとって悪夢のような一年となった。わが娘も死に、娘を嫁がせた婿《むこ》も死に、そして今日の戦でせがれも死んだ。俺の資産と家名と領地はすべて、小僧よ、わが孫であるお前のものになる」

「知るか！　要らねえよ、そんなもん！　てめえが略奪してかき集めてきた汚れた資産なんぞ！」

「小僧よ。これがお前の運命なのだ。フランス王家はもう終わりだ。俺はこれから、今まで以上の鬼畜となって土地と富をかき集められるだけかき集める！　フランス王家が滅びていくどさくさ紛《まぎ》れに、火事場泥棒を繰り返すのよ！　俺はな、フランス一の大富豪になるぞ！」

「……てめえ……アモーリ伯父さんが死んだその日のうちに、よくもそんな。お前の子はもう誰も生き残っちゃいねえってのに、なんのために？」

「いや。俺にはまだ、娘が産んだ孫がいる。小僧、お前だ！　戦う気のなかった俺のせがれがあっけなく戦死し、戦って死ぬつもりだったお前は突然の豪雨に阻《はば》まれて命を拾った！　これこそが神、いや悪魔の意志なのかもしれんぞ！」

ジジイのやつ、次々と家族を失って気が動転しているのか？　目つきが尋常じゃねえ、まるで怪物だ、とモンモランシは震えた。

「小僧よ。お前は俺が血にまみれた手でかき集めた資産をすべて受け継いで、フランスの新たな王になれ！」

モンモランシは見た。

雨に濡れ、咆哮《ほうこう》する赤髭のジャンの背後で。

三本の稲光が走った。

「せがれが死んだことで、小僧、貴様の立場は激変した。この俺の後継者となったのだからな。貴様の城でいろいろとやらねばならぬことができた」と強引についてきた赤髭のジャンをともなって居城へと帰還したモンモランシを待っていたものは、さらなる悲しい知らせだった。

※

生まれつき身体が弱く、病気療養のためにモンモランシの城で長らく暮らしている従妹のカトリーヌが、涙目でモンモランシを出迎えたのだった。

「お兄さま。ジャンヌが」

「ジャンヌが、どうかしたのか？　まさかとは思うが……もしかして」

「ええ。たった今、息を引き取ったの。お兄さまの名を、呼び続けていたわ」

小刻みに震えているカトリーヌの痩せた身体をそっと抱きしめながら、モンモランシは歯ぎしりしていた。

（母も死に、父も死んだ。リッシュモンもアランソンもイングランド軍に奪われた。アモーリ伯父さんをはじめ、一万人ものフランス人がアザンクールで戦死した。そして、病が幼いジャンヌの命までを奪った。ジャンヌにはなんの罪もなかったというのに。俺は、誰の命も守れなかった……）

ジャンヌは、不幸な子供だった。モンモランシの実の妹ではない。他の家から、赤髭のジャンが誘拐同然の形で強引にモンモランシの城へと連れてきたのだ。ジャンヌが相続することになっていた資産目当てだった。

ジャンヌはだから、いつも悲しみに暮れていた。「お母さまに会いたい」「おうちに帰りたい」と泣いていた。

モンモランシは「お前は俺の妹だ。絶対に、お前にひどいことをしたりはしない。俺がこの家を継いだら、必ず実家に戻してやる。だから泣くな。希望を持って生きろ」とジャンヌをかばい、励まし続けてきた。兄として。

「お兄さま。自分を責めないで。お兄さまは、ジャンヌを兄として惜しみなく愛したわ。あの子の魂は、お兄さまに救われたはずよ……けほ、けほ……」

「カトリーヌ。お前、ジャンヌを看病しているうちに自分が身体を壊しかけてるんじゃないのか？　もう部屋へ行こう。寝かしつけてやる」

カトリーヌはジャンヌとは違い、資産目当てで赤髭のジャンがさらってきた哀れな少女ではなく、れっきとした親戚だ。

療養のためにこの城で暮らしている。

その分、心の悲しみや痛みは、少ない。

だがカトリーヌは、身体の弱い子供だ。

（神というものがほんとうにいるならば、俺は問いたい。人間に命を与えながら、なぜ病や戦で惜しみなく奪っていく。大人はいい。覚悟を持ち、守るべきもののために命を投げ出すのならば、それはそれでいい。だがしかし、罪もなく覚悟を背負う準備すら整っていない子供を容赦なく殺すのはなぜだ？）

次はカトリーヌが「死」に迎えられる番かもしれない、とモンモランシは胸騒ぎを覚え、カトリーヌの腰を抱く腕に力を込めていた。

そんな幼い兄と妹の抱擁《ほうよう》を広間の片隅で眺めていた赤髭のジャンが、言った。

無感情な声だった。

「お前たちは実に仲のいい『兄』と『妹』だ。そういえばカトリーヌが相続する予定の資産は、膨大なものだったな」

まさかジジイてめえ、とモンモランシは叫んだが、もう遅かった。

「決めたぞ小僧。カトリーヌをお前に娶らせ、カトリーヌの資産をお前のものにする。フランス一の大富豪になれるぞ」

「気でも違ったのかジジイ？　俺とカトリーヌは従兄妹同士だぞ！　ローマ教会が近親婚を禁じていることくらい知っているだろうが！」

「教会の掟など知ったことか！　この世界に、神などおらんのだ！」

赤髭のジャンは、なにかに怯《おび》えるかのように叫んでいた。

「お前がどれほど抗《あらが》おうとも、俺はお前をフランス一の大富豪に仕立て上げてみせるぞ、小僧！」

「俺はてめえの資産なんぞ継がない！　てめえの野望の片棒を担《かつ》がされるぐらいなら、貴族の身分なんぞ捨てて、錬金術師になる！　資産ならば弟のルネに全部くれてやれ！」

「いや。ルネではダメだ。小僧。どうしても、貴様でなければならないのだ」

赤髭のジャンが資産を増やすためなら悪魔に魂を売りかねないおぞましい怪物であることは、カトリーヌも知っていた。

だがまさか、近しい親族であり長らくモンモランシとともに兄妹として暮らしてきた自分の資産が狙われることになるとは、思ってもいなかったらしい。

「お、お兄さま？　お爺さまはいったい、どうなされてしまったの？」

カトリーヌはモンモランシの腕の中でぶるぶる震えはじめた。

※

モンモランシはそれから数日間、自室へと閉じこもった。

パリの騎士養成学校は、アルマニャック派のリーダーであるオルレアン公シャルルが捕らわれたことで宮廷を巡るアルマニャック派とブルゴーニュ派の争いが激化したため、急遽《きゅうきょ》閉鎖されたという。

ニコラ・フラメルは、行方をくらましていた。錬金術の秘法を聞き出すためにイングランド軍が動いたことを察知してフランスから出国したのだろう、おそらく永遠に戻ることはない、との噂だった。

モンモランシは部屋の中で、自分を呪った。

「カトリーヌと俺を結婚させるだと？　ジジイの野郎は許せねえ！　参戦を逡巡し、妹のリッシュモンをむざむざイングランド軍に捕らえさせたブルターニュ公も許せねえ！　フィリップの懇願を無視して出兵を拒《こば》んだブルゴーニュ公もだ！　どいつもこいつも、許せねえ！　しかし最悪なのはこの俺だ。誰も守れなかった。俺が兄として守ると誓っておきながら、ジャンヌの死に立ち会ってやることもできなかった……！」

モンモランシは、騎士道という美しい理想の裏面を、今のフランスにおける戦争の実態を知った。

長く続く戦争と疫病とで貴族たちはみな窮乏《きゆうぼう》している。だから彼らは常備軍を持とうとせず、戦争のたびに傭兵《メルスネール》を雇うのだ。戦争が終われば傭兵たちは解雇される。だから傭兵は、次の戦争まで食っていくために、村を略奪するのだ。

そんな傭兵たちもひとたび戦争に敗れれば、戦場に打ち捨てられ、無残に朽《く》ち果てていく。

モンモランシは、次々と失われていく命、奪われていく糧秣《りようまつ》を、目の当たりにした。

だが、未熟で無力なモンモランシにはなにをすることもできなかった。

リッシュモンはヘンリー五世の義妹にあたる高貴な身分だからイングランド兵に乱暴を働かれることはない、という赤髭のジャンの言葉だけが唯一の救いだった。もしもリッシュモンの身分が、下級貴族の姫騎士や傭兵であったならば……あるいは、平民の娘ならば……考えただけで、モンモランシは叫びだしそうになった。

「俺は力が欲しい。戦で命を奪う力じゃない。赤髭のジャンのような怪物には俺はならない。だが、怪物を打ち倒すためには、やはり力が要る。俺は、命を操り、創造し、守る力が、創造主の力が欲しい。どうせ十字架上の神ってやつは人間ごときにそんな大それた力を与えてはくれないだろうから、古代の神々に……悪魔に、魂を売ってもいい」

書庫で拾い上げたあの「石の卵」を、手のひらの上に載せていた。

「石の卵よ。お前がもしもキリスト教以前の滅び去った文明の遺物なら、古代エジプト以来の秘術『錬金術』の産物なら、俺を導いてくれ。次こそは妹の命を守れるような、そんな力を俺に与えてくれ。対価は、この俺の魂だ」

石だとばかり思っていた薄茶けた卵が、いつしか、金属球になっていた。

まばゆく輝いていた。

その輝きの向こう。

静かに開いていた窓の隙間から、小さな生き物が姿を現していた。

人間の少女をそのまま小さくしたかのような外見。

黒く長い髪。

紅《あか》い瞳。

人形のような整った顔立ちに、鋭い視線。

彼女は五芒星《ごぼうせい》の紋章を刺繍《ししゅう》した黒い小さなドレスを身にまとっていた。

背中には一対の羽があった。だがその羽は、ぼろぼろに傷ついていた。

その陽炎《かげろう》のように儚《はかな》い生き物は身体中に傷や痣《あざ》を作って、ふるふると震えていた。妖精だ。

モンモランシは、妖精が人目を避けて棲《す》み着いている山や泉に「妹」ジャンヌやカトリーヌを連れて妖精たちに引き合わせ、一緒に遊ばせるのが好きだった。だから妖精は見慣れていたが、羽つきの妖精は、「希少種」として伝わる幻の存在だった。モンモランシ自身、はじめて出会ったのだ。いや、羽つき妖精が実在しているとさえ信じていなかった。

人間に見つかって狩られそうになったのか、とモンモランシは声をあげていた。

「わたしはアスタロト。妖精の女王。従者たちは大昔にみんな人間に狩られてしまって、独りぼっちだけれど」

身体中が痛むらしい。震えながら、モンモランシの手のひらの上へと、その羽つき妖精は這い上がってきた。

石の卵を抱きながら、アスタロトはその鋭い瞳でモンモランシを見上げてきた。

「わたしを眠りから覚まして呼び出したのは、あなたなの？」

「たぶんな。俺はモンモランシ。まさか羽つき妖精が目の前に現れるとは、思っていなかった。だいじょうぶなのか？　誰かに狩られていたんだろう？」

モンモランシは、怯えて震え続けているアスタロトの頭を、そっと撫でた。

人間の少女と同じ姿をしていても、アスタロトの身体はとても小さかった。

モンモランシの手のひらにすっぽりと収まってしまうほどに。

ジャンヌよりもカトリーヌよりも、ずっとひ弱い。

指で頭をはじいただけで、死んでしまいそうなほどに。

フラメルの爺さんは、妖精の中に一体だけほんとうの「悪魔」が存在すると言っていた。ふとそのことを思い出して、なにかがひっかかった。だが、このひ弱なアスタロトがそんな邪悪な存在であるわけがない――。

「……誇り高き妖精の女王は、どれほど零落《れいらく》しても決して人間には飼われないわ。だから、あなたがわたしの下僕になりなさい。そして、わたしを愚かな人間どもの妖精狩りから、守って」

「わかった。そうする」

「そうするって？　あなたって、馬鹿じゃないの？」

「どうして？」

「……なんでもないわ。モンモランシ。あなたはわたしの虜《とりこ》になったのね。哀れだから、下僕にしてあげるわ。わたしは寛大だもの」

口の悪い妖精だな、とモンモランシは笑った。

言葉でそうして威張りながらも、アスタロトは震えながらそっとモンモランシの人差し指に小さな手を回して、頬ずりしてきた。

その雪のように白い頬が、真っ赤に紅潮している。

「……ほんとうに、わたしを守ってくれるの？　わたしが何者かもよく知らないのに？　わたしは妖精の女王よ。教会にとっては滅ぼすべき異教の魔族よ。わたしと一緒にいれば、あなたは異端の疑いをかけられて身を滅ぼすかもしれない。それでもいいの、モンモランシ？」

「俺の祈りの言葉を聞いていただろう？　俺は、命を守り操る力が欲しい。そう祈っていた時に、お前が現れた。まるで俺に、守れ、と誰かが命じているかのように。お前と出会ったのも運命だろう」

「そう。これは、運命の出会いなのね」

「それにな、俺は妹とか小さい生き物には甘いんだ。男には甘くないけれどな」

アスタロトはモンモランシの細長く白い指が気に入ったらしく、「わたしの魅力にぞっこんなのね。人間の男の子ってほんとうに愚かね」と微笑みながら頬をすりすりし続けている。

「ねえモンモランシ。わたしの待遇は、三食昼寝つきよ。できれば、夕方のおやつも頂戴。仕事はしないわ。それと、妖精の女王は綺麗好きなの。毎日必ず水浴びをさせて頂戴。この条件を飲まないのなら、下僕にしてあげないから」

「かわいいやつだと思ったけど、いきなり厚かましいおねだりかよ！　小さいけど、お前ってやっぱ女だな！」

「お礼に、あなたの願いをかなえてあげるわ。命を守り創造し操る力を、あなたに与えてあげる。わたしは、『賢者の石』の守護者なの。賢者の石の力をあなたのものにする秘術を、伝授してあげる」

「賢者の石だって？　どこだ、どこにあるんだ？」

「あなたってほんとうに愚かねモンモランシ。あなたが今手の上に載せているこの石の卵よ。

これが、賢者の石なのよ」

「えっ……えええええええっ!?」

「賢者の石の正体は、はるか古代に天空から落ちてきた星の残骸。人間の技術で造ることはできない。世界に、たった七個しかないの。そのうちの一つが、これよ。かつては、妖精の女王であるわたしが管理していた。賢者の石に選ばれた人間を、このわたしが導いてきたの。ばらばらに分裂した世界を、賢者の石の力を用いて再び一つに統合するために。世界を統一するという使命を担《にな》ってもらう代わりに、力を用いて石の所有者が自分自身の願いをかなえることを許可する、そういう契約を交わしてきたわ」

「お前が？　それじゃあまるで、神じゃないか」

「そうね。あなたたちの言葉で言えば、かつてわたしは神だったわね。でも今では教会に駆除されるべき害獣にすぎない。人間の力が増大し妖精族の力が衰退してからはもう、七個の賢者の石がどこへ消えたのか、わからなくなった。人間たちは守護者の存在を無視して、賢者の石を勝手に奪い合い勝手に所持し勝手に用いるようになった。わたしは賢者の石の守護者という使命を失って、湖の底で世界の終わりまで眠り続ける運命だったはず。それが今、こうしてあなたのもとにある。そして、わたしを呼び起こしたのよ」

　これはだって、俺の実家にあったんだぜ。グリモワールや錬金術書を引っぱりだすために書庫を荒らしていたら偶然出てきたんだ！　とモンモランシは目を見開きながらアスタロトと「賢者の石」を交互に凝視《ぎょうし》した。

「モンモランシ。あなたのご先祖に、テンプル騎士団員はいなかった？」

かつてヨーロッパ諸国が教皇のもとに十字軍を編制して東方の聖地を奪回しようと戦争を繰り返していた時代、フランス・ドイツ・イングランドという国境を飛び越えて「テンプル騎士団」という特殊な組織が結成された。

テンプル騎士団員はみな、修道士でありながら騎士でもあるという特別な身分を持ち、聖地で異教徒との戦争を遂行《すいこう》しつつ神の名のもとに数々の慈善事業や金融事業をも行ったという。

テンプル騎士団は東方の聖地エルサレムを防衛した。旧約聖書に登場する伝説のソロモン王が建てたエルサレム神殿の跡地に基地を設置したため、「神殿（テンプル、フランス語ではタンプル）騎士団」と呼ばれるようになったという。

そして奇妙なことに、このテンプル騎士団はいつしか国家をはるかに凌《しの》ぐ巨万の富を得ていた。その財力は、フランスやイングランドの諸王や、ドイツ皇帝、ローマ教皇をも超えるほどに強大なものとなった。

テンプル騎士団という国境を越えたこの謎の組織は、いずれその膨大な財力によって分裂したヨーロッパを再統一するのではないか、という声すらあった。

だが時のフランス王が、この台頭著《いちじる》しいテンプル騎士団を罠《わな》にかけた。教皇に圧力をかけて「テンプル騎士団は異端である」と宣告させるや否や、総長ジャック・ド・モレーたち騎士団の主要メンバーを一斉逮捕し「異端審問」と称して拷問《ごうもん》。強制的に自白させて、ことごとく火刑に処したのだ。

異端の異教徒と教会から宣告されてしまった以上、もはやヨーロッパの表舞台にテンプル騎士団は存在し得なかった。巨大だった組織はあっけなく解体され、その膨大な資産はフランス王が差し押さえて奪い取ってしまった――。

「テンプル騎士団がフランス王に潰された事件は、もう百年も昔の話だぜ。当時のフランス王家だったカペー家は、焼き殺された最後のテンプル騎士団総長ジャック・ド・モレーに呪われたとやらで、たちまち断絶。カペー家の分家筋である今のフランス王家・ヴァロワ家にもテンプル騎士団の呪いは解けないらしく、いまやフランスは滅亡寸前だ。まあ、ジャック・ド・モレーに呪われたカペー家が断絶したためにイングランド王がフランス王位の継承を要求してきてこの長い長い戦争がはじまったんだから、たしかにテンプル騎士団の呪いがフランスを滅ぼそうとしていると言えなくもねえがな」

ぺちり、とアスタロトがモンモランシの頬を叩いてきた。

「ああ待て待て。今、傷口を洗って包帯を巻いてやるからじっとしてろ」

「痛い痛い！　しみるじゃない！　モンモランシ。わたしの質問に答えなさい。あなたの先祖にテンプル騎士団員はいたの？　いなかったの？」

「……いたぜ。異端として歴史から抹殺《まっさつ》された騎士団だから、誰もおおっぴらには言わないけどな。ご先祖がテンプル騎士団の総長を務めていたとか。何代目だったかは忘れた」

「総長！　やっぱりそうなのね！　わたしの予想した通りだわ！」

「でもそれが、この『賢者の石』となんの関係があるんだ？」

モンモランシに荒っぽく傷口を洗われて「ひいいいしみるううう」と涙目になりながら、アスタロトが唇を尖らせた。

「つくづく愚かねモンモランシ。ほんとうにあなた、錬金術師を志《こころざ》しているの？　無知すぎない？　まだ気づかないの？」

わからないとモンモランシがうなり、アスタロトが「愚か者！」とまたモンモランシの頬を叩いた。

「東方世界への十字軍遠征に随行《ずいこう》したテンプル騎士団は、伝説の古代エルサレム王国を支配したソロモン王が建てたエルサレム神殿跡地を、自分たちの本拠地とした――そして異教徒との戦いに次ぐ戦いの中でテンプル騎士団は、なぜかヨーロッパのあらゆる王家を上回る財産を築き上げた。ところがフランス王家が教会と結託してテンプル騎士団を解体し、時の総長たちを拷問にかけ、資産を没収した。これらの三つの事件から推察される事実は、ただ一つよ」

「人間ってほんとうに愚かだよな、ってことか？」

「そんなことは最初からわかりきっているでしょっ！　いい？　テンプル騎士団はね、聖地奪回戦争のためだけに結成されたんじゃないの。そもそも当時の教皇が十字軍を結成して東方へ派遣したほんとうの目的は、当時まだヨーロッパにもたらされていなかった、聖地に眠る宝具を発見することだったのっ！」

「宝具――賢者の石か？」

「そうよ。エルサレムには、複数の賢者の石が失われたまま埋没していたから。だからこそエルサレムはあらゆる宗教にとっての聖地なの。テンプル騎士団は戦争よりもむしろ賢者の石探索に特化した特殊組織だったの。しかも、このわたしを無視して、人間だけの力で賢者の石を制御して世界を統一するという目的をもって結成された集団。だからこそ彼らはエルサレムの神殿跡を活動拠点として、賢者の石を発見した――その力で、巨万の富を築き上げた。テンプル騎士団は、発掘した賢者の石を教皇にもフランス王にも、誰にも渡さなかったのよ。拷問されても、決して在り処《ありか》を吐かなかったんだわ。そのうちの一つが、あなたの家に伝わっていたこの賢者の石よ」

なんで？　とモンモランシが声をあげ、アスタロトが怒りに震えながらまたまたぺちぺちとモンモランシの頬を叩いた。こんどは連打だ。

「賢者の石を正しく扱える者は自分たちしかいない、教皇にもフランス王にもその資格がない、と考えたのでしょう？　モンモランシ？　賢者の石がどれほどの力を持つか、わかっている？」

「不老不死になれるんだろ？」

「正しくは、不老不死に近い肉体を得られる、よ。もうひとつ。賢者の石を得た者は、特別な『固有能力《ドン》』を発現させるの。ただの人間には決して真似できない、神にも等しい能力を。だからこそ、神話にその名を刻み込んできた伝説の英雄たちはみな、賢者の石を追い求め、手に入れ、駆使してきた」

アスタロトは、言う。

巨大ピラミッドを築いた古代エジプトのファラオ。

トロイア戦争を勝利に導いた、ギリシャの英雄オデュッセウス。

エルサレム神殿を建てたソロモン王。

西方世界と東方世界を統一し人類史上初の世界帝国を築いた、アレクサンドロス大王。

古代ローマの英雄、ガイウス・ユリウス・カエサル。

西ローマ帝国の滅亡後、フランク族による統一王国「フランク王国」を建国してヨーロッパの覇者となったクロヴィス一世。

フランク王国の黄金時代を築き、フランク人の王としてはじめて「西ローマ帝国皇帝」として戴冠したシャルルマーニュ。

フランク王国の分裂後、ドイツに皇帝位をもたらし、現在も続く「神聖ローマ帝国」を樹立したオットー大帝。

そして、血と憎しみが支配してきた人類史に「神の愛」という新しい思想を吹き込んだ救世主ジェズュ・クリ――イエス・キリスト。

「彼らはみな、賢者の石を手に入れ、その能力を最大限に活用して王となり皇帝となり英雄となり救世主となったの。分裂した世界を再び一つにするために。錬金術の秘奥義の世界では、彼らは『ユリス』と呼ばれているわ」

「ユリス。つまり、ギリシャのオデュッセウスにちなんだ呼称か？」

「ええ。ユリスの起源はもっともっと古いのだけれど、ヨーロッパ人はギリシャ・ローマこそが自分たちの文明のルーツだと思いたがるから。だから、オデュッセウス。当時のフランス王は所持していた賢者の石を使えなくなって、ドイツ王に皇帝位を奪われてしまったから、テンプル騎士団が東方で手に入れた新たな賢者の石を奪い取ってヨーロッパの覇者になろうとしたのよ。でも結局、見つからなかった。その幻の賢者の石のうちの一つが、あなたが持っているこの石の卵なのよ」

「こいつが？」

「それを体内に取り込めば、賢者の石の力を所有できる。不老不死とも言える強靱《きょうじん》な肉体と、賢者の石が持つ固有の特殊な能力を、あなたのものにできる。モンモランシ。この賢者の石を手に入れた強運が、あなたにはある。あなたは望めば世界の王にでも、救世主にでも、神にでもなれるわ」

ほんとうかよ？　とモンモランシは呆れた。

「悪魔にそそのかされているような気分だ。俺は王とか神とか、そんな面倒なもんにはなりたくないぜ。俺はただ、妹たちやリッシュモンたちを守れる力が欲しいだけなんだ」

「無欲ね。でも、世俗の権力に無頓着《むとんちゃく》な者に限って、別の種類の欲望が強かったりするのよ。こういうのはどうかしら？　卵の奥を見てみなさい」

アスタロトが、輝きを増している「石の卵」を指さした。

覗《のぞ》きこんでみると、透き通った殻《から》の中に、美しい少女の姿が見えた。

足下まで伸びた、黒く長い髪。

一糸《いっし》まとわぬ白い裸身は、ギリシャの彫刻よりもはるかに美しかった。

「誰だこの女？　なんだこれっ？　胸でけえ！　腰が細い！　お尻が丸い！　ちんちくりんのアスタロトとは大違いだ！　うおおおお、しかもすっげえ美人！　なんか目覚めそう！　あ、あれ？　股間が……むずむずしてきた？」

「愚か者！　わたしを手のひらの上に置いたまままいきなり春の目覚めとか、やめてよ！　それにわたしはちんちくりんじゃないわ、妖精の女王よ！」

「はいはい。で、この子は誰だ？　誰なんだっ？　そもそも、これほど美しい女の子がほんとうに実在するのか？」

「実在するわ。彼女は、世界最高の美少女よ。名前はまだ秘密。賢者の石の力を極限まで引き出すことができれば、この美少女だって手に入れられるわ。もっとも、いまだかつて彼女を手に入れた者はいないのだけれど。あなたなら、きっと可能だわ」

「ほんとうかよ？　至れり尽くせりすぎないか？」

「ええ、ほんとうよ」

ふぁさっ、とアスタロトが自慢の黒髪を指でさばいてみせたが、手乗りサイズなので本人が狙っているような妖艶《ようえん》さをモンモランシに感じさせることはできなかった。

「そんなすごいものが、ずいぶん適当にしまわれていたんだな」

「賢者の石はみな、錬金術師の手で宝具として加工されているのよ。指輪や剣などにね。でも、この石はいったん宝具化されたあと、再び原石状態に戻されている。それで正体がわからなかったのね」

「ふうん。しかし、なんでわざわざ加工するんだ？」

「いくつか理由があるけれど……原石のままでは、力を取り込むには石を直接飲み込んで体内に収め続けなければならないの。けれども宝具化すれば、体内に入れる必要はなくなるのよ。たとえば指輪ならば、指にはめておくだけでいいの。鞘《さや》ならば、いちど口づけするなり手のひらを押し当てるなりすればいい」

「なんだ。それだけか？　じゃあ、さっそく飲んでみるよ。あーん」

「待ちなさい！　この愚か者！　妖精の女王の話はちゃんと最後まで聞きなさいっ」

「な、なんだよ？」

「賢者の石には秘密があるの。このまま飲み込んでも、石の力は人間にとって毒でしかない。身体に取り込もうとしても、毒に冒《おか》されて死んでしまうの」

「な、なんだって？　あぶねええええ！　飲み込むところだった！」

「この秘密を知らずに急いで賢者の石を飲み込んだ者はみんな、不慮の死を遂《と》げてきたわ。人間が賢者の石を宝具化した理由の二つめは、直飲《じかの》みすることによる事故を防ぐことよ。たとえば賢者の石を剣にしてしまえば、剣で自分の身体を貫く試練が必要になる。石を飲むのは一瞬だけれど、剣で自分を刺し貫くには勇気と躊躇《ちゅうちょ》が求められるから、容易に悲劇は起こらない。また、指輪や鞘として加工すれば、身体に接触させるだけでよくなるから、事故は完全に防止できるわ」

　もっとも、宝具に加工しただけでは、賢者の石の力を所有することはできないのだけれど、とアスタロトは言った。

「そうか。じゃあ俺がこの賢者の石を持っていても、自殺するための道具にしかならないってことか？　いや、こいつを宝具として加工する技術を身につければいいのか？」

「いいえ。たとえ宝具に加工しても、ただの人間の身体のままでは、賢者の石の力は取り込めないの」

「じゃあ、どうすればいいんだよ？」

「錬金術を研鑽《けんさん》して、『エリクシル』という液体を錬成するのよ。まずエリクシルを飲み、身体に賢者の石への耐性を作るの。エリクシルを飲んで耐性を得た身体ならば、賢者の石が毒にならない。取り込めるわ。ユリスになれる」

「ええぇ？　なんでお前がそんな秘密を知っているんだっ？」

「わたしは妖精の女王、賢者の石の守護者だもの。人間が知らないいにしえの知識だって持っているわ。テンプル騎士団でさえ、エリクシルの正確な製法を知り得なかった。彼らは東方で賢者の石とともにエリクシルをも手に入れたのでしょうね。騎士団が解体され、最後の総長があっけなく捕らわれて焼き殺されたのは、きっと肝心のエリクシルが枯渇《こかつ》して失われてしまったからだと思うわ」

「なるほどな。それで、賢者の石を手に入れた英雄が現れて新たな王朝を建てても、統一と平和は長続きしないってわけか。ローマ皇帝もフランス王家もかつては賢者の石の力を用いていたが、エリクシルを失ってただの人間の一族になってしまったと……だが妙だな。エリクシルを飲んで力を得た者は、長い寿命を得られるんじゃなかったのか？」

「ええ。ただの人間と比べて成長する速度が大幅にゆっくりになるから、賢者の石を手に入れた者は事実上、老いなくなるわ。若さを保ち続ける」

「ならばなぜ石を手に入れた皇帝や王の寿命が百年、二百年と続かない？」

「人間の体内に取り込まれたエリクシルは、数年から数十年で枯渇するの。何年分をため込めるかは、その人間が持つ資質次第。体内のエリクシルが涸《か》れるまでは賢者の石の『所有者』であり続けられるので、いちど手に入れた賢者の石の力を失うことはないけれど、涸れれば脆弱な人間の肉体に戻ってしまうの。新たなエリクシルを補給しない限りはね。しかもエリクシルの錬成はとても困難なの。だから、賢者の石を得ただけでは完全な意味での『不老不死』になれるとは言いがたいのよ」

　人間が賢者の石を宝具の形に加工するのは、エリクシルを切らした状態でなおも体内に賢者の石を入れ続けていると毒になってしまうからでもあるのよ、体内に入れてしまうと取り出すのがたいへんでしょう？　とアスタロトは言った。

「おいおい！　結局は不死にはなれないいんじゃねえかよ！」

「いいえ。エリクシルさえ確保し続けられれば、永遠に近い命を生きることが可能なの。そして、賢者の石の守護者であるわたしはエリクシルの正しい錬成方法を知っている。男どもだけでは決して成功しない。けれど、わたしとならば、作れるわ」

「ほんとうかよ？　そういえばフラメルのおっさんも言っていたな、錬金術は男と女の対《つい》の術者が必要だと……それじゃあ、さっそく俺とお前とでエリクシルを作ろうぜ！」

「簡単に考えないで。あなたはまだお子さままでしょう。相棒のわたしと息を合わせながら作業を行えるようになるには時間が必要だし、一から錬金術を修得しないといけないんだから、何年もかかるわ。それほど錬金術の道は険しいの。エリクシルの錬成に成功するまでにはとても時間がかかるし、手間暇《てまひま》もかかるし、原料が高額で希少なものばかりだから膨大な予算を使うことになるわ。世俗のことに関わっている時間もなくなる。苦難の人生になるわよ」

「いや、アスタロト。リッシュモンのような天才騎士にはどうあがいてもなれねえが、錬金術を修めるならば俺にもできる！　むしろ錬金工房好きの俺にとっては天職だ！　絶望の淵に落ちていたが、突如として俺の人生の目標が定まったぜ！　俺はエリクシルを錬成して、こんどこそ妹たちの命を守る！　フランスとイングランドのこの不毛な戦争だって、賢者の石の力を使えば――ユリスが覚醒すれば、終わらせることができるかもしれない！」

　モンモランシが叫んだ。

「待っていろリッシュモン。何年かかってでも必ず、助け出すからな！」

【「アンガルタ、キガルシェ」第二歌　エンキ】

「アヌンナキ」——アヌンナ（大いなる神々）による公会議。

エンリルが支配するエ・クル神殿、その最上部にあるウブシュウキンナで月に一度開催され、全キエンギの宗教・政治・学問探究にまつわる重大な方針を決定する最高機関だ。

議長は「神々の王」、エンリル。

「重力」の増大はすでに、キエンギの都市システムそのものが維持可能な限界を超えつつあった。天船マアンナから神殿に降り立ったわたしと従者ドゥムジは、神殿を包み込む空気とそして足下の大地とが不気味な音を立てながら小刻みに震動し続けていることに気づいた。

キエンギの大地から天空へと長く伸びる「塔」エ・テメン群も、激しく揺れはじめている。これ以上重力が増大すれば、エ・テメンはおそらく天と地との狭間《はざま》で倒壊せずに屹立《きつりつ》し続けるための精妙なバランスを維持していられなくなる。雲の森を突き抜けて暗黒の天空にまで到達しているエ・テメンが倒壊すれば——キエンギはこんどこそ崩壊する。

わたしはアヌンナたちの中でもっとも会議場ウブシュウキンナへの到着が遅くなった。人間であるドゥムジは会議場へは入れない。ドゥムジは門の外へ待たせねばならなかった。

「エンリルがなにを言いだすかはわかっている。俺は錬金術の神として、エンリルの計画よりもずっとましな、希望のある、新しい計画を通したい」

会議の開催と同時に、一人の男神《おがみ》が、エンリルを制していち早く立ち上がった。しかし、彼はカシュ《ビール》を飲みすぎて酩酊《めいてい》しており、すぐに倒れるように椅子に座り直してしまった。

神聖な会議の場で酔っ払っているこの神の名は、エンキ。かつてはキエンギでもっとも女好きの男神として知られた優男《やさおとこ》で、多くの女神と浮き名を流してきた。重力が増大して生殖能力を喪失して以後は、ひたすらに錬金術と占星術の研究に没頭している。

わたしはこの変わり者の男神に「石《メ》」を一つ貸与《たいよ》していた。わたしは世界に七つある「メ」の管理者だ。かつて「メ」の管理権を、エンキから譲渡されたのだ。「俺は老いた。錬金術と占星術の研究に専念したい。面倒な実務は几帳面《きちようめん》なお前がやってくれ」と。

キエンギの都市世界は――アヌンナが築いた錬金術と占星術に満ちあふれた先進的文明は、すべていにしえの古代に天空から飛来した「メ」が秘めた「力」によって運営されている。

「メ」とは「石」であり特殊な金属である。特別な技術によって、わたしたちは「メ」に内包された「力」をほとんど無尽蔵《むじんぞう》に取り出すことが可能になり、自然の恵みだけでは実現も維持も不可能なほどに膨大《ぼうだい》な「力」を消費する高度な都市文明を築くことができるようになった。この「メ」から「力」を引き出してキエンギの都市文明にその「力」を供給する技術を、わたしたちは「錬金術」と呼ぶ。

エンキはその錬金術を二万年以上も研究し続けてきた、錬金術の神。「メ」の秘密とその性質について誰よりも熟知していた。

わたしとエンキとは、かねてから連携を保ち、信頼関係もある。わたしが従えている人間の少年ドゥムジも、もともとは錬金術の神エンキが「ある資質」を見出《みいだ》して拾い上げ、英才教育を施してきた子なのだ。

「ようイナンナ、俺が建造してやった天船マアンナの調子はどうだ？　重力が増大した今の世界で天船の浮力を維持するのはたいへんなんだぜ。すでに高さの限界に達していたエ・テメンをさらに上空へ――『冥界《めいかい》』まで伸ばす作業だって、俺の技術がなければ不可能だった」

「エンキ。マアンナは『メ』一個の貸与との等価条件として作らせたはずよ。それより、あなたの計画について早く語りなさい」

「やれやれ。元はといえば俺がくれてやった七個のうちの一つを借りただけじゃないか。女ってのはこれだから」

神々が「そうだ。早く言ってくれ」「エンリルの提案が控えているのだから」とエンキを非難した――わたしは舌打ちした。エンリル派が議会の大多数を占めていたからだ。

エンリルは、人間やイギギには暴虐な振る舞いが多い暴君だが、ひとつだけ美徳があって、妻以外の女神と愛し合う不貞は働かなかった。彼はさほど恋に興味を抱かなかったのだ。一方でエンキはかつてかたっぱしから女神を口説いて不貞を働いてきた。エンキよりも早く生殖能力を失った男神たちはもしかしたら、本能的にエンキを嫌っているのかもしれない。あるいは、嫉妬《しっと》、というのだろうか。いずれにせよ、生まれながらに愛も生殖も知らないわたしにはわからない感情だ。

　ただ、エンキは「イナンナ。お前は俺が出会った生物のうち誰よりも美しい。まさしく愛の女神だ。そのお前が愛を知らないなんて、これほど寂《さび》しい話はない。どれ、俺が愛を教えてやろう」と会うたびに軽口を叩いてくる男だった。彼はもう雄《おす》の能力を失っているのだし、わたしにも雌《めす》としての能力などないのだから、生殖行為に及ぶことはなかったのだが、その軽々しい態度がなぜか妙に苛立《いらだ》たしかった。

「諸君、まあ聞いてくれ。俺たちの文明は太陽、月、海、大地から無償で与えられる『力』だけでは成立し得なかった。『メ』から膨大な『力』を取り出すことで、都市文明を発達させ維持してきた。そのための錬金術だ。天空から飛来した『メ』の謎の多くは、過去の術士たちが残した実験結果をもとに、この俺が解明した。『メ』の力を抽出するには、地底深くから湧き出る『生命の水《メラム》』と混じり合わせることが必要だという特性を発見した。その希少な天然の『メラム』が枯渇《こかつ》したのちには、『メラム』を人工的に生成する技術を新たに開発した――」

「メラム」の生成は年とともに困難な作業になっている。かつて地の底を走る『龍の道』から湧き溢《あふ》れていた天然の「メラム」は、地下を掘る錬金術の神の管轄《かんかつ》だった。だが今、「メラム」は天空の「冥界《めいかい》」で人工的に生成しなければならず、エンキの手を離れてわたしの管轄となっている。

「生命の営み、生殖活動が、代々の錬金術師たちに霊感を与えてきた。生物は、かつてはアヌンナもそうだったが、男の『種』と女の『卵』という二種類の異なる素材を融合させることで、新しい生命を誕生させる。『力』もそうなのだ。天から飛来した『メ』が『卵』ならば、大地から湧きいずる『メラム』は『種』だ。卵と種という呼び方が直截《ちょくせつ》にすぎるのならば、陰と陽、と呼んでもいい」

「そんなことはわかっている」と、議席に着いている百柱《はしら》の神々が口々に語りはじめた。

「キエンギの大地に貯蔵された天然の『メラム』のほとんどを、われらはすでに使い果たしたが、人工的に生成する方法を発見し、都市文明を生き延びさせることができた——しかし」

「『メ』と『メラム』の融合に干渉《かんしょう》し妨害するもう一つの力が現れた」

「忌《い》まわしい『重力』じゃ。重力が、急激に増大したのじゃ」

「その結果、海抜の低い地帯では、『メ』と『メラム』の融合は不可能になった。われわれは塔を築かねばならなくなった。天高くまで伸びる塔を。エ・テメンの塔を」

「大地から天へと昇れば昇るほど、なぜか『重力』の干渉が弱まると気づいたからじゃ」

「ですが『重力』はなおも増大し続けています。その『重力』から逃れて『メ』の力を得るため、ついにエ・テメンはこの地に存在するあらゆる山よりも高くなり、雲の海をも突破して暗黒の『天空』へと到達しました。『冥界』と呼ばれる、死の空間に。われらアヌンナとて、あの冥界に生身で放りだされればさほど長くは生きてはいられないでしょう」

「いまや、七つのうち六つの『メ』はイナンナの手によって各エ・テメンの先端にそびえる空中神殿『エディン』に格納され、天高くに浮かんでいる。エンキ、貴様が地上に降ろして錬金術の実験に用いている一個以外はすべてじゃ」

「すでに限界だ。これ以上はもう、エ・テメンを伸ばせない」

「そして重力はなおも増大し続けています――エ・テメンが重力に負けて折れれば『メ』はことごとく地上に落下し、『メ』の力によって維持されているこの壮大な都市文明は一瞬にして機能を喪失し、世界は滅びます」

「錬金術師よ。もうエ・テメンは延長できんぞ。いったいどうするというのだ」

エンキは椅子に尻を下ろして長い足を組んだまま、「そうだ。だから俺は、『ジウスドゥラ計画』の採用を提案する」とひょうげて笑った。

「『ジウスドゥラ』――不死者を生みだすというのか？　錬金術を用いて？」

「たしかに、無限の『力』を供給し続ける『メ』と生物とを融合させれば、理論的には可能じゃ。だが……」

「『メ』の力を生物が取り込めば、自然の摂理《せつり》をねじ曲げるほどに強大で異常な能力が発現するという伝説を忘れたか！　それは、世界を破滅に導く禁断の技術だ！」

「そもそも『メ』を直接体内に取り込めば、生物にとってその力は致死性の毒になります。過去に何人もの異端錬金術師が自ら『メ』との融合を試み、死んでいきました」

「いや。俺は『メ』と生物を融合する手段を発見した。あらかじめ『メラム』を体内に満たすことで、『メ』の毒性は中和できる――伝説のとおり、奇妙な特殊能力が発現するという副作用はたしかにあるが」

エンキの宣言は、アヌンナの掟《おきて》を破り、彼らの神話体系を揺るがすものだった。アヌンナたちは驚愕《きょうがく》した。「エンキを異端裁判にかけるべし」と唱える者もいた。

「まあ聞けよ。生物は生まれてくる一方で、死ななければならない。陰と陽、誕生と死、それが生物の掟だ。『メ』を体内に取り込んで不死者に進化したもの——ジウスドゥラは、厳密にはもう生物とは呼べないのかもしれない。だが、重力を人為的に減衰させる方法が見つからない以上、目の前に迫っている都市文明の破局は避けられない。ならば、人為的にジウスドゥラを作りだして、来《きた》るべき破局を生き延びさせ、生物の『卵』と『種』を管理させ、大地に新たな生命をばらまいて新しい文明を復興させるしかない。副作用として発現する特殊能力も、考えようによっては文明復興のために利用できるかもな」

エンキの計画を聞いた神々が「冒瀆《ぼうとく》だ」と騒ぎ立てた。

「神々は必ず複数存在しなければならない。最低でも十二柱。それが、議会制度を維持できる最低限の数だ。だが『メ』は七個しかなく、しかも六個はキエンギの都市機能を維持するために『エドゥン』から取り外せない。生き延びることができる神は一柱ということではないか」

「誰がそのジウスドゥラになるのじゃ？」

「まさかお前自身か、エンキ？」

「まあまあ諸君。そう興奮するな。『メラム』を正しく用いれば、『メ』と生物との融合は可能だ。毒性さえ克服すれば、肉体の内部に融合させても支障はない。ただ、人間は難しい。人間の小さな肉体は取り込める『メラム』の量が圧倒的に少なく、つまり強力な『メ』の力に長い時間耐えることができない。数年から数十年は『メラム』が保つが、ひとたび『メラム』が涸《か》れたら不死性は失われる。涸れたまま放置すりゃ、体内の『メ』が放つ『力』が毒になって死ぬ。だからジウスドゥラに選ぶべき種族は、強靭《きょうじん》なアヌンナか、イギギということになるが――」

「イギギはその日さえ楽しく幸せに暮らせればいいという連中だから問題にならん」「ならばわれらアヌンナのうちから一柱を選ぶということになるな」と神々が互いに牽制《けんせい》しあう。

「さて、それもどうかな。イギギは単性で生殖する種族で、繁殖力はあっても未来がない。『種』と『卵』を混ぜ合わせて新しい組み合わせを生みだすことができないイギギは、種として、個体としての進化の袋小路《ふくろこうじ》に行き着いている。しかしながら俺たちアヌンナは、もっと悪い。そもそも、生殖ができない。ガキが作れない。つまりは、アヌンナはもう滅びるべき種族だってことだよ。生殖できないアヌンナが不死の身体を得て、それでなんになる？　独りぼっちでイギギと人間たちが繁殖し続ける都市文明を守り続けるのか？　いったいなんのために？」

「では貴様は、どの種族をジウスドゥラに進化させようというのだ、エンキ!?」

「やはり、有性生殖能力を保持している人間だ。連中は、翼を捨て寿命を捨ててまで身体を小型化することで、この高重力の世界に素早く適応することに成功したのさ」

アヌンナを見捨てて人間を不死者へ進化させようというのか！　怒りに打ち震えた神々は、エンキに口々に異を唱えた。

「待てエンキ！　小さな人間の肉体ではジウスドゥラとして生き続けることは無理だと、貴様自身が言ったばかりではないか！」

「左様《さよう》。定期的に『メラム』を供給できるなら別だが、『メラム』を生成するために必要な肝心のエ・テメンはもうすぐ倒壊する。大破局のあと、エ・テメンを再建できるまで、あるいは自然に重力が弱まり地上で『メラム』が再び生成できるようになる時を待つまで、人間あがりのジウスドゥラはもたないじゃろう」

「すぐに『メラム』が涸れて、結局死すべき人間に戻ってしまう」

「仮に、いずれ重力が減衰に転ずる時が来るとしても、それがいつになるのかは誰にもわかりません。ずっと未来の話でしょう」

「ところが人間は有性生殖を行う種族で、かつ世代交代が早いから、無限の『種』と『卵』の組み合わせのパターーンという可能性をことごとく実現できる。大地に溢れている人間のうちには、特異的に大量の『メラム』を体内に貯蔵でき、『メ』に長期間適合できる『適格者』が存在し、そいつはごく希《まれ》にこの大地に現れる。ごくごく低い確率だがな――」

「それは理論上の可能性の話であろうが！　破局は目の前に迫っている。いつまでそのような神話の英雄じみた存在を待ち続けるつもりだ!?」

「さて、どうかな。すでに、人間の中から適格者が生まれ落ちているとしたら？」

「あり得ぬ！」

この時、神殿全体が大きく揺らいだ。三度、縦に揺れた。

それはこれまでに誰も経験したことのない、不気味な揺れだった。

「七本のエ・テメンが悲鳴をあげはじめている。皮肉なもんだが、今日こそが破局の日なのかもしれないな。急ぐことにするか」

　エンキは挑発するように神々を順番に睨《にら》み、目映《まばゆ》い光を放つ金属の球体――「メ」を掲げながら、言った。俺がイナンナから借りている「メ」はここにある。俺はこれからエ・テメンへと昇って、「適格者」と「メ」を融合させ、ジウスドゥラを生みだす、と。

「承認されると思っているのか？　人間をすべての生物の管理者にするなど、認められぬ！」

「われらアヌンナのうちの誰かが、ジウスドゥラになるべきだ！」

「ほう？　いったい何万年かかるかもわからん上に、てめえの種は一柱たりとも後世に残せないという死ぬよりも辛《つら》い仕事だが、さて、誰がジウスドゥラ候補に名乗りを上げる？」

　神々がひるんでいると――。

　俺がジウスドゥラになる、とけたたましい声で叫んだ男がいた。

　ずっと工房に籠《こ》もっているために背は高いが肌が青白く身体も細いエンキと比べると、倍ほどの質量を誇る、まるで筋肉の怪物のような巨人だった。これほど重力が強まっていながら、この不自由なまでの巨体を難なく制御し大地を駆け、天空を舞う、超人とも言うべき男神。

　このアヌンナキの議長。神々の王。

　エンリルだった。

Ⅱ　ドンレミ

フランスと神聖ローマ帝国（ドイツ）との国境にほど近い川沿いの道を――。

「あの流れ錬金術師《アルシミスト》を必ず捕らえよと、ラ・トレムイユさまのご命令だ！」

「魔族などを飼い慣らしよって！　悪魔と契約した異端者め！」

「引っ捕らえろ！　こんどこそ捕まえて、拷問《ごうもん》にかけろ！」

ローマ教会から派遣されてきた異端審問軍団が、馬で駆けてくる。

全員、頭からすっぽりと白い布を被《かぶ》って顔を覆《おお》っていた。

「誰が捕まるかよ！」

追われる側――いかにも魔術師《マジシャン》めいた黒いつば広の帽子に黒いマントを着込んだ、痩《や》せたのっぽの青年も、ぼろぼろに薄汚れたくたびれた馬車をけんめいに走らせていた。

御者《ぎょしゃ》はいない。

肩の上に、傷だらけの羽を持ち黒いドレスを着た小さな妖精を一匹、乗せているだけである。

痩せた青年――モンモランシは、激しく身体を揺らしながら怒鳴っていた。

「お前と出会ってからもう七年か、アスタロト」

「ええ、そうね」

「ええ、そうね、じゃねえだろう！　あのアザンクールの戦いから、すでに七年が過ぎていた。

この七年の間に、フランスの情勢は激変していた。

王太子たちが次々と急死し、フランス王家の男子の直系は絶えた。

党首のオルレアン公がイングランドの捕虜となったことで追い詰められたアルマニャック派の貴族たちは、「シャルは女王になんてなりたくない」と嫌がるシャルロットを強引に姫太子として担《かつ》ぎ上げたが、そのシャルロットもアルマニャック派の貴族たちも、「今こそアルマニャック派を追い落とす好機だ」と立ち上がった「無怖公《むふこう》」ブルゴーニュ公ジャンとパリ市民たちによってパリから追われ、南フランスに亡命した。

こうしてパリが騒然となってフランス宮廷が内部崩壊した隙《すき》をついて、イングランド王ヘンリー五世が再び攻め込んで来た。いよいよ念願のパリ入城を果たすと宣言し、たちまちのうちにノルマンディを征服してしまった。

宮廷内の派閥《はばつ》争いに勝っても、王都パリをイングランドに奪われてしまったら、フランスという王国が地上から消滅してしまう。パリを防衛しようと焦《あせ》ったブルゴーニュ公ジャンは、急遽《きゅうきょ》シャルロットおよびアルマニャック派の首魁《しゅかい》たちと和平協議を開いたが、その席でかつて自分が暗殺した先代オルレアン公ルイの家臣によって暗殺されてしまった。報復を受けたのだ。

会見場は大混乱となった。「シャルはきっと殺される。出席したくない」と怯《おび》えながら無理矢理和平協議の席につかされたシャルロットは、混乱する会見場から逃げだして奇跡的に命を永らえたが、その顔と髪にはブルゴーニュ公ジャンの赤い血が降り注いでいたという。

ブルゴーニュ公ジャンの死は、自業自得の結末とはいえ、フランスにとっては最悪のタイミングだった。

これで完全に収拾がつかなくなって大混乱したフランスの王都パリは、イングランド軍に攻められて陥落した。

娘シャルロットを目の敵《かたき》にしていた母イザボーは、ブルゴーニュ公ジャンを自分の恋人にしていたが、そのジャンが倒れるや否《いな》や、即座にイングランド王についたのだった。しかも「シャルロット姫太子はフランス王の血を引かない不義の子である」と宣言し、シャルロットの王位継承権を否定したのだ。

イザボーと手を組んだイングランド王ヘンリー五世は、かくしてシャルロットの幼い妹キャサリンと結婚し、次期フランス王位継承者となった。病篤《やまいあつ》いフランス王シャルル六世が死んだ暁《あかつき》には自らフランス王位に就《つ》く権利を、ついに手に入れたのである。

妻イザボーに見捨てられ、イングランド軍に捕らわれた哀《あわ》れなフランス王シャルル六世は幽《ゆう》閉《へい》されてあっけなく死んでしまった。

……しかし、仏英戦争の最終的な勝利者となったイングランド王ヘンリー五世は、フランスを併合《へいごう》したものの、フランス王位に就《つ》くことはなかった。なぜならば、ヘンリー五世もまたフランス王に即位する直前に突然原因不明の死を遂《と》げてしまったからだ。

だが、パリを追われて南フランスに亡命したシャルロットには王位は回ってこない。なぜなら、ヘンリー五世とシャルロットの妹キャサリンとの間に、ヘンリー六世が誕生していたからだ。実母イザボーがイングランド側についた時点で、勝負はついていたのだ。

イングランドは英雄ヘンリー五世を失ったが、その弟ベドフォード公が摂政《せっしょう》となり、今もなおフランス征服戦争を継続している。

だが、イングランドで産まれたばかりのヘンリー六世をフランスへ上陸させて戴冠式《たいかんしき》を強行するには、まだヘンリー六世は赤子すぎた。つまりまだ誰も、フランス王としての正式な戴冠式を行ってはいない。

「人間ってほんとうに愚かね、でも南フランスに亡命政権を築いているシャルロットにも、まだフランス女王になる可能性は残されているわ」

「もう無理だ！　目の前にイングランド軍が迫っていたというのに、目先のことしか考えずにブルゴーニュ公ジャンを暗殺したアルマニャック派の馬鹿野郎どものせいだ！　数人の貴族が抱くちっぽけな憎しみが、フランスという国そのものを消滅させようとしている！　最悪だぜ！　シャルロットは不義の子という烙印《らくいん》を押されて南フランスに逼塞《ひっそく》しいまや滅びを待つばかり。気の弱いフィリップは突然父親を暗殺されて途方に暮れ、進撃してきたイングランド軍に脅《おど》されて同盟を結ばされちまった！　ブルゴーニュ公国はいまや、イングランドの同盟国で、フランスの敵だ！　そしてなによりも、リッシュモンだ！」

イングランド軍の捕虜となっていたリッシュモンは、なにを思ったのかヘンリー五世に誓いを立ててイングランドの姫騎士《シュヴアリエール》になった。彼女こそが近い将来フランスの救世主になってくれると信じていたフランスの人々、とりわけ貴族たちは「あのリッシュモンがフランスを裏切った」と驚き嘆《なげ》き、リッシュモンを「裏切りの騎士だ」と罵《ののし》り、根強い不信感を抱いた。

だが、そのヘンリー五世が死んでまもなく、リッシュモンは『私が忠誠を誓った王は死んだ、イングランドに服従する義務は終わった』と宣言して独断でブルターニュに復帰。シャルロット姫太子の亡命政権宮廷にはせ参じ、フランス軍元帥《げんすい》の座に上り詰めて、いよいよ対イングランド戦争を行おうとした矢先に――。

「すべてを投げ出して城に引きこもっているシャルロットに代わって宮廷を牛耳《ぎゅうじ》っている宰《さい》相《しょう》ラ・トレムイユの陰謀に陥《おちい》り、亡命政権の宮廷から追放されちまった！　リッシュモンはもともとイングランド側にいちど寝返った経歴を持つ上に、不正を決して許さず、妥協《だきょう》という言葉を知らない性格のために、宮廷の貴族たちをかたっぱしから敵に回しちまったんだ！　今のリッシュモンは、イングランドと戦おうとしているにもかかわらず、フランス宮廷からも追い出されてどこにも行き場所がない……！」

騎士養成学校でモンモランシとともに子供時代を過ごした三人の姫は、みな、過酷な運命に翻弄《ほんろう》されていた。

この激動の期間、モンモランシがなにをしていたかといえば……ずっと工房に籠《こ》もって錬金術《アルシミー》の実験に明け暮れていて、気づけばたちまち年月が過ぎ去ってしまっていたのだった。

モンモランシの体感では、せいぜい三カ月ほど籠もっていただけのつもりだったが、実際には七年が経過していた。モンモランシには「過集中」と言うべき特別な才能（?）があったらしい。錬金術の実験に没頭している間、彼はほとんど時間というものを感じずに実験に集中し続けた。モンモランシは文字通り寝食を忘れて、まるで工房の外の現実世界の存在を忘れたかのように実験作業を続けてきた。だが、その集中力がかえって災いしたらしい。

しかも、肝心のエリクシルはまだ完成していない。賢者の石《ピエール》は宝の持ち腐れとなった。

その上、七年の間工房に籠もって完全に外の世界と断絶していたモンモランシは、イングランドから自力で戻ってきたリッシュモンに呆《あき》れ果てられて『私が捕らわれている間、きみはずっと錬金術ごっこをして遊んでいたのだな。きみには心底失望した、さようなら』と手紙を送りつけられて絶縁されてしまったのだ。

「どういうことなんだアスタロト！　俺はリッシュモンを救い出したくて錬金術師になったはずなのに！」

「ふふ。女の子はあなたが考えているよりもずっと強いのよ、モンモランシ」

それだけでも情けない話なのだが、モンモランシは錬金術の実験のために実家の資産をかたっぱしから食い潰《つぶ》していた。そのために『モンモランシは黒魔術師《マジシャン・ノワール》だ』と噂が立ち、祖父・赤《あか》髭《ひげ》のジャンから『潔白を証明するには身を固めるしかないぞ』と再び従妹《いとこ》のカトリーヌとの結婚を迫られたのだ。

七年前にはモンモランシが激しく抵抗したのであきらめた赤髭のジャンだったが、モンモランシに異端の嫌疑がかかりつつある今回は、二人の結婚を強行した。

だが、カトリーヌはモンモランシにとっては妹である。結婚などできない。カトリーヌを近親婚の悪夢から守るために赤髭のジャンを殺害しようとまで思い詰めたが、魔神のような強さを誇る赤髭のジャンの迫力にモンモランシは手も足もでなかった。

追い詰められたモンモランシはついに、新婚初夜に寝室で新郎を待っていたカトリーヌを置き去りにして、身一つで実家から逃亡したのだった。

「あの時の逃げっぷりだけは、いっそ潔《いさぎよ》かったわ。あなたって逃げ足だけは速いわよね」

「俺は激怒した赤髭のジャンに勘当《かんどう》されて、今では宿なし職なし銭なしの流れ錬金術師。ついでに宰相ラ・トレムイユの恨みを買っていたために、覆面を被った異端審問軍団にさんざん追いかけられる始末だ」

「無様ね。あなたに騎士としての能力がないことは知っていたけれど、まさか錬金術師としての才能もないなんて。わたしがつきっきりで指導すれば三年くらいでエリクシルを錬成させられると思っていたのに、とんだ見込み違いだったわ。へっぽこ」

「うるせえええええ！　俺の貴重な少年時代を返せえええ！　この穀潰《ごくつぶ》し妖精め！」

「そんなことより、水浴びさせて頂戴。わたしの美しい黒髪が傷《いた》んでしまうわ」

「ちんちくりんの妖精の分際で、身だしなみに気を遣《つか》ってんじゃねえ！　うがーっ！」

そう。

この運命の七年という時間を、凝《こ》り性《しょう》のモンモランシは「早くエリクシルを錬成しなくちゃ！」と錬金術工房に籠もって失敗、失敗、また失敗。なぜだなぜなんだ次こそは！　と挫折《ざせつ》と再挑戦を繰り返している間にたちまち歳月が過ぎてしまい、気がつけば賢者の石以外のなにもかもを失ってフランスを転々と放浪していたのだった。

父と兄たちを次々と失い、母イザボーから「不義の子」と切り捨てられ、パリを追われたシャルロットには、イングランドと戦える気力など残ってなかった。そこに、ラ・トレムイユという若い貴族が取り入り、亡命政府の宮廷を牛耳ってしまったのだ。

ラ・トレムイユは騎士養成学校には通っていなかったが、モンモランシにとっては従兄弟《いとこ》にあたる。どちらも痩せた長身の男同士で、外見もよく似ている。だが性格はちゃらんぽらんなモンモランシとは真逆で生真面目《きまじめ》、そして「とある事情」で幼い頃からモンモランシを毛嫌いしていた。

そのラ・トレムイユが亡命政府とはいえフランス宮廷の宰相に上り詰めてしまったことが、モンモランシ転落の最大の原因となった。モンモランシが黒魔術師だという悪評を撒《ま》いたのも、異端審問軍団を差し向けて逃げるモンモランシを追跡しているのも、ラ・トレムイユなのだ。

これほどラ・トレムイユにひどい仕打ちを受けているにもかかわらず、「俺はともかく元帥になるという夢をかなえたリッシュモンまで追放したのは許しがたい、あのうらなり野郎のせいでフランスは滅びる！」とモンモランシは自分が受けている仕打ちよりもリッシュモンのために憤激していた。

「俺は世俗の名誉や財産には興味はねえが、もう錬金術を続けるにも手持ちの銀貨がなくなっちまった！　だいたい工房もないのに、エリクシルをどうやって錬成するんだよ！」

「でもあなたは正式に廃嫡《はいちゃく》されたことで、もう従妹のカトリーヌと結婚しなくてもよくなったのよ。よかったじゃない」

「うるせえぞアスタロト！　賢者の石を手に入れた者は王にでも神にでもなれるとか世界最高の美少女だって手に入るとか吹くだけ吹いて、幼かった俺を騙《だま》しやがって！　今の俺は宿なし職なし家なし一文無しじゃねえか！」

「騙してはいないわ。あなたが予想以上の無能だっただけよ。まともに術を身につけていくとなると、エリクシルの錬成までに三十年はかかるわね……もしかしたら一生無理かも？」

「てめえええええ！　食っちまうぞ！」

「握らないで！　痛いじゃないの。わたしだって、あなたの見ていないところでいろいろがんばってあげたのよ？」

「なにをだ、なにを？　三食昼寝つきの暮らしと夕方のおやつと毎日の水浴び以外に、なにをがんばったんだ！」

「ちょっと落ち着きなさいモンモランシ。わたしをぶんぶんと振り回さないで！　目が回るでしょう！」

「だあああ！　俺はこの七年で、女と妖精だけは飼っちゃダメだと学んだぜ！」

「モンモランシ？　エリクシルの錬成に必要な素材は、あと一回分しか残っていないわ。銀貨もない。手持ちの賢者の石を貴族にでも売れば莫大《ばくだい》な富になるけれど、それでは元も子もなくなってしまう。次の錬成に失敗したら、万策尽きちゃうわよ」

「知ってるよ！　腹も減った！　宿なし職なしの俺に、毎日毎日貴重な砂糖菓子ばかり要求しやがって！」

モンモランシは覆面の聖職者たちから必死で逃げた。もうすっかり逃走に慣れっこになっている自分が、ちょっとだけ悲しかった。

「……異端審問軍団はどうやら、撒いたようだな」

「このまま川沿いに馬車を走らせて、西の森へ入りなさい。モンモランシ。ドンレミ村の外れにある『妖精の泉』へと」

「妖精の泉？」

「大勢の妖精族が群れて暮らしている神聖な場所だわ。古代の先住民族が遺《のこ》した巨石遺跡メンヒルがある。それもとびきり保存状態のいいものが。メンヒルを、エリクシル錬成のための工房として使うのよ」

「どうして妖精族の巣の近くにメンヒルがあると言い切れるんだ？　それに、巨石遺跡がどうして錬金術の工房として利用できる？」

「あなたって相変わらず愚かね。錬金術は、すでに失われた古代文明の技術よ。ヨーロッパの森に散在する巨石遺跡やエジプトのピラミッドは、古代における錬金術の工房だったの。高度を誇る巨石は、エリクシルを錬成する『場』としての力を持っているの。天に近づけば近づくほどにね。だからファラオは巨石を組み上げてピラミッドを建造したの」

「ほんとかよっ？」

「ヨーロッパ中に建造された巨石遺跡の多くは異教を忌《い》み嫌うローマ教会の聖職者たちの手で徹底的に破壊され、その上に教会や修道院を建設されて封じられてしまったけれど、まだフランスの片田舎にはエリクシルを錬成できるほどに保存状態のいい巨石遺跡がいくつか残っている。中でもドンレミのメンヒルは、最高に良質なの。あなた程度の才能しかない三流錬金術師がエリクシルを錬成するには、ドンレミのメンヒルを使うしかない」

モンモランシは「それじゃ最後の勝負といくか！」と馬に鞭《むち》を入れた。

リッシュモンはもう自力でブルターニュに帰還しているし、そのリッシュモンには完璧に愛想を尽かされた。従妹のカトリーヌを守ろうにもモンモランシは実家から逃亡し、赤髭のジャンに廃嫡されてしまっている。もはやなんのために賢者の石の力を手に入れようとしているのかもわからなくなってきたが、ここまで来たら意地でも引き返せない。

「決めたぜ。これで失敗したら俺は騎士としても最低、錬金術師としても失格。赤髭のジャンから逃げだしただけで人生が終わったという最低の役立たず野郎だ。今日の錬成に失敗したら現世を捨てて修道士になるぜ、アスタロト」

「恋愛もしたことのないあなたが修道士？　笑っちゃうわね。絶対にあとで悔やむから、おやめなさい」

「うるせえ。今日こそ俺は、エリクシルを錬成して賢者の石の力を手に入れる！　失敗したら修道院へ駆け込む！　これが俺の、最後の意地だ！」

馬車に積んであった棺桶《かんおけ》を下ろし、縄をかけてその棺桶を引きずりながらドンレミ村の外れにある森へ分け入ったモンモランシは、小川をさかのぼって「妖精の泉」へと到着していた。

ちなみに棺桶の中身は、エリクシルの素材と、錬金術に用いる各種の道具である。

棺桶に入れているのは、強度が高くて輸送に便利なためだが、この棺桶もまた「モンモランシ黒魔術師説」の疑いを強める結果になっていることを、当の本人は気づいていない。

そしてモンモランシは、この妖精の泉に足を踏み入れると同時に、自分の「運命」と出会った——。


「……ジャンヌ？」


小川から清水が流れ込んでいる泉のほとりに、苔《こけ》むしたメンヒルがあった。

美しい金髪を持った三頭身の小さな妖精フェイ族たちが、そのメンヒルに花飾りを施してまるで異教の祭壇のように仕立てあげていた。

頭でっかちな妖精たちはしかし、アスタロトよりも身体が大きい。

最長老《バルド》クラスになると、モンモランシの腰あたりまで身長があった。

アスタロト同様に手乗りサイズの小さな妖精もいるが、それらはみなまだフェイ族の幼生らしかった。

「みんな！　われらフェイ一族に伝わる祈禱《きとう》をはじめるでちゅ！」

「イングランド軍〜！　祖国へ帰れ〜！　でちゅう」

「でちゅう、でちゅう」

「戦争が終わりますように、でちゅう」

「あとついでに、ジャンヌの胸が大きくなりますように！」

「ジャンヌー！　ジャンヌー！」

これ以上はないというくらいの笑顔。能天気な声をあげているフェイたちがいっせいに、メンヒルを囲んで変な踊りを踊っている。

そのメンヒルの頂上に、なぜか人間の子供が立っていた。

黄金色に輝く髪が短いので一瞬男の子かな？　とモンモランシは勘違いしたが、ほんの少しだけ胸が膨らんでいるのと、寸足らずの上着とスカートとの間から見えているお腹の形から推察するに、女の子らしい。

はじめて会ったはずなのに、モンモランシにとってはなぜか見覚えがある懐かしい笑顔だった——。

（死んだジャンヌによく似ている。四歳で死んだあいつがもしも生きていれば、ちょうどこれくらいの年頃だったはずだ。名前も同じだ。ジャンヌなんて名は珍しくはないが、しかし）

フェイたちから「ジャンヌ」と呼ばれたその十歳くらいの田舎くさい女の子は、細い腰、ない胸をふんぞり返して、大いばりしている。

「今日は！　お天気もいいし、羊飼いのお散歩の仕事もお休みだし、お祭りだよー！　イングランド軍がフランスから引き上げてくれることをみんなで祈ろうねっ！　踊って踊って踊りま

くればきっと、みんなの祈りが大地に伝わって戦争は終わるかもっ！　おーっ！」

「おー、でちゅ！」

「今日のために新しい振り付けを考えたんだよ、みんなもやってみて！」

「ジャンヌー！　ジャンヌー！」

違う。俺の「妹」ジャンヌとは別人だ、あいつはいつも「おうちに帰りたい」と泣いていた。このドンレミ村のジャンヌは明るくてまぶしくて、そしてはじけ飛びそうなほどに元気だ。故郷の村で妖精たちに囲まれて幸せに育てられてきたんだろうな、とモンモランシはジャンヌを遠くから眺めながらつぶやいていた。

フェイたちが輪になってぐるぐるとメンヒルの周りを踊りながら妙なリズムの歌を歌う中、ジャンヌは飛び跳ねながら祈りのポーズを取って青空へと叫んでいた。

「あと大地の女神さん！　妖精さんたち！　ささやかな乙女であるわたしのもう一つの祈り、わたしのちっぽけな夢もかなえて！　胸！　胸を大きくしたいのっ！」

あの陰謀が渦巻き暗殺が横行していたパリや、ジジイの欲望と悪徳が沈鬱《ちんうつ》な空気となって覆い被さっていた俺の城とはまるでここは別天地だ、天国というものがあるのならばこういう場所なんじゃないか、と思った。

モンモランシの肩に止まっていたアスタロトが「どうしたのモンモランシ？　まさかあんな子供に恋でもしちゃったの？」とモンモランシの頬をぎりぎりつねってきた。

「痛いじゃないかアスタロト。恋じゃねえよ、相手は子供だよ！」

思わず声をあげていた。

ジャンヌとフェイたちが、いっせいにモンモランシのほうを振り向いた。

「あーっ！　人間さんだ！　村の人じゃない！　旅人さんだっ、珍しいね！　しかもすっごい格好！　ねえねえ旅人さん！　どうして昼間から黒マント？　闇の騎士さんかなにかなの？」

「お、俺の趣味じゃねえぞ！　黒い服のほうが闇に乗じて逃げやすいだけだ！」

数百匹のフェイたちが、「わーっ」「侵入者でちゅ！」「ジャンヌ防衛作戦発動でちゅ！」とわらわら寄ってきてモンモランシを囲む。

うわっ。すげえたくさんいるな、こんな大群ははじめて見た、とモンモランシは少し退《ひ》いた。

「ジャンヌに手出ししたら」

「怖い目にあわせるでちゅよ」

「でちゅうー！」

モンモランシはおとなしく包囲されるまま突っ立っていた。

フェイ族は、成体ならば猪や犬ほどの大きさはあるとはいえ、歯は尖っていないし手も足もふにふにと丸くて爪もないし、能天気そうで間抜けな顔つきだし、そもそも蹴り飛ばせば一瞬で滅殺《めっさつ》できてしまいそうなほどにひ弱い種族だった。

なぜなら、フェイ族は雌《めす》ばかりだからだ。

フェイ族ばかりでなく、多くの妖精族は雌だけの種族で、しかも人間の女性よりもずっとひ弱い。大きな身体を持つ人間を殺傷できるような攻撃力を持ち合わせてはいない。

「あやしい姿でちゅう、黒ずくめの魔法使いでちゅう」

「棺桶を引きずっているでちゅう」

「わたちたちのお姫さま、ジャンヌをさらいにきたでちゅ？」

「違う違う。俺は旅の錬金術師、モンモランシっていうんだ。このメンヒルをちょっとだけ使わせてほしいんだ。錬金術の錬成作業を、ここでやらせてくれないか」

メンヒルからぴょんと芝生の上に降りてきたジャンヌが、たたたっ、と素早くモンモランシの目の前まで駆けてきて、息を切らしながらモンモランシの目を至近距離から見つめてきた。

「モンモランシ？　わたしはジャンヌっていうの！　ドンレミ村の羊使いだよ！　すごいね。羽つき妖精さんを飼ってるんだね、よろしくっ」

ざわっ……とフェイたちがどよめいた。

モンモランシの肩に、羽つき妖精が止まっていることに、やっと気づいたのだ。

「わたしはアスタロト。『妖精の女王』よ。お祭り騒ぎをすること以外に能のないフェイ族なんかと一緒にしないで頂戴」

黒髪をふぁさっとなびかせながら、アスタロトが威張ってみせた。

驚いたフェイたちは「妖精の女王でちゅ？」「羽つきさんはわれら妖精族の女王だという言い伝えは聞いたことがあるでちゅ」「信じられないでちゅ、ははーっ！」とアスタロトに次々と頭を下げはじめた。

アスタロトのどこが女王なんだ？　フェイ族よりもずっと小さいし。俺たち人間にはさっぱりわからないが、妖精族にも妖精族の世界の掟《おきて》みたいなものがあるらしい、とモンモランシは知った。

「すっごいね！　羽つきの妖精さんってはじめて見たよ！　羽つき妖精は気位《きぐらい》が高いから、絶対に人間に懐かないって言われてるのに！　しかも、飼っちゃうなんて！」

「その認識は間違っているわ。わたしが、この男を下僕として飼っているのよ」

「ねえねえ。わたし、羽つきさんにさわりたーい！　帽子もさわりたーい！」

「いやよ。泥まみれの糞《くそ》ガキの手で触らないで頂戴」

「えー？　わたし、泥まみれじゃないよう！」

「ごめんごめん。アスタロトは口が悪いけど、気はいいやつだから。たぶんな。それよりメンヒルをちょっとだけ使ってもいいか、ジャンヌ？」

「うん。それじゃあ、帽子！　その帽子に触らせてくれたら、考えてあげる！」

「そんなに珍しいのか、この帽子が？」

「そうだよ！　黒魔術師さんって憧《あこが》れの職業だもんね！　魔法が使えるんだよね？　お願いしていい？　ヤドリギの杖をさっと一振りして、イングランド軍を蹴散らして追い返してくれないかなっ？」

「俺は錬金術師だ！　魔法なんて使えねえよ！」

「えー？　そうなの？　このドンレミ村もね、今はのどかだけれど、時々イングランド軍やブルゴーニュ軍の傭兵《メルスネール》さんたちが糧秣《りょうまつ》を奪いに攻めてくるんだよ？　わたしの妹のカトリーヌも巻き込まれて死んじゃったんだよ？　だから、お祈りでも魔法でもなんでもいいから、とにかくイングランド軍をフランスから海の向こうへ帰らせたいの！」

　こんな天国のような美しい村にも、傭兵たちが……この子も家族を失ったのか、とモンモランシは驚いた。

「うう。カトリーヌのことを思い出したら、悲しくなってきちゃったよ。胸が痛いよう。ぐすっ」

　ジャンヌージャンヌー！　とフェイたちがいっせいにジャンヌに飛びついて、頭に登り肩に登り、彼女を励ましはじめた。

　ジャンヌの頭の上に乗ってきた小さな子供フェイは、黄金色の髪を赤い大きなリボンで飾り立てている。

「ジャンヌ、泣いちゃいやでちゅ。泣かないで。カトリーヌはずっとジャンヌと一緒にいるでちゅよ」

「えへへ。ありがと！」

　そのリボンをつけた妖精もカトリーヌって名前なのか？　とモンモランシがたずねた。

「うん！　この子は死んだカトリーヌに代わって、わたしの妹になってくれたんだよ！　この子がつけている赤いリボンは、カトリーヌが身につけていた宝物だったんだ！」

「そうなんでちゅう。ジャンヌには涙は似合わないでちゅう」

　妖精たちに懐かれてるなあ、とモンモランシは思った。

「わたし、二度と村が傭兵さんに襲われることがなくなるよう、イングランド軍を追い返したいの！　お父さんに鍛えてもらって馬や剣の練習もして姫騎士《シュヴアリエール》を目指したこともあったけど、羊飼いの子は貴族じゃないから騎士にはなれないって神父さんに教えられたの。だから今は魔法とか呪術とかそういう方向に走ってるんだよ！　妖精さんたちは、あやしげな呪術をいろいろ知っているしね！」

フェイ族の呪術なんて全部なんの効力もないおまじないにすぎないわ、とアスタロトが目を細めて鼻を鳴らした。

「まあまあ待てよジャンヌ。いいか。今の俺はたしかになんの役にも立たないボンクラだ。しかしな。このメンヒルを借りて錬金術の作業に成功すれば、魔法を使えるようになるんだ」

「ほんとっ？」

「ああ。この石の卵を見ろ。これは『賢者の石』っていうんだ。錬金術師にとって究極の目標とも言える特別な石だ。ここだけの秘密だぜ。今から、これを使えるようにする」

「賢者の石？　わたし、知ってるよ！　賢者の石を手に入れた人は不老不死になれるんだよね？　それくらいすごい石の力があれば、わたしのぺたんこの胸も大きくなるよね？」

「胸は大きくならないと思うけどな。っていうかお前まだ子供だろ。子供の胸が膨らんでいたらそれこそおかしいだろ」

「子供じゃないよ！　わたし、おおむね十八歳だよ！　神父さんがそう言ってたもん！」

「だーっ！　嘘をつけーっ！　お前はどう見ても実年齢十歳程度だ！　童顔で発育が遅いとし

ても、上限十二歳！　月のものはあるか？　女の子の日は？」

「うん！　満月の夜は、妖精さんたちと徹夜で踊るよ！」

「俺の言葉の意味がわかってねえ！　やっぱ子供じゃねーか！」

「毎日山羊さんのレ（ミルク）を飲んでいるのに、どうして大きくならないんだろう？」

　こんな子供を相手に月のものがどうとか……もしかして子供に興奮する変態じゃないのあなた、だから今まで一人の恋人も作らなかったのね、とアスタロトに白い目で見られた。

　モンモランシは「ジャンヌの乗りに釣られただけだっ」と言い訳したが、そういえば俺って子供の頃は周囲を女の子に囲まれていたはずなのに恋人できたことがなかったな、それ以前に初恋すら経験していない気がする。なにもかも錬金術工房に閉じこもっていたせいだよなあ……と気づいて悲しくなった。

「あれー？　モンモランシ？　どうしたの、ほっぺたがひきつってるよ？　どこか痛むの？　だいじょうぶ？」

「な、なんでもねえよ！　いいかジャンヌ、女の子ってやつは今はお前みたいに胸と背中の区別がつかないひょろがりつるぺたでも、年頃になれば胸は勝手に膨らむんだ」

「うー！　失礼だよ！　背中と区別できないことないよ？　ちょっとくらい膨らんでるよっ！　ほら、ほら！　見てみて！」

「うわあああ。胸を見せるな馬鹿っ！　上着を脱ぐんじゃないっ！」

　不意を衝《つ》かれてうっかりモンモランシは見てしまった。たしかに、ほんの少しだけ膨らみかけていたような、いなかったような。だ、だが、見せられたからって戸惑うような成熟度ではなかった。いったいどうしたんだ俺は？

「モンモランシ？　なんで、なんでー？」

「な、なんでもないよ。なあ、ジャンヌ。胸がでかくなっちまったら、無駄肉がまったくついていないつるぺたの美しい胸を懐かしんでももう取り戻せないんだぜ。生き急ぐな！」

「膨らんだ乙女の胸よりも、つるぺたの幼女の胸のほうが美しいと思っているのね。今のあなたの反応は明らかに危険人物のそれだったわ」

と、またアスタロトに睨《にら》まれたモンモランシは「ああっ俺のせいじゃない！　なぜだか知らないがジャンヌの勢いに流されちまうんだ！」と頭を抱えた。

「いいから賢者の石を見せて見せて！　触らせて！　モンモランシ！」

ジャンヌは、ぴょんぴょんと飛び跳ねてモンモランシの手に自分の手を重ねようとがんばっている。

とはいえ、七年のうちにひょろひょろと身長だけはのっぽに育ったモンモランシと、小柄なジャンヌとの身長差は、激しいものがある。

ジャンヌがうーうーと背伸びしても、モンモランシが賢者の石をつまんで掲げている手には届かない。

こいつはほんとうに元気だなあ、しかも俺みたいにあからさまにあやしい闖入者《ちんにゅうしゃ》を見ても怯《おび》えないのか、俺のうさんくさい話をあっさり信用するし、とモンモランシはちょっとだけジヤンヌが心配になった。

　こんなにも無防備で人なつっこいと、いずれ傭兵だか山賊だかにさらわれてしまう、と。

「ねえねえモンモランシ？　わたしの胸を大きくしてくれるなら、メンヒルを貸してあげるよ？」

「む、胸なんてただの飾りだぜ。たぶん。触ったことないから知らないけどな」

「触ったことないんだー。触ってみる？」

「え、遠慮する。だいたい、イングランド軍を追い返したいというほうの祈りはわかるが、胸の大小はその祈りとどういう関係があるんだよ」

「だって！　フランス最強の姫騎士さま、リッシュモン元帥ってすっごいきれいな巨乳なんだよね！　あまりの美しさに、ブルターニュの宝石と呼ばれているんだとか！　わたし、姫騎士にはなれなくても、せめて胸だけでもリッシュモン元帥さまみたいになりたーい！」

「そんな理由かよっ？　あいつの姫騎士としての能力と胸の大きさにはなんの相関関係もねーから！」

「それだけじゃないんだけどぉ。わたしって痩せてててちびっこいから、いつも男の子と間違えられるの。胸だけでも大きくなりたーい。小さいより大きいほうがいいよね、なんだって！」

「どうなんだろうなあ～。そもそも、たしかに女の子の個性は胸の形や大きさに表れるけれどもさ。女の子の最大の魅力は胸よりも腹筋だぜ？」

「へ？　腹筋？」

「腹筋っつーか、お腹だな。とりわけ、へその下の柔らかい下腹部が描くラインだ。なにしろ女の子のお腹ってやつは、生命をはぐくみ産み出すんだからな……それって、どんな魔術よりも錬金術よりも神秘的で美しい奇跡だと思うぜ……だから俺は女の子のお腹を、ジェズュ・クリよりも尊敬している！」

やっぱりあなたって救いがたい変態だわ、とアスタロトに三度罵《みたびののし》られたモンモランシは、今日の俺はおかしい。俺の心の中で妙な扉が開いたんだろうか、と思った。

「とにかくメンヒルを使わせてもらうぜジャンヌ。この棺桶の中身は錬金術の道具なんだ。いちばん重要な道具はガラス製の蒸留器《アランビック》だ。こいつをメンヒルの頂上に配置して、エリクシルの素材を投入。加熱し蒸留する。七年間失敗し続けてきた作業だが、こんどこそうまくいく気がする」

「モンモランシ、わたしの胸は？」

「だから、大人になれば放っておいても膨らむって」

「えー？　なんだかごまかされてる気がするー！　でも、いいや。メンヒルを貸してあげる！」

「おう。いい子だなあジャンヌは。感謝するぜ。お礼に頭を撫《な》でてやろう。撫で撫で」

「うー。もっと、頭撫でてー！　でもでも、エリクシルってなに？」

「人間は賢者の石を直接飲み込むと、毒になって死んじまうんだ。だからまず錬金術で錬成した特別な液体エリクシルを飲むことで身体に耐性を作る。それから賢者の石を飲み込む。これで、賢者の石の力を手に入れることができるんだ。とまあ、理屈はこれでいいんだっけ、アスタロト？」

はあ……とアスタロトがため息をついた。

「モンモランシ。七年も作業し続けてきたんだから、そこであやふやにならないで頂戴。メンヒルは、エリクシルを錬成するための最適な温度と湿度と日光を得られるように場所と角度と大きさのすべてを緻密《ちみつ》に計算した上で造られているの。いくらあなたが前代未聞のへっぽこ錬金術師でも、今日こそはうまくいくはずよ」

「羽つきさん。もしもわたしが賢者の石を飲み込んだら、胸が大きくなる？」

「賢者の石の効果は二つ。一つは、不老不死に近い強靭《きょうじん》な肉体と身体能力。もう一つは、石が発現させる固有能力《ドン》よ。この二つの力を併せ持ち、人間の限界を超えた『ユリス』と呼ばれる存在に進化できるわ」

「固有能力って、どんな力？　胸がぽーんと大きく膨らむ能力？」

「そういえば俺も知らないな」

モンモランシは、ジャンヌに語った。過去に賢者の石を手に入れた英雄たちの業績から推察するに、少なくとも最強の騎士クラスにはなれるんじゃないだろうか？　実際、強大な王となってエルサレムに壮大な神殿を建設したり、分裂していたヨーロッパを統一して皇帝になったりと、過去の賢者の石所持者には武闘派が多い気がする。中には武器を取る道を選ばずに言葉で人々の心を変革しようとして救世主になったという例外的な英雄もいるが、基本的には騎士向け、戦士向けの能力が発現するんじゃないだろうか？

「まあ、俺が持っている賢者の石の特性にもよるんだろうが」

「ええぇ？　すごいよ！　もっともっと知りたい！　面白～い！　もしかして、イングランド軍をフランスから退却させることもできるかな？」

「どうかな。今の時代は、神話の時代とは違う。戦争は個人の武力よりも集団の組織力と最新兵器の能力によって勝敗が決する時代だからな。一騎討ちに強くなるくらいじゃあ、圧倒的不利な戦局は変えられないと思うけどな」

「えー？　そうなの？　今の時代の戦争って難しいんだね！」

しかし、賢者の石をこの戦争を終結させるために有効に利用する方法はあるかもしれない、とモンモランシは思った。イングランドの人質になったリッシュモンを助けたくて錬金術師になったモンモランシだったが、実家からは勘当されてしまったし、リッシュモンはもう自力で母国に帰還してしまった。賢者の石のさしせまった用途を、彼は見失っていたのだ。

「戦争終結、か……錬成に成功したら、考えてみるか」

「考えて、考えて！　わたしも手伝うよ！　胸を大きくするのと、戦争を終わらせて村がもう傭兵さんに襲われない世界にする、この二つがわたしの夢だからっ！」

どうしてその二つが同列なんだ、とモンモランシは苦笑した。

「女の子にとって、胸が大きいか小さいかは命の次にだいじなことなんだよっ！」

「ジャンヌは腹筋のラインが美しいんだから、それでいいと思うけどな」

「腹筋を褒《ほ》められても、うれしくなーいー！」

「さあ急ぐわよ。太陽が空に輝いているうちに作業しないといけないの」

アスタロトは、フェイ族たちに命じて蒸留器をはじめとする錬金術の道具をメンヒルの頂上に配置させた。

「伝説の『妖精の女王』の言いつけでちゅ、従うでちゅ」

「ひいひい。重いでちゅ。この女王、妖精使いが荒いでちゅう」

「この蒸留器、火で熱したらいかにも爆発しそうで不安でちゅ」

「だいじょうぶだいじょうぶ。今まで七十回ほど爆発させたが、今回はうまくいくって！」

モンモランシが安請《やす》け合いするが、フェイ族の妖精たちはいよいよ困惑した。

「この錬金術師さん、へっぽこすぎるでちゅう」

「ジャンヌー。悪い予感がするでちゅう。やめたほうがいいでちゅう」

「ちょっと怖いけれど、やってみよう！　みんな、踊って踊って！　モンモランシの錬金術が成功するように、祈りを捧げて！　その祈りの力でぱーっと終わらせちゃおう！」

「知らないでちゅよ？」

「カトリーヌ。ジャンヌがそう言うなら、きっとうまくいくでちゅ」

でちゅでちゅ騒ぎながら、道具の配置を終えたフェイ族たちが再びメンヒルを囲んでくるくると変な踊りを再開した。

「大勢の妖精族に囲まれながら野原で錬金術の作業をやるってのも、妙な気分だな」

メンヒルに登ったモンモランシは薪《たきぎ》を集めて火をつけ、蒸留器の加熱を開始。

ジャンヌは「やっぱりちょっと怖いね！」と震えながら、モンモランシの背中におぶさってきた。

「じゃ、ジャンヌ。手許《てもと》が狂ったらまずいから、今はくっつくな」

「ねえねえモンモランシ。わたしだったら賢者の石を、戦争を終わらせるために使うよ！　でもわたしは貴族じゃないから騎士になれないんだよねっ」

「う、うん。やっぱりお前ってそれなりに胸があるな一応。俺の背中に当たってるぞ」

「ほんとっ？　わかる？　わかった？　やったねカトリーヌ！」

「この人間さん、頬が赤いでちゅう。ジャンヌの乙女としての魅力に悩殺されているでちゅう。ジャンヌの完全勝利でちゅう」

ジャンヌの頭の上に乗っている子フェイのカトリーヌが「ぷぷぷ」と笑った。

「そうじゃねえよ！　生意気な子妖精だな！」

「ねえねえモンモランシ、賢者の石の力を手に入れたら騎士としてイングランド軍と戦ってくれる？」

「俺は流れ錬金術師だからなあ。もとは貴族だったが、もう廃嫡されちまったんだ」

「でもでも、もとは貴族だったということはあ、騎士としてイングランド軍と戦った経験はあるんだよね？」

まあな、とモンモランシはうなずいた。俺はアザンクールの戦場を経験している。戦場の実態を知って、戦争そのものを愛好する男の騎士だけではこの戦争を終わらせることはできないと思うようになった――戦いは、男の性《さが》ともいえる。戦争を終結させるためには、やはり姫騎士の存在が必要だとモンモランシはつぶやいていた。

「それならだいじょうぶだよ、モンモランシ！　姫騎士だったら、リッシュモンさまがいるよ？」

「姫騎士だけではまだ不足なんだ。なにしろ、フランス王家も貴族たちも、戦争の際に傭兵を雇うだけ雇って、いったん戦争が終われば傭兵たちを解雇して放置。腹を減らした傭兵たちに好き勝手に村を荒らさせている。イングランドに捕らわれた人質解放のために莫大な身代金の支払いが要《い》るなど、理由はあるんだけどな。銭がないのに戦争はやらなければならない。だから季節雇いの傭兵に頼る。でも傭兵を一年中召し抱える銭はない。便利使いをされて使い捨てられる傭兵は、戦争が途絶えて飢えれば略奪をはじめる。悪循環さ」

そうなんだ、戦争ってお金がかかるんだね、貴族さんたちもたいへんなんだね、とジャンヌは貴族たちに同情した。

「だから今のこの国には、民がフランス王家を積極的に支持しないといけない理由がないんだ。彼らは、上に立つ領主がイングランド王でもフランス王でも同じだと思っている。王と民の垣根を取り払って一つにできるような存在が現れれば、いいんだが」

「ドンレミ村を襲う傭兵さんは、イングランド軍かブルゴーニュ軍だけだよ？　フランス軍は来たことがないよ？」

「この村がフランスの中心部から遠く離れた僻地《へきち》だからじゃないか？　あるいは、たまたま運が良かったんだろう」

「ふえええええ。それじゃ、いずれフランス軍の傭兵さんが村を襲ったりするのかなあ？　味方なのにい？　そんなの嫌だよう～！」

「お前の好きなリッシュモンは騎士や傭兵による略奪を厳しく禁止しようとしたが、それもまた軋轢《あつれき》を生む原因になった。リッシュモンは正義感が強いが、それ故《ゆえ》に貴族たちと衝突して結局宮廷から追い出されちまった」

「そうなんだ……モンモランシもリッシュモンさまも苦労してるんだね。でもわたしはモンモランシを応援するよ！　女の子は腹筋が美しいだとかちょっと趣味が変だけど、わたしみたいな羊飼いの子供相手でも、大まじめに話してくれるもんね！」

「子供受けと妖精受けはいいんだが、大人受けが悪いんだよな俺は。特に、お年頃の乙女受けが最悪だ」

　錬金工房にずっと籠もっていたせいで精神年齢の成長が七年前から止まっているのよ、と羽を羽ばたかせてメンヒルの周囲を飛び回っていたアスタロトがいつもの調子で軽口を叩いた。

「モンモランシ、元気だして！　そのぼさぼさの長い髪をちゃんとお手入れすれば、そのうち恋人もできるよー！　わたしだって、今はちっちゃいけどあと二、三年もすれば立派な乙女だよ！　胸も大きくなるよ！」

「うーん。ジャンヌの胸はあまり大きくはならないほうがいいんだが……」

「なにそれー？　モンモランシは腹筋を愛《め》でる癖《くせ》を改めて、女の子の胸を褒める癖をつければいいよ！　それで、きっとモテモテだよ！」

「こら。体重を俺に乗せてくるな、手許が狂う」

これがメンヒル効果なのだろうか。

ここまで、錬成作業は、順調すぎるほど順調に進んでいた。

「おおー！　すごいね。炎で温めているうちに、蒸留器に入っている金属が溶けたね！　黒くなってきたよ？」

「うまくいっている証拠だ。錬成作業の第一段階、黒化現象《ニグレド》だ。このあと、順調にいけばこの液体は白くなり《アルベド》、黄色くなり《キトリニタス》、最終的には赤くなる《ルベド》。そこまで行くと、こいつは液体の姿を保っていられなくなって蒸発しはじめる。蒸留器の長い管を経由させて蒸留し、無色透明の液体となった滴《しずく》をシャーレに落とす。それこそが、エリクシルだ。そのはずだ……まあ、赤くなりはじめたところで『ぼーん』と爆発しちまうことが多いんだけどな」

やっぱり爆発するんでちゅう～！　と能天気に踊っていたはずのフェイたちがいっせいに慌《あわ》てふためきはじめた。

「だ、だいじょうぶだって。俺を信じてくれ。ほら見ろ、白くなったぞ！　このあと、白い液体が血のように真っ赤に染まる。そこまで蒸留器が持ちこたえてくれれば大成功だ！」

「ねえねえモンモランシ？　蒸留器が激しく揺れているよ？　蒸留器の底にひびが入ったりしていないかな？」

「まさか。どうなんだろう。煙が邪魔で、底のほうはよく見えないな」

モンモランシはジャンヌをおぶったまま、背中を曲げて蒸留器に顔を近づけてみた。

「あちち。あちち。近寄りすぎたか！」

蒸留器内部の液体が、山羊のミルクのように真っ白になっていた。

モンモランシとジャンヌが息を飲みながら蒸留器を凝視《ぎょうし》する。

次の瞬間には、白い液体が、一瞬のうちに黄色くなり、みるみる赤色化をはじめていた。

まるで、人血のような色だった。

モンモランシが「成功だ」と絶叫していた。

血のように赤くなった液体が沸騰し、そして蒸発をはじめた。あと少しでシャーレに水滴が、エリクシルが落ちてくる。

「やったねモンモランシ！　これでやっと賢者の石を使えるんだね！　おめでとう！」

「ジャンヌがメンヒルを貸してくれたおかげだ！　最後の最後についに成功したぜ！　ジャンヌ、あと妖精のお前ら、ありがとう！　ありがとおおおおお！」

「「「おめでとうでちゅううう！」」」

「「「わたちたちは最初から人間さんを信じていたでちゅう！」」」

煤《すす》にまみれたジャンヌとモンモランシが抱き合ってはしゃぎ、フェイたちがいよいよ盛り上がってぐるぐると速度をあげながら舞い踊る中――。

一匹だけ冷静に宙を舞って蒸留器を観察していたアスタロトが、叫んでいた。

「モンモランシ、逃げて！　エリクシルは完成したわ！　でも、もう蒸留器がもたない！　輸送中に小さなひびが入っていたみたい！　きっと今朝、異端審問軍団から逃げていた時に傷《いた》めたんだわ！」

「「「ぴえええええ！　やっぱりダメ人間さんだったでちゅううう！」」」

フェイたちが悲鳴をあげると同時に、蒸留器が盛大に爆発していた。

ばんっ！

蒸留器の爆発に巻き込まれたメンヒルが完全に崩壊してしまうほどの激しさだった。

メンヒルを取り囲んでいたフェイたちは蒸留器から遠い距離にいたので安全だった。だが煮えたぎった真っ赤な液体は、メンヒルから落下していくジャンヌとモンモランシめがけて飛沫《しぶき》を飛ばしながら降り注いできた。

（うおおおお、距離が近すぎて逃げる時間なんぞねえええええ！　せめてジャンヌをかばって俺が背中で浴びるくらいしかっ……！）

逡巡している時間は、なかった。

小さなジャンヌの身体を抱きしめてかばいながら、モンモランシは煮えたぎった赤い液体を全身に浴びていた。

「あぢいいいいいいいっ？」

「モンモランシいいいいい？」

浴びながら、芝生の上に倒れ込んだ。

腕の下には、目を見開いて震えているジャンヌが見えた。

「たいへんだわ！　エリクシルを錬成できる貴重なメンヒルが崩壊してしまった。これじゃもう錬成できない。そもそも人間がこんなにも大量のエリクシルを浴びてしまうなんて、前代未聞の事態だわ！」

アスタロトがぱたぱたと羽を羽ばたかせて、歯を食いしばって激痛に耐えているモンモランシのもとへと舞い降りてくる。

「モンモランシ、モンモランシ？　早く泉の水を浴びてエリクシルを流しなさい！」

だが、モンモランシの背中を覆い尽くした激痛はすぐに消えていた。

「どうなったんだ、アスタロト？　どうやら俺は、やけどしてねえぞ？　熱かったのは一瞬だった」

「モンモランシが濡れていない？　蒸留器から飛びだしたエリクシルがすべて、蒸発してしまっている？　きっと、完全なエリクシルになる前に爆発して空気に触れたせいだわ！」

「それじゃ、エリクシルは全部消えちまったってことか？　蒸発しちまったと？」

「そのようね。でもあなたが死ななかっただけでも、よかったわ。ほんとうに愚かなんだから！　こんな危ない真似はやめなさい！」

「アスタロト、俺はそもそも妹やリッシュモンの命を守るために錬金術師になったんだぞ！　その俺が錬金術の錬成作業中に、目の前のジャンヌを犠牲にできるか！　それじゃあ本末転倒だろうが！」

「……どのみち、もうエリクシルの錬成はできないわ。メンヒルも素材も蒸留器もすべて、失われてしまったもの」

すべては失敗に終わったということか。賢者の石はここにあるのに。俺はついに、すべてを失ったのか……とモンモランシはうなだれていた。

「ごめんなさいモンモランシ。あなたのたいせつな七年間を奪い取ってしまって。わたしを保護してくれたあなたに恩返しがしたかったのに。こんなことになるなんて」

「いやアスタロト。お前も元気だし、ほら、俺の腕の下ではジャンヌも無事だ。ある意味、俺の目的は達成できたってことだ。これでいいんだ――」

モンモランシが苦笑しながら「錬金術師としての旅は終わったな。これからどこを放浪しようか、アスタロト」と起き上がろうとした時。

そのモンモランシの腕を、ジャンヌが摑んでいた。

「も、モンモランシ。行かないで。ずっとこの村にいて」

「ありがたいが、俺は異端審問軍団に追われる身だからな」

「待って、モンモランシ？　濡れてる。モンモランシの唇の端から、なにか溢《あふ》れてるよ？」

「……え？　もしかして、よだれっ？　まさか俺は押し倒したジャンヌに欲情してしまっていたのかああ？　相手は子供なのにっ？　最悪だああああ！」

「ふえ？　モンモランシ、よくじょうってなにー？」

「俺は、俺は、やっぱり赤髭のジャンの野郎の孫だったんだああ！　俺の身体にもあいつと同じ鬼畜の血があああああ！　ジャンヌに出会った時から今日の俺はちょっと変だとは思っていたが……もうダメだ、俺はこんどこそ終わった！」

　フェイたちが、ぴいぴいと騒ぎはじめた。

「「「幼い雌に発情する、おぞましい変態だったでちゅう」」」

「「「ジャンヌを押し倒して、このままおそろしいことをはじめるつもりでちゅね」」」

「「「雄はこれだから危険なんでちゅう！」」」

「「「みんな、ジャンヌを救い出すでちゅう」」」

　ジャンヌの髪にしがみついていたカトリーヌが、ぴょんとモンモランシの頭の上へ飛び込んできて、「かかかカトリーヌは妹として、ジャンヌお姉ちゃんを守るでちゅ～」と丸い手で「ぽふぽふ」と全力攻撃を開始した。悲しいほどに痛くなかった。

「待ちなさい、フェイ族ども！　モンモランシの唇から流れている無色透明の液体は、よだれじゃないわ！」

　アスタロトが、いっせいにモンモランシへ襲いかかろうとしていたフェイたちを、止めた。

「この、モンモランシの唇から漏《も》れてくる液体は――エリクシルよ！」

　どういうことなんだおい、とモンモランシはジャンヌにしがみつかれたまま声をあげていた。

「わからない。人間がこれほど大量のエリクシルを浴びた例はなかったから。でも、口元から落ちてくる滴が、ジャンヌの頬に落ちる前に溶けて消えてしまっているでしょう？　爆発して蒸留器から溢れたエリクシルはまだ完成していなかった。空気に触れるすぐに蒸発してしまった。あなたの口元からこぼれている液体も、同じよ。空気に触れると蒸発してしまう。そんな不安定なままのエリクシルが、あなたの口の中から溢れているんだわ！」

「つまり俺はエリクシルを浴びて、賢者の石への耐性を獲得できたってことか？　賢者の石を飲み込める身体になったのか？　ユリスになれると？」

「違うわ！　あなたの身体はあり得ないほどに大量のエリクシルを吸収してしまった。そのために、予期せぬ事態が起きたんだわ。あなた自身が、エリクシルを錬成して供給する『器』になってしまったのよ！」

「器に？　エリクシルの？　俺が？」

「賢者の石の力を取り込んじゃダメよ、モンモランシ！　体内で多量に錬成されているエリクシルと反応して、賢者の石の力が暴走してしまうわ！　石に心を乗っ取られて、人間としての理性を失い、獣のようになってしまう！　しかも体内でエリクシルを無限に錬成し続けるから、あなたはとどまることなくたいへんな厄災を振りまく文字通りの魔王になってしまうわ！　普通の人間ならエリクシル中毒になって死んでいるはずなのに。信じられないわ！　百万人に一人の異常体質だったのかしら？」

　それってモンモランシがエリクシルを出す係になっちゃったってこと？　山羊さんがミルクを出してくれるように？　と、モンモランシの首根っこに抱きつきながらジャンヌがたずねた。

　アスタロトがうなずく。

「わかりやすく言えば、そういうことよ。賢者の石を所持し、あるいは探し出して利用しようとする者たちに、モンモランシは生涯追われる身になったと言えるわ。賢者の石や既存《きぞん》のエリクシルを入手することはできても、エリクシルを自らの手で錬成する技術を開発することは人間どもには困難なのだから。この事実は、隠し通さないと！」

「別に俺の懐《ふところ》が痛むわけじゃねえ。エリクシルが欲しいってやつがいれば、気前よくくれてやればいいじゃねえか」

「それが、ダメなのよ。あなたが錬成できるようになったエリクシルは極度に不安定で、空気に触れると蒸発してしまう。あなたと口づけ《ベーゼ》して直接飲まなければ、エリクシルを取り込めないのよモンモランシ。切り札だったドンレミ村のメンヒルも今の爆発で壊れてしまった。あながもしも賢者の石の所有者に捕まったら、いずれ所有者の体内でエリクシルが涸れた時の再補給係として用いるために、そのままずっと拘束されて『エリクシルの器』として飼われる羽目になるわ。あなたのエリクシルは保存できないのだから」

モンモランシの顔色が、変わった。

「……ジャンヌ。妖精たち。このことは、誰にも言うな。絶対だぞ。頼むぞ！　俺は！　筋骨たくましいおっさんに死ぬまでとっ捕まったあげく熱いベーゼを交わさせられるなんて人生は絶対にいやだあああ！」

いや待てよ！　だがまだ、賢者の石を持っている人間が全員男と決まったわけじゃない、かわいい女の子が持っているという可能性も——美しい腹筋を持つ女の子が相手だったら、いくらでもベーゼを交わしてエリクシルを口移しで飲ませてあげてもいいな！

そこまで無理矢理妄想して立ち直ろうとしたモンモランシの頭を、ジャンヌがぽかりと叩いていた。

「なんでジャンヌが叩くんだよっ」

「うー。なんとなく！　モンモランシが他の女の子とベーゼを交わす姿を想像したら、面白くなーいー！　なんだかわたし、むかついちゃった！」

「人間さん人間さん。ジャンヌにエリクシルを飲ませてあげて。人間さんはもう賢者の石を飲めないんでちゅよね？　だったら、ジャンヌに」

子フェイのカトリーヌが、言いだした。

「お、俺は年端《としは》もいかない子供とベーゼを交わす趣味はないんだ！　それにジャンヌは羊飼いの子だから、ユリスになっても騎士にはなれないんだよ。言っただろ？」

「ええ。それにジャンヌはまだ幼いから、仮にエリクシルを飲んでも賢者の石が放つ力には耐えられないわ。身体が小さすぎるのよ。残念だけど、石の力に身体をむしばまれて死んでしまうわ」

モンモランシに抱きついたままアスタロトの言葉を聞いていジャンヌが、「うー。なんだかがっかりしちゃう！」と肩を落とした。

「あ！　でも、それってわたしがいつか大人になれば賢者の石への耐性ができるってことだよね！　モンモランシ！　やっぱりドンレミ村に住み着いて！　一緒に暮らそうよ！　わたしが大人の乙女になったら、ベーゼしてもらって、エリクシルと賢者の石をいただいちゃう！」

「羊飼いの子は姫騎士にはなれないって言っただろ？」

「うん！　でも姫騎士にはなれなくても、村を傭兵さんの襲撃から守るくらいのことはできるよ！　そうだよね？」

「まあ、それくらいは楽勝かもしれねえが……しかしな」

「じゃあじゃあ。お礼にわたし、モンモランシのお嫁さんになってあげてもいいよ？」

ごくり、となぜかモンモランシは口の中に溢れてきたなにかを飲み込んでいた。

（これはエリクシルだ。唾液《だえき》じゃねえ）と言い聞かせながら。

「無理だ！　お、俺には、子供と結婚する趣味はないんだ！」

「結婚は大人になってからでいいよー。今日からわたしが羊飼いのお仕事で食べさせてあげるから、モンモランシはなにもせず一日中ぶらぶら遊んでていーんだよ？　三食昼寝つき、毎日のおやつあり、妖精の泉での水浴び権もありあり！　この条件でどうかな！」

「な、なんだって？　働かなくていいのか？　いい条件じゃねーか！」

「……あなたってほんとうに、ほんとうに、愚かなのね！」

アスタロトがきいきいと半切れしながら、モンモランシの頭を踏みまくっている時だった。

森の奥から、葉っぱで全身を覆った見張り係のフェイ族が一匹、ジャンヌたちのもとへと飛び込んできた。

「フランス軍の傭兵がドンレミ村に押し入ってきたでちゅ！　傭兵隊長が、糧秣をすべて差し出さなければ村を焼き払う、と言ってきてまちゅ！」

「フランス軍が？　そんな。味方なのに。ドンレミ村にフランス王家を支持しているのに。どうして?」

「隊長が言うには、村に溜め込んだ糧秣を奪うために、ブルゴーニュ軍の傭兵部隊がドンレミ村に迫っているでちゅ。だから先にフランス軍が糧秣を押さえる、と言っているでちゅ! 急がないと、両軍入り乱れての糧秣の奪い合いになりそうでちゅ!」

「えええええっ? どうしよう? このまま村が、戦場になっちゃう! こんなこと今までなかったのに!?」

それほど戦局が悪化しているってことだな、とモンモランシは怯えるジャンヌの頭を撫でながら立ち上がっていた。

ドンレミ村を、戦禍《せんか》が襲おうとしていた。

そしてジャンヌは、無言で走りはじめた。危機が迫っている村へ舞い戻ろうとしているのだ。

「待てよ、おい! 危ないぞ!」

モンモランシもジャンヌを追いかけた。

二人が村へ駆け込んだ時にはすでに、フランス軍の傭兵部隊が村に入っていた。

傭兵隊長ラ・イルが、村役場の一室を占拠していたのだ。

「あたしたちはシャルロット姫太子側に雇われているガスコーニュ傭兵団さ。もうまもなくイングランドと同盟しているブルゴーニュ軍がこの村を襲い糧秣を奪い尽くす。そうなる前に、あたしたちに糧秣を差し出すんだな」

ラ・イルはよく焼けた褐色《かっしょく》の肌と燃えるような紅《あか》い髪を持つ眼光鋭い女傭兵だった。

背中から真紅《しんく》のマントを羽織り、そのマントには銀製の小さなカウベルが無数にちりばめられている。

遠目には長髪の美少年とみまがうような凜々《りり》しい顔立ちの少女だが、軽量の鎧《よろい》の胸元が大きく膨らんでいて、肌色の深い谷間が見える。

言葉には、少しばかり南部なまりがあった。

憤怒《ラ・イル》という名前は、彼女が戦場で見せる鬼気迫る闘争心と威圧感、そして命知らずの激しい戦闘経歴から来た通り名。

この田舎のドンレミ村にすら、彼女の名前は知れ渡っていた。

「あああああいにく、そそそ村長もしししし神父も留守なのですじゃ」

「このドンレミ村はフランス王家に忠誠を誓う村。あんたがたに糧秣を提供することに異存はないが、全部持っていかれたら冬を越せんわい。半分でどうじゃな?」

「あたしは中途半端が嫌いなんだ。ブルゴーニュ軍が村を襲撃する前に決断しろよな。この村を戦場にしたくなければ」

「なんちゅうことだ。で、で、出ていってくれんかのう……」

「あたしたちが出ていけば、村はブルゴーニュ軍に蹂躙《じゅうりん》されるだけだぜ?」

何人かの村人が役場に駆けつけてきたが、村を取り仕切る村長はヴォークルールの町に出かけてしまっていて、糧秣を扱える責任者がいない。「急げ。村を火の海にされたくなければ」と虎のように目を細めて全員を威圧するラ・イルを前に青息吐息。

そんな役場の一室に、ジャンヌとモンモランシ、そしてアスタロトが飛び込んできた。

「待って！　待って！　傭兵さん、村を戦場にしちゃダメだよっ！」

「誰だっ？」

ラ・イルは、ドイツのフス戦争で名を馳せた最新鋭の兵器・マスケット銃の銃口をジャンヌの額に突きつけようと脚のホルダーから抜いたが、

「……お、女の子？　幼い子供っ!?　なんだよ、お前っ!?」

「傭兵さん！　お願い、仲間割れしないでー！　どーん！」

「だ、抱きつかれた？　この、犬や猫にも懐かれないラ・イルさまが!?」

勢いよく飛び込んで抱きついてきたジャンヌにマスケット銃を突きつけることをためらったラ・イルは、どう対処していいのかわからずに頰を赤らめながら、部屋の入り口で力尽きて「あー息が切れた」と咳き込んでいたモンモランシの頭にとりあえず銃口を押し当てていた。

引き金を引くと装塡《そうてん》されている火薬に引火して弾丸が発射されるマッチ・ロック式機構を採用したこのマスケット銃は、隣国の神聖ローマ帝国が継続中の「フス戦争」で劇的に進化した最新兵器。女傭兵のラ・イルが扱いやすいように、あるいは「抜き打ち」を可能にするために、極限のレベルにまで小型化されていた。

「うわああ。どうして俺っ？　いきなりなにをするんだよっ？」

「うるせえ！　このラ・イルさまはひ弱い女子供には慈悲を見せるが、男には容赦《ようしゃ》しないんだ。おい。どうしてこんな田舎村にお前のようなあやしい魔術師がいるんだ？　お前まさか、この

いたいけな女の子をたぶらかしていたのかよ？　殺す！」

「誤解だあああ！　お前ほんとうに、傭兵業界最凶の荒くれ者と悪評高いラ・イルなのか？　そのマントにちりばめたカウベルは間違いなくラ・イルの印——てっきり、筋肉の鎧を身にまとったおっさんだとばかり。まさか胸に乳牛みたいに脂肪を蓄えた女傭兵だったとは」

　はちきれそうに大きく膨らんだ胸をじろじろと見られたラ・イルが、思わず頬を赤らめて叫んでいた。

「てっ、てめえ！　失礼なことを言うなよ！　あたしは花も恥じらう乙女だぞ、乳牛じゃねーよ！　あたしの得物《えもの》はこれだ。イングランド軍のロングボウなんて目じゃない。銃だよ。こいつから放たれた弾丸は、文字通り目に見えない速度で敵の身体を撃ち抜く！　嘘だと思うのならば避けてみな！」

「悪かった！　二度と乳牛だなんて言わないから、銃を下ろしてくれ！」

「黙れ。あたしは神さまなんぞ信じてねえが、魔術師の類《たぐい》はもっと嫌いなんだ！　殺すぞっ」

「待って、傭兵さん！　モンモランシは魔術師じゃないよ、錬金術師さんなんだよ！」

「……錬金術師？」

「あと、わたしはジャンヌ！　お父さんは自警団の団長さんだけど今日は留守なんだよ！　わたしの村での任務は、泉の妖精さんたちに食料を分けたり、村人さんと妖精さんとの間で小川の水の取り分を決めたりする係！　仕事は羊飼いだよっ！　傭兵さんってすっごい胸が大きいよね！　どーんと体当たりしてもふかふかで衝撃がなかったよ！　うらやましいなあ、どうやってこんなに胸だけ大きくしたのっ？」

ジャンヌが目を輝かせながら胸をぺたぺた触ってくるが、ラ・イルは、

「……大自然と妖精どもと羊に囲まれて健《すこ》やかに育成された女の子は、こんなにも純真に育つものなのか。あたしも、将来結婚したらやっぱり田舎で子供を育てたいなぁ……陰謀が渦巻く上に不衛生なパリは絶対にいやだ……って、今はそんな話をしている状況じゃねーって！」

と自分に無邪気に懐いてくるジャンヌに戸惑い、突き飛ばすことができない。

戦場での対陣で兵糧が尽きて飢えたラ・イルは、激しく気が立っていた。ブルゴーニュ軍も迫っている。だからラ・イルは手負いの虎のように殺気だっていたが、ジャンヌが飛び込んできたことでようやく話し合えそうな雰囲気になりつつある。

村人たちも「さすがはジャンヌちゃん」「わが村いちばんの人気者じゃ」「容易に人間に懐かない妖精たちと村人の仲を取り持ってくれているだけのことはあるのう」「人も妖精も幸せにしてくれる笑顔じゃ」「おそろしい傭兵隊長もこの子には甘いようじゃ」と安堵《あんど》していた。

その上、モンモランシの帽子の上に、羽を持った珍しい手乗りサイズの妖精がちょこんとお尻を下ろしている。

ラ・イルは、思わずその羽つき妖精を凝視して、思わず頬を真っ赤にしていた。

「おおっ？　こ、この子はいったいなんだ？　まさか、伝説の羽つき妖精かっ？　なあ錬金術師！　この子を、あたしに譲ってくれないか？」

ラ・イルが「ち、力を入れすぎると傷つけてしまいそうだ」と緊張しながらアスタロトにお

そるおそる手を伸ばしてきたが、アスタロトは「いやよ」とその手をぺちりと叩いて拒絶した。

ラ・イルは、この世の終わりが訪れたかのように絶望し、涙目になった。

「ううっ……あたしってどうして、動物や妖精に懐かれないんだろう……やっぱり、こんな殺伐とした傭兵稼業をやっているせいで、人相が悪くなっているのかよ？」

かわいそうだよ羽つきさんとジャンルが抗議したが、アスタロトは「わたしは誇り高き妖精の女王、人間に飼われたりはしないの」とけんもほろろ。

「はっ？　今はそんな話をしている場合じゃなかった！　いいか錬金術師！　ブルゴーニュ軍がこの村の糧秣に目をつけて進撃中なんだ！　だから先にあたしたちに糧秣を提供しろ！」

「俺は旅人でこの村の人間じゃないんだが……まあ村長も不在のようだしな。ジャンヌ、ここはラ・イルに糧秣を提供したほうがいい。早く退去してもらわないと、この村が戦場になっちまう」

「全部は無理だよう！　村人も妖精さんも冬を越せなくなっちゃうよう。そもそも半分は領主さまに納める年貢《ねんぐ》なんだし！　せめて代金！　代金を支払って！　銀貨がないなら、傭兵さんたちを雇っている宮廷から支払ってもらって！」

その支払いが滞《とどこお》っているから最前線で兵糧《ひょうろう》が尽きたんだ、とラ・イルは頭をかきながらジャンヌに言い聞かせた。

「甘いぜジャンヌ。傭兵なんてものは、田舎の下級貴族に生まれたあたしみたいな食い詰め者がやる稼業なんだ。広大な領地からごっさり収入が入る立派な貴族が務めるほんものの騎士とは違うのさ。宮廷からの支払いはもともと少ないし、もう宮廷には金がないらしくて今じゃその支払いも滞っている。こうして行く先々の村々で兵糧を現地調達しなきゃ、あたしたちは生きていけないんだよ」

「だいじょうぶだよ！　傭兵さんは半年くらいなにも食べなくても、この大きな胸の脂肪を栄養源にして冬を越せるよっ！　いいなあ、うらやましいなあ！」

「だから、あたしは雌牛じゃないって言っているだろうっ！　ああもうっ！　かわいいなあ！」

「わたしは、傭兵さんのおっぱいにもふもふしたーい！」

「なあラ・イル。シャルロットの亡命政府はそこまで金欠になっちまったのか？」

「ああん錬金術師？　てめえ、この泣く子も黙る突撃上等の猛将ラ・イルさまにタメ口利《き》いてんじゃねえぞ！　だいいち、ジャンヌがあたしに甘えているところを邪魔すんじゃねえ！　すさんだ傭兵暮らしのあたしには、こんなふうに和《なご》める機会は滅多にないんだ！　潰すぞ！」

「せっかくのお年頃の乙女がその盗賊の親分みたいな口調、やめないか？　ジャンヌもアスタロトも、お前が女の子口調で喋《しゃべ》れば、きっともっと懐くぞ」

「う、うるせえよ。子分どもの手前、仕方ねえんだよ！　ひとたびお年頃の乙女だと舐《な》められたら、子分どもに夜這《よば》いをかけられちまうだろうが！　あたしは、傭兵稼業を引退して普通のお嫁さんになる日まで純潔を守ると誓っているんだ！　もしも舐められていちどでも男に唇を奪われたら、その時点であたしの純潔は散らされたことになり、あたしはその男と結婚して生涯添い遂《と》げなきゃならないんだよっ！」

「唇を奪われただけで、生涯添い遂げなきゃならねえのか？　それは厳しいルールだな。今時、修道女ですらそんな極端な貞操観念なんて持っちゃいねえぜ？　ラ・イルお前、実は意外とお堅く育てられたのか？」

「あ、あたしの貞操観念の話はどうでもいいんだよ錬金術師！　てめえみたいな詐欺師《さぎし》野郎とベーゼを交わすことなんてこの世の終わりが来てもありえねーからなっ！　問題は、賃金の不払いだ！　宮廷は金欠なんてもんじゃねえ。もう国庫は空っぽだ。イングランドに北フランスの商業地域をかたっぱしから押さえられてもともと収入がほとんどない上に、宰相ラ・トレムイユっていういけすかないうらなり野郎が着服して私腹を肥やしているらしいぜ」

「あいつか。俺のような錬金術師でもあるまいし。なにに使うんだ、そんなもん」

「ああ？　お前、流れ者の詐欺師のくせに宰相と知り合いなのかよ？」

「いやまあちょっとだけ。なあラ・イル。支払いが滞って飢えているのはお気の毒だが、ジャンヌや妖精たちを飢えさせるのはお前も本意じゃないだろう？　ジャンヌは成長期なんだぜ。栄養をたっぷり摂《と》らないと発育が止まっちまう。今年の冬を飢えたら、一生胸がつるぺたのままになっちまうぜ。そんなのはかわいそうすぎると思わないか？」

　ええええそんなあああ？　とジャンヌはラ・イルに抱きつきながら泣きはじめた。

「あ、あたしは、ジャンヌはこのままのほうがかわいいと思うけどさ……」

「いやあああああ！　やだあああああ！　胸がつるぺたのまま一生を終えるなんて、そんなのはいやだあああああ！　助けてえ、傭兵さん！　お願い！」

「わ、わかったから、泣くなよ。しかし錬金術師、だからってどうしろと言うんだ？　飢えたままじゃ、あたしの傭兵部隊はブルゴーニュ軍に蹴散らされて全滅しちまうじゃねえかよ！」

「そこで俺がいいものを売ってやる。『賢者の石』だ。不老不死になれる伝説の宝具《ホリック》だ！　賢者の石を手に入れた戦士は、永遠の若さと超人的な肉体を得られる上に、特殊な固有能力を操ることもできる！　さあラ・イル！　賢者の石に選ばれし最強の戦士ユリスになれ！　糧秣の代わりに賢者の石を一つくれてやる、取引だ！　ブルゴーニュ傭兵を賢者の石の力で蹴散らして、ドンレミ村を守ってくれ！」

「嘘くせええ！　てめえ、やっぱりマジもんの詐欺師じゃねーか！　ブッ殺す！」

「嘘じゃねえ！　アスタロト、説明してやれ！　こいつは世にも希少な羽つき妖精が保証する正真正銘のほんものだということを！」

アスタロトが、「他言無用よ」とラ・イルに念押ししながら、手短に要点を教えた。

途中までは「ほう。テンプル騎士団が聖地エルサレムで発見した宝具か……それがほんものならば、速攻で売り飛ばすのはもったいないくらいだぜ。魔術に頼るのはあたしの流儀じゃねーが、いちどくらいは自分で使ってみて戦場でどこまで無双できるか試してみてもいいな。永遠の若さを得られるってのもいいな！　胸が垂れる心配から解放されるわけか」と目を輝かせていたラ・イルだったが、最後の最後に切れて地団駄を踏んだ。床が割れるくらいに踏んだ。

「賢者の石に耐性をつけるためにエリクシルを飲む方法が、この詐欺師とベーゼを交わすしかない、だって？　ど、ど、ど、どういうことなんだよ、それはっ？」

「作業中に不幸な事故が起きたのよ。完成寸前のエリクシルをモンモランシが大量に浴びてしまったの」

「そ、そうか。い、いちどくらいなら、が、我慢してもいいかもな……って、ダメだっ！　いかなる理由があろうとも、この詐欺師といちどでもべーゼを交わしたら、あたしはこいつのお嫁さんになるしかないじゃねーかっ！　冗談じゃねー！」

「だからラ・イル、その考え方はさすがに極端すぎるって」

「ちくしょお！　モンモランシだったか？　てめーは最低野郎だっ！　女の子とべーゼを交わしたいがためにエリクシルを自ら全身に浴びるだなんて、どこまで嫌らしいんだよお前はっ!?」

「誤解だラ・イル！　あれはただの事故で、俺はただジャンヌをかばって」

そんな中、ラ・イルの子分たちがわらわらと室内に入ってきて、急いでください姉御《あねご》、と騒ぎはじめた

「ラ・イルの姉御！」

「たいへんです、ブルゴーニュ軍がもう村に攻めてきやがりました！」

「俺らの予想よりも進軍速度が速かったっす！」

「やつらは、はるばるガスコーニュから来た俺たちとは違う！　土地勘がある者だけが知っている秘密の間道を通ってきたらしいっす！」

「あっという間に、村を包囲されました！」

「なんだとっ?」

一瞬で傭兵隊長の表情に戻ったラ・イルが、眉を顰《ひそ》めて立ち上がっていた。

チリチリ、とマントに飾り付けたカウベルが鳴り響く。

「村の入り口を閉鎖だ! 絶対に中に入れるな! 裕福なブルゴーニュ公国に雇われているあいつらは、ここで糧秣を失っても飢える心配がない。中に入られれば、問答無用で糧秣を村ごと焼き払うぞ!」

「それが、俺らよりも早く、村の入り口を封鎖した自警団がいるんでさあ」

「ドンレミ村の村人たちか? この役場にはへたれたジジイどもしかいないぜ? 村長たち、主立《おもだ》った連中は留守らしい」

「妖精たちです! 村の奥にある泉の森から湧いてきた大勢のフェイ族が、『ジャンヌの村を守るでちゅ』ときいきい騒ぎながらブルゴーニュ軍に立ち向かって」

「頭にリボンをつけている子フェイが、隊長のようです」

カトリーヌが? そんな? と、ジャンヌは思わず声をあげていた。

そして、ラ・イルも。

「バカな真似を! ひ弱い妖精族が人間の傭兵に勝てるはずがない! 一匹残らず殺されちまうぞ! 糧秣の取り分の交渉はあとだ! 子分ども、ブルゴーニュ軍と戦うぞ!」

「妖精族のために戦うんですかい、親分?」

「そ、そうじゃねえよ! 妖精族を虐殺させることで、敵の士気を上昇させないためだっ!」

「またまた。親分が無頼《ぶらい》を気取りながら子供と妖精に見せる優しさ、たまんねえなあ」

「う、うるせえなっ！　急ぐぞ、てめえら！」

悪かったなジャンヌ。まさかこんなことになるなんてよ、とラ・イルが申し訳なさそうにジャンヌがいた方向に視線を下ろすと——そこにはもう、ジャンヌの姿はなかった。

モンモランシも同時に、異変に気づいていた。

「ジャンヌがいない!?」

「もしかして、部屋から出ていっちまったのか？」

「決断も動作もあまりにも素早すぎて、止める暇《ひま》もなかったわね。あの子、妖精たちを死なせたくないんだわ」

アスタロトが、モンモランシの帽子の上でため息をついていた。

「「なんだってえええええええ!?」」

「みんな！　ジャンヌの村を守るでちゅ！」

「突撃でちゅ！」

「でちゅううう！」

「うわっ。今時、妖精族かよ。こんなに大量に生き延びてやがったのか」

「さっきからなんだよこいつら。まさか、人間さまの村を守ろうってか？」

「一人前に人間さまの仲間づらしやがって、虫けらめ」

「神父どもからも教えられているからな。妖精族は、神の意志に逆らって天国へも地獄へも行くことができなくなった中途半端な魔族だと。見つけ次第、駆除せよと」

「人間にもなれず、動物にもなりきれない負け組め！　汚物は駆除だああ！」

「邪魔するな、害獣！」

ぴぎい。

ぴぎゃあ。

ぴぎゅう！

ブルゴーニュ傭兵たちは次々と、でちゅでちゅ騒ぎながら迫ってくる妖精たちを馬蹄《ばてい》で踏みつぶし、剣や鎚《つち》で叩きつぶしていく。

ジャンヌがその惨劇のさなかに辿《たど》り着いた時にはすでに、村の入り口を死守しようと集結していたフェイ族の多くがブルゴーニュ傭兵たちに「駆除」され、はらわたをぶちまけられ、頭を割られ、炎に包まれて焼き殺され、手足をもがれ、屍《しかばね》の山を築いていた。

そんな中、黄金色の髪にリボンを結んだ一匹の子フェイが、よちよちと地を駆けて傭兵に飛びつこうとした。

「人間さん、人間さん。ジャンヌの村に火をかけないで、でちゅう」

ジャンヌは、全力で駆けながら、泣き声をあげていた。

「カトリーヌ！　カトリーヌぅ！　カトリーヌうううう！」

だが、間に合わなかった。

「黙れ。害獣の分際で人間みてえなおしゃれしてるんじゃねえ！」

「ぴぎゃっ」

カトリーヌは、傭兵の足下へ辿り着く前に、剣で胴体を切断されていた。

「カトリーヌううううう！」

ジャンヌの表情が、一変した。

人間の妹カトリーヌがイングランド軍の傭兵に殺された時と、同じ光景。

ジャンヌは、忌まわしいその惨劇を、再び目《ま》の当たりにしていた。

ぶるぶると震え、青ざめながら、立ち上がっていた。

「やめて！　お願い！　傭兵さん、もうやめて！　糧秣を持って村から静かに出ていってええええ！」

ジャンヌはもう、自分がなにをしているのかすらわからない。

カトリーヌを再び失ったことだけが、たしかな現実として、そこにあった。

ジャンヌは「妖精狩りだあああ！」と荒れるブルゴーニュ傭兵たちの中へと飛び込んでいた。

「ブルゴーニュはなぜ、イングランドに味方するの？　同じフランス人なのに！　どうして罪もない妖精さんたちまで殺すの？　どうして、わたしからカトリーヌを……！」

その少女の叫びは、殺したい放題のひ弱な妖精たちを虐殺して荒ぶっていたブルゴーニュ傭兵たちの胸には、届かなかった。

幼いジャンヌは、戦場というものを知らなかった。

戦場が、戦争が、いかに人間を狂わせるか、という忌まわしい事実を――。

「なんだこいつ？　小便臭《くさ》いガキだな」

「ダメだな。奴隷にするにも、身体が小さすぎる」

「さくっと行こうぜ。時間が惜しい」

「ああ。ラ・イルが反撃態勢を整える前に、村をできるだけ焼いてしまわねえと」

「おう。はい、こっち終わりっす。次は食料庫いきまーす」

「……あ……」

ズシャッ。

ブルゴーニュ傭兵の一人が無造作に投げつけた剣が、ジャンヌの細い胴体を貫いていた。

なにも、聞いてもらえなかった。

言葉は、伝わらなかった。

ただ、害虫のように、払いのけられた。

同じフランス人同士なのに。

ジャンヌをかばおうとして集まってきたフェイたちの多くも、死骸となってジャンヌの足下に転がっていた。

その中には、失った妹の名を与えたカトリーヌの死骸もあった。

ほんの少し前までカトリーヌだったものの頭に結ばれたリボンが、妖精たちの流した血に染まっていた。

あまりにも、あっけなさすぎた。

（これが……無力、ということ……？）

涙が溢れた。

潰されたフェイたちと同じように、ジャンヌもまた、虫けらのようにあっさりと刺され、そして腹と口から鮮血を流しながらその場にくずおれていた。

「あーあー。頭を狙ったのに、腹に刺さっちまった。即死させてやれなかったな、悪いな。ま、すぐにはらわたが腐って死ねるぜ。それじゃあな、お嬢ちゃん」

笑いながら、ジャンヌに背を向けたブルゴーニュ傭兵の頭を——。


どんっ！


一発の銃弾が、貫いていた。

ブルゴーニュ傭兵の頭が、吹き飛んでいた。

チリ、チリ、チリ……。

戦場と化した村に、憤怒《ふんぬ》に満ちた女傭兵が一人、ジャンヌをかばうように立ちはだかっていた。

憎しみと激情に燃えるような虎の眼光。

真っ赤なマントに、無数の銀のカウベルをちりばめている。

その手には、最新式の小型マスケット銃。

「ジャンヌ！　戦場で、子供のお前になにができる！　傭兵を殺すのは！　傭兵の仕事だ！」

ブルゴーニュ傭兵たちの形相が、一変した。

「ラ・イルだあああ！」

「出やがった！　ラ・イルが俺たちを狙っている！」

「やばいぞ！　激怒している！」

「そこそこに戦って俺たちを人質に取ろうって目つきじゃねえ、問答無用で全員を殺すつもりだ！　逃げろ！」

「逃がすかッ！　戦場で敵を殺していいのは、殺される覚悟があるやつだけだ！　だが、てめえらには覚悟も！　後悔の時間も！　懺悔《ざんげ》の機会も与えねえ！　子供と妖精を殺すような外道《げどう》は！　地獄へ落ちろおおお！」

ラ・イルが一声叫ぶと同時に、ブルゴーニュ傭兵の頭が一つ、はじけ飛んでいく。

村人たちも、妖精たちも、そしてラ・イルから一歩遅れてジャンヌのもとへ辿り着いたモンモランシも、鬼の形相でマスケット銃を撃ち続けるラ・イルの激しい怒りを目の当たりにして、声もでない。

どん！

どんっ！

ばんっ！

ラ・イルは太ももだけで馬を操りながら、駆けかつ弾丸を放ち、なおも標的から目を逸《そ》らさずに駆けながら次の弾を装塡し、かつ放った。

チリ、チリ、チリ……と鳴り響くカウベルの音が、ブルゴーニュ傭兵たちの耳には死神が鎌を研ぐ音に聞こえていた。

「ちくしょおおお！　銃なんてものはな！　弾を込めるのに時間がかかるんだ！　一発撃った直後に、接近してしまえば……！」

果敢にも馬を翻《ひるがえ》してラ・イルのもとへと突撃したブルゴーニュ傭兵は、ラ・イルが咆哮《ほうこう》しながら振り下ろした斧《アッシュ》で頭蓋を打ち砕かれて絶命した。

「舐めるな！　あたしの得物が、銃だけだとでも思ったか!?」

小娘の腕力じゃねえ、とブルゴーニュ傭兵たちはもう生きた心地がしない。

しかし、すでに地の利はブルゴーニュ傭兵側にある。

「集結うううう！」

「全軍集結！　慌てるなあああ！　村はもう、包囲済みなんだ！」

「ラ・イルの相手をするな！　糧秣ごと、村を焼き払う！」

「鬼神のごとき強さを誇るとはいえ、ラ・イルもやつの傭兵団もみんな村の中に入ってしまっているうう！　四方八方から火を放てば、どうすることもできなああああい！」

ラ・イルは歯ぎしりしながら、路上に倒れているジャンヌのもとへ舞い戻った。

モンモランシが、腹部を血に染めたジャンヌを抱きかかえていた。

「錬金術師。あと少しだったのに、間に合わなかった。済まなかったな……」

モンモランシは、思った。俺は強引に従妹のカトリーヌを娶《めと》らせようとするジジイに、赤髭のジャンにずっと怯えていた。何度立ち向かっても勝てなかったから、実家から逃げるしかなかった。守るべきカトリーヌを置いて……自分を消す以外に、あいつを守る術《すべ》を見つけられなかった。それでもなお、意地を張ってやっとエリクシルを完成させられたと思った次の瞬間には、賢者の石を装着できない身体になってしまっていた。ジャンヌを守る力を、手に入れられなかった。まったく、とんだ笑い話だ。

モンモランシは、痛みにがくがくと身体を震わせているジャンヌの肩を抱きながら、なにかをつぶやいている。

「錬金術師？」

「ジャンヌはこれほど幼いのに、こんなにもか弱いのに、躊躇《ちゅうちょ》なく戦場へ飛びだして『妹』のカトリーヌを守ろうとした。こいつの勇気を、俺は尊敬する。そして守りたい、こんどこそ。ジャンヌの『命』を。この時この瞬間のために、俺はすべてを失って錬金術師になったのかもしれない」

「なんだって？　救う方法が、あるのか？」

「一つだけ、ある。ジャンヌの命を救い、村を救う方法が」

「錬金術師？　おい、まさかお前？」

「ラ・イル。俺とジャンヌを、背後の家へかくまってくれ。少しの時間でいい、お前の手勢で守ってくれ」

ラ・イルは無言でうなずいていた。


ラ・イルとその子分たちがブルゴーニュ傭兵と激突をはじめた。

モンモランシは、ただ一つ残された可能性に、賭けた。ジャンヌの身体を抱いて民家の土間へ転がり込むと、ジャンヌの身体を土間に敷き詰められたわらの上に寝かせた。

「う……ううう……カトリーヌ……カトリーヌ……」

大量に失血しているジャンヌの意識はもうろうとしているが、ほんの少し前までカトリーヌだった死骸をたいせつそうに抱きかかえている。だがもうその死骸は、早くも腐敗しはじめていた。妖精族の命は、陽炎《かげろう》のように儚《はかな》い。

モンモランシは震えているジャンヌの頰を撫でながら、そっとささやきかけた。

「ジャンヌ。俺がわかるか？」

こくり、とジャンヌが小さくうなずいた。

「お前にはまだ、生きられる可能性が残っている。いいか。もしもお前が生きることを望むなら、俺は今からお前の口の中にエリクシルを注ぎ込む。飲み干せ。そのあとすぐに賢者の石を飲ませる。それで、お前の身体は賢者の石の力を取り込んで再生するはずだ。俺は、お前の中に希望を見た。こんなにも小さな身体の中に、勇気が溢れている。俺はもう賢者の石を装着できなくなっちまったが、お前ならば」

ジャンヌは喘《あえ》ぎながら、モンモランシの黒い瞳をじっと見つめていた。

「ただし、お前はただの人間ではなく、賢者の石の力を取り込んだユリスになる。エリクシルを涸らさない限り、永遠に老いない。ずっと子供のままだ。聖職者どもに知られれば、お前は異端の嫌疑をかけられ、魔女として裁かれるかもしれない。それでも生きたいか？」

「……モンモランシ。わたし、生きたい……死ぬのは怖くないよ。でも、生きられる可能性があるのならば。賢者の石の『力』をもしも使えるのならば、最後の最後まで、こんな戦争を終わらせるために命を使いたいよ……でも、モンモランシがどう思っているのか……聞きたい。ほんとうは、モンモランシが石の力を手に入れるはずだったんだよね？　モンモランシはほんとうに、それでいい？」

「俺は」

モンモランシは、ジャンヌの白い手を握りながら、告白した。

神父にすら告解《こっかい》をしたことがないモンモランシが、死に瀕《ひん》している幼いジャンヌに、自分自身を語った。

俺は今まで、「何人もの」妹「たち」を黒死病やその他の厄災で失ってきた。

人災で死んだも同然の妹もいた。

あいつらはみんな、いろいろな意味で不幸だった。

自分自身の人生を歩みはじめる前に、様々な力に翻弄されてなにもできないままにこの世界から去っていった。

子供だった俺は無力で、「妹」を一人として守れなかった。この戦争と疫病と暴力にまみれた世界では命はあまりにも軽い。

今、俺の故郷ブルターニュでは最後の「妹」がただ一人だけ、生きている。

しかしその「妹」を幸せにする方法も、俺には、見えなかった。

俺のような厄災を呼び込む兄がいては、「妹」は不幸になる。

だから、「妹」を守る役目は弟に託した。俺は、故郷に流されていた悪評に乗じて、すべてを捨てた。廃嫡されることにも躊躇はなかった。「妹」を守れない兄に、家に居残る資格などないと思っていたからだ。

「俺の両親は二人ともアザンクールの戦いがあった年に死んだ。七年前だ。それからの俺は、祖父『赤髭のジャン』に育てられた。ジジイは、資産を増やすためならばどんな残虐な真似でも平然とやる鬼畜だった。あいつは幼い娘をさらってきては、そのたびに孫の俺に『婚約者』として与えてきた。財産横領が目的だ。アザンクールの戦いで世継ぎの息子を失ってからは、その残虐な性癖《せいへき》がよりひどくなった」

「……それじゃあ、モンモランシの『妹』って……」

「そうだ。戦争をせずに貴族の財産と土地を奪い取るには、相続者と婚姻して相手の家を乗っ取ってしまうのがいちばん早い。誘拐された少女たちは、みんなまだ年端《としは》もいかない子供で、結婚や婚約という言葉の意味すら知らず、家族や故郷から引き離されて城に閉じ込められながら、見知らぬ婚約者の俺を『お兄ちゃん』と呼んで――俺もまた、かわいそうなあの子たちを財産横領目的で『妻』になんてしたくはなかったから、自ら彼女たちの『兄』として振る舞い、『妹』として接した――」

そしてみんな、俺の「妻」になる前に死んでしまったんだ。

家族から連れ去られたという衝撃から、あいつら「妹」は次々と身体を壊し、心を病み、お父さんお母さんに会いたいと泣きながら黒死病などの病にかかって幼いまま死んでいった――子供だった俺にできることは、「妹」を森に連れていって、妖精たちと遊ばせてやることくらいだった――。

「ジジイに誘拐されて、家族から引き離された。生きる希望を奪われた悲しみと苦しみが、妹たちの命を縮め、病や事故という不幸を招き寄せたんだ。裕福な家の相続権を持つ子供をさらって孫の俺に娶らせ、財産を横領するというもくろみをなかなか果たせないジジイが意地になって何人の子供を誘拐しようとも、常に結果は同じだった。何度も、何度も、妹たちは『家に帰りたい』と泣きながら絶望して死んでいった。俺は、一人の妹も救えなかった。エリクシルさえ完成すれば彼女たちの命を救える、と七年間の時間のすべてを錬金工房に捧げたが、どうしてもうまくいかなかった。俺に、錬金術師としての才能がなかったからだ」

そう。

アザンクールの戦いが終わり、最初の「妹」ジャンヌが死んだあと、生き延びたモンモランシを後継者に選んだ赤髭のジャンはモンモランシに従妹カトリーヌを娶らせようとした。兄妹として仲むつまじく暮らしてきたモンモランシと幼いカトリーヌは、その赤髭のジャンの命令を断った。

しかしその結果、さらなる多くの「妹」たちが、赤髭のジャンにさらわれ、モンモランシの城へと送られ、そして幼くして死んでいくことになったのだった。

実は「ジャンヌ」の死後も続いていた、赤髭のジャンによる数多くの「妹」の誘拐と死の連鎖。それはモンモランシにとっては、思い出したくない過去だった。そして赤髭のジャンの暴虐を止める力を持ち得なかったことが、モンモランシを錬金工房での実験にいっそう耽溺《たんでき》させ、ついには貴族としての人生そのものを捨てさせる結果となったのだ――。

「エリクシルさえ完成させられていれば。だが、俺にはできなかったんだ」

「……モンモランシ……泣かないで……泣かないで」

「最後に残った妹は、ずっとほんものの妹として一緒に暮らしてきた従妹のカトリーヌだ。カトリーヌもまた、膨大な財産の相続権を持っていた。ジジイは強引に俺とカトリーヌを結婚させようとしたが、二人とも了解しなかった。ついに、ジジイはとうとうほんものの悪魔になっちまった……カトリーヌの母親を捕らえて、地下牢で拷問したんだ。カトリーヌが俺と結婚すると認めるまで、拷問は続いた。その拷問の一部始終を、俺とカトリーヌは、無理矢理見せられていた。人間は、自分が拷問される痛みには耐えられても、愛する家族が拷問されている姿を見ることを強制されることには耐えられない。カトリーヌは、心が壊れてしまう前に、そして母親の命を救うために、俺との結婚を認めるしかなかった。俺の祖父・赤髭のジャンとはそういうやつだ」

ジャンヌもアスタロトも、なにも言うことができなかった。

「俺は、最後に残された妹、カトリーヌを救うこともできなかった……このままではカトリーヌもきっとまた死んでしまう。過去が、挫折が、俺を追いかけてくる。何度も、何度も。カトリーヌとの結婚を回避するためには、新婚初夜に俺自身が実家から逃げだすしかなかったんだ」

言葉を振り絞ろうとすると、身体が震えた。

モンモランシは、捨て去ったはずの自分自身の過去に、今、追いつかれた。

忘れ去ったはずの忌まわしい記憶が次々とよみがえってきて、呼吸すらできなくなった。

次々と、赤髭のジャンが「わが孫モンモランシの婚約者」と称して誘拐してくる不幸な「妹」たち。

愛する家族から引き離され、泣き叫び、病み衰《おとろ》え、絶望して死んでいく「妹」たち。

森の妖精たちのもとへ連れていって希望を与えようとしても、いつも無駄に終わった。

ついに、花嫁候補のうちの最後の生き残りとなったカトリーヌが赤髭のジャンの毒牙《どくが》にかかり、「モンモランシの妻」に仕立てあげられようとした時、モンモランシは赤髭のジャンを殺すしかないと決意した。

カトリーヌを守るために。

だが、歴戦の勇士・赤髭のジャンは狡猾《こうかつ》で、そして強大だった——何度殺そうとしても、返り討ちにされるばかりだった。

もう、カトリーヌの世界から、俺自身がいなくなるしかない。

追い詰められ打ちひしがれたモンモランシは、自分自身の人生のすべてを、過去も、未来も、家族も、希望も、なにもかもを捨て去る以外に「妹」を守る方法を見いだせなかったのだ。

「モンモランシ。泣かないで。モンモランシ」

「……あの鬼畜野郎に育てられた俺の身体にも、ジジイの血が流れている。財産を奪い取るためなら女子供であろうとも容赦せず痛めつけ傷つける残虐な鬼畜の血が。人間を人間とも思わない、忌まわしく呪われた腐った貴族の血だ。ジャンヌ。純真なお前には、俺の過去も正体も知られたくなかったんだ。黙っていて、すまなかった」

「そんなこと言わないで。モンモランシが誰であっても、過去になにがあっても、たとえ未来に別人のようになってしまうとしても、そんなこと関係ない。モンモランシがほんとうに優しい人だって、わたしは知っているよ」

「……ジャンヌ」

「なにがあっても、わたしはモンモランシの味方だよ。モンモランシは、わたしを救おうとしてくれているよ。死ぬ定めのわたしに、新しい命を与えようとしてくれているよ。モンモランシは無力じゃないよ。だからもう、苦しまないで」

モンモランシは、思わずジャンヌの身体を抱きしめていた。

「ジャンヌ。俺たちには、時間を戻すことはできない。死んだ俺の『妹』たちも、お前の妹も、その子妖精ももう生き返らない。だが不思議なことに、捨てたはずの過去ってのは、あきらめたはずの挫折ってのは、形を変えて何度も何度も現れてくるんだよ。俺は身分も地位も家族も故郷もなにもかもを捨てたつもりだったのに、このフランスの辺境でお前に出会った。だから俺は、お前を見捨てられない。以前の俺とは違う。エリクシルは手に入れた。やっと、賢者の石を使うことができるようになった。それなのにお前の命をあきらめたら、俺はもう死ぬまで『妹』たちの幻影から逃れられなくなると思う」

モンモランシは、ジャンヌの手をにぎりしめながら、懺悔するかのようにうめいていた。

俺はこれ以上過去の幻の中で生きていきたくはない、今を生きたい、ただのわがままだが、俺はお前の命を救いたい。

「ただの偶然の一致かもしれないが――」

俺が最初に失った「妹」の名はジャンヌ。

そして、かろうじて生き残ったが俺には救えなかった最後の「妹」の名は、カトリーヌ。

「陳腐《ちんぷ》な言葉だが、お前との出会いは、運命というやつなのかもしれない」

ジャンヌは、静かにうなずいていた。

ジャンヌも、妹の「カトリーヌ」を失い、妹の名前とリボンを託した子妖精も失った。

いずれも、傭兵に殺された。

二度とも、守れなかった――新しく生まれてきた子妖精に失った妹の名を託しても、やはり同じ結果が待っていた。

「時間は戻せないけれど……過去は……何度も形を変えて……現れてくる……」

「そうだ。でもな、ジャンヌ。お前を魔女として生かすという選択を、俺は、選んでいいのだろうか？」

「だったら……わたし、生きたい。こんどこそ、カトリーヌを守れるわたしになりたい。言葉だけでは守れないことが、よくわかったから。力が、欲しい。最後の機会を、わたしに与えて。絶対に、後悔はしないから。お願い、モンモランシ」

俺は、この子をユリスという得体の知れないなにかにする責任を負うことになる。ジャンヌを魔女狩りから守らなければならない。モンモランシはその責任の重さに震えたが、それでもなお、ジャンヌを生かそうとした。

「わかった。ジャンヌ、お前は俺が守る。生かした以上は、最後まで生かす責任がある。たった今からお前が死ぬその時まで、その義務を俺は背負う。いや、お前がたとえ死んでも、俺は錬金術師としてお前を蘇らせようとあがき続ける。お前がなんと言おうと、これだけは譲れないからな」

「……モンモランシ……」

「アスタロト！　賢者の石を、ジャンヌにくれてやる。いいな！」

モンモランシの述懐《じゅっかい》を聞きながらしゅんと肩を落としていたアスタロトが、ぱちりと目を開いた。

「ジャンヌはまだ幼いから、仮にエリクシルを飲んでも賢者の石が放つ力には耐えられないって言ったでしょう？　賢者の石を丸々一個こんな小さな娘の身体に入れるなんて絶対に無理。力が強大すぎて、とてももたないわ。せいぜい半分くらいの量が限界よ！」

「それじゃ、賢者の石を二つに叩き割ればいいだろう？」

「たしかに錬金術には、賢者の石を『分割』するという奥義《おうぎ》はあるわ。分割すれば石の力は当然半減するけれど、それぞれの石に異なる能力を発現させることが可能になる。一個の石から二人のユリスを生みだすことができる裏技よ。でも、あなたみたいな下手《へた》っぴいには分割なんて無理……ちょっと。本気で割るつもり？　待ちなさいよ！」

「間違って粉々にしてしまえば、失敗だけどな！」

「粉々にはならないわ。賢者の石は地上のいかなる物質よりも硬い」

「じゃあ、ちょうどいいじゃねえか。半分にすれば、子供の身体でもいけるんだろう？　これほど均質で安定した石ならよ、割ったくらいで中身が変質するわけじゃねえ！　俺の腕前ならば二等分できる！」

「モンモランシ！　その子の肉体はもうほとんど死んでいるのよ！　今から賢者の石を飲み込ませても、助からないわ！」

「傷口から直接賢者の石を挿入すれば？　それでも助からないか？」

「強引すぎるわ。賢者の石を身体に挿入する際の痛みに耐えられずに死んでしまうかも！　それに、それってすでに死が確定した人間を賢者の石の力で無理矢理生き続けさせるということよ。ジャンヌの身体から、二度と賢者の石を取り出せなくなる。ただの人間に戻ることは、もうできないわ。あなたはこの子に、ずっと幼い子供のままの姿で生きろっていうの？」

「だが、賢者の石を入れなくても死ぬんだろう？　死んでしまったらそこですべてが終わりなんだぜ、アスタロト？」

腹部に開いた傷口に、賢者の石を挿入される——その痛みへの恐怖。人間以上のなにかになるという恐怖。

幼いジャンヌは、「寒い」と歯を鳴らしながら、モンモランシの肩に爪を食い込ませていた。

「……モンモランシ……羽つきさん……すごく寒いよ……もう、こんなに苦しいのに……石を入れられる痛みに、耐えられるかな……わたし、ユリスになったら独りぼっちになっちゃうのかな……だってわたしもう、普通のお嫁さんにはなれないよね……ずっと子供のままじゃ……ドンレミ村にも残れないよね……う、うう……」

「目を閉じるな！　気を強く持て。あきらめるなジャンヌ。だいじょうぶだ。俺がついている。約束する。賢者の石をお前に与える以上、俺は、兄としてお前を守り続ける。お前が大人になれないというのなら、俺は生涯妻帯しない。伝説の騎士たちが貴婦人に忠誠を誓い心の純潔を守って生きてきたように、俺も生きよう」

「……モンモランシ？　ほんとうに？　本気なの？」

「ジャンヌ。絶対に、お前を独りぼっちにはしない。俺の妹に、なってくれ。だから、死ぬな」

「ありがとう。すごく、うれしい……わたし、きっとがんばれる……！」

「ちょっと！　二人の世界に入らないで！　わたしの警告を聞き流さないでっ！　わたしに相談もせずに勝手に生涯独身の誓いなんてたてないでモンモランシ！」

「ああ、がんばれ」

ガンッ。

モンモランシは躊躇なく、完全な球形を誇る賢者の石を、錬金術作業に用いてきた銀の鎚《つち》で叩き割った。

きれいに、真っ二つに割れた。

半球が二つ、完成した。

「きゃあああ？　ほんとうに割ってしまったの？　愚か者！　モンモランシ、あなたって信じられないほどの馬鹿だわ！」

「アスタロト、小言はあとで聞いてやる。さあジャンヌ。石は二つになった。ちょっとだけ我慢してくれ。エリクシルを、飲むんだ。俺の唇に、唇を当てろ」

「……恥ずかしいよ。わたし、ベーゼなんてしたことないよ。モンモランシが、飲ませて」

「しょうがないな……アスタロト、ちょっとそっぽを向いていてくれ」

「子供相手になにをやっているのよおおお！　モンモランシ、もう知らないから！　賢者の石の力で世界最高の美少女を手に入れるという野望はどうなったのよ！　浮気者！　裏切り者！　人間の男ってやっぱり最低だわ！　このわたしが七年間も尽くしてきたのに、たった一日でこんな子供に鞍替《くらが》えするだなんて！　馬鹿馬鹿馬鹿馬鹿！　あなたって、わたしが出会った愚《おろ》かな人間どもの中でも最悪の大馬鹿だわ！」

「ああわかったから、ちょっとだけ静かにしててくれ。あとで必ず埋め合わせはするから。悪い」

　頭の周囲を飛び回りながらきいきいと騒ぐアスタロトの胴体を「むぎゅっ」と片手で掴むと、モンモランシはきゅっと目を閉じて怯えているジャンヌの唇に自分の唇を重ねた。

「……うう……これが、エリクシル？　甘いよ、モンモランシ。甘くて、そして、熱いよ」

「ああ。熱いな。俺も、熱い。全身が、燃え上がりそうだ」

　お互いにこういうことに不慣れなので、ジャンヌがモンモランシの唇からエリクシルを注がれてそのすべてを飲み干すまでには時間がかかった——二人にとって永遠とも感じられるような、長いべーゼだった。

　だが、ほんとうはごく短い時間だったのかもしれない
「ふん。まるでひな鳥が親から餌をもらっているみたいね。これで耐性はできたわ。あとは賢者の石を傷口から体内に入れるだけよ。モンモランシ、きりきり入れなさい」

「あうう……も、モンモランシ、なんだかわたし……頭がぼうっとして……身体が、熱いよ……はあ、はあ、はあ」

「じゃ、ジャンヌ。痛むだろうが、歯を食いしばれ！　賢者の石を入れる作業は、この一度だけだ！」

　モンモランシは右の半球を掴み、裂けたままのジャンヌの腹の中へと強引に押し込んでいた。

「……う……う……ううっ……うあああああっ!? 痛い！」

「耐えろ。ジャンヌ！」

ジャンヌはモンモランシの背中に爪を立て、首筋に噛みついて、痙攣《けいれん》した。

「この子の生命力は弱っている。賢者の石の力を取り込めるかどうかは、この瞬間にかかっているわ。この子の意志の力が負ければ、呼吸が止まって死ぬ。でももしも痛みを克服できれば、賢者の石の力で身体の傷を瞬時に癒やしてしまえる」

「あと少しだ。がんばれ！」

「……モンモランシ……痛い。痛いよ。わたし……もう」

「なあジャンヌ。生きる、と決断したんだ！　生き抜け！　頼むぜ！」

「うあ……あああああっ！　痛いよう！　お母さん……お母さん！」

どうか生きてくれ、たとえこの先にどのような試練が待っているとしても生きてくれ、俺はもう逃げださない。ずっとお前を守る。

モンモランシは、ジャンヌの肩を強く抱きながら祈った。

だがこの時すでに、壁一枚隔《へだ》てた家の外までブルゴーニュの傭兵たちが迫っていた。

扉を外側から破ろうとする衝撃音。

扉にモンモランシが気を取られたその時。

窓から、火矢が飛び込んできた。

そのブルゴーニュ傭兵が放った火矢は、激痛に身をよじらせて泣いているジャンヌをかばうように抱きしめているモンモランシの背中を直撃するはずだった。

だが。

「――モンモランシは、わたしが守るよ！」

その火矢を、素手で摑み取った者がいた。

ジャンヌだった。

火矢が放つ熱は、もう、ジャンヌの白い指を焼くことも傷つけることもできない。

正確に言えば火矢を握りしめたジャンヌの指は炎に焼かれているが、炭になるよりも早く再生しているのだ。

「ジャンヌ？」

ジャンヌが、蘇生していた。

腹部の傷は、幻のように消えていた。

青いはずの瞳が、今は金色の光を放っていた。

まるで狼のように。

（うん？　微笑んだジャンヌの唇の隙間から、犬歯が光っている。ジャンヌって八重歯《やえば》だっけ？　さっきまでは違った気がするが？　いや、そんなことはどうでもいい！）

「モンモランシはここにいて。傭兵たちの戦いを、止めてくる！」

「嘘だろ。飛んでくる矢を、摑んだのか？　手は、痛くないのか？　やけどしてねえか？」

「熱くて痛いけれど、肌は焼け落ちないよ。焼けると同時に、再生してくる。モンモランシ。わたしは、生きているよ。モンモランシが、わたしに新しい命と力を与えてくれたんだよ！」

　モンモランシが「そうか、賢者の石の力を取り込めたのか、やったな」と叫んだ時にはもうジャンヌの小さな身体は突風のように部屋の扉を突き破り、入り乱れて戦う傭兵たちの群れの中へと移動を終えていた。

　まるで、瞬間移動したかのような、ありえない速度。

「……見えなかった？」

「ジャンヌは、加速《アクセレラション》の力を手に入れたのよ」

　モンモランシはただ、あっけにとられていた。


　ブルゴーニュ傭兵の集団の中へ、ジャンヌは突進していた。

「なんだ、こいつ？」

「まだ生きていたのか」

「武具も持たずに。傭兵舐めてるのか？　ああん？」

　賢者の石を取り込んで蘇生したジャンヌは、人が違ったかのようにその目尻をつり上げていた。

「これが傭兵？　農民相手に全身を鎧で包んで重武装とは、恥ずかしくないのか？　その分厚い鎧のせいで、お前らの動きは蠅が止まるように遅い！」

ありゃジャンヌの台詞《せりふ》じゃねえ、と小屋から飛び出してきたモンモランシは驚《おどろ》いていた。

「なんだと……がふううっ!?」

ジャンヌの小柄な身体は、徒《かち》で迫ってきた傭兵の懐に滑り込んでいた。

そのまま傭兵が腰にぶらさげていた剣を鞘ごと奪い取って、その傭兵の顎を下からたたき上げていた。

傭兵は砕かれた顎を押さえながら、仰向けに倒れていた。

ジャンヌは剣を抜くこともせずに次の傭兵の懐へ飛び込み、相手が反応するよりも早く鞘ぐるみの剣先で突き倒し、突き終えたと同時にまた次の傭兵の懐へ――。

「な、なんだ、このガキは？」

「こいつ、人間じゃねえ！　……げひゃああっ？」

ゴン！

後ずさって逃げようとした傭兵の背中に、瞬時に追いついてきたジャンヌが剣を上段から叩き込んだ。

鞘に収めたままなので鎧は斬れないが、その傭兵は口から泡と血を吹いて、前のめりに倒れた。

鎧の上から殴っただけであばらを砕きやがった、とモンモランシはまた衝撃を受けた。見えない。

モンモランシの目には、高速で移動するジャンヌの軌道が見えなかった。

「これが『賢者の石』の力か。身体の奥から、力が溢れてくる。傭兵ども、もっとわたしに怯えろ。命乞いをして、泣きわめけ！」

ジャンヌは一人、また一人と傭兵たちを蹴散らし、倒していく。

その声は、身体の移動速度についていけないかのようだった。

ジャンヌの小柄な身体が目の前に現れたあとから、声が遅れて聞こえてくる。

狼のような尖《とが》った犬歯を剝《む》き出しにして、ジャンヌは笑っている。

「貴様らのような雑魚《ざこ》相手に、剣を抜く必要もない。わたしの愛《いと》しい妖精たちが虫けらのようにひねり潰されたのと同じに、『駆除』してやろう。これは戦闘ですらない。そうだ。村を侵《おか》す害獣には、『駆除』こそがふさわしい」

黄金の瞳が、あやしく輝いている。

はじめはまだ自分の変貌ぶりにためらっていたジャンヌの表情と言葉が、加速度的に、凶暴化していく。

「ひいいい！」

「人間じゃねえ！　これは、人狼《ルー・ガルー》だ！」

「嘘だろう？　こんな魔物が、ほんとうにいただなんて。ありえねえ！」

「十字架だ、十字架を掲げろおお！」

「いやっ、ニンニクだ！」

「そんなもん持ってねえよ！」

「慌てるな、俺たちは命知らずの傭兵隊だあ！　小娘一人に怯えるな、隊列を組めえええええ！」

「そうだ！　魔物の時代なんぞとっくに終わってるんだよおおお！」

「矢だ！　矢を放て！」

「動きが見えなくても、矢を雨のように降らせば一本くらい」

「当たるはずだ！」

いっせいに矢が放たれた。

ジャンヌは、槍を構えて守りを固めている傭兵たちの真ん中へ、突進していた。

槍衾《やりぶすま》が、崩れた。

ジャンヌの動きは、やはり見えなかった。

速すぎる。

だが再び姿《すがた》を現したジャンヌの右腕に矢が一本、突き立っていた。

速すぎて人間の目では追いかけられないだけで、空間を移動してはいるのだ。

「血が流れているぞ！」

「やはりこいつは人間だ、勝てるぞ！」

ジャンヌは右腕を負傷しながらも、笑っている。

「今のは痛かったぞ。だが、ダメだ。この程度では、わたしの命は、『賢者の石』は貫けない！」

笑いながら、自分の腕から矢を引き抜いて、放り投げた。

腕に開いたはずの穴が、瞬時にふさがっていく。

「はははは！　次は、ちゃんと頭を狙え！」

ブルゴーニュ傭兵たちは、戦意を喪失して総崩れとなった。

「出た？　出たあああああ！　ほんものの人狼じゃねえか！」

「こんな小娘が……まさか……!?」

「た、退却！」

「この村から逃げろ！」

傭兵たちの中には、失禁している者もいた。

ジャンヌはまだ足りないとばかりに、敗残の傭兵たちを追いかけようとしている。

「待て！　もっと抵抗しろ！　わたしは戦いたくて、たまらないぞ！」

なんだよジャンヌのやつ、人が違ってるじゃねえか、暴走しているのか？　と扉の奥から覗いているモンモランシが頭の上を飛んでいたアスタロトをひっ摑んで振り回した。

「完全に狂戦士《ベルセルク》だ。あんなの、ジャンヌじゃねえ！　もとに戻せ！」

「待ちなさい。落ち着きなさい。あの子にはまだ理性が残っているわ、ブルゴーニュの傭兵しか襲っていないでしょう？　傭兵が掲げている旗の紋章で敵を見分けている。フランス王家に雇われたラ・イルたちガスコーニュ傭兵団には手を出していないわ」

「しかしな、発言と行動と表情がおかしすぎる！」

「あ、あれは賢者の石を装着したために起きている副作用よ」

「アスタロト！　またお前は、重要なことを黙っていやがったな。そんなものがあるなら先に言え！」

「賢者の石は人間に力を与えるとともに、感情をも増幅させる。生物の力は、常に感情と一体になっているから。強大な力を放つということは、巨大な感情を爆発させるということでもあるの」

「賢者の石を装着すると、みんな性格があぁなるのか？」

「賢者の石には、それぞれ固有の性質がある。あの石の性質は『スペルビア』。スペルビアによって増幅される感情が、『傲慢《ごうまん》』なのよ」

「ジャンヌに傲慢の感情なんて、あるのか？」

「もともとあの子が持っている傲慢の感情はほんとうにほんの少しの量だけれど、賢者の石の力で途方もなく増幅されているのよ」

「いいからもとに戻せ！」

「心配しなくても、人間がユリスとなっていられる時間は短いわ。ジャンヌは子供だし、装着した賢者の石も半球だから、ずっと短い。たぶん三分程度。まもなく、もとの小娘に戻って怯えだすわよ」

「そっか、それはよかった……って、それはそれでよくねえよ！　戦闘中に戻ったらまずいじゃねえか！」

「モンモランシ。あなたが持っている片割れの石、その石を見て。白く輝いているでしょう」

「ああ。さっきは赤かったが、なぜだ？」

「もとは同じ石だったから、ジャンヌの石に共鳴しているの。本来の賢者の石は赤い。でも所有者がユリスの能力を発動すると、まず黄化《キトリニタス》し、徐々に白化《アルベド》する。その石が黒くなれば、ジャンヌはユリスの力を失う。黒化《ニグレド》した石を再び赤化《ルベド》させるためには、肉体の休息が必要。今のジャンヌの身体なら、半日は休息しないといけないわ」

あまりにも時間が短い。もう石が黒くなってきた、とアスタロトはうめいた。

「賢者の石が黒化してユリスじゃなくなった時に怪我したら、ジャンヌはどうなるんだ？」

「耐久力も回復速度も人間並みに戻ってしまうわ。その上、たとえユリスになっている時でも、頭を――脳を破壊されれば致命傷に」

「まずいな。矢が貫通するということは、弾丸も……」

「銃は危険よ。銃で脳を撃たれればたとえユリスだって致命傷になる」

「ちっとも不老不死じゃねえぞ！」

「だって、いにしえの神話の時代には、銃は存在しなかったもの」

ジャンヌがもとの人間の身体に戻ってしまう前に戦闘を止めなければ。

ことに、マスケット銃の使い手であるラ・イルとやりあわせるのはまずい。

「いや待てよ。焦ってるな、俺は。ラ・イルはフランス王室所属の傭兵だぜ。あくまでも糧秣の提供量で揉《も》めていただけだ。わざわざジャンヌと戦う必要はない――」

モンモランシがその事実に気づいた時だった。

「そこの乳牛！　村を包囲していたブルゴーニュ傭兵どもは逃げ散ったぞ。お前はどうする！　村の糧秣を奪い取るためにわたしと戦うか？」

まずい！

湧き上がってくる傲慢の感情をついに制御できなくなったのか、ジャンヌは「どうしちまったんだよジャンヌは？　賢者の石を手に入れたからか？　さっきまでは妖精のように愛らしかったのに」と啞然としていたラ・イルに向かって、言い放っていた。

「ジャンヌ。なぜあたしと戦おうとする!?」

「最初に村に無理難題を押しつけてきたのはお前だろう。村の糧秣を賭けて、勝負しようラ・イル。わたしが負ければ、糧秣はすべてくれてやる！」

「待てよ。なにもあたしとお前がわざわざ命を賭けて一騎討ちなどする必要はない！　あたしは、女子供と妖精は殺さない主義なんだ！」

「ははは。雑魚どもが相手では、いくら倒しても戦い足りない。お前くらいの強者とやりあわなければ！　それに――わたしは、お前のそのでかい胸が気にくわない！　無性に腹が立つ！　行くぞラ・イル！」

「なんだよ、その理由はっ!?　よせってジャンヌ！　あたしのマスケット銃でその頭をぶち抜いたら、いくら今のお前が神がかっていても、死ぬぞ！」

「やってみろ。それとも、お前も尻尾を巻いて泣いて逃げるか、ラ・イル。腰の銃はお飾りか？」

「あ、あ、あたしを侮辱《ぶじょく》するなら、子供だろうが本気で撃つぞ！　子分たちが見ているんだ、これほど言わせておいて戦わないで済ませるわけにはいかないからな！」

「わたしも本気で行く。手加減すれば、頭をぶち抜かれるだろうからな」

「……お前、ほんとうにジャンヌなのか？　なにかがジャンヌに憑《つ》きやがったのか？」

「違うな。わたしはわたしだ。ドンレミ村の羊飼いの娘、ジャンヌだ。わたしは生きる限りわたしであることから逃げないと決めた。妹を傭兵に殺された過去がわたしを追いかけてくるというのならば、その過去よりも速く駆けて追い抜いて克服すると決めた！　だから、『賢者の石』を手に入れた！」

「そうか……怒っているんだな、ジャンヌ。妹たちを次々と殺されたことに。あたしたちフランス王家に雇われた傭兵たちが村を守るどころか、村を荒らし続けてきたことに……怒っているんだな」

「さあお前は何者だ、ラ・イル。命を懸けた決闘だぞ。本名は名乗れないのか。本名を捨てるとともに、お前はなにから逃げた？」

ラ・イルの赤い髪が、ぶわっ、と逆立っていた。

彼女が心のどこかに秘めている「逆鱗《げきりん》」に、ジャンヌの挑発が触れたらしい。

「あたしが、逃げただと？　そんなにあたしに殺されたいかっ！」

「はは。激怒させるのに苦労したぞ！　やっと本気になったなラ・イル。言っておくが手や足を貫いても無駄だぞ、頭だ。頭を、狙え」

前方にいたジャンヌの姿が、不意に消えた。

ラ・イルは瞬《まばた》きする程度のごく短い時間のうちに、思考をひらめかせた。

ジャンヌは移動中には攻撃してこない。移動を終えてから、傭兵を攻撃していた。

だがその移動は、まさしくほんの一瞬で行われる。

次にジャンヌが視界に出現した時には、あたしは打ち倒される。

フランス王家に雇われた傭兵に襲いかかってくるとは。

今のジャンヌは、感情を制御できなくなっている。

ならば、あたしは死ぬかもしれない。

もう言葉で思考している時間はなく、すべては、直感で処理されていた。

敢《あ》えてラ・イルの直感を言語化すれば、こうなる。

(ブルゴーニュ傭兵どもがでたらめに放った矢は、一本だけだがたしかにジャンヌの腕に突き立っていた！　目には見えないが、ジャンヌの身体は『消えてはいない』！)

たしかにこの空間の中に、ジャンヌの身体はある！

(ジャンヌの武器は、「速度」だ。腕力もずば抜けているが、人智を超越している能力は、あくまでも速度。しかも、これまでの戦いにおけるジャンヌの軌道を見る限り、ジャンヌは最短距離を、直線的に移動してくる！)

正面の空間めがけて、ラ・イルは、銃を構えそして弾丸を放った。

腰と腕の角度を下方向へ傾けているのは、ジャンヌの身長の低さを考慮してのことだ。

直線距離を移動してくるのならば、ジャンヌの身体はこの空間へ出現する！

移動を終えなければ攻撃できないらしい、ならばジャンヌはここへ現れる！

躊躇せず、額の位置を狙った。

ドンッ！

ラ・イルが愛用するマスケット銃は、連射できない。

勝負は、一発だけだった。

その一発を放ったのとほぼ同時に、ジャンヌの姿が、ラ・イルが予想していた空間へと出現していた。

おそろしい速度、ありえない身体能力だった。

だが、あたしの読み勝ちだ。

額へ着弾する。移動を終えたばかりのジャンヌに、もう回避はできない。

当たりだ！

ラ・イルはただ闘争本能だけで、「勝った」と雄叫《おたけ》びをあげようとした。

だが、ジャンヌは笑っていた。

「ははは！　鉛《なまり》の弾《たま》も、この程度か。止まって見える。遅いぞ！」

額へ着弾寸前だった弾丸を、ジャンヌは、素手で受け止めていた。

まるで蠅でも捕らえるかのように無造作に弾丸を摑み、速度を殺すと手のひらを弾丸が貫通

するよりも速く腕をひねって、その軌道を変えて躱《かわ》していた。

「お前が、わたしの額を正確に狙うと最初からわかっていたからな。ならば、この近距離からでも払うのはたやすい」

「てっ、てめえ!?」

こいつ、でたらめに突進していたんじゃねえ!

あたしがこいつの直線軌道を予想して弾丸を放つことを覚悟した上で、それでもなおまっすぐ最短距離を突っ走ってきやがったのか!

だが、ブルゴーニュの傭兵が放った矢はたしかにこいつの腕に刺さっていた! その矢よりも速い弾丸を掴み損《そこ》ねたら、あるいは掴めても腕をひねって弾丸の軌道を曲げるより先に弾丸が手のひらを貫通していたら――こいつ、自分の速度の限界と肉体の強度を最初の戦いで学習している?

弾丸とジャンヌの手が接した瞬間に、手のひらの肉が焼ける匂いが一瞬放たれた。

だが、その匂いもすぐに消えた。

ただ、高速で飛んでくる弾丸を手のひらで払った時に全身を貫いた激しい痛みが、わずかにジャンヌの理性を回復させていた。

「……ダメ……逃げてっ! 傭兵さん。わたし、自分で自分をぜんぜん制御できない!」

が、この時。ユリスとして覚醒していたジャンヌは片手で弾丸を処理しながら、残る片手ですばやく剣を鞘から抜き終えてしまっていた。ラ・イルの身体を貫くために。

それでもどうやらジャンヌは完全に狂戦士になってしまったわけではなく、心は清らかな少女のままでいたらしい。それならば、ラ・イルはそれでよかった。傭兵稼業が死と隣り合わせだという覚悟などは、この職に就いた時にすでに済ませている。村を略奪する自由は、村人に打ち倒される自由でもある。そうでなければ、村を好き勝手に略奪していい権利などない――。


二人の身体は、激突しようとしている。

さらに距離が詰まり、二人の頭と頭がぶつかりそうになっていた。

今から額に弾丸を撃ち込め、ればジャンヌも避けられない。

だがもはや、再び銃に弾を込め再び銃に弾を込めて二発目を放つ時間はラ・イルにはない。

ジャンヌが突き入れてきた剣を、避けられない。

ラ・イルは「ジャンヌ。あたしはただの人間の娘だぜ。逃げられないさ。無茶言うなよ」と苦笑しながら、自分に訪れる死の瞬間を待った。

（……なぜあたしが「ラ・イル（憤怒）」と名乗ってるか、この子になら話してもよかったかもな。傭兵たちの残虐さに。戦争の残酷さに。命の儚さに。たいせつなものを守れなかった、自分の弱さに。なにもかもにこんなにも激怒している、この子には……）

どうしてだろう。妖精の一族だと言われても不思議じゃないくらいにか弱いジャンヌが突然人間離れした強い戦士に化けて傭兵たちを村から追い払っていく姿を見て、なぜか「よかった」と喜んでいるあたしがいる。

しかもジャンヌがその優しい心までは失っていないとわかったことも、なんだろう、とにかくすごく「よかった」って思った。

自分がそのジャンヌに殺されるって時に、馬鹿な話だな。

ラ・イルは、そっとまぶたを閉じた。

※

「ごめんね傭兵さん！　わたし、気がついたら傭兵さんに斬りかかっていて……どうしてだろ。傭兵さんの揺れる胸を見ているうちに頭に血が昇って、わけがわからなくなっちゃったよ！」

「はあ。そんな理由であたしに一騎討ちを挑むとは、やっぱり子供だな。挑発されて切れちまった自分が恥ずかしい……錬金術師によれば、お前が暴走したのは賢者の石の副作用だそうだ。お互いに無傷で済んだんだし、もう気にすんなよ」

「ううう。恥ずかしいよう。傭兵さん？　たぶんわたし、傭兵さんにいろいろ失礼なことを言ったと思うけど、ごめんね！」

「……『ラ・イル』でいい。あ、ああ。ジャンヌがそう呼びたいなら『ラ・イルちゃん』と呼んでもいいぜ？　と、特別に許可してやる」

ユリスの力を得て再生したジャンヌが降臨したことで、ブルゴーニュ傭兵たちは撤退しドンレミ村に平和が戻った。

泉の森で、村人たちはラ・イルとその子分たちを招いて宴会をはじめていた。

ラ・イルもジャンヌも、生きている。

ジャンヌは、ラ・イルと交錯する寸前にユリスとしての力を失い、もとの幼くて優しい少女に戻っていた。

あの時、ジャンヌはラ・イルの胸元へ向けて突き出していた剣を、間一髪で手放していた。

生還したラ・イルは今、自ら率いるガスコーニュ傭兵団の面々を連れて、泉に招かれている。

今そのラ・イルは、次々と子フェイを捕まえては頭を撫でたり髪をさすっている。

「ふ、フェイ族の子妖精はなかなかかわいいじゃねーか。こ、このまま十匹ほど連れ去ってあたしの飼い妖精にしてーな……殺伐とした傭兵稼業の貴重な癒やしに……」

「ぴえええええ。許してくださいでちゅう、ラ・イルさま～」

「ジャンヌー！　ジャンヌー！　おっかないでちゅう、妖精さらいでちゅう。助けてー！」

「……あたしはやっぱり子供と妖精には懐かれないのか……くうう」

「ラ・イルって、口調は男の子みたいでかっこいいけれど、ほんとは妖精さん大好きな乙女だよね！　おっぱい大きいしね！　どうして、傭兵さんのお仕事に就いたの？」

「ああ。ジャンヌになら話してあげてもいいぜ。あたしはもともと故郷の南国ガスコーニュで、信仰心の深い兄さんが経営する葡萄《ぶどう》畑で働いていたんだ。収穫した葡萄を熟成させてワインに仕上げるまでがあたしたちの仕事だった。戦場や傭兵とは無縁な、平和な村だったな。新婚初夜まで純潔を守って、かわいいお嫁さんになるのが、あの頃のあたしの夢だった……血なまぐさい傭兵になった今でも、その夢だけは捨てられないんだけどさ」

「ふええ。そうだったんだ。わかった！　そのお兄さんがラ・イルを厳格にしつけたんだね！　それで、ベーゼを交わした相手と結婚しなきゃならないって決めたんだね？」

「そうさ。兄さんは地元の貧乏貴族だったが、ちょっと変わった人だった。ガスコーニュは、イングランドとフランスが激しく奪い合ってきた土地だ。だからガスコーニュの下級貴族は傭兵稼業で食いつなぐのが常識だったのに、兄さんは葡萄畑とワインで日々の糧《かて》を得る道を選んだんだ。傭兵稼業なんて結局は大義も持たずにただ金のために戦争をする無法者にすぎない、たとえ一時は荒稼ぎして贅沢《ぜいたく》できたとしても魂は救われない、と敬虔《けいけん》な兄さんは信じていた」

　あのマスケット銃で完全に武装して自分を守っているラ・イルが、ジャンヌには、自分のことをありのままに語っている。

　そういえば俺もそうだった——モンモランシはラ・イルの隣で肉をかじりながら、（ジャンヌには不思議な力がある。人間が隠し持っている傷の記憶、見られたくない暗い情念のようなものを全部受け入れて浄化してしまえるような力が）と気づいた。

「優しいお兄さんだったんだね」

「ああ。あたしにとって最高の兄さんだった。優しくて気高《けだか》くて、憧れの人だった。だがある日、出荷を控えたワイン目当てに、イングランドに雇われた傭兵たちが兄さんの村を襲ったんだ。武器を持たなかった兄さんは、武装した傭兵たちを説得しようとしたが、聞く耳も持ってもらえず、あっけなく殺されちまった——神さまは、兄さんを救ってはくれなかったのさ」

「ええええ？　そんなのってないよ……」

「目の前で兄さんの頭が砕かれるさまを見た時、あたしの中でなにかが切れていた。幼かったあたしは斧を手にして、村を占拠した傭兵たちが寝静まった夜、あいつらが寝ていた部屋に次々と油を撒いて——火を放ったのさ。猛火の中に飛び込んで、傭兵たちの頭をかたっぱしから斧で砕いていった。その日以来、あたしはラ・イル（憤怒）と呼ばれるようになった。でも、あんなふうに悪鬼のように暴れたあたしは、もう村にはいられなくなった。生きるために村を出て、傭兵になるしかなかった」

「……ラ・イル……わたし、ユリスになっていた時にいろいろひどいことを言っちゃってごめんね。ぐすっ」

「いいんだ。ジャンヌのおかげで、あたしは、自分が道を逸れていることに気づけたんだから。今でも、兄さんは間違ってはいなかったと信じている。ただ、この戦乱の時代では、力を持たなければ、どんな正しい言葉を語っても聞き入れてもらえず殺されてしまう。武器を取らなかった救世主ジェズュ・クリだって結局殺されちまっただろう？　兄さんも同じ運命を辿った。だからあたしは兄さんの志《こころざし》を無駄にしないために、自ら武器を取って戦う道を選んだはずだった。それなのに気がつけばあたし自身が、兄さんを殺した傭兵たちと同じような獣になっちまっていたんだ。そのことに、ジャンヌに出会ってやっと気づけた」

「でもしょうがないよ。宮廷がきちんと報酬を支払ってくれないんだから。どうすればいいのかな？」

「このだらだらと続くフランスとイングランドの戦争には、大義がないんだ。フランスとイングランドの王家が王位を争奪しているという以外、目的もはっきりしない。武力を抱えた傭兵たちや騎士たちを正しい方向へ導く光のような存在がいなければならないと思う。でも、あたしはただやみくもに戦うことしか知らない一介の傭兵にすぎないからな……あたしの力を、かつての兄さんのような人を守るために使えればいいんだけどさ。歯がゆいな」

「そんな人が見つかると、いいね！　戦争がなくなれば、ラ・イルもかわいいお嫁さんになれるもんね」

「……あ、ありがとう。ジャンヌ。でも、あ、あたしなんかが、お嫁さんになれるかな？」

「おっぱい大きいし美人だから、すごくかわいいお嫁さんになれるよ！　なにほんと。この牛みたいなおっぱい。う、う、うらやましい。うう－！　無性に腹が立ってきちゃった！　や、や、やっぱり、ゆ、許せない。こんな不平等、あっていいはずがないよ……」

「ジャンヌ？　あたしの胸に罪はないんだ！　わざと大きくしたわけじゃね－んだってば！」

久々の豪華な食事にありついたラ・イルの子分たちはみな、肉に食らいつきながら「姉御の弱点を見つけた」と騒いでいる。

「いやあ。ガスコーニュの狂犬と恐れられる姉貴も、幼い女の子と妖精族には弱いんだな！」

「姉御……筋金入りの男嫌いだとは思っていたが、実はそういう趣味だったのか」

「う、うるせえぞ、てめえら。そんなんじゃねえ！　もうブルゴーニュ傭兵どもは逃げ散ったんだ。あたしたちが標的としていた敵軍は四散。つまり、今回の仕事はこれで終わりだ！」

村人たちとフェイたちが、ラ・イルたちガスコーニュ傭兵にパンや果実を手渡している。

「おうおう。あの土壇場の修羅場でうちの村の人気者・ジャンヌちゃんを殺さなかったあんたになら、報奨をくれてやってもええぞ」

「そうでちゅ。カトリーヌちゃんは死んじゃったけど、村と泉は守られたでちゅ」

「ジャンヌも、あやしい錬金術師さんのおかげで生き返ったでちゅ」

「仲間がたくさん死んだのは悲しいけれど、よかったでちゅう」

「カトリーヌちゃんの魂も喜んでいるでちゅ」

泉のほとりで、傷つき死んでいったフェイたちの火葬がはじまった。

遺骸を土に埋める人間とは違い、フェイ族は火葬をする。

病が流行《はや》らないようにするためじゃ、とフェイ族の長老《バルド》がうなずいている。

「……カトリーヌ……守ってあげられなくて、ごめんね。わたしが、カトリーヌに守られちゃったね。お姉ちゃんだったのに……」

カトリーヌがつけていたリボンをにぎりしめながら、ジャンヌがぽろりと涙をこぼした。

「ジャンヌよ、悲しむことはない。妖精族はのう。ひとたび肉体が朽ちても、その魂は永遠に輪廻《りんね》するのじゃ。神父たちは妖精族の魂は地獄と天国の間を彷徨《さまよ》い続けると言うが、わしらフェイ族の言い伝えでは死んだ妖精族の魂は海の彼方にあるもう一つの世界、『ティル・ナ・ノグ』と呼ばれる楽園へ向かうという。泣いてはならぬ。踊りを踊り、歌を歌って、カトリーヌたちの魂をご陽気に送り出すのじゃ。ふごふご」

ジャンヌとほとんど身長が変わらないサイズまで育っているフェイ族の長老――といっても三頭身なので頭でっかちでふらついているが――が、ジャンヌの頭を丸い手でぽんぽんと叩きながら励ました。

「しかし、生きている間に伝説の羽つき妖精アスタロトさまを見ることができるとは、長生きはするものじゃのう。ごく希《まれ》に、人間の世界に『賢者の石に選ばれし英雄』が生まれた時だけに目覚め、英雄に賢者の石を与え、分裂した世界を再び統一するために英雄を教え導くという、妖精の女王。天より飛来した賢者の石の守護者。この地上の誰よりも長く生きる、不老不死の幼い妖精」

「やめて頂戴。今のわたしはもう賢者の石の守護者なんかではないわ。ジェズユ・クリを神の子と崇《あが》める一方で古き神々を悪魔として狩ることを生業《なりわい》とした教会が勃興《ぼっこう》し、ついには賢者の石を人間の独占物にしようともくろむテンプル騎士団などという連中が現れ、人間はわたしを無視して賢者の石を奪い合うようになった。わたしが所在を確認できている賢者の石は、たった一個だけよ。その一個も、うすら馬鹿のモンモランシが真っ二つに割ってしまったし」

「その一個を用いて、ジャンヌになにをさせますのじゃ？」

「知らないわよ！　モンモランシに聞いて頂戴！」

「いやあ。それにしても若いのう、ちっちゃいのう。うらやましいのう。ふごふご。やはり羽かの？　永遠の命の秘密は？　その羽、売ってくれんかのう？」

「お断りよ！　あなたがこの泉のコロニーの長老？　雄を完全に切り捨てて雌だけで繁殖する

生態を選択したフェイ族は、妖精族の中でも最弱の種族なのよ。二度と人間の軍隊と戦わないように、若いフェイどもをしつけておきなさい！」

長老がなおも羽に手を出してくるので、ぺちぺちと叩きながらアスタロトはきいきいと怒鳴った。

「ジャンヌは、ドンレミ村の人間たちとわしら泉のフェイ族の仲を取り持ってくれておったんじゃ。妖精族の一斉駆除を迫る神父も、ジャンヌの無邪気な笑顔の前にはたじたじでの。ジャンヌのおかげでわしらは人間と共存共栄できておった。だからの。ジャンヌのためならばみな、躊躇せんのじゃよ。散っていった者たちも、後悔はないじゃろう。ジャンヌは、ユリスとしてよみがえった。妖精の女王。あんたが目覚めてくれたおかげじゃな。奇跡じゃ」

「でも、エリクシルの補給に問題が生じたわ。まったくもう。信じられない。モンモランシはわたしの想像をはるかに下回る愚か者だわ……はあ」

そう。

ジャンヌの心身に、問題が生じていた。

ラ・イルとの戦闘中に、数年から数十年は保《も》つはずの体内のエリクシルがすべて枯渇したのだ。しかも、黒化した賢者の石がいっこうに自然回復しない。本来ならば、力を出しきった賢者の石は、時間とともに回復して再稼動可能になるはずだが――。

「下手っぴぃがでたらめに賢者の石を半分に割った後遺症だわ。本来ならば数年から数十年に一度で済むはずのエリクシルの補給を、ジャンヌはいちどユリスの力を発揮して使い切るたびに行わなければならないみたい。つまり、ユリスになるたびにモンモランシとベーゼを交わさなければいけない身体になってしまったのよ！　こ、こ、こんないやらしい破廉恥《はれんち》な賢者の石の使われ方は前代未聞だわ！　モンモランシ！　あなたっていったいなんなのよ？　賢者の石をどこまで冒瀆するつもり？　許せないわ！」

「悪い悪い。いやあ。まさかこんなことになるなんてなあ～」

「悪い悪いで済まないわよっ！　そんなに子供がいいのっ？　この浮気者っ！」

　許せない許せない！　とアスタロトが小さな手をぶんぶんと振り回してモンモランシの頭をぽふぽふ殴りつけるが、悲しいほどにダメージはない。

　ジャンヌは「お父さんもお母さんもいないし、今ならだいじょうぶだよね」と頬を赤らめながら、「一時はどうなるかと思ったぜ」とあぐらをかいてあくびをしていたモンモランシの膝の上に、ちょこん、とお尻を下ろして抱きついてきた。

「なんだよ。どうした？　眠いのか？　子供は早く寝なさい」

「違うよ。その～。身体がほてってって……喉が渇いちゃって」

「そっか。運動したからな。血もいっぱい流したし。水でも飲んでろ」

「鈍いなあもう！　エリクシルが欲しいのっ！　なんだか胸がもんもんとして苦しいんだもんっ！　切ないよう！」

「……それってまさか、つまり？　さっきあげただろう？」

「ぜんぜん足りなかったのー！」

「おいジャンヌ、待て！　村の連中も妖精たちもラ・イルもいるんだぞ、せめて人目につかないところで」

「ダメ！　もう我慢できないのっ！　いただきますっ！　ほらっ口を開けてモンモランシ！　んちゅっ」

「おわっ？」

「んーっ！」

場の空気が、一瞬で凍り付いた。

「あ、姉御。この錬金術師……」

「……変態だったのか……」

「モンモランシ？　ばばば馬鹿！　お前ら、人目を忍べよっ！」

「ジャンヌー！　ジャンヌー！」

「幼いジャンヌになにをしたんでちゅう、この色魔《しきま》人間！」

「ほう。あの人間が賢者の石を手に入れてまで欲《ほっ》したものは、そうか、権力でも玉座《ぎょくざ》でもなくいたいけな幼子じゃったのか。これでは妖精の女王も導きがいがないというものじゃて。世も末じゃのう、ふごふご」

「あああああ。モンモランシ、やめさせなさあああい！　人前でエリクシルを飲ませちゃダメでしょうっ！　ジャンヌ、離れなさい！　その男はわたしの下僕なのよ、勝手にわたしのものに触らないで！」

「やだー！　喉が渇いたー！　ううう、甘いよう。美味《おい》しいよう。もっと、モンモランシ。もっとちょうだい！」

「いやあ参ったな。みんなの視線が冷たいぜ。もしかして俺、このまま村人どもに捕縛されて川に流されるんじゃねえ？」

モンモランシが言い終わるよりも早く、「やめねえかこの外道！」「ざけんな！　ベーゼなら大人の女とやれ！　このド外道が！」「俺たちゃ略奪でも殺しでもなんでもやるが、こんなに幼い子供に手を出すだなんて信じられねええええ！」「いつの間にこれほど手懐けやがった死ねうらやましい！」と切れたガスコーニュ傭兵たちがどっと殺到して、モンモランシを取り押さえていた。

「待ちなさい！　決してモンモランシが幼女にしか興奮できないどうしようもない出来損ないの変態男だというわけではないのよ。ただ、今後ジャンヌはもうモンモランシとは離れられない。体内のエリクシルが涸れたら賢者の石の力が毒になって徐々に身体が弱り、死んでしまうから。そしてそのエリクシルを錬成して補給できる者は、モンモランシしかいないの」

アスタロトが彼らに事情を説明してモンモランシを解放させるまでの間に、モンモランシの顔面はパンチの連打によって腫《は》れ上がっていたのだった。

一刻後。

夜が更《ふ》けて暗くなった、ジャンヌの家の土間。

ラ・イルと傭兵数名、村人代表数名、フェイ族の長老、ぼろぼろになったモンモランシ、そのモンモランシに「エリクシルもらったら眠くなっちゃった、うみゅー」とおんぶしてもらっているジャンヌ。

ようやく騒ぎを終わらせ、村の主立った面々を集めたアスタロトは、「モンモランシ、ジャンヌ。これからどうするか早く決めて頂戴」と迫っていた。

「モンモランシは悪魔を飼っている黒魔術師・異端錬金術師の疑いをかけられて異端審問軍団に手配中の身なの。賢者の石を装着してユリスになったジャンヌも、迷信深い神父が見れば悪魔憑きや人狼、ヴァンピールの類《たぐい》にしか見えないでしょうね。いずれ、いつまでも子供のままの姿を保っていることを疑われるでしょうし。二人とも、教会に追われる立場になってしまったというわけ」

「うちの村に二人をかくまい続けるのは無理だんべなあ。なんせ娯楽の少ない田舎村じゃあ、こういう好奇な噂が広まるのはあっという間だからのう」

「わしらフェイ族は、魔法みたいなものはなーんも使えぬのじゃ。太古の時代にはヨーロッパの森を支配する神の一族として地上に君臨しておったという伝説もあるが、人間が大地に繁殖してからというものどんどん身体も縮んで、すっかり退化してしもうてのう。地上最弱の生物と呼ばれるだけのことはあるわいな。力になれなくて済まぬのう。ふごふご」

「ジャンヌは心配だが、言っておくがあたしたちは手を貸さねーぞ。傭兵ってのは、タダでは動かないんだ。いちどでもタダで働いちゃ、傭兵の相場が崩れちまうからな。それが傭兵稼業の掟さ。掟を破ったら、あたしたちは傭兵仲間たちからハブられちまう」

「ジャンヌちゃん一人なら、姉御の妹ってことにして連れ歩いてもいいけどよう。明らかに錬金術師が邪魔だぜえ。こんなあやしい傭兵がいるかよう。なんだよその黒いとんがり帽子と黒いマントは。どう見ても魔法使いじゃねーか」

「うるせえな。黒ずくめのほうが闇に紛れて逃げやすいんだよ」

狭いドンレミ村にとどまるのは無理だった。

「ブルゴーニュの傭兵どもをジャンヌちゃんが皆殺しにしておけば口封じできたんじゃがな、ジャンヌちゃんは優しいから全員生かしたまま追い返してしまった。それが仇《あだ》になるのう」

そう。敵兵多数が、ユリスとして再生したジャンヌを目撃している。

噂はすぐに、異端審問軍団の耳に入るだろう。ジャンヌもまた、異端として追われることになるだろう。

ジャンヌとモンモランシと二人でこれから、どこへ逃げればいいのか。

「しょうがないね、モンモランシ！　二人でティル・ナ・ノグに行こうよ！　妖精さんたちの島へ！　海に船を漕ぎだしてまっしぐらに進もう！　おーっ！」

「ジャンヌ。そいつはただの伝説だ。そんな島には辿り着けないぜ、少なくとも生きている間はな。死んだら行けるかもしれねえがな」

「ええぇ。そうなんだあ。じゃあじゃあわたし、やっぱりイングランド軍と戦うためにこのユリスの力を使うよ！　そうだよね、逃げていても戦争は終わらないもんね！　むしろユリスになっちゃった以上、戦争を終わらせるために力を使わないとねっ！　初志貫徹だよっ！」

「無理なのよジャンヌ。戦場に顔を出したりすれば、イングランド軍と戦う前にあなたとモンモランシは異端審問軍団に逮捕されて、それで終わりよ」

「ふえええええ！　そんなあああ！　羽つきさん、それじゃわたしとモンモランシはいったいどうすればいいのっ？　わかんないよう！」

「モンモランシが貴族の身分を失っていなければ、手の回しようもあったのだけれど。宮廷に銀貨をばらまくとか、教会のお偉方に圧力をかけるとか。でも、シノンの亡命宮廷を仕切っている宰相ラ・トレムイユがモンモランシを逮捕しようとやっきになっている現状ではね。一文無しの流れ錬金術師には、どうしようもないわね」

「錬金術師、お前あの蜥蜴《とかげ》みたいな冷血な宰相を敵に回したのか？　あいつは陰険きわまる策謀家な上に、宮廷を内部から蝕《むしば》む毒みたいなもんだ。イングランドから単身フランス軍へ復帰して、フランス軍最後の救世主と期待されていたリッシュモン元帥を罠《わな》にはめて宮廷から追放した糞野郎だぞ？」

　ラ・イルが「リッシュモンは村を略奪するあたしたちを悪党と罵るいけすかない女だが、ラ・トレムイユは論ずるにも値《あたい》しない最低野郎だ」と激高してグラスを床に投げ、叩き割った。

「まあ、リッシュモンはなあ。融通《ゆうずう》が利《き》かない正義《ジュスティス》の使者だから、汚職で稼ぐのが基本になっている宮廷の貴族どもとは合わないよな」

「錬金術師？　どうしてお前、リッシュモンを知ってるんだ？」

「昔ちょっとな。もう、絶縁されている」

「ふうん。宰相は敵で、リッシュモンには絶縁されてるのか。その上、実家からは勘当。いったいなにをやらかしたんだよお前？」

ラ・イルは興味深げにモンモランシの顔を見つめているが、モンモランシは「ラ・トレムイユには、七年前に恨みを買ったらしいんだ。子供の頃の話だぜ？　あの男、しつっこいんだよな」と興味なさげに頭をかいた。

「ああ？　なんだよそれ？　宰相の懐柔《かいじゅう》はあきらめるとして、他に貴族の身分を取り戻す方法はないのか？　実家の資産はどうなっている？　資産管理人は？」

「実家には戻れねえ。ジジイに――祖父に廃嫡されているんだ。今は、祖父が実家の資産管理人さ。あいつに俺の廃嫡処分を撤回させる条件は一つ。実の兄妹として一緒に暮らしてきた従妹と結婚することだ」

そんなの絶対にダメだよう！　モンモランシはわたしとずっと一緒なんだよ、ずっと独身だよ、誓ってくれたんだよ！　そうだよね？　とジャンヌが手をぶんぶん振り回してモンモランシの頭を叩きはじめた。

長老が「羽をくれぬか」とアスタロトに手を出してはたかれながら、つぶやいた。

「モンモランシとジャンヌ。どうせ離れられぬ二人ぢゃ。しかし、ジャンヌは永遠に子供ぢゃ。恋人関係だと疑われれば、またモンモランシは袋だたきぢゃ。これからは兄と妹という設定で放浪するしかないのう、ふぉっふぉっ」

「そうだよね、モンモランシはわたしのお兄ちゃんだよね！　他の女の子と結婚なんて絶対に認めないよ！　でもでも、お兄ちゃんと妹が熱いべーゼなんて交わすかなあ～？」

　ぽん、とモンモランシがジャンヌの頭に手を添えて、撫でた。

「おっそうだな。べーゼはさておき、お前にはユリスの力がある。俺はせいぜい知恵を絞って策を練ることしかできねえが、お前が手に入れた強大な力を補えるはずだ。二人で一人というややこしい関係になっちまったのも、いわば運命だろう。一緒に、行けるところまで行こうぜ！」

　ぱたぱたと羽を広げて室内を舞っていたアスタロトが「三人で一人と言い直しなさいよ！今でこそこうして零落してしまったけれど、賢者の石の本来の管理者は、このわたしなのよ！歴代のユリスはわたしを神と崇め下僕として従いわたしの命令をよく聞いてきたわ！　ずっと昔の話だけど！　教会の連中が神の名を独占支配して愚かな人間どもを洗脳しはじめてからだわ、わたしが魔族だの人工精霊だのに身を落としたのは！」と怒りはじめた。

「考えてもみなさいモンモランシ！　わたしってば、目覚めるたびに落剝《らくはく》していくのよ！　どんどん大地に人間が溢れて、キリスト教の十字架ばかりが増えて、妖精族は駆除されて森の奥へと押しやられて……」

「わかったわかった。謝る。『三人』で行けるところまで行こう。アスタロト、悪いが賢者の石の守護者として、俺とジャンヌを導いてくれよ。俺はこれから、ジャンヌの兄を名乗る。そしてジャンヌを――フランス王家を守護する『姫騎士』にする！」

誰もが、息をのんだ。

「それは無理だぜ錬金術師。羊飼いは騎士になれねーよ。いくら強くなったからって、生まれながらの身分は越えられないんだからさ」

「だからよ。その不可能を可能にする策を考えたんだ、ラ・イル！」

モンモランシは、語った。

姫騎士。それはジャンヌの夢だ。

フランス王家を救い、イングランド軍をフランスの地から撤退させ、戦争を終結させる。これもジャンヌの夢だ。

そして、こいつは俺の夢でもある。

「俺は貴族出身だが、各地を放浪しているうちにフランスの民衆と王家の心が完全に乖離《かいり》しちまっている事実を知ることができた。赤髭のジャンみてえな乱暴な貴族や食い詰めた傭兵たちが戦争のたびに村を荒らすのもその一因だし、いっそイングランドに合併されちまえば戦争は終わると、みんながあきらめている。軍資金もないのに無理して傭兵まで雇って八十年以上も戦争ごっこを続けている王家や貴族と、自分たち搾取《さくしゅ》されるだけの平民とはいっさい関係がない、ってな。だが現実には、フランス王家には大勢の分家や親族がいる。シャルロット姫太子が降伏しても、次の亡命政権が誕生する。数百年にも亘《わた》って存続してきたこのフランスという国を、今さらなかったことにはできねえ。この戦争はとてもじゃないが、終わらない。ずっとずっと続くぜ。その間、民衆はどんどん困窮《こんきゅう》する」

「だからぁ。傭兵への支払いが滞っているのは、宮廷にさえ金がないからだっての」

「わかってるってラ・イル。俺が言いたいことはさ。民の支持を失っている王家と貴族だけではもうイングランドとの戦争は終結させられないってことだ。平民の中からも、騎士を選出しなければならない。民衆の声を代弁してくれる騎士が、今のフランスには必要なんだ。そのような騎士が現れてはじめて、フランスの民衆は王家を支持してくれるだろう。王家と民衆との間の垣根を取り払うんだ。大義なき戦争に、義を与える。傭兵たちや貴族たちにも、光を見せることができる」

「ジャンヌにそんな大役を？」

ジャンヌはまだ子供だぞ、この子にそんな重い役目を背負わせるつもりか？　とラ・イルが目を細めながらたずねた。

「ラ・イル。このまま放置していては、ジャンヌはいずれ必ずヴァンピールとして狩られる。未来へ向けて突っ走ってフランスの救世主になるか、こそこそと逃げ続けてヴァンピールとして処分されるか、ジャンヌの運命はその二択だ。俺は、前者の道を選びたい。そのための策はもう、頭の中にある。放浪しながらぼんやりと感じていたことがらが、全部、俺の中で組み合わさった。ひらめいたぜ」

モンモランシの「策」は、奇想天外なものだった。

道々、「ドンレミ村の羊飼いの少女ジャンヌが大天使から『フランスを救え』と命じられ救世主となった」という噂を喧伝《けんでん》しながら、シャルロット姫太子や貴族たちが集《つど》っているシノンの亡命宮廷へジャンヌを連れていく。そしてシャルロット姫太子に謁見《えっけん》させ、ジャンヌを正式にフランス軍に加えてもらい、戦意を喪失しているフランス軍の士気を高め、現在イングランド軍に包囲されている亡命政府の最終防衛拠点オルレアンを解放させる。

　オルレアンを解放すれば、フランス軍はロワール川を越えて北へと進軍できる。司教座都市ランスまでシャルロット姫太子を行軍させて、正式にフランス女王として戴冠させる。

　フランスの王は、ランスで戴冠式を行い、王として聖別《コンセクラシオン》されなければならない。

　これはフランク王国の始祖と呼ばれるクロヴィス一世以来の伝統であり、そしてシャルロット姫太子とイングランドが擁《よう》する幼いイングランド王ヘンリー六世のどちらもまだランスで戴冠式を行っていない。

　赤子のヘンリー六世はまだ、イングランドから海を渡ってこられない。ランスで戴冠式を行えば、シャルロット姫太子はほんもののフランス女王だ。

「ジャンヌ、今日から俺はお前の兄を名乗る。お前は妖精の泉で大天使ミシェルからフランスに勝利をもたらし戦争を終結させる救世主としての力を授かった、という設定で行く。聖女なんだから歳を取らないのも超人的な速度で駆けることができるのも当然だ！　すべては神の奇跡！　大天使ミシェル役は、アスタロトにやらせる。民衆は、ミシェルは翼を持つ天使だと信じているからな。ちょうど適役だ」

「うう、わかった。ほんとは話が難しくてよくわからないけど、わたし、突っ走るよ！　わたしががんばることで、この戦争が終わるなら！　モンモランシ！」

「そうだよ、これぞ逆転の発想だぜ！　魔女狩りされる前にこっちから救世主を名乗っちまえばいいんだ！　民衆がお前を支持してくれれば、異端審問軍団も容易には動けない！　ましてフランス軍初の、『貴族出身ではない騎士』になればな！　世の中、名乗った者勝ちだぜ！」

衝撃を受けたらしいアスタロトは「ふらふら」とテーブルの上に落ちながら、「突っ走るぜ！」「おう！」と盛り上がっているモンモランシとジャンヌにくってかかった。

「あなたたち、落ち着きなさい！　めちゃくちゃだわ！　あなたは賢者の石をいったいなにに使おうとしているの、モンモランシ！　羊飼いの娘を？　騎士にする？　救世主にする？」

「そうだ。めちゃくちゃ言うなよ錬金術師。このドンレミ村は敵地に孤立している。村から南フランスのシノンへ向かうには、イングランド軍の占領地とブルゴーニュ公国の領地を通過しなければいけないんだぞ。つまり、敵中突破だ。オルレアンは陥落寸前だし、ランスだって敵地にある！　リッシュモンが追放されちまっている今のフランス軍にはオルレアン解放もランスへの行軍も無理だ！　それ以前に、ジャンヌをシノンへ無事に届けることすら不可能だ。喧伝せずに隠れて行軍するなら、可能性はあるが……」

「ラ・イル。ジャンヌが救世主だと喧伝しながら行軍しないと、宮廷でシャルロット姫太子と謁見させられないだろう？　ただの羊飼いの娘に、姫太子が会うか？　先に、民衆の心を摑んで絶大な人気を得なければ、宮廷の貴族どもは決して取り合わない」

「まあ、会うはずはないな。しかしどうやってジャンヌを救世主だと信じさせる？」

「それについても考えがある。フランス中の民衆の間に、いつの間にかこういう予言が広まっている。『フランスは一人の女によって滅び、一人の処女《ヴィエルジュ》によって救われる』――」

フランスを滅ぼす女とは、不義を繰り返し次々と権力者を籠絡《ろうらく》し続け、ついにはイングランド王にフランス王女とフランスの王位継承権を譲り渡した先の王妃イザボーのことを意味している。この謎解きは簡単だが、フランスを救う処女が誰なのかは、予言を信じている民たちにもわかっていない。フランスは王妃イザボーによって滅ぼされたも同然だから、そのフランスを救える者はイザボーとは正反対の性質を持つ者……つまり処女でなければならない、そういう願望が予言となって信じられていると考えていいだろう。男騎士たちの戦争好きと残虐さに、民はみな辟易《へきえき》しているんだ。俺の祖父なんかまさに残虐な男騎士の典型だが――。

「錬金術師。お前、まさか?」

「そうだ。ジャンヌこそがその『フランスを救う処女』だ、と喧伝する」

「そ、そりゃあ、ジャンヌは子供なんだからたしかに処女だろうけど、そいつはちょっと強引すぎるだろ?」

「強引じゃねえ。十八歳の立派な乙女だと言い張らせる。ただ胸が薄くて童顔なだけだと。実年齢を証明する証拠なんてないし、遠目に見るだけなら、わかりゃしねえ」

胸が薄いは余計だよっ!　とジャンヌが怒りだした。

「救世主なんだから、ちょっとばかり瞳が黄金色に輝いたり人間の目には見えない速度で動いたりしても、なにも問題はない。ジェズュ・クリだって水をワインに変えたし、湖の上を歩いて渡ったぜ?」

ラ・イルは「お前って、策士なんだな……」といつもはすっとぼけているモンモランシの意外な一面を見て驚かされていた。

「しょせんは俺も腐った貴族の出身だからな。陰謀と策略ってのは貴族の十八番だぜ。褒められてもうれしくねえさ」

「いや、錬金術師。卑下《ひげ》することはない。お前は自分の保身のためにはどんな知恵も浮かばないが、ジャンヌを守るためならなんだって考えつくしてなんだってやっちまう。そういう男だよ。あ、あたしは、お前みたいなバカは嫌いじゃないぜ……？」

「どういうやつだよ？」

幼子しか愛せない変態ということよ、とアスタロトがささやいてきた。

「うるせえよ！　まぜっかえすな！」

「だがな、錬金術師。ジャンヌを救世主として派手に喧伝しながら行軍すれば、イングランド軍とブルゴーニュ軍に襲撃される。ジャンヌがユリスとして戦える時間は短い。厳しい時間制限がある以上、たった一人で次々と襲ってくる敵軍をすべて蹴散らすことはできない。あたしは自分自身でジャンヌとの戦いを経験したんだから間違いない。回復にも時間がかかるんだろう？　お前と二人きりで敵中を大騒ぎしながら突っ切るのは、とても無理だ」

「そこでだ。賢者の石の半球がまだ俺の手許《てもと》にある。そいつでラ・イル、お前とガスコーニュ傭兵団を雇おう。シノンまで、俺とジャンヌの護衛を頼む。業者に売りさばくのも貴族に売りつけるのも自由だが、エリクシルの件は伏せろ。俺はまだ、不老不死を追い求めている爺さんに唇を吸われたくない」

　モンモランシが最後に残された財産をラ・イルの手のひらの上に載《の》せたが、ラ・イルは「これは半分に欠けちまっているじゃねーか。それにこいつを装着すれば、定期的にお前からベーゼをもらわないと不老不死ではいられなくなるんだろう？　お前が死んだ時点で終わりじゃないか。こいつはいくら賢者の石でも売り物にはならない、二束三文で買い叩かれる」と賢者の石をモンモランシに突き返した。

「じゃあ、別の対価を払おう。とはいえ今は手許にない。出世払いでどうだ？」

「お前がいつ出世するんだ？　廃嫡された一文無しの流れ錬金術師、しかもお尋ね者がさぁ？」

「俺じゃなくて。ジャンヌが出世するから、ほら」

「それはダメだ錬金術師。後払いという条件を飲む以上、もっと具体的な報酬を提示してくれなければ、仕事は請けられない」

　満を持したように、フェイ族の長老が「賢者の石は世界に七つありますじゃ。ヨーロッパにはまだまだ賢者の石が眠っておりますぞい。テンプル騎士団がエルサレムで発見してヨーロッパに持ち込んだ『聖杯《グラール》』もまた、賢者の石ですぞ。ふごふご」と言いだした。

「聖杯を探し出して、ラ・イルに報酬として支払えばよいですぞ」

　聖杯？　あのジェズュ・クリの血を受けたという伝説の聖遺物も賢者の石だっていうのか？

マジかよっ、だったら聖杯にはとてつもない価値があるぞ！　とラ・イルが震えた。

　しかし、アスタロトが「ふるふる」と首を振った。

「テンプル騎士団が壊滅したのちの聖杯の行方はわからないわ。すでに何者かの手に渡ってしまったのかも。でも言われてみればこのヨーロッパに隠されている賢者の石は、他にもまだあるわ」

「あるのか、アスタロト？」

「あるわよ、モンモランシ。フランスのどこかに存在する可能性が高いものは——シャルルマーニュの『聖剣《サント・サーブル》』ジョワユーズかしら。本来、あの聖剣はフランス王家が誇る王権の象徴。今は行方不明になっているけれど、フランスのどこかに隠されているはずだわ」

「シャルルマーニュか。フランス人はシャルルマーニュと呼び、ドイツ人はカール大帝と呼んで、お互いに自国の英雄扱いしている、あの」

「シャルルマーニュの遺体はドイツのアーヘン大聖堂に葬られたけれど、そのアーヘンにはジョワユーズはなかったの。後に、皇帝バルバロッサがジョワユーズを求めてアーヘンの霊廟《れいびょう》を暴いたけれど、見つからなかったのよ」

「ずいぶんと古い話だな。だが皇帝位はドイツに渡ったのに、ジョワユーズだけがフランス王家の象徴になったのはなぜだ？」

「シャルルマーニュの死後、ジョワユーズがフランスに伝わったから、と考えるのが自然でしょうね。でも、今のフランス宮廷にはジョワユーズは存在しない。あるとすれば歴代のフランス王が埋葬されているパリ郊外のサン＝ドニ大聖堂が本命かしら。いずれにせよシノンの亡命宮廷に行けば、手がかりが摑めると思うわ」

ラ・イルが「まるで雲を掴むような話だが、あたしはアスタロトの言葉ならば信用するぜ。だって、かわい……い、いや、希少な羽つき妖精の言葉だからな。ごほごほ」とうなずいた。

「錬金術師。その聖剣を対価としてあたしに譲るのならば、シノンまでの護衛の仕事を請けてやろう。ただし、シノンまでだ。その先は別料金だぞ！」

「よし。交渉成立だな」

「ねえねえ。夜更かししていたら、わたしまた喉が渇いてきちゃった。モンモランシ〜。エリクシル、飲ませてよ！」

「おいおい。ジャンヌ、ちょっと待て！」

「じゃ、ジャンヌ？　お前は清らかな乙女で、天使のように純真な子供なんだ。こんな男と一日に何度もベーゼを重ねるなんてよすんだ！」

くっそ〜！　どうしてこんな男の唇《くちびる》からエリクシルが出て、あたしの胸からはエリクシルが出てこないんだ？　なんのために膨らんだ胸なんだよ？　とラ・イルはしょげてしまった。

だが、アスタロトは黙ってはいない。

「ジャンヌっ！　今は、とてもだいじな話をしているの！　少しくらい慎《つつし》みなさいっ！　エリクシルを飲み過ぎると中毒になっちゃうわよっ！」

「ふえええええん！　恥ずかしいけど、飲まないと我慢できないんだもん！」

「ふん。まるっきり子供ね」

「ジャンヌは実際子供じゃないか。アスタロトも小姑《こじゅうとめ》みたいなことばかり言うなよ。老けるぞ」

「あら、心配してくれてありがとうモンモランシ。あいにくわたしは永遠に歳を取れないのよ」

「フェイ族よりずっと小さいよな、お前の身体って。もう成長しないのか？　それに長老の言葉通りならば、お前は地上の誰よりも長く生きてきたんだろう。エリクシルに頼らないほんものの『永遠の命』を持っているってことか？」

「さあ。どうかしら。永遠だなんて、そんなものは人間が考えた幻にすぎないわ。時間というものが幻なのと同様にね。呪いが解ければ、すべては泡のように消え去るだけの夢なのかもしれないわ」

「呪い？　なんだい、それは？　賢者の石と関係があるのか？」

アスタロトはその問いには答えなかった。「わたしもさすがに眠いわ、モンモランシ」とモンモランシの手の上に乗ってきて、指に頰ずりしながらそっとまぶたを閉じていた。

ジャンヌは、そんなアスタロトの寝顔を覗きこみながら「かわいい。羽つきさんってモンモランシに懐いてるよね！　モンモランシの手のひらの上で寝るのが好きみたい」と微笑んでいた。

くううっ。か、かわいすぎる。どうして錬金術師だけに懐いているんだ！　小さな子妖精ども、誰かあたしの手の上で寝ろっ！　とほとばしる妖精愛を我慢できなくなったらしいラ・イルが、再びフェイ族を捕獲するために部屋から飛びだしたが、部屋の外で聞き耳を立てていたフェイたちは「ラ・イルが本格的に襲ってきたでちゅ！」「逃げるでちゅ」「握りつぶされるでちゅうう」と幼い子フェイを抱きかかえて逃げ惑《まど》うばかりだった。

「ラ・イル。お前さ、妖精族に手を伸ばす時に緊張しすぎてるんだよ。だからその緊張感があいつらに伝わって、怖がられるんだ。ところで、契約の条件だが――一つだけ、留意してほしいことがある。ちょっとした言葉上の問題なんだが」

妖精たちに逃げられて「一匹ぐらいあたしに懐く妖精がいたっていいじゃないか……とほほぉ……」と悲しみにくれて立ち尽くしていたラ・イルに、慌てて追いかけてきたモンモランシが声をかけてきた。その手のひらの上では、アスタロトがすやすやと眠っている。

ラ・イルは思わず「なんだよ、いちいち契約に細かい男だなあ！　わかったよ、承知した！」と怒鳴っていた。

【「アンガルタ、キガルシェ」第三歌　エンリル】

ニブルの神。神々の王。

アヌンナキの議長エンリル。

アヌンナの長《おさ》である己に絶対的な誇りを抱いている彼は、かねてから、神々より枝分かれした種族であるイギギと人間を忌《い》み嫌っていた。

とりわけ人間は、エンリルにとっては駆除すべき害獣でしかなかった。

人間という種族が異性へ求愛する時に歌い踊る声の騒がしさ、脆弱《ぜいじゃく》な肉体しか持たない無力さ、その脆弱さと反するかのように旺盛《おうせい》な性欲と食欲と繁殖力、それらを「神から退化して猿の仲間へと近づいている、汚《けが》れた種族」の証拠であると主張していた。

実際にエンリルは過去に何度か、奸計《かんけい》を巡らせ強権を発動して、忌み嫌っている人間を絶滅させようとしたことがある。

それでもなお、感情と繁殖力が旺盛な人間は、滅び去らなかった。何度エンリルに追い詰められ叩き伏せられても、すぐに地を覆《おお》い尽くすほどに増えて、牛を飼い麦を栽培した。

「弟よ。神々の王である俺がジウスドゥラになっても、なにも問題はあるまい。むしろ俺以外の神を選べば、戦いになるぞ。エ・テメンが崩れ落ちそうになっているというのに、神々同士で戦っている場合ではなかろう」

「兄貴。あんたは懲《こ》りずに人間を滅ぼそうとしているのだろう？　俺はな、個体としての完成度を極めるあまりに種を保存する能力を捨てたアヌンナや、単性でしか生殖できないイギギではなくて、無限の可能性を持つ人間に未来を託したいんだ。他に、文明を再生させる道はない。人間絶滅をもくろんだ前歴のあるあんたを、ジウスドゥラにはできないな」

「俺たち支配者――神々抜きで、人間どもがやっていけると思うか？　性欲と繁殖力と食欲だけが旺盛な連中に、都市の自治運営などできるはずがない。どいつもこいつも肉体的に脆弱で、力で同族をまとめうる絶対的な強者も登場しない。同じ人間同士が、集落を細かく分裂させ続けくだらぬ理由で争い続ける、そんな禽獣《きんじゅう》の世になるだけだぞ。文明は退化する一方だろう。暗黒の時代ではないか」

「たしかに、人間にはアヌンナのような強靭《きょうじん》な肉体もイギギのような共存能力も不足している。だがそれでも、他の種族にはない多様性と進化の可能性を持っている。足りない分は『石《メ》』が導けばいい」

「人間ごときが『メ』を使いこなせるものか！　……フン。まあいい。貴様と軍勢を率いて殺し合う時間は、なさそうだ。神々よ、そして愚かなる弟よ。俺が温めてきた最終計画を聞け
――この重力問題を最終的に解決する策を」

「どういう策だ？」

『第三次人類絶滅計画』。この重力の増大現象を、人間の駆除に利用する」

「またか。人間を駆除すれば破局を逃れられるとでもいうのか？　エンリルよ。重力の増大と人間の繁殖とは無関係だ。われわれアヌンナにも御《ぎょ》せない力がこの世界にはあるという現実から逃避しているだけだ、お前は」

「黙れ、酔っ払いめが。人間を間引き、都市の規模を大幅に縮小することでわれらアヌンナが生き延びるための活路を開くのだ。貴様が崇《あが》めている『メ』の力にも限界がある！　人間どもの薄汚い黒頭に覆い尽くされているキエンギの大地を見ろ。『力』を求めて異様に伸びきって天空を突き破ってしまったエ・テメンの不自然さを見ろ。いったい誰を養うために、あれほどの力を必要としなければならん？　俺たち少数のアヌンナだけが生きていくには、あれほどの力は必要ない。そうだ、あまりにもイギギと人間が増えすぎたのだ！　奴らはわれわれの文明の力にたかって繁殖する寄生虫だ。間引きしなければならん。労働力として必要なイギギは十分の一に。労働力としてもろくに役立たない人間は一匹残らず殺すべきだ」

　エンリルの言葉に、大勢の神々がうなずいて同意した。

　やはり、すでに議会は、エンリル派によって占められてしまっている。

　わたしには「愛」という感情がない。だから、人間を害虫のように駆除しようと唱えるエンリルに激怒することはできない。しかし、エンキは違った。今は生殖能力を喪失してはいるが、かつては多くの女神と愛を語らってきた男だった。そして、非力な人間族をもこよなく愛《め》でていた。人間族のドゥムジを自分の息子のように愛情を込めて育成してきた男だ。生殖能力を失ったエンキが子供を作る代わりに錬金術によって人間族を生みだしたのだと囁《ささや》く者もいるくらいだった。

「エンリル。現実を見ろ。人間は欲深だが、勤勉だ。イギギは善意に満ちた陽気な連中だが、ろくに働かないぞ。イギギが労働力になりえないからこそ、キエンギに人間が満ちたのだろう。お前は自分に都合のいい結果だけを先に準備して、自分の願望からすべての言説を組み立てている、愚かな政治屋だ」

「エンキ、重力問題を解決できない無能錬金術師の貴様こそ口を慎《つつし》め。海岸線をどんどん後退させねばならなくなった理由は、貴様も知っているだろう。重力が海を押し潰し、キエンギを水没させようとしている。われらは『メ』の力で海水を強引に押し止めているのだ。その結果、大海は盛り上がり、いまや山脈のように高くそびえ立っている。俺はこの『海水の山』に衝撃を与えて崩壊させ、人為的に大津波を起こす。それで、キエンギの人間どもは死に絶える。もっとも、俺がなにもしなくても高まり続けている重力によっていずれ『海水の山』は自然に壊れるだろう。つまり、大洪水は俺がどう行動しようが起こるのだがな――」

馬鹿め、だったらなんのために人類を人為的に滅ぼそうとする？　とエンキがカシュ《ビール》を飲みながら怒鳴った。

「少しばかりキエンギの崩壊を早めて、なんになる？　これほど重力が高まった中で大洪水が起これば、俺たちアヌンナも生き延びられんぞ。俺たちの身体は、無残なほどに重くなってしまった。大地に引かれる力は、おそるべき強さになってしまった。一万年も昔のように、翼を羽ばたかせて空へ逃げることができるだろうか？　できはしない。洪水が退くのを宙で待っているうちに力尽きて、いずれ重力に引かれて海の底へと落とされる。『メ』の力で浮かび上がる天船も、その『メ』の力を供給しているエ・テメンが倒壊すればその飛行能力を失い、墜落するんだぞ。天船自身には、浮力も推進力もない。エ・テメンが宙に放ち続けている『メ』の力によって動いているんだ」

「その通りだなエンキ。今もし洪水が起これば、神殿に集まっている俺たちは誰も助からないだろう。しかし貴様が持っている『メ』を用いてジウスドゥラになれば、生き延びられるな

――」

「俺を殺して『メ』を奪うつもりか？　しかし、『メ』との融合は『冥界《めいかい》』でなければ果たせないぞ。俺から『メ』を盗めば、ただちに俺の使い神がお前を追いかける。エ・テメンの頂上まで登り切れるか？」

「弟よ。貴様と『メ』の奪い合いをやるのも楽しそうだが、時間が惜しい。ジウスドゥラ計画と組み合わせることですべてのアヌンナを生き延びさせる確実な待避方法が、ある。俺はただ破局を前倒しにしようとしているのではない」

「ほう？」

「錬金術と占星術はすでに、『時間は巻き戻せない』というこの世界の絶対的な原理を発見している。いちど過ぎ去った世界は二度と取り戻せない。しかし、『空間は巻き上げられる』な

……」

錬金術の発展によって、この世界には、十一の「空間」が存在することが判明していた。

これらの空間のうち、いくつかの空間は展開されていようとも圧縮されていようともこの世界の存続自体には影響を与えない「余剰空間《よじょう》」だ。これらは常に「巻き上げられていて」わたしたちには見えないが、この余剰空間はかつて地上に「展開」されていたのだという。しかしいつの頃からか余剰空間は、衣服を折りたたむかのように、圧縮されて閉鎖されていた。閉鎖された「余剰空間」の中では、時間の流れが限りなく遅くなるので、事実上時間は進まないと言っていい。

アヌンナがその余剰空間にあらかじめ待避してしまえば、生きながらにして大洪水から待避することが可能となる。

エンリルの主張は、一見有効であるかのように聞こえた。事実、神々のほとんどがエンリル支持に回ったのは、彼のこの計画が成功すればアヌンナ全員が破局を回避できるという可能性を見出《みいだ》したからだろう。だが、彼はエンキが発見した余剰空間にまつわる重大な問題を、わざと無視していた。都合の悪い情報を、切り捨てているのだ。

「兄貴。お前こそ酔っているのではないか？　それは理屈の上での話にすぎん。まず、どうやって余剰空間の開閉を実現するつもりだ？　俺にだってお前にだって無理だ」

「フン。お前が持っている『メ』を生物に融合して、余剰空間に干渉《かんしょう》する能力を覚醒させればいい。お前はイナンナから貸与《たいよ》されたその『メ』を用いてさまざまな研究を続けてきたが、実はそいつを用いた余剰空間の開閉に関する基礎研究も行っていた。すでに実用のめどがついているのだろう？　七個の『メ』のうちもっとも強力なその『メ』をもってすれば開閉が可能になると判明しているのだろう？　なにもかも、調査済みだ」

　余剰空間開閉の理屈だけはあんたに教えたが、方法を発見したことまで調査済みか。俺の手の内はあんたにバレていたわけか、とエンキが頭を掻《か》いた。

「われわれアヌンナと少数のイギギのみが余剰空間へと待避する。洪水が退いたのちに、余剰空間を再び開く。われわれは、人間どもが一掃されて浄化された大地に再び舞い戻り、人間などを必要としない新たな都市文明を再構築すればいい」

「いや。アヌンナは余剰空間へは待避できないぜ兄貴。俺の研究はな、アヌンナを余剰空間へブチ込むために行っていたんじゃねえ。人間やイギギを待避させるために研究していたのさ。だが結論としては、人間やイギギですら無理だったんだ。あそこへは、生物を送り込んではいけない。そういう真似は、やっちゃならないんだ。余剰空間がなぜ巻き上げられているかを考えろ。展開していてはならないから、閉鎖されているんだ。なぜならば、余剰空間内には……」

「フン。世迷《よま》い言《ごと》など聞かんぞ！　貴様は度を超した人間主義者で、アヌンナの裏切り者だ。貴様のその種の虚言を、俺は信じない」

「そもそも誰が余剰空間を閉じて、誰がもう一度開くんだ？」

「そこだけが問題だった。果たして、この高重力下で大洪水から生き延びられる者がいるかどうか、俺にも疑問だったからな。しかし貴様の間抜けな提案のおかげで問題は解決した。

『メ』と融合して余剰空間に干渉する能力を覚醒させたジウスドゥラが、門番の役割を果たせばいい。大洪水にも耐えられ、何万年もの時間の経過にも耐えられる存在がな。貴様はすでに、目星をつけているのだろう。人間の中から、候補者を見つけているのだろう？」

なにもかも俺の研究成果を横取りした上での計画じゃねえか、あんたらしいな、とエンキが皮肉交じりにエンリルを嘲笑した。

「黙れ！　人間を門番になどさせられるか。俺が、ジウスドゥラになる」

「……素人《しろうと》意見だな。そんなに都合よくはいかんぞ、兄貴。たしかに『メ』と融合すれば、生物は禁断の異能力を覚醒させる。だが余剰空間を開く力を覚醒させられるかどうかは、自分の意志では決められないんだ。どこまで高難度の力を扱えるかは、『メ』そのものの性質と、そしてその個体が生まれ持った素質に依存する。錬金術と占星術を極めた俺にはそれぞれの『メ』と個体が持つ資質があらかじめわかるが、あんたにはわからん。このイナンナから借りている『メ』には余剰空間に干渉できる力があるが、『生命の器』のほうにもその力を発現させるための資質が必要なんだ」

「構わん。ジウスドゥラになれば、余剰空間を仮に開けなくても少なくともこの俺は生き延びられる。あるいは、俺以外に適任の者がアヌンナの中にいるのならば話くらいは聞いてやってもいいがな」

「残念だが兄貴。わずか百柱《はしら》余りにまで減ってしまったアヌンナの中には、たとえ『メ』と融合しても余剰空間開閉などという大それた能力を覚醒させられる素質を持つ者など一人もいない。確率的に考えても、百分の一ってのはまずあり得ない奇跡だぜ。それにアヌンナは『生命の水《メラム》』を膨大に貯蔵できる大きな身体を持つが、異能力を発動させられるような資質はないんだ。すでにアヌンナは生物として完成しているからな、もはや余力がないのさ。だが、あんたが忌み嫌う人間の中にいる。すでに、見つかっている」

「すでに見つかっているだと？　ならばこの俺たちアヌンキが、人間に劣るというのか？　嘘を言え！」

「嘘じゃあない。人間の数の多さは知っているだろう。むろん、ほとんどの人間はさっきも言ったように、完全なジウスドゥラにはなれない。身体が小さすぎて、『メ』と完全には融合しきれない。『メ』の力に負けてしまう。無理に力を発動すれば、人間は体内の『メラム』を涸《か》らし、『メ』の力に己の生命力を奪われて死んでしまう。大洪水による破滅後、『メラム』を補給する設備を復旧させる前に、『メラム』が涸れる。だから人間は門番にはなれない……とまあ、あんたはそう思っているだろう？　だが、特異的に進化した人間ってのが、希《まれ》に現れるんだな。人間の限界を超えて、『メ』と完全に融合できる才能を持つ人間がな」

エンリルは、エンキがひそかに進めてきた「計画」の半ば以上をすでに把握しているらしい。エンキに「メ」を貸与するなどして協力してきたわたしですら、その全貌は知らないのだ。それほどの秘密主義を貫いてきたエンキから情報をこれほど奪い取ったエンリルはやはりあなどれない「神々の王」だった。だが、ジウスドゥラに相応《ふさわ》しい「適格者」が誰なのかまでは、エンリルはまだ気づいていないようだ。エンキは兄の執拗《しつよう》さと諜報《ちょうほう》能力を知っていたので、切り札である「適格者」の存在を徹底的に隠蔽《いんぺい》してきたのだ。

「エンキよ！　人間などといった信用ならぬ下等生物に俺の運命を託すつもりなどない！　何度も言わせるな！　少なくとも、俺が貴様の『メ』を奪えば、俺だけでも生き延びられるッ！」

「生殖もできないあんたが一人きりで生き延びて、生命の尽きた死の世界でなにをしようというんだ？　あんただけじゃない。俺を含めたアヌンナ全員が、すでに次世代を生みだす能力を失っている。それはつまり、アヌンナには潔《いさぎよ》く滅びる時が来たということじゃないか？　種の繁栄は永遠ではない。個の脆弱さと引き替えに進化と適応の可能性を発展させた若い種族である人間に、後を託して――」

「黙れ！　俺を老いぼれ呼ばわりするなっ！　重力さえ減衰すれば、いずれ生殖能力は蘇るッ！」

「あんたも自分で言ったじゃないか。失われた時間は巻き戻せないぞ、兄貴。生殖能力を持ち得る可能性を残しているアヌンナは、いまだに生殖能力をいちども覚醒させたことのない若いアヌンナだけだ。あんたは違う。あんたも俺も、すでに雄《おす》としては終わったんだ」

「この敗北主義者がッ！　神殿に籠《こ》もって石をいじくり回す錬金術などに拘泥《こうでい》してきた結果がその弱腰よ！　恥を知れッ！」

神々がかたずを飲んで兄弟の舌戦《ぜっせん》を見守っている中、「破滅の音」が、鳴り響いていた。

それは、重力に押しつぶされた大地の奥底が、文字通り真っ二つに裂ける音だった。

洪水が来るよりも先に、大地震が来たのだ。すでに死んでいるはずのキエンギの火山群がいっせいに目覚めて、火と煙を勢いよく噴きあげたのだ。

みな、重力によって身体の動きを制限されている。それぞれの天船に乗り込まなければ、誰もこの神殿を離脱することができない。議会は騒然となった。

「おいおい。水よりも先に、火によってキエンギは滅ぼされるかもしれないぜ。海は俺の管轄《かんかつ》だが、火山はあんたの管轄だろう、兄貴？」

「弟よ、議論している時間はない！　どこまでも人間にかぶれおって！　俺に『メ』を渡さぬというのならば、死ねい！」

破局の時が来たと知ったエンリルがエンキの殺害を決断し、エンキの退路を自らの属獣《ぞくじゅう》たちによって塞《ふさ》がせたその時。

わたしは「議会はこの大地震によって中断された、もはや再開はない」と判断し、かねてからエンキと打ち合わせていた通りに最終的な「計画」を実行することに決めた――。

Ⅲ　シノン

ドンレミ村を出発してからおよそ一週間。

その夜、モンモランシとジャンヌ、そしてラ・イル率いるガスコーニュ傭兵団はジアン近郊の森にめいめい簡易テントを張って野営していた。

モンモランシは、この夜もジャンヌと同じテントで寝ている。

「この鬱蒼《うっそう》とした森を抜ければ、ロワール川北岸に到達する。ロワール川を渡れば、フランスの支配地域。つまり安全圏だ。今までずっと敵国イングランドとブルゴーニュの支配地域を行軍してきたが、あと少しだ。勝負は明日の早朝だな」

モンモランシは狭いテントの中で腹ばいになって長い足をきゅうくつそうに折り曲げながら、パリ暮らし時代にニコラ・フラメルからかっぱらってきた錬金術書を開いていた。素《す》っ頓狂《とんきょう》な絵と、もったいぶっているばかりで意味不明な文章が連なっている実にうさんくさい本だが、これを読むとなぜか熟睡できるのだ。

そんなモンモランシの背中の上では、小柄なジャンヌがお尻を載《の》せて「お馬さんだー！」とはしゃぎまわっていた。

「モンモランシ〜。お休みのベーゼをちょうだい！　エリクシルが足りないよ、早く早く〜」

「ジャンヌ。お前、今日はユリスにならなかったじゃないか。お腹の中の賢者の石《ピエール》はエルクシルを消費していない。エリクシルはまだいっぱいある。明日だ、明日」

「むー。ケチ。いいよ、ベーゼしてもらっちゃうから。ちゅっ。ちゅっ」

ジャンヌは身体が柔らかい。油断している隙《すき》に頬と頬をくっつけられて、いきなり唇にベーゼされてしまった。モンモランシは戸惑った。ジャンヌの身体に入っている賢者の石にエリクシルを補給するためとはいえ、幼い女の子相手に俺は毎朝毎晩なんということを……。

「ヤヤヤヤメナサイ、ジャンヌ？　ハシタナイ、イケマセンヨ？」

「ええ、もう終わり？　もっと飲ませて！　エリクシル美味しい〜！」

「俺とベーゼするのが当たり前になってないかジャンヌ？　俺は寝る、寝る！」

「うー。モンモランシって初対面の女の子には優しいけど、いざこうして一緒にいるようになるとけっこう適当だよね！　ドンレミ村で傭兵《メルスネール》さんに刺されて死にかけたわたしを助けてくれた時の情熱はどこにいっちゃったの？」

「一日中敵兵に見つからないよう冷や冷やしながら、元気すぎる子供を馬の背中に乗せて相手させられている俺の身にもなってくれよ。気を抜くと不意打ちでベーゼされるし。人前でやられたら俺は袋叩きだぜ。あと、腰が痛いから飛び跳ねるな」

「わたし子供じゃないよ！　おおむね十八歳だよ！　村の神父さんがそう言っていたもんっ」

「その神父さまは、少々もうろくされておられるんだろう。こんなに胸が薄い十八歳の乙女など、いません」

「胸の話は禁句だよっ！　モンモランシが触って大きくしてくれる？」

「おいおい。俺は故郷では『嫁殺し』とか『子供さらい』などと呼ばれて、しかも指名手配中の流れ錬金術師《アルシミスト》だぜ。テントの中で幼いジャンヌの胸を揉《も》みしだいている姿をラ・イルにでも目撃されたら、その場で首を斬られちまう」

「だいじょうぶだよっ！　ラ・イルはおっぱい大きいから、わたしの悲しみがわからないんだよ！　いったいどうなってるんだろうね、あの胸。片方だけでわたしの顔くらいあるよねっ？　どんな魔法を使えばああなれるの？　モンモランシ、研究して研究して！」

「……俺は錬金術師であって、魔法使いではないんだ。まあガキの頃、グリモワールは読みまくったけどな。魔術《マジー》なんて使えないよ」

「だったら魔法使いに入門して！」

「ふーむ。『聖女マリアの幻視の書』によれば、男が大魔法使いになるには三十年間清らかな童貞の身体を守らなければならないそうだ。ということは、俺が魔法使いになるためにはあと十年以上禁欲生活を続ける必要がある」

「えええ？　十年？　そんなに待っていられないよう！　わたし、あと十年も毎晩『胸が薄い』という屈辱に震えながら眠らなきゃならないの？　そんなのイヤだよ、ひどすぎるよう。やっぱり触って！」

「まあ待てジャンヌ。頭のリボンでも触って落ち着け！」

「ところでモンモランシ、童貞ってなに？」

「そ、それは、お前がまだ知らなくてもいい言葉だ」

はあ……モンモランシは身体を回して仰向けに寝直すと、自分の胸の上に座って「うー」と暴れているジャンヌのなだらかなお腹を「つー」と指でなぞった。

「胸なんてどうでもいいじゃないか。女の子の魅力は、お腹なんだぜ？　だが女の子のお腹の美というものは絶妙なもので、鍛えなければいいというわけでもない。それでは緩すぎる。適度に鍛えることで、柔らかい脂肪の部分と堅い腹筋部分の神がかったバランスを保つ必要がある！　というわけでこれからは寝る前に腹筋運動百回な、ジャンヌ」

「ふえええ。いやだあああ！　百回なんてできないよう。お腹いたーい！」

「百回やったらエリクシルやるから。べーゼしてやる」

「ほんと？　じゃあ腹筋する！　いっち、に、さんっ、しっ……」

子供になんという愚かな真似をさせているのモンモランシ、とアスタロトが呆《あき》れながらテントの中に戻ってきた。モンモランシの手のひらの上に、ふわり、と舞い降りる。五芒星《ごぼうせい》の紋章をあしらった黒いドレスがきらきらと輝く。長い黒髪をふぁさっと指で流しながら、さも妖精の女王然と気取っている。

「羽つきさん、お帰りなさい！　美味しいキノコは見つかった？　寝る前の夜食にしよう！　おーっ！」

「わたしはキノコ狩りに行っていたのではないわジャンヌ。イングランド軍やブルゴーニュ軍の罠《わな》が森に仕掛けられていないか、周囲を調べてきたのよ」

「イングランド陣営とフランス陣営の事実上の国境が、ロワール川だ。この森を抜ければそのロワール川北岸まではあっという間。街道から外れた寂《さび》れた森とはいえ、厳重な警備体制が敷かれていてもおかしくはないからな」

「わたしが探索した範囲では、罠は見つからなかったし人の気配もなかった。見慣れない妖精どもが住み着いていたけれど」

「妖精さんが？　お呼びして一緒にキノコを食べようよ！」

「ジャンヌ。妖精族と言っても鶏《にわとり》程度の知能しかない種族よ。うるさくされて眠れなくなるだけだからやめなさい」

　ともかく明日の早朝が勝負だ、森を抜けてロワール川を越えればシャルロット姫太子が籠《こ》もっているシノンまでは安全なルートを使える。《聖女》ジャンヌを連れてシャルロット姫太子に謁見《えっけん》して、オルレアン解放軍を出立させる、とモンモランシはけんめいに「うー、うー」と腹筋しているジャンヌの頭を撫《な》でながら言った。

「モンモランシ。あなたの策はここまではうまくいきすぎるくらいにうまくいっているわ。あなたって、錬金術師よりも詐欺《さぎ》師の才能があるみたいね」

　姫太子を支持するヴォークルールの町の広場で、モンモランシは代官の反対と妨害を押し切って芝居を強行した。聖書の奇跡物語ではなく、今このフランスに生身の救世主が誕生したと市民を煽《あお》る神秘劇を。ドンレミ村の羊飼いの娘・ジャンヌが、妖精の泉で大天使ミシェルから

『《乙女《ラ・ピュセル》》ジャンヌ。救世主となってフランスを救いなさい。オルレアンを解放してこの八十年に及ぶ仏英戦争を終わらせなさい』と命じられて救国の《乙女》になることを決意し、シノンの亡命宮廷に籠もっているシャルロット姫太子のもとへ向かうために故郷の村から旅立ったという『実話』を、ジャンヌ本人に素《す》のままで演じさせた。ヴォークルールの人々は、幼くそして純朴なジャンヌに胸を打たれた。《乙女》ジャンヌをシノンの姫太子のもとへ送りだそうと熱狂して、馬や防具や食料などを提供してくれたのだ。

「まあ俺は実家を廃嫡《はいちゃく》されて故郷を追われた一文無しだからな、なにかをやろうとすれば頭を使うしかない」

とモンモランシは笑った。

「大天使ミシェル役をアスタロト、羽つき妖精のお前が務めてくれたのが大きかったぜ。羽を持った妖精の存在を、一般の人々は知らない。妖精族と言えば地を這《は》う野ねずみみたいな連中だと思ってるからな。ちょっとよれているけれど立派な羽を持つお前は、身体こそ小さいが大天使に見える」

「二度とやりたくないわね。聖書の神ごときに仕《つか》える天の御使《みつか》いだなんて屈辱的な役は。キリスト教が蔓延《まんえん》する以前の世界では、わたしはもっと偉大な存在だったのよ？　それが今では人間に追いやられて森の奥で動物化して暮らしている妖精たちの女王にすぎない。領地も資産も家来もなにもない。人間どもからは悪魔だの魔族だのと呼ばれて狩られる立場よ」

「偉大な存在にしては、お前はちっちゃいよな。はは」

「頭を撫でて愛《め》でないで。愛でないで。わたしの下僕の分際で、わたしを飼っているつもり？　愚かな上に失礼だわモンモランシ」

ううう、お腹痛いよう、もう腹筋できないよう、と涙目になってモンモランシの隣でじたばた暴れていたジャンヌが「ちっちゃいは禁句だよ！」と叫びながら、ぴょこんと身体を起こしていた。

「おっ。まだ腹筋動くじゃないかジャンヌ」

「シャルロット姫太子さまも胸が大きいんだよね羽つきさん？　いいなあ〜。フランス最高の姫騎士《シュヴァソエール》リッシュモン元帥《げんすい》さまといい、ラ・イルといい、姫太子さまといい、どうしてみんな胸が大きいんだろうね？　お姫さまや騎士さまはみんなきょにゅーで、羊飼いの娘のわたしはひんにゅ……じゃなくって、胸が慎《つつ》ましやかだなんて、おかしくない？　わたしは毎日山羊さんのミルクを飲んでるのにい！　食べ物が違うのかなあ？　それとも胸を育てるには、高貴な貴族の血が必要？　だとしたらわたしの胸はもう絶望的っ？　ううう」

「愚かなことで悩んでいないで寝なさいジャンヌ。あなたは賢者の石をお腹に入れてユリスになったのだから、身体はそれ以上成長しないの。いくらミルクを飲んだって子供のままよ」

「そんなの、ひっどーい！　別に子供のままでもわたしはぜんぜん平気だけれど、でも胸だけは成長させて！」

「あのねえ。胸が成長したら、それはもう子供とは言わないのよジャンヌ。そもそも女性の胸というものは、赤ちゃんに母乳を与えるために育つものなのよ。だからお子さまのあなたには不要なの」

「えー？　アスタロトだって胸が大きいほうがいいなあって思わない？　うーん。そういえばアスタロトって、他の妖精さんと比べてもすっごくちっちゃいよね！　ずっと子供妖精の姿のままなの？」

「ええ。まあ、そういうことね」

「それじゃアスタロトはずっと結婚しないの？　番《つがい》の相手はいないの？」

「ジャンヌ。番とか、わたしをそこいらの野良妖精どもと同じように言わないで頂戴。わたしは妖精の女王、あらゆる妖精族の頂点に立つ支配者なのよ。わたしの婿《むこ》になる資格を持つ男なんてこの地上にはいないわ。わたしを手に入れることができず嫉《ねた》みひがんだ愚かな人間どもに、淫乱な邪神だとか娼婦の神々だとか誹謗《ひぼう》されたことはあるけれど、すべて濡れ衣《ぎぬ》よ」

　アスタロトって謎だらけだよねモンモランシ！　わくわくするよね！　とジャンヌがはしゃいでアスタロトに触れようとして「モンモランシ以外の人間はわたしに触らないで」とぺちぺち指を叩かれていると——。


「いっ、いやあああああああっ！」


　隣のテントから、文字通り絹を裂くような乙女の悲鳴が響いてきた。

　モンモランシは飛び起きていた。

隣では、賃金後払いで雇った傭兵隊長のラ・イルが一人で寝ているはずだ。

「いったいなにが起きた？　敵兵の侵入かっ？　まさかラ・イルのやつ、村娘を攫《さら》って押し倒して……あいつ乙女のくせに妙に男嫌いだと思っていたが、そういう趣味が……？　ゴクリ」

「モンモランシ～？　今、モンモランシの喉《のど》からゴクリ、って音がしたよう？　どうしたの？」

「なんでもない！　行くぞアスタロト！　ジャンヌは危険だから寝ていろ！」

「やだ、怖いよ。一人にしないで。わたしも行く！」

「しょうがねえな。それじゃ俺の背中におぶされ！」

「うんっ！」

「周囲を見張っていたわたしの目をかいくぐって侵入したとあれば恐ろしい手練《てだ》れよ！　急ぎなさい！」

モンモランシは女の子の顔、特に美少女の顔を覚えるのが苦手なので（モンモランシいわく綺麗な女の子の顔はだいたい似たり寄ったり、つまり「均一性が高いバランスの取れた顔立ち」である）、主《おも》に胸の形を目安として区別しているのだが、そのモンモランシの観察眼によればラ・イルの特徴は日焼けした褐色《かっしょく》の肌、ジャンヌがうらやむ大きく膨《ふく》らんだ胸、ちなみにここから先はモンモランシの個人的趣味による感想だがラ・イルはお尻も大きめで安産型だが腰はきゅっとくびれていてその落差の大きなカーブが美しい。しかし傭兵稼業で鍛えられた腹筋がなんといってもすばらしく、未発達なジャンヌの腹筋とはまた異なった年頃の乙女らしい。

もちろんそういう論評を男嫌いの気《け》があるラ・イル本人に言うと「あたしを観察するな変態め」と殴られるので、というかすでに何度か殴られたので、今は口にしないことにしている。

そのラ・イルのテントから、かよわい乙女の悲鳴が――!?

「やめるんだ、ラ・イル！　いたいけな女の子をかどわかしちゃダメだぜ！」

モンモランシがテントに踏み込むと、テントの内部には何本もの金属製の紐《ひも》が張り巡らされていた。

その金属製の紐には、それぞれ、何本ものカウベルがぶら下げられていた。

いつもラ・イルが身につけている紅《あか》いマントにぶら下げられているカウベルだった。

「おっと。ジャンヌ、アスタロト、危ない！　ラ・イルのテントは罠だらけだ！」

鼻先を紐で傷つけられて血を流しながら、モンモランシは叫んでいた。

チリ、チリ、チリ。

モンモランシが紐を揺らしたため、紐に吊り下げられていたカウベルがいっせいに揺れて美しい音色を奏《かな》でた。

ぶんっ！

そのモンモランシの喉《のど》めがけて、テントの奥に敷かれた布団の中から、一本の剣が飛んできた。

「あたしの寝室に夜這《よば》いかけやがった男はやっぱりお前かよ、モンモランシ！　殺す！」

身になにもつけていない裸のラ・イルが、目をつりあげながら剣を投げていたのだった。

モンモランシはかろうじて上半身を捻《ひね》って、剣を避けた。

「おわっ？　死ぬかと思った！　誤解だラ・イル！」

モンモランシは震え上がっていた。

あぶねえ！　ラ・イルのでかすぎる胸に一瞬目を奪われて、死ぬところだった！

胸は日焼けしてなくて真っ白なんだな、なるほどこの日焼けした褐色の肌と真っ白くて大きな胸との色彩のコントラストはなかなか美しい。それにしてもラ・イルの胸はこれだけ膨らんでいるのにどうして垂れ下がらないんだ？　なにか特別な補強でもしているのか？　これが若さか？　あるいは傭兵稼業で胸と肩の筋肉も鍛えられているから、これほどの重量を持つおっぱいが上向きを保っていられるのか？　などとどうでもいいことを妄想しているうちに天国へ旅立ちそうになった！

「ラ・イル！　ダメだよ、危ないよう！」

ジャンヌが、ラ・イルの前に飛びだしていた。

「ジャンヌ？　羽つき妖精まで……ひっ？　また誰かがお尻を触ってる！　やっややめろよっ!?」

「いい尻、いい尻！」

「子を産む、子を産む！」

「大人の女、大人の女！」

「乙女、乙女！」

「いやらしい言葉を叫ぶなよモンモランシぃ！　よくも寝ていたあたしを裸に剝《む》いて、胸やお尻を触りまくりやがったな！　思わず乙女の声で泣いちまったじゃねえか！　てめーを生かしておいたら、あたしはてめーのお嫁さんにさせられちまう！　だから殺すっ」

「ラ・イル、痴漢の正体は俺じゃねえ！　俺の両手はこの通り、空《あ》いているぜ！　よく見ろ！　お前の寝床に群がっている連中は、鶏みてえな姿をした妖精たちだ！」

「ほんとだ！　ドンレミ村の妖精さんたちと、ちがーう！　鳥さんだ！　くちばしもあるし、羽もあるよ！」

　ラ・イルが張り巡らせたカウベルの結界を突破した侵入者の正体は、この森に棲《す》み着いている、鳥に似た姿の妖精族だったのだ。

「ああっ、ほんとうだ！　いつも妖精たちに怖がられて逃げられるあたしを恐れずに、たくさんの妖精たちがあたしの身体にぺたぺた触っている!?　おいおいこれは夢かよっ？　傭兵稼業に消耗してささくれたあたしの魂を癒《い》やすために神さまが届けてくれた贈り物なのかっ？」

「いい尻、いい尻！」

「子を産む、子を産む！」

「鳥みたいな妖精たち。あ、ありがとうな。あたしなんかに懐いてくれるんだな。あたしでよければいくらでも触っていいぜ。い、い、一緒に旅をしよう、と、と、友達になろう！」

「苦しい！　苦しい！　クックアドゥ～！」

「食われる！　食われる！　コックェ～！」

ラ・イルが反撃に転じた！　と思い込んだ妖精たちは逃げ惑《まど》い、次々とテントから脱出していった。身体が小さい上に、どうやら夜目が利《き》くらしく、ラ・イルが用心深く張り巡らせている紐とカウベルの罠を、簡単にすり抜けていく。

「この森に多数棲息している、フォレ族だわ。羽は持っているけれど飛べないところも含めて、鶏に似ている種族よ。まるで鶏みたいなのは外見だけじゃなくて、頭のほうも鳥頭なの。長い言葉はしゃべれない。話す時は必ず同じ言葉を二度繰り返すけれど、これは自分がしゃべった言葉をすぐに忘れてしまうからよ。ちなみに、夜目はすごく利く。鳥目じゃあないの。夜行性なのよ」

「どうしてラ・イルのテントに潜入したんだ？」

「森の中でラ・イルの大きな胸とお尻を見て驚いて、多産の神さまとして祀《まつ》るつもりだったんじゃないかしら。フォレ族は妖精族の中でもとびきり素朴な連中だから。フォレ族に雌雄《しゆう》の区別はないけれど、それだけに乙女らしい身体を持った人間の娘が神々《こうごう》しく見えるのかしらね」

「そうか。しかしこいつら、よくカウベルの結界にひっかからなかったな。いくら小柄とはいえ、ラ・イルの結界は執拗《しつよう》なほどに厳重だぜ？」

「夜目が利くと言ったでしょう？　あいつら、視力と空間認識能力だけは超一級品なの。この闇の中でも、自分の身体が安全に通り抜けられる空間を見つけてすり抜けてしまえるわ。敵、つまり主に人間から逃げるためにこんな能力だけを発達させたのでしょうね」

アスタロトが、またしても妖精たちに逃げられてしょげているラ・イルに「モンモランシに見られているわよ。そろそろ服を着なさい」と声をかけた。

「ああっ忘れていた！　モンモランシてめえ、結局あたしの裸を好き放題に見ているじゃねーかよ！　嫁入り前の清純な乙女の裸体を……このままじゃこいつと結婚……やっぱり殺す！」

「待て。マスケット銃を構えるな！　俺はお前が悲鳴をあげたから助けに来たんだよ。だいたいなんなんだこの厳重な結界は？」

「いいから見るなよ！」と頬を赤らめて上着を羽織ったラ・イルが、「傭兵団の子分たちには内緒だぞ。あたしはカウベルで結界を張らないと眠れないんだ」と小声で打ち明けていた。

「……あたしが傭兵稼業に足を踏み入れたきっかけは、故郷の村を略奪しに来た傭兵たちに兄さんを殺されたことだ。これはドンレミ村で教えたよな？　てめーに教えたんじゃなくて、ジャンヌに教えたんだけどな。あたしは兄さんの復讐を遂《と》げるために立ち上がり、気がつけば村に居座っていた傭兵たちを皆殺しにしちまっていた。その日以来、故郷を捨ててドイツや北フランスまで稼ぎに出て、参戦と略奪を繰り返しながら今に至るわけだが――」

　油断すると、夜、寝室に亡霊が立つようになった、とラ・イルは震えながらつぶやいていた。

「故郷の村であたしに殺された傭兵どもや、戦場であたしが討ち取った騎士たちが、枕元に現れるんだよ。なにを言われるわけでもない。ふと目覚めると、そいつらはただ無言で突っ立っている。いちど現れれば、太陽の光が昇るまで、消えてくれない。あたしは、独り寝が怖くなった。だが傭兵稼業を卒業して結婚するまでは男と同じ布団で寝たりしないと誓っているから、誰かと一緒に寝るわけにもいかない。それで、カウベルを室内に張り巡らせて誰も入ってこられないように結界を張らないと眠れなくなったわけさ」

　アスタロトがカウベルの罠を避けつつふわふわと飛びながら、「亡霊なんて、そんなものいるわけないでしょう。人間も神々も妖精も、死んで肉体を失ったらそれまでなのよ。魂だけがこの世界に踏みとどまるなんてことはありえない。生きている人間は、死者と会うことなどできないわ。あなたって案外、気が弱い娘ね」とアスタロトなりにラ・イルをはげました。

「ラ・イル……戦って殺しちゃった人たちのこと、ずっと気に掛けて悩んでいたんだね……かわいそう……悪いのはラ・イルじゃないのに……ぐすっ……今夜からは、わたしが一緒に寝てあげるよ！」

「ジャンヌ？　ほ、ほんとかっ!?　お、お前を抱き枕にして眠ってもいいのか？」

「うん！」

　ラ・イルは、ぎゅううう！　とジャンヌの小さな身体を抱きしめていた。

「……神さま、ありがとう！　神さまは乙女でありながら傭兵になってしまったあたしの心を癒やすために、この天使のように愛らしいジャンヌを授けてくださったんだな！　あたしは、明日から毎日十字架にお祈りする！　憤怒《ラ・イル》といういかにも傭兵臭《くさ》い荒々しいあだ名も捨てて、これからは自分に正直に処女《ヴィエルジュ》と名乗るぅ！」

「痛いよ、痛いよラ・イル～！　モンモランシ、助けて！」

「まあいいんじゃねえか？　俺は一人で寝ていても亡霊なんぞ見ないし。アザンクールでは無数の死体を見たが、夢になんて出てこねえな。やっぱりラ・イルもお年頃の女の子だったたってことか」

「ああ？　モンモランシ、あたしが男の子に見えるのかよ？　さんざん乙女の裸体を見ておいて失敬だな……って、しまった？　もうあたしは、全裸姿を見られてしまったこいつと結婚するしかないんじゃあ……？　密かに幽霊に怯《おび》えている秘密まで知られちまったし。じょじょよ冗談じゃねーぞっ！」

「独り寝に怯えるのは人間の性《さが》さ、ラ・イル。眠っている間は、人間は孤独だからな。人間ってのは迫害や試練には耐えられても、孤独には耐えられないようにできているらしい」

「……な、なんだよ。急に哲学者みてーなこと言いだしやがって。モンモランシ？　てめーこそ、独り寝をはじめて大丈夫なのかよ？」

「ふふ。モンモランシの寝室には、わたしがいるわ。独り寝なんてさせないわよ」

そのアスタロトの挑発するような目つきと言葉が、ジャンヌを動揺させた。

「ああっ？　そうだった！　モンモランシを放っておいたら、アスタロトと二人きりで寝室に？　ダメだよモンモランシ！　わたし、やっぱりモンモランシと一緒に寝るっ！」

「アスタロトを女のうちに数えてどーするんだよジャンヌ。こいつは妖精だぜ、いてっ？　アスタロト、髪を引っ張るな！」

「愚か者！　モンモランシ、いいかげんにわたしを一人前の淑女《しゆくじよ》と認めなさい！　小さいのは身体だけよ、わたしはこう見えてもあなたより年上だわ！　あなたはわたしがただ一人、この身体に触れていいと許可してあげている人間なのよ？」

「……はいはい」

「モンモランシ！　どうやら貴様がいる限り、あたしはジャンヌと一緒には寝れないようだなっ！　てめーはほんとうに邪魔っけだ！　悪いがここで消えてもらおう！」

「だからラ・イル、いちいちマスケット銃を俺の額につきつけるのはやめろ！」

その時。

クックアドゥウゥウゥウ～！

テントの外で、フォレ族が大合唱をはじめた。

おかしいわね。まだ朝になっていないのに、どうして鳴きはじめたのかしら、とアスタロトが首を傾《かし》げていると――。

ブルゴーニュ公国の騎馬兵団が、テントを張って休んでいたモンモランシ一行を捕捉し、急襲をかけてきた。

「発見した！　正体不明の傭兵団を！」

「イングランド軍所属でもなく、ブルゴーニュ公国所属でもない！」

「おそらくはドンレミ村から出発したガスコーニュ傭兵団！　《乙女》ジャンヌがいる！」

「《乙女》を捕らえよ！」

「オルレアンはイングランド軍の包囲によってまもなく陥落する！　フランスの王位を主張するシャルロット姫太子は降伏寸前なのだ！　決して《乙女》をシノンへ辿《たど》り着かせるな！」

ラ・イルの姉御《あねご》！　大将！　ロワール川まであと一歩というところで見つかっちまった！

と、ガスコーニュ傭兵団の野郎たちが続々と自分のテントから飛びだして鎧兜《よろいかぶと》を着けはじめていた。

コックエ〜！　コックエ〜！　とフォレ族の雄叫《おたけ》びが鳴り響く中――。

ラ・イルは「子分ども！　各自、テントは放棄。森を駆け抜けてロワール川北岸を目指す！」と号令をかけ、ガスコーニュ傭兵団の面々を叩き起こし、馬に乗って出発した。

モンモランシも、ジャンヌを背負って愛馬に鞭《むち》を入れ、ラ・イルの後を追った。

鬱蒼とした木々に囲まれた獣道は細く、馬一頭が駆けるのがやっとだ。

背が高いモンモランシは、何度も進行方向を遮《さえぎ》る枝に頭を打ち付けて、帽子を飛ばしそうになった。

そのたびに、背中に抱きついているジャンヌがモンモランシの帽子を押さえて「かがまないとダメだよモンモランシ〜！　胴が長すぎるよ！」と騒いだ。

「俺は胴が長いんじゃねえ！　背が高いんだ！　足も長いんだ！　おっと！」

緑の枝葉の向こうから、次々と矢が飛んできた。

モンモランシは狭い獣道を高速で突進しつつ視界を遮る枝葉を避けながら、飛び交う矢もかわさなければならなくなった。

「あいつら、どこから矢を放ってきやがるんだ？　こっちからは見えないぞ！」

「親分！　俺たちはこの細い道を縦一列に進むしかねえ、しかし敵はあちこちにいる！　こいつはやべえぜ！」

「落ち合う地点を決めて、分散しやしょうか？」

「いやダメだ！　あたしたちはすでに包囲されている！　このままロワール川へ抜ける一本道を直進するしかない！」

先頭を駆けるラ・イルが剣を抜いて枝を薙《な》ぎ払いながら、四方へ散りたがっている子分たちを抑えた。

「子分ども、モンモランシ！　矢が飛んでくる方向は三方。敵は左翼、右翼、後方の三方から追ってきている。数は少ないが、かなり接近を許した！　しかも森の緑と夜の闇に視界を遮られたあたしたちには敵兵の姿が見えないが、向こうはあたしたちの位置を把握している！　理由はわからないが、射撃がやけに正確だ！」

「ラ・イル！　アスタロトが見張りをしていた際には周囲に敵兵はいなかった。つまり俺たちは待ち伏せをされたわけじゃねえ。連中にはどうして俺たちの居場所がわかったんだ？　なぜこうして移動しているのに、なおも正確に追撃できる？」

「わからないが、この森はブルゴーニュとイングランドの勢力下だ。土地勘は敵さんにある。森の出口まで駆け抜けるしかないな！」

コックエ〜！　コックエ〜！

フォレ族のカン高い鳴き声が耳ざわりだぜ、発情期でも来たのか、とモンモランシは耳を塞《ふさ》ぎながら叫んでいた。

　モンモランシの肩の上にとまっているアスタロトが「フォレ族は雌雄《しゆう》同体の単性生物で、一人で卵を産んで育てるのよ。発情期なんてないはずだけれど……」と首を傾げている。

「きっと森が大騒ぎになって安眠を妨《さまた》げられたから、妖精さんたちはいらいらしているんだよ。ふええ。どんどん放たれる矢が増えてるよう。抜けられる？」

「まったく妙だぜジャンヌ。向こうも闇の中で矢を放っているはずなのに、正確すぎる。おおっと!?　あぶねえ！」

　思わず肩をすくめたモンモランシの帽子に矢が二本、命中していた。

　ラ・イルの姉御！　どんどん包囲網が狭まっている、矢が放たれる間隔が短くなってきた！と傭兵たちが騒ぎはじめた。

「最後尾の連中が矢を食らいはじめたぜえ！　まだ致命傷を負った奴はいねえが、このままじゃ時間の問題だ！」

「モンモランシ！　わたしがユリスになって敵兵さんを蹴散らすよ！　それしかないよ！」

　ラ・イルが「錬金術師。敵にはあたしたちを追尾する『目』があるようだ。ジャンヌの加速《アクセレラシヨン》の力で道を切り開くしかない」とうなずいた。

「やむを得ないな。だがジャンヌ、お前がこの部隊にいることも知られたくないし、三分でお前の体内に流れるエリクシルが枯渇《こかつ》してユリスの力が失われることはさらに知られたくない」

「ま、まさか、皆殺しにするの？　そんな残酷なこと、できないよう……当て身で気絶させるくらいが限界だよ」

「わかってるって。殴り飛ばして失神させるだけでいい。三分以内に全員を倒せ」

「モンモランシ。おそらく敵兵は三十人ほどの小部隊だ！　数はさほど多くない！」

ラ・イルが叫んだ。

コックエ〜！

コックエ〜！

フォレ族がその声に共鳴して、さかんに鳴き交わす。

「よし。行け。ジャンヌ！　加速中に、木を折るな！　木々の隙間《すきま》の空間を移動しろ！　木を折って進めば、軌道を悟られるからな！」

「うんっ！」

大きくうなずいたジャンヌの蒼《あお》い瞳が、黄金の輝きを放った。

一瞬で、モンモランシたちの視界から消えた。

ドンッ!!

空気が引き裂かれるような衝突音が、後から響いてきた。

体内に埋め込まれた賢者の石を発動させてユリスの力を放ったジャンヌは、自身の身体を加速させて超高速で空間を移動できる。しかもユリスは跳躍力、脚力、腕力のすべてが強化されるために、あたかも大地の上を滑空するかのように「飛ぶ」。

「ユリスの視力ならば、かろうじて見える！　わたしたちを追ってきている敵はイングランド軍ではない。あの紋章は、ブルゴーニュ公国の部隊か！　ドンレミ村に続いてまたしても！」

ユリスになった時のジャンヌは、「傲慢《ごうまん》」の感情を増幅されるという副作用を受けて、性格と口調が激変する。

人間の肉眼では捉《とら》えられない超高速で森の木々の隙間を滑るように駆け抜けながら、ジャンヌは最初の目標を定め、鞘《さや》に収めたままの剣を抜こうとした。

「見つけたぞ！　あの、三人縦隊《じゅうたい》を組んで馬を駆けさせている弓騎兵どもだ！」

ドンッ!!

一気に目標との距離を詰める。

生物に攻撃する瞬間、ジャンヌの加速は止まり人間の目にも視認可能となるが、その時はもう手遅れである。突然目の前に出現するジャンヌの抜き打ちに反応できる人間はいない。

そのはずだったが――。

「馬鹿な!?」

ジャンヌが目標に到達すると同時に、三人の弓兵の姿は馬上から消えていた。

身を投げ出して、ジャンヌが繰り出した剣の一撃を回避したのだ。

それどころか、呆然として馬上に降り立ったジャンヌめがけて、左右前後から一斉に矢が放たれていた。

右腕に一本、食らった。

「ちっ!?」

クックアドゥ～！

クックアドゥ～！

森を駆けるフォレ族の妖精がわめく中、ジャンヌは再び加速して馬上から飛び去り、矢の嵐を回避した。

間一髪だった。頭をやられれば、いかにユリスといえども再生できない。矢が脳を貫通すれば致命傷になる。危なかった。

右腕に突き立った矢を抜いて投げ捨てながら、ジャンヌは木々の間の空間をすり抜けつつ、自身の軌道の直線上を駆けている次の目標を定めた。

愛らしい熊の面を被《かぶ》った、痩《や》せた男の騎士だった。

（ふざけているのか？　なんだあいつは？）

右腕の傷は、矢を抜いた瞬間に塞がって完治した。ユリスの再生能力の賜物《たまもの》だが、急な出撃で頭に兜《かぶと》を被《かぶ》る余裕がなかったことをジャンヌは少しだけ後悔したが、「この程度の数の敵を倒せないようではオルレアンは解放できない。木々を折らないように隙間を直進すれば、敵に軌道を読まれるはずはない！」とユリスの力を解放した時にだけ伸びる犬歯を剝《む》き出しにしながら、熊の面で素顔を隠した騎士へと突進した。

背後でフォレ族がいっせいに鳴いた。

コおおおお～、クエええええええ～！

せかせかしたフォレ族の鳴き声が、加速中のジャンヌの耳にはゆっくりと聞こえる。

熊の騎士が乗った馬の周囲にも、フォレ族たちが併走していた。そして、こちらもいっせいに鳴いた。

クうううッ～、クアあああ、ドゥううう～！

個体によって鳴き声が微妙に違うが、雄も雌もない種族だったはずだ。なにか意味があるのか？　とジャンヌがふと疑問を感じたが、その時にはもうジャンヌの小さな身体は大地を蹴って熊の騎士の目前へと迫っていた。

「剣でぶっ叩いてこのふざけた熊の面を叩き割る！　加速を解除！」

だが、ジャンヌは振りあげた剣を打ち下ろすことができなかった。

馬上の熊の騎士は、ジャンヌが剣を打ち下ろすよりも早く、ジャンヌには見えない死角から、無言で短剣を投げ終えていた――。

「こいつがわたくしの得物《えもの》でしてね。あなたにはわたくしが短剣を投げようとしていることもわからなかったはず。不意打ちに便利なのですよ。そして、こいつは小さいながらも貫通力があります」

熊の騎士は、笑っていた。

ジャンヌの側頭部に、短剣が深々と突き立っていた。

「う、あああああっ!?」

ドンッ!!

ジャンヌの姿が、熊の騎士の視界から消えた。

コックエ～！

コックエ～！

「ドンレミ村でユリスに襲われた兵士の報告通りです。《乙女》はやはり頭を破壊されることを恐れているようですね。無敵のユリスといえども弱点はあるということですか。命中する瞬間にわずかに首を捻《ひね》られて避《さ》けられてしまいましたが……だが、加速して逃げても無駄です」

クックアドゥ～！

右のこめかみから血を流しながらジャンヌがみたび出現した地点にも、いっせいに矢が降り注いできた。

「こいつら!?　わたしの軌道を読んでいるっ!?　だがわたしは、木々を折りながら進んではいない！　なにもない空間を選んで直進している！　だから『音』や視覚でわたしの軌道を読むことはできない！」

逆に、障害物がない空間を選択して直進していることを悟られて、軌道を計算されているのか？　とジャンヌは疑ったが、それも不可能だ。

「わたしの速度は生半可《なまはんか》なものではない。たとえ移動する際のルールを見破られていたとしても、人間ごときに一瞬でわたしの軌道を割り出して先に攻撃する能力などない！」

ジャンヌは矢の嵐を避けるために、加速した。

短剣を側頭部から引き抜いて、捨てた。

コおおおお～、クェえええええ～！

かろうじて脳は損傷を免《まぬか》れたが、失血が激しく、駆けながら目眩《めまい》がした。

いずれにせよ、信じがたい速度で、何らかの手段で軌道を読まれていることは確かだ。

ジャンヌは、自分が死地に追い詰められていることを悟り、そして瞬時に自分が採《と》るべき行動を選択した。

木々を一直線に折り倒しながら進む。

だが、森を埋め尽くしている木を次々となぎ倒しながら走れば、もはやトリックを用いなくてもジャンヌの軌道は簡単に読まれてしまう。

「皆さん。木がへし折れていく先にジャンヌが現れます。あの軌道線上に順番に矢を放つのです。ジャンヌの軌道上を、矢の嵐で埋めてしまうのです！」

次にジャンヌが加速を停止した時こそ、わたくしの短剣がジャンヌの頭を貫く時です、と熊の騎士は冷たい笑い声を発しながら見えないジャンヌを追撃した。

「く、く、く。障害物だらけの森は、あなたの戦場には向いていませんでしたね《乙女》ジャンヌ！」

クックアドゥ～！

フォレ族が、雄叫びをあげた。

そのフォレ族が叫んだ地点に、ジャンヌが出現していた。

熊の騎士の視界に入った。

まだ頭のダメージが回復していなかったジャンヌは、ついに加速に耐えきれなくなった。しかも、加速停止と同時に左腕と右足に矢が突き刺さり、その衝撃のために再び加速することができない。ジャンヌの身体はまるで棒立ちになったかのように停止していた。

とどめの短剣を抜き放とうと身構えた熊の騎士は、しかし、その一撃を放つことはできなかった。

「てめえええええ！　ジャンヌと俺を熊嫌い、妖精嫌いにするつもりかあああ！　ふざけんじゃねえ！」

ジャンヌが木々を次々と折って切り開いた空間を駆けてきたモンモランシが、馬ごと熊の騎士に激突していた。

熊の騎士は馬上から叩き落とされ、「ぐわっ」と悲鳴をあげて動かなくなった。

ユリスは頭が弱点だとブルゴーニュ軍には知れちまっているな、ジャンヌを殺そうとしたんだからてめえには同情しねえぜ、とモンモランシは馬で駆けながら呟《つぶや》いた。

「……木を片《かた》っ端《ぱし》からなぎ倒してわたしの『軌道』を見せれば来てくれると信じていたぞ、モンモランシ」

「ジャンヌ！　ブルゴーニュ兵たちは、お前の軌道を読んでいるんじゃない！　森に無数にいるフォレ族だ！　お前が木を避けて進む軌道を、フォレ族に読まれているんだ！」

モンモランシは叫んだ。フォレ族は夜目が利く、そして優れた空間認識能力。人間から逃げるために発達させた感覚は、人間が進む軌道を一瞬で把握する感覚としても利用できる！

「ブルゴーニュ軍は単純で素朴なフォレ族を餌付《えづ》けして飼い慣らしていやがる！　軍用妖精として訓練しているんだ！　お前が加速を開始した地点にいたフォレ族がコックェと鳴き、お前が加速を終えようとしている目標地点にいるフォレ族はクックアドゥと鳴く！　鳴き声を使い分けていやがるので、やっと気づけた！」

「フォレ族が!?」

「目標地点を定めるな！　ブルゴーニュ兵を目標にせず、木を避けて空間を突き進め！　フォレ族を始末できるかっ？」

ジャンヌは、自らの血で染まった頭のリボンを撫でながら、笑った。

「できないな。わたしは賢者の石の力を放ってユリスになってはいるが、ドンレミ村の羊飼いの娘ジャンヌだ。村の妖精たちと家族として暮らしてきた。妖精族を殺すような真似は、どれほど傲慢の感情が増幅されてもできないぞモンモランシ」

「わかった！　それでこそジャンヌだ！　あとでかわいい元のジャンヌに戻ったら好きなだけべーぜしてやる！　とにかく加速して逃げろ！」

「今のユリスになったわたしがかわいくないとは聞き捨てならないな！　ともあれわたしにはもうあまり時間がないぞ、モンモランシ！」

ドンッ!!

ジャンヌが加速し、姿を消した。

コックェ～！

コックェ～！

「ラ・イル！　ガスコーニュ傭兵団に命じて、フォレ族どもをブチ殺せ！　こいつらは単細胞なんだ、人間の事情なんて理解しちゃいねえ！　餌付けされ、餌が欲しくてジャンヌの居場所を教えているだけだ！　それをやれば殺されるとわかれば、いっせいに逃げ出す！」

　モンモランシが、そびえる木々の向こう側を駆けているラ・イルに伝えたが、ラ・イルは
「あ、あたしにはできない！　あたしが殺していいと自分に許可している相手は、戦争に命を捧げた騎士と傭兵と、そして悪党だけだ！　かわい……いや、ひ弱い妖精を殺すような真似はあたしには……！」と妖精殺しを逡巡し、涙目になって拒絶した。

「ラ・イル。お前が実は『命』を奪うたびに傷ついている心優しい乙女だということはよくわかったが、それじゃあどうするんだよっ？　早くしねえとジャンヌのエリクシルが……」

「あたしが説得する！　聞けっ妖精ども！　ブルゴーニュ兵の居場所をあたしに教えろっ！　あたしに協力すれば、てめーらをいっぱいかわいがってやるぜ！　この乙女のラ・イルさまが、ぎゅーっと抱きしめてやるっ！　思う存分なっ！　てめーらを付き従える多産の女神になってやってもいいぞ！　この世にあたしほど妖精どもを愛している人間はいないんだぜっ！　あたしがフォレ族の神になった暁《あかつき》には、思う存分てめーらフォレ族どもの羽をなでなでしてお風呂に入れてきれいきれいにしてやるからなっ！　ふ、ふ、ふははは……！」

「ラ・イルが怒った！　ラ・イルが怒った！　コックェ～！」

「ラ・イル怖い！　ラ・イル怖い！　クックアドゥ～！」

「ラ・イルに食われる！　ラ・イルに食われる！　コックェ〜！」

モンモランシは頭をかきむしった。

「待てコラあああ！　ラ・イル、不気味な嬌声《きょうせい》をあげて悶《もだ》えるんじゃねえ！　妖精族に対して緊張しすぎなんだよっ！　フォレ族が全員、敵になっちまったじゃねえか！」

「そ、そんなあ〜？　ああ……あたしはどこまで行っても妖精たちに愛されない運命なのかよ……なぜだよう？　なぜなんだ神さまっ？」

「どうやらフォレ族がブルゴーニュ軍を呼んだのは、お前の寝込みを襲った時に死ぬほど恐ろしい思いをしたのがきっかけらしいな！」

「そ、それじゃあ、あたしのせいでジャンヌがこんな危険な目に？　くうう〜っ!?」

「そりゃあなあ。姉御は、男に夜這いをかけられたと勘違いして激怒したんだろうなあ。姉御に惚《ほ》れていた相方のザントライユが夜這いをやらかした時の激怒っぷりもすごかったよなあ」

「ありゃあ間違いなく魔王覚醒の瞬間だった。あの怖い物知らずのザントライユをボコボコにして追い出しちまったもんなあ」

「あんな恐ろしい姿を見せられちゃあ、妖精どもも命の危険を感じてあわてて救援を呼ぶわけだぜ」

ガスコーニュ傭兵団の男どもが、矢の雨を必死で避けながらぼやいた。

熊の騎士は倒したが、ブルゴーニュ軍の部隊は構うことなく次々と包囲網を狭めてくる。

森の大地にわらわらと溢《あふ》れているフォレ族が、ブルゴーニュ軍を正確に誘導している。

「やばいぜラ・イル。森の出口はまだだ。そろそろ夜が明けるはずだが、光が見えてこねえ。これ以上接近されたら、全員針ねずみにされちまうぞ！」

「ジャンヌは？　ジャンヌは無事なのかっ？」

ドンッ!!

馬上で「ジャンヌ！」と叫んでいたラ・イルの背中に、そのジャンヌがいきなり加速を停止しておぶさってきた。

「ジャンヌっ？　髪に血が!?　おい、だいじょうぶなのかっ？」

「……頭の傷は治ったけれど、森を駆け回っているうちにエリクシルが切れちゃったよ……もう動けないよう、ラ・イル……」

「そんな!?　それじゃ今のジャンヌは、ただの人間の子供!?　次に矢を食らったら、たとえ頭部でなくても……モンモランシ、どうすればいいっ？」

「手詰まりだ！　今からフォレ族を殺してまわって追い散らしてももう手遅れだ！　ブルゴーニュ軍の包囲網が完成しちまった！　前方にも回り込まれた！　そして相変わらず、向こうはフォレ族の鳴き声を通じて俺たちの位置がわかるが、俺たちは敵の姿を見ることができねえ！」

「ちきしょう。あたしが、妖精は殺せないと躊躇《ちゅうちょ》したばかりに、ジャンヌが……ジャンヌだって、妖精を殺して回りさえすればこの包囲を突破できるとわかっていながら、決して妖精には手を出さなかったというのに……っくしょう！　神さま……神さま、あんたがほんとうにこの世界に実在するのならば、ジャンヌを救ってくれよ！」

血と汗にまみれてぐったりと動かなくなったジャンヌを馬上で抱きしめながら。

信仰心などかけらも持っていないはずのラ・イルが無意識のうちに、十字を切っていた。

この時、森のあちこちから集まってきたフォレ族の大群が、ラ・イルとモンモランシたちの進路を塞いだ。

「ラ・イル怖い！　ラ・イル怖い！」

「ラ・イル止まれ！　ラ・イル止まれ！」

この鶏野郎どもおおおお、とガスコーニュ傭兵団の男たちが咆哮《ほうこう》したが、フォレ族の妖精たちの数はどんどん増える。数百、いや数千は集まっていた。

「どうする？　突破するか、ラ・イル？」

「モンモランシ、これは足止めだ！　突入すればブルゴーニュ弓兵たちの集中攻撃を食らう！　妖精どもに、こんなふうに自らを盾《たて》代わりに用いさせる戦術を仕込むなんて。許せねえ！」

「しかし道は一本しかない！　ジャンヌはもうユリスになれない、道を切り開く術《すべ》はないぞ！」

「ああ……お願いだよ、神さま……！　ジャンヌを助けてくれよっ！」

「あなたらしくない。神頼みなんておやめなさいラ・イル」

戦闘開始以来、モンモランシの肩に止まりながらずっと眠りこけていた羽つき妖精アスタロトが不意に目を開いて、そして声をあげた。

「もう、神々の時代は終わったの。今は人間の時代よ。人間自身が、自らの力で道を切り開く時代がはじまりつつあるのよ」

「アスタロト?」

「でも今回は、愚かな妖精どもがしでかした戦いだもの。わたしが、道を切り開くわ。できれば、こんな真似はしたくなかったのだけれど」

ふわり。

黒い羽をはばたかせながら、アスタロトは、空を舞った。

コックェ～と怯《おび》えているフォレ族たちの前に降りて、そして、黒い瞳を輝かせた。

「この、愚か者ども！　人間ごときに餌付けされて妖精兵器に成り下がるなど、恥を知りなさい！　それでも、かつて世界を支配してきた偉大なる一族の末裔《まつえい》なの？　この世界に満ちあふれる闘争から身を引いたのならば、せめて森の中で静かに生きて、静かに滅びていきなさい！」

アスタロトの漆黒《しっこく》の瞳に凝視《ぎょうし》されたフォレ族たちは、いっせいに後ずさった。

そして、くちばしを震わせて叫びはじめた。

「妖精の女王、妖精の女王!!」

「妖精の女王、妖精の女王!!」

「妖精の女王、妖精の女王!!」

数千のフォレ族が、左右へと割れた。

大地に、ひれ伏した。

まるで、神に邂逅《かいこう》したかのような畏怖をもって、小さな小さな「妖精の女王」アスタロトの前に道を空けた。

ラ・イルも、モンモランシも、ガスコーニュ傭兵たちも、ぽかんと口を開いてこの信じがたい光景を眺めている。

「妖精の女王としてお前たちに命令するわ。今すぐにわたしの下僕をいじめたブルゴーニュ兵どもを、暗い谷底へと誘導しなさい！　二度とわたしたちを追撃してこられないように！」

ラ・イルが怖かったユルシテ、ラ・イルが怖かったユルシテ、と口々に唱えるフォレ族に、アスタロトは微笑みを返した。

「ええ。ラ・イルは怖いわよね。わたしだって恐ろしいもの。仕方がないわ。今後は人間に餌付けなどされぬよう、妖精族としての誇りを持って生きなさい」

ラ・イルは声もあげられずにへたり込み、しくしくと身を震わせて泣いたのだった。


モンモランシたちは、森を、抜けた。

広大なロワール川の北岸に辿り着いて、船で川を渡った。

川の南岸は、フランス領。

ここから先は、もう敵地ではない。

ジャンヌがシノンのシャルロット姫太子に謁見するまで、あとわずかだった。

もうダメかと思ったぜ……アスタロト、あんな真似ができるならもっとさっさとやってくれよ、と甲板《かんぱん》に大の字に寝転がって青空を眺めながらモンモランシはぼやいていた。

「あら？　今はもう神々の時代じゃないのよ？　ぎりぎりまで人間が戦うべきでしょう？　運命の女神が手をさしのべる相手は、自分自身の限界まで自力で戦ってきた人間だけよ？」

モンモランシの手のひらをベッドにして指に頬ずりしているアスタロトはそっけない。

「なにが運命の女神だ。お前、夜に弱いからすやすや寝ていただけじゃねーか」

「そ、そんなことよりもモンモランシ！　わたしは一日に一度確保されている水浴びの権利を要求するわ。川の水を汲《く》んで、プールを造って頂戴」

「ここは船の上だぜ。面倒なことを言うなよ。水浴びしたいのならば川に直接飛び込めよ」

「失敬ね！　わたしは野生の動物じゃないのよ！　妖精の女王なのよ！　世が世ならばあなたたち愚かな人間を支配する偉大な神の眷属《けんぞく》なのよ！　女王は川に直接飛び込んだりしないわ。下僕の手で美しい髪を丁寧《ていねい》に洗わせるのよ」

森を突破してからも地獄に落とされたかのように落ち込みっぱなしのラ・イルが、顔を覆ったまままうめくように言った。

「ぐすっ……モンモランシ……アスタロトの命令を聞いてあげてくれ……どうせ、あたしはアスタロトの身体を洗う係なんてやらせてもらえないんだ……生きる限りすべての妖精どもに悪鬼のように恐れられ続ける、それがあたしの運命なんだ……神さま、あんたが実在するのならばあたしを子供と妖精どもに愛されまくるかわいい乙女にしてくれないか……頼むよ」

それは難しいわね、運命の女神にもできないことはあるわ、とアスタロトが笑うので、ラ・

イルは「あうう、そんなあ。このままじゃいつまでもお嫁さんになれないじゃねーか！　一生を殺伐《さつばつ》とした傭兵暮らしで終わるのはいやだああ！」と泣いた。

　そしてすっかり傷も癒えて回復したジャンヌは、モンモランシのお腹の上に小さなお尻を下ろして「ぶんぶん」と手を振り回していた。

「モンモランシ～！　お腹すいたよう、エリクシルちょうだい！　あと、わたしも森でたくさん汗かいちゃったから水浴びしたーい！　モンモランシが洗って、洗って！」

「ジャンヌ、こらっ服を脱ぐな！　見せるのはおへそだけにしろっ！　胸！　胸が見えてる！　薄いけれどたしかに乙女の胸になりつつある微妙な状態だから、男に見せちゃダメだ！」

「わたしだって乙女だもん、男の人の視線は気にしてるよ？　でもでも男の傭兵さんたちはみんな隣の船だから見えないよ、だいじょうぶだよ！」

「俺が見てるだろうが、俺が」

「モンモランシはいいんだよ！」

「なんでだ？」

「なんでって……も、モンモランシだから？　きゅ、急に恥ずかしくなってきちゃったから、やっぱりモンモランシも胸を見ちゃダメ！」

「なんだいそれ？　まあいい。俺は、そのなだらかなお腹を見せてくれればそれでいいんだ。あージャンヌのつるんとしたお腹を指でなぞると、癒やされるよなー」

「ねえねえ。モンモランシって、どうして女の子のお腹ばかり愛《め》でるのー？　くすぐったいよう。すっごくおかしいことされている気になっちゃう！」

たとえ女の子の腹筋に夢中な異常者が相手であれ愛でられるだなんて幸せなことだよ、なにもしていないのに無条件でみんなから怖がられるよりずっといいじゃねーか、とラ・イルが口を尖《とが》らせて抗議している横で、ジャンヌは「いっぱいべーぜしてくれるって約束だったよね！今日こそはエリクシルでお腹いっぱいになるよ！」と満面の笑みを浮かべながらモンモランシと唇を重ねていた。

「おっ、お前ら！　あたしの目の前でなにやってんだ！　いやらしい、やめろってば！　こらぁモンモランシ、子供相手になんという罪深い真似を！　男と女がいちどでもべーゼを交わしたら、結婚して生涯添い遂げないといけないいんだぞっ！」

「こ、これはエリクシルの補給なんだもん、ラ・イル。いやらしくないもん」

「そ、そうだ。仕方がないんだ。ジャンヌにエリクシルを補給するには、俺がべーゼしてやるしか方法がないからな……」

「どうしてだよ？　どうしてモンモランシの唇からエリクシルが湧いてくるのに、あたしの胸からはエリクシルが出てこないんだよ？　なあ神さま、こんな不公平ってあるのか？　いったいなんのための胸なんだ～！」

「ジャンヌ。シノンに到着したらすぐにシャルロット姫太子に謁見して、そして説得するんだ。オルレアンは解放できる、今イングランドに降伏すればこの戦争はかえって終わらなくなりフランスの民衆はますます困窮《こんきゅう》する、勇気を持って正式なフランスの女王に即位するんだ。そう訴えよう……」

ラ・イルは、そんな台詞《せりふ》を語るモンモランシの余裕たっぷりな様子にかえって激怒して、股間に蹴りを入れていた。

「さっさと、ジャンヌとベーゼしなくてもエリクシルを補給できる方法を発見しろ！　この、変態錬金術師！」

「うっぎゃあああああ～!?」

「ああっ？　しっかりして、死なないでモンモランシ～！」

※

森の奥深く——。

ブルゴーニュ兵たちがフォレ族の鳴き声に誘導されて谷へ落ち、行動不能となった後。

ただ一人、フォレ族の鳴き声に誘導されることなく、死体のふりをして地に転がったまま戦闘の終了を待ち続けていた男がいた。

人を食ったような愛らしい熊の面を被った、あの痩せた騎士だった。

「追撃をかわして生き延びるために、呼吸の頻度《ひんど》と心臓の活動を最低限まで落として死んだふりを続けていましたが……こういう時に、仮面は役に立ちます。死人の表情を造るのは困難ですからね。死人に詳しい者が敵にいた場合、眼球の動きで察知されてしまいます」

熊の騎士は、足下に転がっていた短剣を拾い上げた。

「どうやら、森を突破されてしまったようですね。《乙女》と次に会う場所は、シノンの宮廷ということになりそうですね」

熊の騎士は、ゆっくりと起き上がっていた。

「《乙女》がその体内に収めている賢者の石は、紛《まぎ》れもなく本物でした。そしてドンレミ村で《乙女》と戦った兵士の報告通り、《乙女》は加速の力を操る。しかしながら、その力には制限時間があるようです。正確な時間を測定することはできませんでしたが、制限があると知れただけでも充分です。《乙女》が所有する賢者の石とエリクシルを、手に入れなければ――」

おそらくエリクシルの錬成に成功したのは、あのモンモランシとかいう錬金術師《アルシミスト》でしょうね。錬成方法を聞き出すには、どうすればいいか？　男は、「いずれにせよ、賢者の石とエリクシルの獲得は、先代の遺志《いし》。今のわが主《あるじ》の命令よりも、先代の遺志をこそわたくしは優先します」とつぶやきながら、黒ずんだ短剣の刃を長い舌で舐めた。

「ふむ。身体になんの変化もない。《乙女》の血を舐めればエリクシルを取り込めるというわけでは、なかったようです。だが妖精のように幼くて細いあの《乙女》の身体を切り刻めば、賢者の石は確実に手に入る。きっと痛いでしょうね。泣き叫ぶでしょうね。ほんとうに、楽しみです……」

熊の面を被った騎士ジラールは、「あの娘を切り刻んでやりたい」という衝動に憑《つ》かれながら、ジャンヌとモンモランシが旅の目的としている地――シノンを目指して歩きはじめていた。

※

南フランス、シノン。

フランス王家は続々と人材を失っていた。先代の王シャルル六世に加え、二人の王太子も立て続けに死んだ。残された先王の遺児は姫だけだった。これらの姫のうち、騎士養成学校に通い騎士見習いとしての経験を積んでいたシャルロットを「姫太子にして次期フランス女王」と担《かつ》ぎ上げたアルマニャック派貴族たちは、南フランスに亡命政権を樹立した。

しかし、ブルゴーニュ公国と同盟してたちまちフランス北部を席巻してしまったイングランド軍に反撃する余力はなく、今はこのシノンの城にヤドカリのように引きこもっている。

しかもシャルロットの母親・イザボーはイングランドと結託し、もう一人の娘キャサリンをイングランド王ヘンリー五世に妻として与え、「シャルロットはフランス王の子ではなく不義の子」と宣言。イングランド王ヘンリー五世はキャサリンとの間に世継ぎのヘンリー六世をもうけたのちに急死。

こうしてイザボーの孫にあたるヘンリー六世が、イングランドとフランスの王位をともに継承したのだ。

いまや、シノンの亡命政府は、その命運が尽きつつある。

フランス北部と南部の境界線上にある最終防衛ライン、ロワール川北岸の最重要拠点オルレアンをイングランド軍に包囲されていたのだ。

オルレアンへ援軍を派遣したくても、今の亡命政府には傭兵を雇う銭がない。

オルレアンが陥落すればイングランド軍はロワール川を越えてこのシノンまでなだれ込んでくる。そうなればもはやシャルロットはイングランド軍に降伏するか、あるいはフランスを逃れてスコットランドへ亡命する他はなくなる――。


その日。

そのシノンの会議室で、三人の重要人物が揃い踏みしていた。

モンモランシの従兄弟《いとこ》で、今は亡命政権の宰相《さいしょう》に出世しているラ・トレムイユ。

モンモランシを一転陰気にしたような、痩せた長身の男だ。

騎士養成学校には通わず、ひたすらに政治や財務だけを学んできた、筋金入りの官僚タイプだった。

は虫類のように体温が低い美形の貴族として女性たちから人気を集めているが、当人は人間の女性に興味がなく、これまで独身を貫いている。

母親イザボーの不倫と裏切りの連続を目《ま》の当たりにしてきたために男性不信ぎみのシャルロットが男であるラ・トレムイユを重用するようになったのも、ラ・トレムイユだけは自分に色目を使ってこないからである。

「姫さま、もはやオルレアンが陥落する前にイングランド、ブルゴーニュ両国と和平を結ぶ以外にフランス王室を存続させる術《すべ》はございません。すでに失陥《しっかん》した北フランスとフランス王位をイングランドに明け渡す代わりに、ロワール川南部の領有権を確保して『南フランス公国の主』の地位を確保するのです」

ラ・トレムイユは徹底した和平派であり、そして徹底した敗北主義者だった。

フランス軍がイングランド軍に戦争で勝てるはずがないと、この八十年に及ぶフランス敗戦の歴史を学んだ彼は信じ切っている。

（問題は、戦争に負けながら、いかにして生き延びるか？　だ。最弱のフランス王家に勝利をもたらすものは戦術でも戦略でもない。政治だ、わたくしの政治力だ）

ラ・トレムイユは一見すると全力で敗北へ突っ走っているかのように見える宰相だが、負けるつもりではない。とことん政治力を駆使し、決戦を避けながら時間を稼ぎ、強敵イングランドに最終的に勝利するという大目的を抱いている。そのために、様々な手を打ち続けてきた。

イングランドにいちど寝返っていながらフランス王宮に舞い戻り、徹底抗戦を唱え続けたブルターニュ公国の姫騎士リッシュモンを宮廷から追放したのも、リッシュモンが前線で戦い続ける限り和平交渉の妨げになるからだった。

「姫さまはいったん、イングランド王を宗主として仰《あお》ぐ領邦国の主になるのです。致し方ありません。雌伏《しふく》するのです。またぞろヘンリー五世の時のように黒死病で不意にイングランド政権の重要人物が死ぬかもしれませんし、待っているうちにイングランド国内で内乱が起こるかもしれません。イングランドの歴史は政変の歴史ですから。いずれ好機は訪れます」

そのために今日は極秘でブルゴーニュ公国のご当主フィリップ善良公女さまをお招きしてお

ります、とラ・トレムイユはうやうやしく一礼した。

不機嫌に頬を膨らませてお菓子をかじっているシャルロットに対して。

「ラ・トレムイユ。いろいろもったいつけて理屈をこねているけれど、要は降伏して命乞いしてフランスの王権をイングランドに明け渡せってことじゃん。降伏したあと、シャルが殺されないって保証がどこにあるの？」

小生意気な表情はそのままに、たぐいまれな美しい姫に成長したシャルロットは数奇な運命を経て亡命政権の頂点に立つ姫太子となっていた。

「どこにもないじゃん。そもそも父上だって、王太子だった兄上たちだって、イングランドの手の者に暗殺されたのかもしれないし ぃ。フランス王家の男子はみんなこの七年のうちに死んじゃったじゃん。次に殺されるのは、姫太子にされちゃったシャルじゃん」

シャルロットが肩をすぼめると、成長しすぎた大きな胸が揺れる。

シャルロット自身の希望とは裏腹に、彼女はフランスの貴族たちを惑わせた母イザボーの妖《よう》艶《えん》な身体を完璧に受け継いだ少女に育っていた。

この扇情的《せんじょう》なシャルロットの胸を見てもいっさい動揺しないので、ラ・トレムイユはシャルロットに信任されているのだ。

「さあ、暗殺かどうかは？　フランス王家に次々と死と厄災が訪れるのは、フランス王家に捕らわれて焼き殺されたテンプル騎士団最後の総長ジャック・ド・モレーの呪いだという噂もございます。実際、ジャック・ド・モレーを殺した王はたちどころに急死し、フランス王家の直系はいちど断絶しております」

「そんなの関係ないっしょ。シャルは、暗殺されたくないの。だから降伏もしないの。だいいち、母上がシャルを許すわけないじゃん。イングランド王にシャルの妹を嫁がせて自分の孫をイングランド・フランス両国の王位に就《つ》かせるために、シャルのことを不義の子だ、浮気の子だ、って宣言しちゃってるのに。シャルに生き延びられたら邪魔じゃん」

「ですが。オルレアンが陥落したらすべてが終わります。降伏する機会は今しかありません。姫さまがイングランドの使者と直接交渉するのはどうしてもいやだとおっしゃいますので、こうしてブルゴーニュからフィリップさまに来ていただいたのです。フィリップさまは、かつて姫さまとの和平会議の際に父君――先のブルゴーニュ公ジャンさまを殺されています。このシノンに来ることには当然恐怖もあったでしょう。父君同様、自分も殺されるのではないかと。そこをどうにか、わたくしが説得して」

　フィリップ善良公女――本来は、亡き父からブルゴーニュ公家と公国を継承しているので「女公」と呼ばれるべきなのだが、まだあどけないきゃしゃな少女のままだったフィリップを「女公」と呼ぶ者はいなかった。ブルゴーニュ公家を継いだ今もなお、フィリップは親しみと敬意を込めて人々から「善良公女」と呼ばれ続けていた。

「くすんくすん。ラ・トレムイユ。私、お父さまがアルマニャック派の貴族に殺されたことは、もう恨んでいないわ。もとはといえば、お父さまがアルマニャック派を率いていた先のオルレアン公ルイさまを暗殺したことが原因だもの。それに、シャルロットが私のお父さまを暗殺したわけではないことも知っているわ……すべては不幸な事故だったの」

ラ・トレムイユは、かつてブルゴーニュ宮廷に仕えていた。その後、対立しているブルゴーニュとフランス王家の仲立ちをするためにシャルロット姫太子のもとへ移籍したのだ。

ラ・トレムイユは、フランス王家を形ばかりでも存続させるためには、強大なブルゴーニュ公国の協力がどうしても必要だ、と信じている。むしろ一歩進んで、ブルゴーニュ公国をフランスから正式に独立させることで、イングランドとフランスの狭間に立ちはだかる緩衝《かんしょう》地帯にしてしまおうとしていた。このため、彼は宮廷内で「ブルゴーニュ公国に通じている売国奴《ばいこくど》」という噂を流されたこともあった。だが、彼にはそのような意識はなく、むしろブルゴーニュを利用するつもりでいたし、それに、自分と対立しそうな政敵は得意の陰謀によってことごとく闇に葬り去っていた。

ともあれラ・トレムイユの活躍がなければ、このシノンにフィリップを招くことは不可能だったろう。

「……シャルは、毎晩あの時の夢を見るの。目の前で、フィリップのお父上が斧《おの》で頭を叩き割られて、脳漿《のうしょう》と血しぶきが飛び散るの。その脳漿が、シャルの頬にぴしゃりとかかったところでいつも目が覚めるの……毎晩、同じ夢ばかり……」

「くすん。シャルロットのせいじゃないのよ。自分を責めないで。私は、シャルロットがあの事件に関《かか》わっていなかったって知っているから。すべては、和平交渉の席上で両派閥の貴族同士が興奮して口論になった末に起きた事故だったって」

「……どうしてあの日、会議の席にいなかったフィリップが、シャルが無実だって知ってるわけ。シャルがフィリップの父君を殺させたのかもしれないじゃん」

「そんなふうに自分を傷つけるようなことを言うのは、あなたの悪いくせだわ。私たち、パリの騎士養成学校に一緒に通ったお友達でしょう？　今はこうして敵対する国の元首同士になってしまったけれど、セーヌ川で誓った私たちの友情は変わらないわ」

「……もう無理だよ……フィリップはシャルの家臣にお父上を殺されてイングランドと同盟しちゃったし、シャルはなりたくもないフランス王位継承者にされて、あげく母上から不義の子だと宣言されてパリを追われるし……シャルとフィリップはもう、不倶戴天《ふぐたいてん》の敵同士じゃん。どうしてこんなことになっちゃったんだろう。あの頃に戻りたいよ……」

「まだ間に合うわ、シャルロット。あなたが南フランスで公家として存続できるよう、イングランドの宰相ベドフォード公を説得するから。なにもかも、ブルゴーニュ公国に任《まか》せて。私は、父上が暗殺されて公国が混乱していた際にやむを得ずイングランドと同盟してしまったけれど、あなたを滅ぼすつもりなんてないの。信じてもらうために、オルレアン包囲軍からブルゴーニュ兵を撤退させたわ」

「そう言いながら、裏では今日このシノン城にシャルを暗殺する刺客《しかく》を紛れ込ませているかもしれないじゃん」

「そんなこと。私は、あなたに刺客を送ったりしないわ。そもそもこの機に乗じてあなたをシノン城で暗殺すれば、そのシノン城を訪れている私も殺されてしまうでしょう？　くすん」

「でも、フィリップのお父上が暗殺された現場にいたシャルは、現場からねずみのように這い出して生き延びたじゃん……姫太子にさえならなければ、あんな現場に居合わせることもなかったのに」

「……ほんとうに、学校時代に戻りたいわね。シャルロット……あの頃は楽しかったわ。いつも、モンモランシとリッシュモンが仲間の中心にいて」

「モンモランシは黒魔術に手を出して、異端審問軍団に追われているらしいじゃん。あいつだけは、相変わらず楽しそうだよね。いいなあ……シャルはもう家も身分も王権も、全部投げ出しちゃいたい……」

「そうはいかないわ。お互いに」

「……やっぱり刺客を連れてきているでしょう、フィリップ。シャルはフィリップの幼なじみだったけれど、今はもう『先代ブルゴーニュ公の仇《かたき》』だもんね」

「いいえ。刺客は、決して。家臣の中にそういう輩《やから》がいても、私が許さないわ」

「そう。刺客でなければ、どんな者を潜ませているの？」

「……それは……間者《かんじゃ》が……勝手に……わたしの命令を聞いてくれなくて……」

「いいよ。間者くらいなら、いくらでも。今のフィリップは、もうただのお漏らし癖《ぐせ》がある女の子じゃない。フランス王家以上の力を持ったブルゴーニュ公国を統《す》べる女公だものね」

「……ごめんなさい」

シャルロットが選べる道は三つ。

一つめは、ブルターニュ公の妹で、イングランドへの抗戦を唱える姫騎士リッシュモン元帥の追放処分を解き、崩壊したフランス王国軍をリッシュモン中心に再編してイングランド軍と戦い続ける道。

二つめは、ラ・トレムイユの戦略に従い、ブルゴーニュ公国を継いだフィリップ善良公女の友情にすがってイングランドと和平を結び、フランス王位継承権を放棄してイングランドに忠誠を誓い、南フランスの小公国の主として生き延び王位復帰の機会を待つ道。

三つめは、フランスから逃げだし、反イングランドの立場を貫く同盟国スコットランドへ亡命する道。

このうち、気候温暖でなじみ深いフランスの地を捨てて遠い北の異国へと逃げる三つめの道は、シャルロットには考えられないことだった。

リッシュモンを信じるか、フィリップを信じるか。

命を懸けて戦うか、それとも命を惜しんで降伏するか。

フランク王国の始祖クロヴィス一世から数えれば九百年以上、およそ千年近くにもなるフランス王国の長い歴史は今、シャルロットの細い肩にかかっているのだった。

「姫さま。リッシュモンは私怨《しえん》でイングランドと戦おうとしております。あの者は母親をイングランドに奪い取られ、自らもまたアザンクールの戦いでイングランド軍の捕虜となって苦い思いを強《し》いられてきた者。イングランドへ復讐したいというのならば、勝手にやらせればよいのです。あくまでもブルターニュ公国の姫騎士《シュヴァリエール》として暴れさせておくべきです。リッシュモンは兄のブルターニュ公が優柔不断で日和見を続け、なかなか兵を動かさないので、フランス王国の兵権を必要としているだけなのです。フランス王家を巻き込ませてはなりません」

ラ・トレムイユは「アルチュール王を英雄と仰ぐブルターニュ公国はブルトン人の国です。やつらはフランス人ではありません。フランス人ならば、シャルルマーニュをこそ祖国の英雄として崇《あが》めるはずです」とリッシュモンを徹底的に外国人扱いしていた。

「リッシュモンにはフランス王家への忠誠心などありません。その点、ブルゴーニュ公国はフランス人の国です。ブルゴーニュ公家はフランス王家の分家、姫さまとフィリップさまも血を分けた同族ですゆえ。フィリップさまを信頼なさいませ」

フィリップは「いいえ。リッシュモンはフランス王家に本心から忠誠を誓っているわ。彼女はほんものの騎士よ。くすん」とラ・トレムイユに抗議したが、ラ・トレムイユは「フィリップさまはお優しすぎるのです。リッシュモンは一度イングランドに忠誠を誓っておきながら、そのイングランドを裏切ってこんどはフランス軍にはせ参じた蝙蝠《こうもり》のような娘です。ああして両国を煽《あお》っているのです。とうてい勝ち目のない無謀な戦争にフランス王家を巻き込もうとしているのです」と納得しない。

「事態は急を要します。今日のうちに、ブルゴーニュ公国との間で和平条約を調印いたしましょう。暗殺された先代ブルゴーニュ公ジャンさまの悲願を、承認なさいませ。ブルゴーニュ公国のフランスからの独立を認めるのです。それとひきかえに、フランス王家はイングランド王のもと、今後も『南フランス公家』として存続を許される。ブルゴーニュ公国の強大な国力をもって、イングランドに認めさせます。王権を返上しても、家の存続さえ認められれば、いずれ機を見て巻き返すこともできましょう。フランスの王権を取り戻せる日も来るかもしれません。これが最善手《さいぜんしゅ》です」

「……どうしてシャルは、リッシュモンと性格が合わなかったのかな。騎士学校時代から、お高くすましたあの子を見ているといつもイラッときてケンカばかりしちゃってた。もっと仲良くできていれば、今頃は違っていたのかな……」

「もうそのような思い出に浸《ひた》っている段階ではございません」

「どうすればいいか、シャルにはわからないよ。フランス王国九百年の歴史をどうするかシャルが決めるだなんて、責任が重すぎるもん。リッシュモンを呼んで、シャルとフィリップとリッシュモンの三人で協議すれば、結論が出せるかも？」

「あのものはすでに、宮廷から追放された身でございます。今から追放令を解いて呼び戻しても、間に合いません。それに呼び戻せば、また貴族たちの汚職を暴き立てて粛清《しゅくせい》をはじめます」

正義感が強すぎるよね、リッシュモンに任せてたら貴族なんて全滅しちゃうじゃんね、とシャルロットはため息をついた。

ことに、男性貴族の不正をリッシュモンは絶対に許さない。

子供の頃からああいう正義《ジュスティス》の味方すぎる性格だったけれど、イングランドで人質生活を経験してから、異常なほどに潔癖になったみたい、とシャルロットは思った。

「待って。その……お父さまの悲願はブルゴーニュ公国の独立だけでなくて、もうひとつあるの。くすん」

フィリップが、遠慮がちに言いだした。

「もうひとつって、なに？」

「お父さまは、宝具《ホリック》を収集する癖の持ち主だったわ。十字軍に参戦したのも、東方へ行けばかつてのテンプル騎士団のようになにか貴重な宝具を発見できるかもしれないという夢を抱いていたからなの。そんなお父さまは、シャルルマーニュの聖剣《サント・サーブル》ジョワユーズをずっと探していた。フランス王家に伝わっているはずの、フランスの王権を象徴する伝説の宝具。フランス王位に興味のないお父さまがフランスの宮廷で権力を握ろうと画策《かくさく》したのも、ジョワユーズに近づくためだったの。パリ中を探したけれど見つからなかったそうよ」

ラ・トレムイユが「剣一本でフランスを守れるのです。承知なさいませ」とうなずいた。

「ジョワユーズは本来ならば王権の象徴ですので決して渡せぬものですが、この場合は王権をイングランドへ返上するという証《あかし》になります。かつては聖剣として偉大な力を発揮したというジョワユーズも、今では単なる象徴にすぎませんし」

シャルロットは、迷った。

（あのジョワユーズの在《あ》り処《か》を知っているのは、代々のフランス王と、王太子だけ。王も王太子もみんな死んだから、今ではこうして姫太子になったシャルだけが知っているの。母上ですら、ラ・トレムイユですら知らない、王家の秘密なんだよ。あれを手放したら、フランス王家の復興はもう永遠になくなっちゃう……）

シャルロットがためらっていると、一人の従者が室内に飛び込んできた。

「噂の《乙女》ジャンヌが、シノン城に到着しました！　無数の市民がジャンヌを宮廷へ入れろと騒いで、城下町は大混乱しています！」

そう。

ジャンヌは約二週間で敵中を突破し、シノンへと到達した。

「大天使ミシェルからフランスを救え、オルレアンを解放せよと命じられた」とフランス中で評判のジャンヌが、ついに姫太子が滞在するシノンに到着したため、シノンは城下町も宮廷も騒然となっていた。

数十年に亘《わた》ってイングランドとの戦争と、傭兵による略奪と、黒死病の被害に痛めつけられてきたフランスの人々は、この戦争を終わらせてくれる救世主をずっと待ち望んでいたのだ。

たとえその救世主が、幼い羊飼いの少女であったとしても――。

フィリップ善良公女は「ああ。辿《たど》り着いてしまったのね」と小さな声でつぶやいていた。

「ふん。こんな日に、縁起でもない。乱世によくある、詐欺師の類《たぐい》です。逮捕しましょう」

ラ・トレムイユが従者に「逮捕せよ」と命じようとしたが、好奇心旺盛なシャルロットはこのオルレアンから来た不思議な羊飼いの少女に興味を抱いた。

「せっかく田舎からへんちくりんな娘がやってきたんだから、なにもせずに追い返すのも惜しいよラ・トレムイユ？　その子がほんものの聖女かどうか、確かめたいよね？」

「司教たちを集めて審問会を開催するのですか？　今は和平条約の調印が先です！　姫さま、

これはすべて何者かがでっちあげた詐欺芝居です！　イングランドの刺客かもしれません！」

「だって。気になるじゃん。羊飼いの女の子が救世主を名乗るなんて。いちど見てみたいじゃん？　もちろん、そんな子供にオルレアンを解放する力なんてないことくらい、シャルだってわかってるよ。ただ、好奇心で会ってみたいだけ。真偽《しんぎ》を確かめたいの」

「まあ、ただちに真偽を見分ける方法があるのでしたら、構いませんが……」

「ふふふ。それなら、良い方法があるもん。シャルはねえ、疑い深いんだから。人を試す方法ならいくらでもひらめくんだから。ほんとうにジャンヌという子が神さまに選ばれた子ならば、この試練を突破できるはずじゃん？」

「偽者《にせもの》と判明しましたら、わたくしが逮捕しても構いませんね？」

「拷問《ごうもん》博士」とも呼ばれるその筋の達人・ラ・トレムイユが薄暗い笑顔を浮かべ、フィリップはジャンヌという少女の身に不幸が襲ってくることを予見して震えた。

※

貴族たちでごったがえすシノン城の大広間に、噂の《乙女》ジャンヌが通されていた。

ラ・イルとガスコーニュ傭兵団はシノン城にジャンヌを送り届けると同時に「仕事は終わった」と姿を消したが、「ジャンヌの兄」に扮《ふん》していたモンモランシは、大広間の手前まではジャンヌに同行していた。だが、そのモンモランシの姿も、いつの間にか消えていたのだ。

和平・降伏に傾いているシャルロットをいかにして説得し抗戦を決意させるか、という一点にモンモランシは賭けていた。

シャルロットと顔を合わせると同時に変装を見抜かれて正体がバレることは覚悟していた。ラ・トレムイユに異端の黒錬金術師として追われている身だと発覚することは。しかしむしろ、そこからが勝負だった。ラ・トレムイユの妨害を乗り越えてシャルロットとの話し合いの機会を手に入れるには、危険を冒《おか》してでも宮廷へ乗り込んで勝負をかけるしかなかった。

もちろん、モンモランシとジャンヌが手に入れた「賢者の石《ピエール》」の力も、不利な戦局を好転させる武器となる。ジャンヌ個人の戦闘力だけでイングランド軍を駆逐《くちく》できるほど戦争は甘くない。しかし、まだ幼い救国の《乙女》の降臨は、その戦場における勇姿《ゆうし》は、必ずやフランスの人々の胸を打つだろう。

すでに道中、モンモランシは大きすぎる手応《てごた》えを摑んでいた。どこの町へ行っても、大天使ミシェル（正体はアスタロトだが）を引き連れた奇跡の救世主《乙女》ジャンヌは人々に歓待《かんたい》された。幼いジャンヌ自身の素朴な愛らしさ、純真さ、戦争終結のために背負った高潔な勇気と決意、そしてついつい撫で撫でしたくなるかわいいお腹（モンモランシ談）。フランスの敗戦と迫り来る滅亡という絶望の中に小さな希望を見いだした人々は、「フランスはまだ神に見捨てられてはいなかった」「こんな幼い子供にすべてを背負わせていてはならない、わしらフランス人の恥になる」「立ち上がろう、あきらめるな、イングランド軍を永久に海の向こうへと追い返そう！」と驚喜《きょうき》し熱狂した。

だが、モンモランシがジャンヌに続いて大広間に入る直前に、衛兵たちが大広間へと連なる扉を閉めたのだ。

問答無用だった。

モンモランシは弁明の権利すら与えられずいきなり逮捕され、衛兵たちに取り押さえられて地下牢へと連行されていった。

「ラ・イルもお城まで着いてきてくれればよかったのにね。挨拶《あいさつ》もしていないのに、もうお別れなんて寂しいよ……あれ？　モンモランシが、いなくなっちゃった！」

ジャンヌは気づいていない——扉の向こうで、モンモランシが衛兵たちに捕らわれたことに。

アンジュー公妃ヨランド・ダラゴンをはじめとする貴族たちは、小さくてきゃしゃなジャンヌを一目見て、声をあげていた。

まだ子供じゃないの！

小さい！

男の子か？

いや、あの腹筋のなだらかさは少女に違いない！

いかん！　おへそ出してると風邪を引くぞ！

ちっちゃいけれど、ほんとうに聖女なのかしら？

かわいい。でも、ただの田舎の百姓娘にしか見えないわ？

詰めかけた貴族たちの好奇な視線にさらされたジャンヌが戸惑っていると――。

赤い絨毯《じゅうたん》の向こう。

玉座《ぎょくざ》に、華麗なドレスに身を包んだ姫が座っていた。

フランス王家の姫太子、フランス女王への即位を志《こころざ》してシノンにこもっているシャルロットその人、ジャンヌは当然そう思った。

ジャンヌは、笑顔で絨毯の上を走り、玉座の少女へと向かっていった。

しかし、並み居る貴族たちを広間に侍《はべ》らせて、玉座に鎮座している姫太子は、偽者。

影武者だったのだ。

ドンレミ村の羊飼いにすぎない幼いジャンヌが、姫太子を知っているはずがない。

だがもしもジャンヌがほんとうに神に選ばれた救世主なら、不思議な力を持っている聖女なら、この大勢の貴族たちの中に紛れているほんものの姫太子を見つけることができるはず。

玉座に座っている影武者を偽者と見破り、ほんもののシャルロットに挨拶することができるはず。

姫太子との謁見の席という重大な場でそれくらいの奇跡を見せることができなければ、とうてい救世主とは認められない。

これまで「フランスを救う方法を授けます」と宮廷へ集まってきた詐欺師や魔術師、錬金術師、預言者たちに騙《だま》されてきたシャルロット自身が思いついた、即興の「試練」だった。

純朴なジャンヌは、「姫太子さま！」となにも疑わずに玉座へと突進した。

貴族たちの中に交じってジャンヌを眺めていたシャルロットは、

（なによあの子。玉座にいる姫太子が替え玉だって気づいていないじゃん。シャルがあんなに胸が薄いわけないじゃん。シャルは痩せていても胸だけは淫《みだ》らなくらい大きいことで有名なのに。やっぱり偽者だったんだ。つまんないの）

と不満げに唇を尖《とが》らせていた。

どうせこの罠を突破できないにしても、仮にも救世主だの聖女だのと触れ込んできたからにはもう少しなにかあるとシャルロットは期待していた。だが、ジャンヌはほんとうにただの田舎の村娘だった。人々から《乙女》と呼ばれて熱烈に崇《あが》められているというが、そもそもまだ乙女にすらなっていなさそうだった。

一方、玉座から距離を置いてジャンヌの行動を心配そうに眺めていたフィリップは、半泣きになっていた。

（くすんくすん。この子はどうなってしまうのかしら。ラ・トレムイユに、ひどい扱いをしないようにお願いしないと）

シャルロットの影武者の背後に侍っている宰相ラ・トレムイユは、まっしぐらにこちらへ向かってくるジャンヌの笑顔を眺めながら、鼻で笑っていた。

（ふん。もしもこいつがほんものの聖女ならば、姫さまが説得されて抗戦を決意する危険もあった。だが、この娘を踊らせている首謀者はすでに逮捕して地下牢へと放り込んだ。モンモランシめ。いつもわたくしの邪魔をする。わたくしが貴様を姫さまに謁見させるとでも思ってい

たのか、愚か者め)

広間に詰めかけていた貴族たちはいっせいに、「偽者の姫太子に頭を下げたジャンヌ」を指さして笑う準備を整えていた。

(わたくしの別名は「拷問博士」。狙った者を確実に自白させ裁判で勝利を握るために、これまでありとあらゆる残虐な拷問方法を考案し実験し実践《じっせん》してきた。このような年端《としは》もいかない少女を拷問した経験はないが、いかなる手段を採ってでもこのいかがわしい聖女騒動の全容を自白させてやる。むろん首謀者のモンモランシ、貴様は死刑だ。フランスを亡国の道に引きずり込む抗戦派の詐欺師め――)

※

「ぴえええええ。人間さん、人間さん。ここに来てはダメでちゅ」

「拷問道具の実験材料にされるでちゅ」

「早く逃げるでちゅ」

地下牢のいちばん奥の部屋へ連行されていく途中、通路の左右に無数の小部屋がもうけられていて、そこにはフェイ族の妖精たちが大量に詰め込まれていた。

「シノンの妖精族は狩り尽くされたと思っていたが、お前ら、どうして地下牢に?」

「おそろしい宰相さんが、わたしたちを拷問道具開発の材料に……」

「拷問の実験に使うんでちゅう。わたしたちフェイ族は番《つがい》も交尾も必要とせず単体で子を産むでちゅ。だから無理矢理繁殖させられて、何代も何代も殺され続けているでちゅ」

「宰相って、あのラ・トレムイユの野郎か？　あの野郎、まだ妖精族を拷問する趣味を捨ててねえのか」

「肉体的な苦痛を与える方法はやり尽くしたらしく、今では親に子を殺させたり、間引いたり、精神的な苦痛をどれだけ与えられるかを実験しているでちゅ」

「ひでえ話だ。だが、お前らの女王もシノンに来ている。絶望するんじゃねえぞ！」

モンモランシはフェイたちとの会話を遮られ、突き当たりの奥の部屋に放り込まれた。

そこで幽閉《ゆうへい》されたモンモランシを待っていた者は、意外な相手だった。

「リッシュモン!?　お前、どうして地下牢なんかに捕らわれて」

「きみは、もしかして……モンモランシなのか？」

「お、おう」

「いったいどうしたんだ、そのうさんくさいとんがり帽子と黒マントは。髪ぐらい切ったらどうなんだ？」

そう。

ラ・トレムイユの陰謀によって失脚《しっきゃく》し、宮廷追放の立場に追いやられていたリッシュモンが、一足先に投獄されていたのだ。

「リッシュモン。お前こそ、宮廷から追放されたんじゃなかったのか？」

「そうだ。しかし《乙女》ジャンヌという聖女がシノンにやってきて、シャルロットに抗戦を訴えるという噂でもちきりだったからな。私も協力できればと思って、今朝、危険を冒してシノン城に潜入しようとしたんだ。だが、ラ・トレムイユの警戒網は完璧だった……結局、私は自分から罠に飛び込んでしまったらしい。きみこそ、どうしてここに？」

「ジャンヌの兄になりすまして、シャルロットにオルレアン解放を訴えに来たのは俺なんだよ。まさか、最初からバレていただなんて。ラ・トレムイユを甘く見ていたかもな。あいつの臆病さに裏打ちされた用心深さはただもんじゃねえ」

「な、なんだって？　きみが、ジャンヌとかいう羊飼いの子供を操っていたのか？」

「操るとか言うなよ。俺とジャンヌは一心同体というか、離れられないコンビみてえなものだ。血のつながりはないが、兄と妹だと考えてくれ」

「むっ。きみは錬金術《アルシミー》で身を持ち崩して廃嫡されたんだろう。いつの間に、そんなあやしい預言者もどきになってしまったんだ。情けない。きみは生きている限り堕落しっぱなしだな……もういっそこの場で、私が殺してあげたほうがいいのだろうか……」

「地下牢で囚人同士殺し合っている場合じゃねえ。ここから脱出するすべを考えないと」

「……そうだな。それに、妖精たちも解放しないと。妖精族を地下牢で繁殖させて拷問の研究材料にしているなんて、信じがたい悪趣味だぞ」

「ジャンヌだって危ない。和平を強力に推《お》し進めているラ・トレムイユにとって、シャルロットに抗戦を訴えに来たジャンヌは始末するべき政敵だ。ジャンヌの背後にいる兄の正体が俺だと知れている以上、あいつはジャンヌにも容赦しねえ。妖精族だろうが子供だろうが、お構いなしだ」

リッシュモンが「むうっ」と頬を膨らませた。七年ぶりに見るふくれっ面《つら》だと気づくと同時に、モンモランシの鼻の奥がつんと痛くなった。

「少し待て、モンモランシ。さっきからジャンヌ、ジャンヌとしつこいぞ。少しは私のことも心配したらどうなのだ！　アザンクールで敗れてイングランド軍に人質として囚《とら》われて以来、私がどんな目に遭《あ》ってきたか、気にならないのか？」

「フランスに帰国して以来、会ってくれなかっただろう。いきなり俺に絶縁状を突きつけてきてそれきりだったじゃないか」

「あ、あの時は、きみが私を助けに来ないどころか、ずっと錬金術に没頭して完全なダメ人間になっていたと知ったから激怒しただけだ！　なぜ私のもとに駆けつけて、土下座して許しを請《こ》わなかった！」

「誤解なんだよ。俺は、イングランドに囚われたお前を救いに行くために錬金術の実験を続けていたんだぜ。ほんの数カ月工房に籠もっていたつもりが、気がつけば七年も経《た》ってしまっていたんだ。残酷な現実の世界から目をそらすために工房に籠もっていたと言われれば、その通りだと謝るしかないが、どうも俺は工房に入ると時間の感覚を失ってしまうようなんだ」

「ふうん。そうだな……きみは日頃はぼんやりしているが、いったん集中すると、時間の経過を忘れて作業に没頭できる才能がある。きみなりに努力はしていた、と認めてあげてもいいな。

もっとも、成果はなかったみたいだが！」

リッシュモンはまだかなり怒っているが、どうにか最悪の誤解は解けたらしい。モンモランシは安堵《あんど》のため息をついた。とはいえ、安堵していられるような状況ではないのだが。

「なあリッシュモン。お前はイングランドから戻ってきてから、以前よりも他人に心を開かなくなったと聞くぜ。フランス宮廷でも、かたっぱしから男貴族たちの不正を暴き立てて政敵を作りまくったんだろう？　それでお前は失脚したんだぜ？　もともとお前は高貴すぎて余人には近寄りがたいところがあるんだ、ちょっとは丸くなれよ」

「うるさいぞモンモランシ。丸くなっている場合ではないんだ。なにもかも、イングランド軍を撃ち破るためだ！」

「せっかくフランス軍元帥になれたってのに、どうしてあんなに揉《も》め事を起こしたんだよ。イングランドでいったいなにがあった？　そりゃ敵国での人質生活を経験し、しかも心ならずもイングランド王に忠誠を誓わされていたんだ、気分の良いものじゃなかっただろうが……しかし、兵士に乱暴されたりはしなかったはずだ。お前は仮にもブルターニュ公国の姫だ。しかもお前のお母上は、先々代のイングランド王・ヘンリー四世の后じゃないか。お前をアザンクールの戦いで捕らえたヘンリー五世の父親だぜ。つまりお前は先代イングランド王ヘンリー五世の義理の妹だ。人質とはいえ特別な身分だったんだ」

「……それでも私は、戦争に敗れて捕らえられた人質だったのだぞ……」

リッシュモンは不意に唇を嚙みしめて、顔を覆っていた。

細い肩が、小刻みに震えている。感情を抑えられなくなったらしい。

モンモランシは、リッシュモンの肩をそっと抱いて「ごめん。無神経な言い方だったな」と謝っていた。

リッシュモンの尖った胸が自分の胸板に当たった時に、気づいた。

（あのリッシュモンの胸が、会わないうちにずいぶんと膨らんだもんだ。子供の頃は少年だか少女だかわからないようなところがあったけれど、こいつ、すっかり年頃の乙女なんだな……やはり、イングランドで辛《つら》い目にあったのだろうか……）

リッシュモンは、モンモランシの胸に顔を埋めて、泣き声を漏らした。

「私は、ただの『騎士《シュヴァリエ》』になりたかったんだ。姫騎士《シュヴァリエール》になんてなりたくなかった。イングランドに囚われているうちに身体が成長して……イングランド王室の人間である私に実際に乱暴を働くような無謀な者は滅多《めった》にいなかった。その代わりに私は次々と、イングランドの男どもに言い寄られた。何度か、貞操の危機に陥《おちい》りかけたこともあった。やつらは私を騎士として扱おうとせずに……いやらしい目で私の身体を眺めまわして……『お前の母親は夫のブルターニュ公を失ったらすぐにわれらイングランドの王に走った女だ。お前だって同じだ』と……私は彼らに、ずっと侮《あなど》られていた。それが悔しかったんだ」

「そっか。だが、言葉で侮られただけなら、問題ない。言葉だけならな。忘れろ」

「……しかし私は……せっかくイングランドで再会できたというのに、母上を救えなかった」

「救えなかった⁉」

「母上は魔女の嫌疑をかけられて、幽閉されていたんだ」

「なんだって？」

「ヘンリー五世は、母上の子ではない。ブルターニュからのこのことやってきてイングランド王妃の座を奪い取った私の母上を、内心で憎んでいたんだ。ヘンリー四世が死んで王位を継承すると同時に、ヘンリー五世は私の母上をロンドン塔に幽閉していたんだ……」

リッシュモンは、イングランドでの忌まわしい過去を、打ち明けていた――。


アザンクールの戦いに敗れ、従弟《いとこ》のアランソンたちとともにロンドンへ送られたリッシュモンは、母に会わせてほしい、とイングランド王ヘンリー五世に要求した。

ヘンリー五世は、獅子《しし》のような体軀を持った若い王だった。

彼はたしかに一代の英雄だった。自分の若さと戦争の才能、そして家臣を弁舌《べんぜつ》の才でひきつけ鼓舞する統率力を鼻にかけていた。アザンクールでフランス軍を壊滅させ、オルレアン公シャルルをはじめとする名だたるフランスの貴族を捕らえ、事実上フランスを手に入れた彼は、まさしく得意の絶頂にいた。

「ようこそリッシュモン。そなたの母はわが義母《はは》でもある。義母上はしかし、わが父ヘンリー四世を病で失った衝撃で、魔女になられた。まじないを用いて、このヘンリー五世を、余を呪い殺そうとはかったのだ」

「まさか？　そんな愚かなことを母がするはずがない。あなたが陰謀にはめたのだろう」

「はっきり言えば、そうだ。だがわが義妹《いもうと》リッシュモン。そなたも余も同じではないか。そなたも、あの女の不埒《ふらち》さを憎んでいたのだろう？　余も同じことだ。余を産んだ母に注いできた愛情を忘れ、わが父は子連れのブルターニュ女に乗り換えた。フランスの王権を奪い取るために、ブルターニュを併合しようとしたのだよ。余に言わせれば、あれは汚い政略結婚だ。純粋な愛とは言えないな。余はむしろ、そなたを尊敬している。イングランドにブルターニュを併合させたりはしない、と母の手を振り切ってブルターニュにとどまったそなたを」

ブルターニュはいずれ余が自ら戦争を仕掛けて併合する。パリを陥落させれば次はブルターニュだ。そなたの母はもう幽閉された塔から出ることはない。イングランド王からイングランド・フランス連合王国の王となり、そしていずれはヨーロッパを統一する皇帝となる余にとっては、あの女はもはや不必要な汚点にすぎない、とヘンリー五世は豪語した。

小さな島国イングランドの王が、ヨーロッパを統一？

リッシュモンはヘンリー五世の激しい野心にうちのめされ、フランス軍が彼に大敗したのも当然だ、傭兵頼みで軍規も装備も前時代的なフランス軍を改革しなければならない、と誓った。貴族たちが汚職を公然と行っている腐ったフランス宮廷も。なにもかもを刷新《さっしん》しなければならないと。

「わが義妹よ。いいとも、そなたの母に会わせてやろう。ただし、これからは余に忠誠を誓うのだ。ヘンリー五世の忠実な騎士となれ。そなたがわが片腕となれば、余は偉大なアーサー王の後継者になれる。もっとも、わが名は残念ながらヘンリー。アーサーの名を持つ者は、そなただがな――予言者どもは、そなたを殺せ、決して自由にするなと勧《すす》めてくる。イングランドを滅ぼす者は兄弟国ブルターニュから現れる。そして、その者の名はアーサー。そう信じられているのだよ。この予言が示している英雄は、そなたしかいない」

私にはそんな考えはない、ブルターニュが独立国として存続できればそれでいい、美しい祖国ブルターニュを、イングランドにもフランスにも干渉されない平和な国にしたいだけだ――リッシュモンはヘンリー五世にそう抗議したが、「ではなぜフランスに忠誠を誓う？　フランスはイングランドの敵ではないか。そなたが余の疑いを解くには、イングランドの騎士となるしかない」とはねのけられた。

リッシュモンは魔術も予言も錬金術も信じない。そのようなあやしげな予言など、彼女にはなんの関係もなかった。「ブルターニュ公国は、フランス王家に忠誠を誓うフランスの領邦国だ。だからフランスの騎士として戦っただけだ。予言など知らない」と訴えた。

しかし、リッシュモンは、どうしても母と会いたかった。可能ならば、幽閉された母を救いたかった。しかし、フランス王家に誓った忠誠を破棄してイングランドの騎士となれば、リッシュモンもまたあれほど非難した母と同じ裏切りの罪を犯すことになる。

リッシュモンは軟禁されながら、「母上に会いたい」という想いを押し殺して耐えた。

しかし、ヘンリー五世は再び兵を率いて大陸に渡り、パリを陥落させ、フランス王妃イザボーの娘キャサリンを妻とし、次期フランス王位の継承権を手に入れてしまった。

もう、フランス王家は滅びたも同然だった。かろうじて生き延びたあのシャルロットが南フランスに亡命政権を建てたと風の噂に聞いたが、ヘンリー五世の若さと野心とその才能に惚《ほ》れ込んだフランス王妃イザボーは、フランス王位をヘンリー五世に進んで明け渡そうと画策し、「シャルロットはフランス王の子ではなく不義の子」と宣言して、シャルロットには王位継承権がないと言い放ったのだ。

母上に裏切られ見捨てられたシャルロットの嘆《なげ》きと心の傷はどれほどだろう、とリッシュモンは遠くイングランドからシャルロットを想ったが、人質のままでは身動きが取れなかった。

誰かがイングランドと亡命フランス政権との間で折衝役を務めて、破滅の淵に立たされたシャルロットを救わなければならない。ヘンリー五世の義妹で、シャルロットの幼なじみでもあるリッシュモン以外に、適役はいなかった。やむを得ず、リッシュモンは義兄ヘンリー五世に忠誠を誓い、ヘンリー五世の騎士となった——。

「それでイングランドの騎士になったのか。そうだったのか。母上とは、会えたのか？」

「ああ……会えたが、救えなかった……」

リッシュモンと母との謁見は、ロンドン郊外にひっそりとそびえる古い塔の中で行われた。

あれほどに美しかった母が、まるで別人のように老い、やつれきっていた。

「そなたは私などと会うためにイングランドに忠誠を誓ったそうですね、リッシュモン。いけませんよ。時代から取り残された私のことなどもう、忘れなさい。あなたはもう年頃の乙女。

まるで蛹《さなぎ》から蝶に変わったように、ほんとうに美しくなった」

母のあまりの老いぶりに、リッシュモンは、言葉が出てこなかった。ブルターニュを捨ててイングランドへ渡った時、あれほど憎んだ母を、もう憎むことができない。

リッシュモンは無言で唇を噛みしめ、涙を流していた。

「イングランドとブルターニュは同じブリテン島から生まれた兄弟国。両国が統合されれば、イングランドとフランスの代理戦争の場として疲弊《ひへい》してきたブルターニュの政情も安定する。私はそう信じて、ヘンリー四世に賭けたのですが……リッシュモン。私には、そなたのその純粋さ、なにごとにもぶれないまっすぐさが、まぶしかった。イングランドの貴族たちは、ブルターニュからアルチュール王と同じ名を持つ英雄が現れてイングランドを討ち滅ぼすという予言に怯えています。いずれ、まばゆい軍才を開花させてヨーロッパ最高の騎士になるであろうそなたこそがその者だと信じられ、狙われることはわかっていました。まっすぐなそなたが、予言から与えられた自らの運命と徹底的に戦い抜くであろうことも。両国を一つに統合すれば、ブルターニュに平和が訪れるだけでなく、そなたを守れると思った。そなたを、戦場を駆け巡る英雄などにしたくはなかったの。英雄でなくていい。平和な家庭を築き、家族に囲まれた姫として、生きてほしかった。身分違いだけれども幼なじみのモンモランシちゃんを婿に迎えて、平凡だけども慎ましい幸せを、築いてもらいたかった」

リッシュモンはこの時ほど、自分の愚かさと短慮《たんりょ》を呪い後悔したことはなかった。

（母上は、呪わしい「予言」に縛られた私の将来を案じて、イングランドに渡ったのだ——だから、私をもイングランドへ連れていこうとしたのだ。母上ともっと、話し合っていれば）

リッシュモンはついに、母の前で言葉を発することができなかった。

いくら泣いても、涙が尽きることはなかった。

「もう、泣くのはおやめなさい。アルチュール・ド・リッシュモン。そなたはもう、イングランドとの戦いを運命づけられたブルターニュの英雄。騎士の国ブルターニュが生んだ戦争の天才。そなたはやはり、ヨーロッパ最高の騎士になるべくして生まれたのです。それがそなたの運命。私が止めても、そなたは自分の運命からは決して逃げださない。最後まで戦い続ける。自らの運命に勝利するその日まで。そうでしょう?」

母上をお救いするその日までイングランドと戦います、とリッシュモンは泣きながら心の中で母に向かって宣誓していた。

「ブルトン人の英雄、円卓の騎士を率いた王の中の王アルチュールは、湖の貴婦人から授けられた魔剣エスカリボールの神秘的な力に守護されていたといいます。アルチュール。エスカリボールは、イングランドではなく、そなたの祖国ブルターニュの森に隠されています。これは、ブルターニュ公家の人間だけに伝わる秘事。もしも戦場で追い詰められたら、エスカリボールを探し出して、そして使いなさい。並の王や騎士がエスカリボールを用いれば、その魔力に呪われて死ぬと言われています。だからこそ魔剣なのです。ですが、そなたならばきっと、使いこなすことができます」

リッシュモンがやむを得ず忠誠を誓ったヘンリー五世は、しかし、フランス王位を継ぐ直前に、唐突に死んだ。

ヘンリー五世がイザボーの娘キャサリンとの間にもうけた赤子・ヘンリー六世が、イングランド王位とフランス王位を継承したが、英雄にして征服王のヘンリー五世と赤子のヘンリー六世とではあまりにも差があった。このことがかえって、亡命政権を築いて南フランスから動かないシャルロットの立場を危機的にした。

ヘンリー五世の弟ベドフォード公という男が、ヘンリー五世が急死したのちもフランスに踏みとどまり、摂政《せっしょう》としてフランスのイングランド軍を指揮し続けていた。

このベドフォード公が「ヘンリー六世陛下が成長するまで、年月がかかる。一刻も早く目障《めざわ》りなシャルロット姫太子を討ち滅ぼしてしまわねばならない」とシャルロット追討軍を興《おこ》したのだ。

シャルロットとイングランドの間で和平協定を結ばせようと奔走《ほんそう》していたリッシュモンは、当然、ベドフォード公と対立した。

その夜、リッシュモンはパリで、ベドフォード公と二人きりの会談を開いた——。

埃《ほこり》まみれの骨董品で溢れかえった書斎の片隅で長椅子に寝そべり、黒色のガラスを用いてあつらえた特製の眼鏡を布で磨きながら、ベドフォード公はにやにやと壊れた笑顔を浮かべていた。

「ハハ。そう怒るな。美しい顔が台無しだ、リッチモンド卿《きょう》」

「リッチモンドではない。私は、あくまでもリッシュモンだ」

「わかったともリッシュモン卿。シャルロット姫太子には滅びていただかねばならない。わが死に構わずフランス全土をイングランド領とせよ、これが亡き兄の遺言なのでな。姫太子がスコットランドへ亡命しない限り、イングランド軍は手を休めない。オルレアンを陥落させる」

英雄ヘンリー五世の影となって常に目立たない立場にいたベドフォード公は、奇矯《ききょう》な魔術や錬金術、占星術《アストロジー》の類に精通した、奇妙な青年貴族だった。

どこか、人間ではない魔物のような、危険な香りのする男だった。

「オルレアンを攻撃するだって？　それは騎士道に反する。なぜならば、オルレアン公はアザンクールの戦いでイングランドの捕虜となり、今もなおロンドンで人質生活を送っている身だ。当主を人質に取っている町を、攻撃してはならない。それが騎士道精神。当主がいない町を攻めるなど、聞いたこともない。どうしてもオルレアンを攻めるならば、まずオルレアン公を解放すべきだ」

「リッシュモン卿。騎士道とかそういう過去の遺物はもう、われらイングランド軍にとってはどうでもいいのだよ。むしろ、唾棄《だき》すべき存在ではないか。フランス軍がイングランド軍に勝てない理由はなにかね？　そう。前時代的な騎士道精神だ。フランスの騎士はみな勇気だけを武器として、なにも考えずにイングランド軍が誇るロングボウ部隊めがけて突進してくる。突進して、射殺される。フランスの敗れ方は常に同じだ。騎士道精神に殉《じゅん》じて敗れ、国を滅ぼしても、それは崇高《すうこう》な精神を守り抜いたゆえの名誉だと本気で信じている。敗北する自分に酔っている。まったく馬鹿な連中だ。戦争には勝利と敗北しかなく、歴史は常に勝利者の歴史にすぎない。敗者は、歴史から退場していくのみだよ」

ブリテン島から逃げだした連中が建国したブルターニュではいざ知らず、度重《たびかさ》なるノルマン人やデーン人の侵略を受けながらもブリテン島に最後まで踏みとどまって戦い続けたイングランド人にとって、戦争とは「勝つ」ためにやる行為だ、それ以上でもそれ以下でもない。そしてイングランドはフランスを征服しなければならない、フランスはかつてノルマン・コンクエストという屈辱を味わわされた相手だからな。かつて自国を征服したフランスを支配し返した時はじめてイングランドはフランスやドイツと並ぶ正統な「国家」として独り立ちできるのだよ、とベドフォード公は笑った。

「むろん、それだけがこの八十年に及ぶ征服戦争の理由ではないがね。この先はイングランド王家の人間と《関係者》だけが触れていい秘密の話となる。そなたは立場こそわが義妹だが、そなたのお母上が魔女として幽閉されてしまった今となってはイングランド王家の人間とは言いがたい。そうだな、リッシュモン卿」

「私は今もヘンリー五世に忠誠を誓った騎士として働いている。わが母上を、いつ解放してくれるというのだ」

「さあな。兄はそなたとなにか約束をしていたのかもしれんが、私は知らない。聞いていない。そうだな、シャルロット姫太子の首でも獲《と》ってくれれば……」

「ふざけないでほしい」

「リッシュモン卿。私の妻にならないか」

「……なにを、言っている？」

「リッシュモン卿。そなたの母上はイングランド王家を惑わせた魔女として幽閉され、そなたはイングランドを滅ぼすためにブルターニュの地によみがえった伝説のアーサー王の再臨だと信じられている。アーサー王はブルターニュ遠征の途中で祖国ブリテン島の騎士たちに叛《そむ》かれ、破滅したのだからな。そなたの母上を解放するには、そなた自身にかけられた疑いを晴らす必要があるのだよ。兄がフランス王位を手に入れる直前に突然死んだのも、そなたの呪いが原因だと恐れる者までいる。まったく、つくづく人間というものは迷信深い」

「だから妻になれ、と言うのか。いったいなんのつもりだ。母上を籠絡《ろうらく》してブルターニュを奪おうとしたヘンリー四世の真似か。だがブルターニュ公の座は、私の兄ジャン五世が継いでいる。私を妻にしても、ブルターニュは手に入らないのだぞ」

「わからぬのかリッシュモン卿。愛だよ。愛だ。イングランドを滅ぼす英雄の予言など私にはどうでもいい。美しい金髪と青い瞳とくびれた腰とふくよかな乳房を持つ姫であり、かつ剣を取らせればかのランスロット卿にも勝るとも劣らないヨーロッパ最強の騎士。完璧だ。そなたは、パーフェクトだ。リッシュモン卿よ、私のものになるがいい。私は兄の遺志を継ぎ、これよりイングランドとフランスのすべてを支配し、十字軍を興す。いずれはドイツ、ローマ、エルサレムまでをわがものとする。私ならばできる。兄が犯した失敗は繰り返さない。リッシュモン卿。イングランド王家がその野望を果たすためには、そなたの持つ力が必要なのだよ」

「馬鹿な。もう言っていることが矛盾《むじゅん》しているではないか。愛と言いながら、私の力が目当てなのではないか！」

「矛盾などしていない。人間の愛とは独占欲の言い換えだ。万人に無償で捧げられる神の愛とは違う。そなたを義妹として扱い騎士として丁重に遇《ぐう》した兄は間違っていた。私は断固として、そなたと合体しなければならない。夫と妻として、一心同体の存在として、生きねばならない。これからは、そなたは私で、私はそなただ。そなたの望みは、すべてかなえてやろう」

リッシュモンは、拒否した。

断固として拒否した。

なぜ拒否したのか、リッシュモン自身にもよくわからなかった。イングランドの男どもが彼女の身体に絡《から》みつけてくるあのいやらしい欲望まみれの視線に辟易《へきえき》していたのかもしれないし、暴君ではあったが明朗な英傑《えいけつ》だった兄ヘンリー五世とは異なるベドフォード公の中に、なにか人間離れした薄暗くおぞましいものを見ていたからかもしれない。

幽閉されたあの塔で聞かされた母上の優しい言葉が、脳裏を駆け巡ったからかもしれない。

(英雄でなくていい。平和な家庭を築き、家族に囲まれた姫として、生きてほしかった。幼なじみのモンモランシちゃんを婿に迎えて、平凡だけども慎ましい幸せを、築いてもらいたかった)

この時、リッシュモンはこのような無礼な形で自分を穢《けが》そうとするベドフォード公を憎み、

イングランドの男たちを憎み、惰弱《だじゃく》なフランスの貴族たちを憎み、そしてこんなにみじめな目に遭っている自分を「助けに来てくれない」モンモランシを憎んでいた。いや、それ以上に、モンモランシにただ一言「私を助けて」とどうしても言いだせない、自分自身の尊大さを――。

リッシュモンは、しかし、ベドフォード公に穢される運命を拒《こば》んだ。それだけは、絶対に、嫌だった。今こそイングランドから逃亡しようと、決めた。「裏切りの騎士」と罵《ののし》られても構わない。抵抗するリッシュモンを押し倒してのしかかってきたベドフォード公の股間を蹴り上げてその身体を突き飛ばし、集結してきた衛兵たちを次々と斬り伏せ、夜陰に乗じてパリを脱出してイングランドを捨てた。

突発的な逃避行だった。母や従弟のアランソンを置き去りにしていくことに後ろ髪を引かれたが、こうなってしまった以上は二度とイングランドに戻らない、と決意した。私が忠誠を誓ったヘンリー五世はもう死んだ、私はブルターニュに戻りフランス王家の騎士として復帰する、とリッシュモンは宣言した――。


辛かった過去を語り終えた時、いつしか大粒の涙を流していたリッシュモンはやっと泣きやんでいた。モンモランシは、リッシュモンの金色の髪を撫でながら、「もうだいじょうぶだ。ベドフォード公なんかには指一本触れさせない。よくがんばったな」と囁き続けた。リッシュモンは無言でそんなモンモランシの背中に腕を回して、固く抱きしめてきた。

「……ずっと待っていたんだ。モンモランシ……私を救い出してくれる人は、きみだと、信じていた。それなのにずっと私を待たせて、きみは酷《ひど》い男だ。地下牢での再会になるとは思っていなかった……でも、どこでだっていいんだ。必ず生きて戻ると、きみと約束した。だからこそ私は、あらゆる恥辱《ちじょく》と悲しみに耐えられた。そして、こうして会えたのだから」

リッシュモンの身体は、柔らかくて熱かった。騎士養成学校時代の、少年のようだったリッシュモンの身体つきとは、まるで違っていた。本人がどれほど拒否しようとも、日々成長していく身体。多くの男たちが彼女の身体に向けてきた欲望の視線。イングランド王家の人間とはいえ人質の身分に落とされて、いつ何時《なんどき》襲われるかわからないイングランドでの生活。そして、錬金工房に消えたモンモランシ。自分のような頼りない幼なじみをずっと信じて待ち続けてくれたリッシュモンが、いとおしかった。

このままリッシュモンを抱きしめ続けていたい、とモンモランシは願った。今までに感じたことのないほどの、激しい衝動だった。ベーゼを交わせば否応《いやおう》なしに相手にエリクシルを飲ませてしまうというこの身体の制約さえなければ、モンモランシはこの時きっとリッシュモンの唇にベーゼしていただろう。

「……お前が俺に絶縁状を送ってきた理由も、俺と再会した時にあんなに激怒していた理由も、わかった。俺が悪かったよ。どれほど錬成作業を重ねても、エリクシルが完成してくれなかったんだ」

「ふふ。きみは錬金術師としてもダメなんだな。モンモランシらしい」

「女の子が成長して美しくなるってことも、たいへんなんだな。胸がでかくなったよなお前。

メロンみてえな胸を誇るラ・イルとは形が違うが、聖堂のドームのように尖っていて、梨か林《りん》檎《ご》くらいの大きさはある。騎士養成学校に通っていた頃のお前の胸なんて、さくらんぼうみたいだったのに」

だから男はそういうことを言うから嫌いなのだ、と頬をつねられた。

「試練はイングランドで終わりではなかった。フランス宮廷に舞い戻ってからも、同じような目にあったんだぞ。私にいかがわしいことをしようとした貴族どもは、かたっぱしから粛清した。いちいちベドフォード公に襲われかけた記憶がよみがえって、耐えられなかったのだ。その結果、気がつけば宮廷は私の政敵だらけになっていた……」

「要は、かわいさあまって憎さ百倍ってやつか。綺麗になったもんなあ。昔は男の子みたいだったのに、今のお前はまるで咲き誇る薔薇《ばら》の花のように香《かぐわ》しくて、眩《まぶ》しい」

リッシュモンは、「お、幼なじみの、き、きみにそんなふうに容姿を褒《ほ》められると、恥ずかしいな。あ、あまりじろじろ見ないでくれ。照れるだろう」と目を泳がせながら、モンモランシの胸に顔を埋めた。

「追い詰められた私は、気がつけばラ・トレムイユの罠にはまって宮廷から追放されていた。あいつはなぜか女の子に興味を抱かない男だから、無害だと油断していたんだ。ラ・トレムイユにはフランス王家を滅ぼす意図はないが、イングランドに勝つつもりもない。フランスとイングランドの両国の間を駆け引きによって渡りきり、ブルゴーニュ公国の独立を支援するつもりなんだ。三国を鼎立《ていりつ》させることで戦争をなし崩し的に終わらせるつもりらしい」

「その方法論では戦争は終わらないだろうな、八十年も仏英は戦争してるんだ。八十年分のお互いの感情ってのがある。決着をつけるまでは収まりがつくもんか。政治屋が都合良く考えるようには、世界は動かねえ」

「ああ。彼のフランス分割路線を採《と》ればフランス王家は南フランスへと追い詰められ、いずれイングランドとブルゴーニュによって解体されてしまう。私は《乙女》ジャンヌが現れた今こそ、シャルロットのもとにはせ参じて抗戦を説くべき最後の機会だと思って飛び込んだんだ。だが……」

「ラ・トレムイユの思うつぼだった、ってことか。あいつはほんとうに厄介だ。戦争の役にはまるで立たないのに、内部抗争には長《た》けている」

「ところでモンモランシ。きみはジャンヌとどういう関係なんだ。天使からフランスを救えと命じられた《乙女》とは、いったいなんなのだ。きみが凝《こ》っていた錬金術と関連があるのか？」

「ああ。話せば長くなるので、かいつまんで説明する」

モンモランシは、カトリーヌとの新婚初夜に実家を飛びだしてからジャンヌに出会い、賢者の石の力を得たジャンヌに仏英戦争終結の希望を見いだしてシノンを目指した経緯《いきさつ》を手短に教えた。

ジャンヌにエリクシルを補給する方法が「べーゼ」だ、という秘密を明かすと同時に、「きききみは、子供相手になんといやらしいことを！」と頬を赤く染めたリッシュモンに悲鳴をあげられてしまった。

「べーぜったってそういう意味じゃないんだ、リッシュモン！」

「きみはもう俗世への興味を失って、魔術の世界に魂を奪われてしまったのだと思っていたのに。幼なじみの私を放置して、子供に夢中になっていただなんて！　きみにはつくづく幻滅したぞモンモランシ！」

「蔑《さげす》むような目で見ないでくれ。全部、偶然だよ。実家を飛びだして異端審問軍団に追われはじめた頃は、ただただ逃げるので精一杯だった。放浪しながらもエリクシルを完成させようとあがいたのは、ただの意地さ。お前はもう自力でイングランドから帰還していたし、俺は実家を捨ててカトリーヌのもとから逃げだしたしで、もうエリクシルを作る意味なんてなかったからな」

「普通ならそこで人生終了だぞ。きみは意外と悪運が強いな」

「まあな。とにかくエリクシルは妙な形で完成しちまった。ジャンヌに、賢者の石を与えた。で、ずっと子供のまま老いないユリスになってしまったジャンヌを異端審問軍団に狩らせない方法を考えていたら、こうなっていた。ジャンヌが異端として狩られることなく堂々と生き延びるには、救国の英雄、《乙女》になるしかなかったんだ」

　私には戦争の才はあると自負しているが、政治力はさっぱりだ。自尊心が高すぎるし、自分にも他人にも厳しく、ひどく短気で、人を説得する交渉力に欠けている。だがモンモランシ、きみには宰相の才があるのかもしれない。きみはとても優しいからな、とリッシュモンはつぶやいていた。

「だがモンモランシ。事態は切迫《せっぱく》している。ラ・トレムイユはジャンヌを見逃さないぞ。あの男は戦争は苦手だが、政敵を葬る技術は一流だ。大勢の刺客や間者を抱えている。ジャンヌを救出しに行かないといけない」

「そうだな。だがまず、俺たちがこの地下牢から逃げださなくちゃなぁ」

「……待ってくれ……足音が……足音に混じって妙な金属音が……」

ラ・トレムイユお抱えの拷問官どもだ。俺たちから自白を取るためにこの地下牢で拷問をはじめるつもりだ、とモンモランシはリッシュモンの肩を抱きしめながらうめいていた。

「参ったな。もうしばらくは放置してくれると甘く考えていた。悪いがリッシュモン、ユリスになって暴れてくれないか？　お前はもうこれ以上胸を成長させる必要もねえだろう？」

「冗談だろう!?　そのような理由できみとベーゼを交わすなんて絶対に嫌だ。しかも半分に割った賢者の石を飲めば、ユリスになるたびにエリクシルを補給しなければならないのだろう。そんな恥辱を受け続けるなら、死んだほうがましだぞ！」

「その気持ちはわかるが、他に方法がない」

「……違う。モンモランシ、きみは私の気持ちなんて、なにもわかってない。相変わらず、肝心の場面では鈍感だな……さっきの抱擁《ほうよう》はなんだったのだ？　感極まった私が馬鹿みたいじゃないか！」

「まずいぞ。どんどん足音が接近してくる。とにかく頼むぜ！」

「いやだ。絶対に、頼まれない。きみが土下座して私の靴の裏を舐《な》めても、断る」

「そう言わずに！　靴の裏くらいならいくらでも舐めるからさ！」

「ち、違う。今のは言葉の綾《あや》だ。私はそんなことは求めていない！　モンモランシ……私と生涯にわたってベーゼを交わす関係になろうというのならば、必要な言葉があるだろう？　その言葉さえ口にしてくれれば私は……って、なぜ私を無視してよそ見しているのだ!?　きみという男は！」

「あ、あれっ？　ない？　賢者の石の片割れがない？　しまった、アスタロトに預けていたんだった！」

「うん？　アスタロトとは、噂の羽つき妖精か。いつもきみと一緒だったんじゃないのか」

「ちょっとした理由があってな。だがそろそろ来てもらわなきゃ困る。おおいアスタロト！　お前に飼われている奴隷が危機に陥っているんだぞ、出てこい！　賢者の石を渡せえええええええ！」

※

広間に詰めかけていた貴族たちの多くは、「偽者の姫太子に頭を下げたジャンヌ」を指さして笑うつもりだった。だが、できなかった。

ジャンヌが絨毯の中央で不意に立ち止まって、宮廷中をきょろきょろと見回しはじめたからだった。

ジャンヌは、自分を笑いものにしようとする陰謀が渦巻くこの広間に、いきなりなにかの徴《しるし》を見つけたらしい。

「……え、ええと……ど、どこだろう？」

探している？

明らかにジャンヌは、玉座に座っている替え玉ではなく、広間のどこかに意地悪く隠れているほんもののシャルロットを探していた！

貴族たちはどよめいた。

ラ・トレムイユの顔は青ざめ、フィリップは驚きに目を見開いていた。

「……あーっ！　わかった！　あなたが、姫太子さまだね！」

ジャンヌは、貴族たちの中に質素な身なりで隠れていたシャルロットのもとへと駆け寄って、深々とお辞儀をしたのだ。

「どうして玉座に違う人がいるのかなと焦《あせ》っちゃった！　はじめまして姫太子さま。わたしが、ジャンヌだよ。ドンレミ村から来たの！　姫太子さまをランスへ連れていって、戴冠《たいかん》してもらうために！」

つい最近まで辺境の村で羊を飼っていた田舎娘が、姫太子の顔かたちを知っているはずがない！

ほんものの聖女だ！　と、貴族たちが叫び声をあげていた。

このいたずらを見破られたシャルロットも、すっかり当惑《とうわく》していた。

「え？　え？　どうして。どうしてシャルのこと、わかったの？」

「んーとね。それは……あっ、そうそう。秘密なの！」

「ひ、秘密ぅ？」

「でもね。玉座の上にいる子が別人だということはちゃんと途中で気づいたよ！　だって、姫太子さまは身体は痩せているけれどラ・イルよりももっと胸が大きい女の子だって、前もってモンモランシから聞いていたから！」

「なにその姫太子の見分け方？　即物的すぎ！　って、ちょっと待って。モンモランシって、誰なの？　まさか……あいつなのかな……？」

「モンモランシはわたしのお兄ちゃんだよ！」

「ジャンヌのお兄さんなんだ。じゃあ、あいつとは別人だね」

「さっきまで一緒だったんだけど、どこに行っちゃったのかなあ……あ、そうだ、姫太子さまと二人きりでお話ししなくちゃ！　ここじゃ人が多すぎてちょっと話せないことがあるんだよね！　姫太子さまにだけ明かしなさいってモンモランシに言われている、秘密のお話！」

「ふうん、《乙女》の秘密？　へぇ～。面白そうじゃない」

いけません姫さま！　と、ラ・トレムイユが青白い顔をますます青くして飛んできた。

「たかが村娘が姫さまのお姿を知っているのは妙です。二人きりになるなど論外。イングランドが放った刺客だったらなんとします？」

「えーでも。どうやってシャルの正体を見破ったか、その謎を知りたいしい。この子はシャルが準備した罠を突破したんだから、ご褒美《ほうび》をあげるのは当然じゃん？　おいでジャンヌ。シャルの寝室に案内してあげる。特別よ」

「姫さま！　こやつは魔女です。姫さまの正体を見破ったのも魔術《マジー》を使ったのでしょう。二人きりになれば、魔術を用いられて洗脳されるかもしれません！　今ここで、イングランドに抗戦する、などと心変わりされてはすべてが台無しです」

「魔女なわけないじゃん。子供じゃん。っていうか魔女だったらもっと面白いしぃ」

「やったあ！　ありがとう！　うわあ、いちど見てみたかったんだ。姫太子さまの寝室！　姫太子さまの寝室！」

「その代わり！　どうやってシャルを見分けたか、秘密について教えてよ？」

「うんっ。他の人には内緒だよ？」

ジャンヌは、屈託《くったく》なくシャルロットの白い手をにぎりしめて、シャルロットの寝室を目指して赤い絨毯の上を駆けていった。

どう見てもまだ子供だけれど、もしかしてほんものの聖女かも？

姫太子さまをランスで戴冠させる、ですって？

でもこの大勢の人間の中から、ほんものの姫太子さまを見つけた。

これは奇跡。神から授けられた聖女の特別な力！

もしかしたら、もしかするのか？

敗戦ムードに包まれてどんよりしていた貴族たちの目に、希望の光がともりはじめていた。

予想外の成り行きを前に、ラ・トレムイユは歯ぎしりした。

戦意を喪失したシャルロットを説き伏せてブルゴーニュ公国を独立させ、イングランドを含めた三国間で和平条約を締結するというラ・トレムイユの目算が、ジャンヌの出現によって大きく狂ってきていることは明らかだった。

「くっ。きっと姫さまはあの娘の言葉に影響されて抗戦を唱えはじめるだろう。かくなる上は、少々荒っぽいやり口だが非常手段に訴えるしかない。ジャンヌも、あの田舎娘を担ぎ上げて舞い戻ってきたモンモランシも、そしてわが罠にかかったリッシュモンも——暗殺する——！」

※

シャルロットの寝室は意外にも手狭だった。

シノン城は亡命先の仮宮廷なので、これ以上広い部屋を確保するのは難しかったらしい。

「ジャンヌ。内側からこの大きな門《かんぬき》をかけておけば、誰も入ってこられないよ。もう安全」

ただでも狭い部屋なのに、シャルロットがたいせつにしているぬいぐるみや人形が部屋の壁を埋め尽くすように大量に飾られているから、いよいよ狭く感じられる。

本来ならあるべき窓もない。窓があった部分は侵入者を防ぐために煉瓦《れんが》で覆われ、さらにその煉瓦の壁を隠すようにぬいぐるみが積み上げられている。

「ぬいぐるみだ！　いっぱいいるね！　みんなかわいい～」

「シャルのお友達なの。シャルってほら、とても厄介な立場でしょ。裏切られたり暗殺されそうになったり居城から逃げだしたりで、なかなか人間のお友達が作れないから、気がつけばぬいぐるみがいっぱい増えちゃった～。ほら見て。あの、シャルよりも大きな体の熊さんはアンジュー。たった今届いたばかりの特注品だよ！」

「すごい！　わたしのお父さんくらい大きい！」

「こっちの小さい子はアムール。天井にぶらさがっている羽つきの子はガブリエル……みんなただの、物言わぬぬいぐるみだけどね」

「そんなことないよ。ぬいぐるみにも魂はあるはずだから。毎日話しかけていれば、いつか心が通じるよ！　わたしの村の妖精さんたちだって、最初はそっけなかったけどがんばってるうちに仲良くなってくれたよ？」

「ジャンヌって、ほんとに子供ね。妖精族とつきあってるの？　教会の司教さまたちに知れたら面倒だよぉ？」

「そういえばシノン城には妖精さんがいないね？」

「城に入ってきた野良妖精は、宰相のラ・トレムイユが見つけ次第全部捕獲して、地下牢へ連れていっちゃうの。敵方に餌付けされている諜報《ちょうほう》係かもしれないからって」

「ええ……地下牢で妖精さんとなにしてるんだろ……？」

「うーん。シャルは地下には入れてもらえないから、わかんない。黒死病のような恐ろしい病気に感染する恐れがある不衛生な場所だからって」

「えええ。気になっちゃうね〜。ところで姫太子さま、あのおじさんの肖像画は？　かわいい部屋にぽつんと、いかついおじさんの絵が一枚飾ってあって、目立つね！」

そう。

愛らしいシャルロットの寝室に、なぜか、猛犬のようなごつい形相をした暑苦しい男騎士の肖像画があった。

「この人はね、ベルトラン・デュ・ゲクラン。知ってる？」

「えーとね。知らない！」

「知らないんだ。もう死んじゃったけれど、仏英戦争の有名な英雄じゃん」

「たぶん、わたしが生まれる前の時代の人なんだね」

「ええ、そうよ。ほんとうならフランス王家はとっくにイングランド軍に負けて滅ぼされていたはずだったんだよ？　フランスの貴族どもは時代錯誤な騎士道精神にかぶれているから、とにかく格好をつけることに夢中でいざ戦争となるとまるで無能なの。でも、このブルターニュの騎士デュ・ゲクランは例外。この通り見た目は醜悪で性格も下品で女人に愛されない、しかも貧乏な無名の騎士だったんだけど、それでも戦の天才だったの。わがフランス王家に尽くしてくれてイングランド軍を打ち破りまくったんだから！　デュ・ゲクランのおかげで、フランス王家はかろうじて今も存続できているわけ。シャルも子供の頃は『犬みたいな顔してるなー』って思ってたんだけど、こうして姫太子になってみてやっとデュ・ゲクランの偉大さがわかったの」

「たしかに。犬さんみたいな顔してるね、あはは。かわいいね」

「ま、デュ・ゲクランがイングランドから奪い返した土地は、結局そのあと全部取り戻されちゃったけどぉ。いつか、伝統あるブルトン人騎士の国ブルターニュから第二のデュ・ゲクランが現れてシャルを助けてくれるかもしれない。そして、そのまだ見ぬ騎士こそ、シャルの運命の殿方……なーんて少し前までは信じてたんだけどね。結局、夢にすぎなかったよ。そんな都合のいい殿方、いるわけないよね～」

シャルロットは一面では幼い頃からフランス王家のごたごたに巻き込まれてきたために現実に冷め切っているところもあるが、もう一面では夢見がちな、騎士物語をこよなく愛する少女になっていた。

なによりも、デュ・ゲクランが「フランスの未来のために」とパリに創設した騎士養成学校での思い出だけが、陰謀と暗殺と戦争と裏切りに傷つけられてきたシャルロットにとっては光り輝いていた。

「うーん。たしかにこんな個性的な顔の男の人はなかなか見つからないよね！」

「いや顔の話じゃなくって。まあいいか。物語と現実は違うってことくらい、シャルだってていやと言うほどわかってるし……はあ」

「ブルターニュの騎士なら、リッシュモンさまが実力あるってラ・イルが言ってたよ？」

「あいつは融通《ゆうずう》が利かない性格で政敵を作りまくって失脚しちゃったし。自分が絶対に正しいと信じていてああだこうだと小うるさいしいちいち態度が偉そうだからシャルも嫌い！」

「ええ、そうなんだ。うーん。モンモランシもブルターニュ出身だけど、錬金術師さんだしね」

「え？　モンモランシって、ジャンヌのお兄さんじゃなかったっけ？」

「モンモランシはラ・イルと一緒に、わたしをシノンに連れてきてくれた親切な旅の錬金術師さんなんだよ。ずっと独身を守ってくれて、兄としてわたしと一緒にいてくれるって誓ってくれたんだよっ！」

「ふうん？　それじゃそいつは、ジャンヌの実のお兄さんじゃないんだね。ずっと一緒にって言いながら、今ジャンヌの隣にいないじゃん。うさんくさい男ね……もしかして……」

「うう。そうなんだよね。どこに行ったんだろうね、ほんと？」

「それよりもジャンヌ。二人きりになったら、思いっきり秘密を明かしてくれるんでしょ？　どんな秘密なの？　シャルを退屈させないでよね」

そうだった、ぬいぐるみと肖像画に夢中になっちゃった、とジャンヌが笑った。

「まず、どうしてほんものの姫太子さまがわかったか、なんだけど」

シャルロットの耳元に唇を寄せて、妖精さんが教えてくれたんだよ、とジャンヌはこっそり打ち明けた。

「モンモランシが飼っている羽つき妖精さんがね、広間に入り込んでいたの。で、玉座の上まで飛んできてとっさに『こいつは偽者よ』と身振り手振りで教えてくれたの！　そして親切な羽つき妖精さんはそのまま、姫太子さまの頭の上へ飛んでいって『こいつがほんものよ』って」

「そうだったの？　ジャンヌは、妖精族と親しすぎるんじゃない？　羽つき妖精なんて今まで見たことがないけど。だいいち羽つき妖精って人間よりも自分のほうが偉いって信じているんでしょう。人間のために働くとは思えないんだけど。飼えるものなの？」

「うん。モンモランシが飼ってるの。モンモランシが羽つきさんに飼われてるって説もあるけどね！」

「ちょ、ちょっと待って。羽つき妖精を飼っている錬金術師モンモランシって、まさか……まさかね。思い過ごしよね。あいつが、シャルを救いに駆けつけてきてくれるわけないし。何年も工房に閉じこもっていたかと思ったら、いきなりどこかへ消えちゃって。ほんと、わけわかんないやつ……そうだよ。あいつがシャルの騎士さまのわけがないよ……」

ジャンヌが「？？？」と不思議そうにシャルロットの顔を眺めている。

「どうしたの、シャルロット？」

「な、なんでもないの。それで、ジャンヌのもう一つの秘密って？　やっぱり妖精族がらみ？」

「これはほんとに秘密なんだよ。神父さまたちに知られたら危ないんだって。わたしね、錬金術の宝具『賢者の石』を持ってるの。お腹の中にあるよ。この石の力があるから、わたしみたいな小さな子供でもイングランド軍と戦えるんだよ！　力を使えるのは、三分間くらいなんだけどね」

「賢者の石？　まさか。今まで宮廷に大勢の錬金術師が押しかけてきて賢者の石やエリクシルと称する宝具を売りつけてきたけれど、全部偽物《にせもの》だったわ」

「ほんものなの。ただし、ばれちゃったら異端審問されかねないから、わたしと姫太子さまだけの秘密だよ？」

「ほんとう？　お腹の中にしまってるなら、観《み》られないじゃん」

「取り出したら死んじゃうから出せないんだけど、でもお腹に触ればわかるよ！」

えっ？　と戸惑っているシャルロットの手を摑んで、自分のお腹に触らせた。

「ちょ、ちょっと。ジャンヌ」

「しーっ。耳を澄ませないと、聞こえないよ」

「あ……ほんとうだわ。心臓の鼓動と別に、もうひとつ、音が刻まれているわ。ジャンヌの身体の奥から」

「賢者の石は生きているんだって。自分ではもう慣れちゃったから気づけなくなったけれど、お腹の中で石が小さな音を刻んでいるんだよ」

「……きれいなお腹ね。赤ちゃんみたい」

「わたし、村で傭兵さんに刺されて大怪我したんだけど、その時にモンモランシから賢者の石をもらっちゃった。ほんとうは口から飲み込むものなんだけど、飲み込んでももう助からないからって、強引にお腹の傷口から押し込まれたんだよ。ひどいよねー。でも、それで傷もきれいに治っちゃった！」

しばらくの間、ジャンヌのお腹を撫でながら「ほんものの賢者の石なのね」とつぶやいていたシャルロットだったが、その表情は次第に曇ってきた。

シャルロットがいくら夢を見ようとしても、いつだって現実に引き戻される。

騎士道物語《ロマンス》も、賢者の石も、シャルロットの心を救ってはくれない。

ジャンヌが無垢《むく》であればあるほど、その夢が美しければ美しいほど、シャルロットは自分を押し潰しにくる取り返しがつかない現実に傷つき、自暴自棄になる。

「……賢者の石一つで、シャルの運命を変えられればいいけれど。でも、無理じゃん。だってシャルは、正統なフランス女王にはなれないから……最初からわかってるんだよ。でも、シャルを担ぎ上げようとする家臣たちが大勢いるし、母上はシャルの敵だし。だから、放り出せなくて今日までずるずる来ちゃったの」

「どうして？　今はまだ正式な女王じゃないけれど。でもランスへ行って戴冠式を行えば、姫太子さまはフランスの女王だよ？　モンモランシが、そう言っていたもん」

「ジャンヌはよく知らないんだね。あなたは、きっと優しい両親と家族に育てられてきたから、そんなに素直で純真なのよ」

「うーん。まあ、そうかな。そうだね。うちは、家族みんな仲良しだったよ！」

「シャルは違うから。王家なんて、きれいなのは外側だけなの。中身は、ドロドロで醜いものなんだから。特に、シャルの家族はそう」

「そんなはずないよ。だいじょうぶだよ、ランスへ行けばほんものの女王だよ」

「……安請け合いしないでよ、シャルのことよく知らないくせに！　フランスなんて知らない、どうでもいい！　王都パリなんて大嫌い！　シャルには関係ない！　ジャンヌが女王になればいいじゃない！　フランスの救世主なんでしょう？」

「え？　だ、だって。王家の人間しか、王にはなれないんだよ？　羊飼いの娘でも王になれるなんて言いだしたら、数え切れないくらい王様が誕生して、いつまでも戦争が終わらなくなっちゃうよ。だから、姫太子さまが」

「うるさい！　うるさい！　うるさい！　そんな、穢れなき神さまを見るような目でシャルを見ないで！　シャルはそんなんじゃないの！」

いつも醒めているはずのシャルロットが、別人のように激高していた。

ぬいぐるみを次々とジャンヌに投げつけながら、泣きわめいた。

「シャルの母上は、愛人との浮気を隠そうともしない最低の女だったの！　シャルにも、あのいやらしい女の血が流れているの！　しかも、大好きだった父上の血はシャルの身体には流れてないの！　シャルは、フランスの女王になる資格なんて最初からないの！　もう、全部投げ出したいの！　さっさとイングランドに降伏しちゃいたいの！　まだ降伏せずに粘っているのは、母上の喜ぶ顔を見たくないからよ！　それだけ！　こんなシノンの亡命宮廷なんて、ただの嫌がらせなんだから！　ジャンヌが命をかけて守らないといけないような値打ちなんて、ないの！　もう余計なことしないで！」

なにを言っても、どれほどジャンヌを罵っても、ジャンヌは反論しない。

ただ、傷つき自暴自棄になっているシャルロットを悲しげに見つめている。

シャルロットは、叫び疲れ、泣き疲れていた。

シャルロットはいつしかベッドに伏せながら、他人に語りたがらない自分の過去をジャンヌに打ち明けていた。
「……幼い頃は、どこかの公国の王様に嫁《とつ》ぐんだろうなって思ってた。王家と貴族の間でいつも行われている、政略結婚ってやつ。でもそれはそれでいいやって。王家の姫なら、みんなやってることだから。でも、そうはならなかった」

シャルロットの父は先代のフランス王、シャルル六世。

母親はイザボー・ド・バヴィエール。隣国ドイツからシャルル六世のもとに嫁いできた豊満な肉体を持つ絶世の美女で、どうしようもなく男好きだった。

シャルロットは、誰から見ても母親似だった。心身ともに早熟で、気丈で、幼いながらもどこか男を惑わせる蠱惑《こわく》的な少女だった。

一方で、腺病質《せんびょうしつ》で温和な父王シャルル六世には、まるで似ていなかった。

シャルロットが父王の実弟オルレアン公ルイに似ている、という噂がパリの宮廷に流れたのも、あながちただの噂とは言い切れなかった。

野心家のオルレアン公ルイは、気弱な兄とは違い男性的な魅力に溢れた男で、兄の后《きさき》イザボーと不自然なまでに親密に交際していたのだ。

それでも心優しい父王は、娘シャルロットに愛情をもって接していた。

シャルロットは、まるで円卓の騎士団を率いていた「王の中の王」アルチュールのような偉大な王様だ、とそんな父を尊敬していた。

騎士道物語に登場する円卓の騎士たちの王アルチュールは、自分の后ジュヌヴィエーヴが腹心の騎士ランスロと恋愛関係にあったにもかかわらず、ずっと耐えて黙認してきたからだ。

だがある日、破滅が訪れた。

狩りから戻ってきた父王が幼いシャルロットを肩車しながら寝室に入ると、「今夜は王は戻ってこない」と思い込んでいた王妃イザボーとオルレアン公ルイが、ベッドの上で裸で絡み合っていたのだ。

狩りの途中でシャルロットが熱を出したために、父王は一泊する予定を切り上げて急いで宮廷に帰還したのだった。

「……お母さま……？　叔父上《おじうえ》？　なにをしてるの？」

シャルロットにはまだ、二人が行っていることがなにを意味するのか、理解できなかった。

だが、誰よりも繊細だった父王ははかりしれない衝撃を受けてしまった。

「お、お前たちは……シャルロット、見るな！　見てはならない！」

父王はこの時、精神の病を発症し、それ以来正気を失ってしまった。

決定的な密会現場を父王に目撃されたイザボーとオルレアン公ルイは、父王の発病という悲劇によってかろうじて失脚を免れたのだ。

医師の治療も功を奏さず、「フランス王に悪魔が憑いた」という噂が立った。

父王はイザボーを悪魔呼ばわりし、シャルロットを見ても「不義の子だ」「余の子ではない」と罵るようになった。時折正気に返って「余は自分の娘になんという残酷な言葉を」とさめざめと泣くことはあったが、もう二度と、父王がシャルロットを肩車してくれることはなかった。

父王が政務を執《と》れなくなったために、フランス宮廷では激しい権力争いが発生した。

一方は、王家の分家でフランス最強の実力者、ブルゴーニュ公ジャン。十字軍に参加してオスマン帝国の人質になった経験を持つ武闘派で、「無怖公」と恐れられていた。

もう一方は、言うまでもなく、イザボーと愛人関係にあった父王の弟オルレアン公ルイだ。

（もしも自分が狩りの途中で熱さえ出さなければ父上は）と衝撃を受けていたシャルロットは、母イザボーがこの王弟オルレアン公ルイとの関係をまるで隠そうとせず、むしろ父王の発病によって居直ったかのように振る舞いだしたことにさらに傷ついた。

ブルゴーニュ公ジャンは、ここぞとばかりに政敵オルレアン公ルイとイザボーの道ならぬ関係を責めてくる。

パリ市民も司教たちも、イザボーの不道徳ぶりに激怒した。

宮廷は王妃と王弟の不倫劇を交えた泥沼の派閥争いによって騒然となった。

イングランド軍がこの機に乗じて上陸しようと企《たくら》んでいる、という憂鬱《ゆううつ》な噂も流れていた。

ある夜、幼いシャルロットは勇気を振り絞り、発病した父王を放置して王弟との泥沼の関係を続けているイザボーのもとへ乗り込んでけんめいに諫《いさ》めた。

「父上が倒れられて王家がたいへんな時なのに、母上は宮廷を乱すことばかりしている。叔父上とは別れて！　神父さまのもとへ行って今すぐに懺悔《ざんげ》して！」

だが、プライドが高いイザボーは激高した。

「お前はそのオルレアン公の子なの。フランス王シャルル六世の子じゃないの。王家のことに口出しする資格なんてないのよ！」

と言い放った。

真実なのか、それとも小生意気なシャルロットに打撃を与えたかっただけなのかは、わからない。

わからないが、幼いシャルロットは実の母親から浴びせられたこの言葉に深く傷ついた。王家の姫としての自覚を持ち、気丈に振る舞ってはいたが、本来は繊細な少女だったシャルロットは、あるいは生涯立ち直れないのではないかというくらいの衝撃を受けた。

三日三晩震えながら泣きはらしたのち、聡明《そうめい》だったはずのシャルロットがまるでやる気のない少女になってしまっていたのは、母イザボーの心ない言葉が原因だったのだ。

「……そんな……ひどいよ……実のお母さんが、そんな言葉を……」

母親から愛されて育てられてきたジャンヌには、とうてい信じがたい話だった。

ジャンヌは、シャルロットが鼻を鳴らしながら告白を続ける間、ずっとシャルロットの身体を抱きしめながら透き通った涙を流していた。

イザボーの奔放《ほんぽう》な振る舞いによって秩序を失い、フランス宮廷は急激に崩壊の一途を辿った。

イザボーの愛人オルレアン公ルイは、「王妃を寝取った不義密通の輩め」と立ち上がった政敵ブルゴーニュ公ジャンに暗殺された。この暗殺劇がフランス宮廷を真っ二つに割っての派閥《はばつ》抗争、ブルゴーニュ派とアルマニャック派の泥沼の内部紛争に拍車をかけた。

時は来た！　とばかりに、海の向こうから野心家の若きイングランド王ヘンリー五世がフランス征服に乗り出してきた。

収拾のつかない混沌《こんとん》が王都パリを襲った。

イングランド軍は、足並みが揃わないフランス宮廷を尻目に、怒濤《どとう》の勢いで進撃を開始。フランス軍は大敗し、北の要地ノルマンディ地方を占領されてしまった。

暗殺されたオルレアン公ルイの息子シャルルは、オルレアン公位を継いでまもなくアザンクールの戦いに敗れて捕虜となり、ロンドンへ送られてしまった。リッシュモンやアランソンが捕らわれたのもこの時である。

崩壊の連鎖は続く。

敗戦の悲報が続く中、シャルロットの兄の王太子たちが次々と死を遂げた。

何者かに暗殺されたのか、それともこの時代に多い黒死病などの感染症が原因なのか、定かではない。

このため、「不義の子」という噂のせいでまだ嫁ぎ先が決まっていなかったシャルロットが期せずして次期王位継承者――「姫太子」にされてしまった。

嫌がる「不義の子」シャルロット姫太子を強引にお人形として担いだアルマニャック派諸侯は、盟主をブルゴーニュ公ジャンに殺された怒りを爆発させて暴走した。ブルゴーニュ派の貴族たちをパリから一掃し、さらに混乱の元凶となった王妃イザボーを王都パリから追放した。

彼らはイザボーという女の気性の激しさを理解できていなかった。

激怒したイザボーはアルマニャック派と自分の娘シャルロットをパリから追い落とすために、愛人オルレアン公ルイを殺した張本人であるブルゴーニュ公ジャンと手を結んだのだ。

宮廷を制御できないシャルロットは、不義の子という噂も根強く、また女系の王位継承を嫌うフランスでは伝統的に男の王が望まれていた。「シャルロットが女王となったら、母親イザボーのような淫蕩《いんとう》の血が目覚めるかもしれない」「フランスを滅ぼされる」「シャルロットにはフランス女王になる資格がない」とパリ大学やパリ市民たちから見放されたシャルロットは、王都パリを追い出された。

ブルゴーニュ公ジャンが、イザボーをともなってパリに凱旋《がいせん》した。

だが、それでもなお、イングランド軍の進撃はなおも止まらない。

ブルゴーニュ公ジャンはイングランド軍のパリ攻撃を防ぐためにシャルロットおよびアルマニャック派と和解しようとしたが、その会談の席上、先代のオルレアン公ルイを殺した報復を受けてシャルロットの家臣に暗殺された。これは計画的なものではなく、両者の不信と憎しみが衝突した結果の偶発的な事故だったが、フランスという国にとって致命的な事件となった。

フランス宮廷を二分していた先のオルレアン公ルイとブルゴーニュ公ジャンが、いずれも暗殺されてしまったのだ。

ブルゴーニュ公ジャンの娘フィリップ善良公女は、衝撃のあまり泣き濡れて立ち上がることもできない状態で父親の公国を継がされると同時に、侵略者イングランドと半ば強制的に同盟を結ばされ、イングランド王ヘンリー五世を次のフランス王として認めると宣言させられた。

これが、イングランド軍勝利の決定打となった。

ブルゴーニュ公国と同盟したイングランド軍は、無政府状態となったパリへ入城した。宮廷の派閥争いに巻き込まれて何度も流血の惨事を味わってきたパリ市民たちは「この混乱を収拾してくれるならイングランド王でもいい」とこの異国の英雄を歓迎した。

イザボーは、よほどこざかしいとシャルロットを嫌っていたのか、あるいはシャルロットがいつも自分を汚物を見るような目で見てくることに腹を立てていたのか、シャルロットが女王となった時に行われるであろう復讐を恐れたのか。パリに入城したイングランド王ヘンリー五世に「シャルロット姫太子は王の子ではない」と訴え、自分のもう一人の娘キャサリンをヘンリー五世に妻として与え、「夫のフランス王シャルル六世が死んだあとはイングランド王ヘンリー五世がフランス王を兼ねる」という文字通りフランスをイングランドに売り渡す内容の条約を成立させた。

敗戦国フランスの人々は「フランスは一人の女によって滅ぼされた」と苦い顔で語り合った。

だが、フランス王家の命脈は奇跡的に、かろうじて保たれた。

イングランド軍に幽閉されていたフランス王シャルル六世がやせ衰えて死ぬよりもわずかに早く、勝利者にして征服者のヘンリー五世自身が、フランス王としてランスで戴冠することなく急死してしまったのだ。

イザボーの娘キャサリンとヘンリー五世との間に生まれたばかりの世継ぎヘンリー六世はロンドンで育てられていたがまだ幼く、ドーヴァー海峡を渡らせるのは無理だとイングランド宮廷は歯ぎしりした。

実母とパリ市民の憎悪を一身に受けてパリを追われた「不義の子」シャルロット姫太子は、南フランスに形ばかりの亡命政権を樹立したが、イングランドとブルゴーニュの両国を敵に回して反撃できるような力はなかった。

そもそもシャルロット自身が自らの王位継承権の正統性を疑っていて、いっこうにやる気を見せないのだ。

シャルロットは宮廷に閉じこもり、無為無策のままに時を過ごし、抗戦派のリッシュモンを追放してまで降伏へと突き進もうとしていた和平派の宰相ラ・トレムイユに全権を委《ゆだ》ねてしまい、最後の防衛拠点オルレアンがイングランド軍に包囲されても援軍を送ることさえしない。

すでに、自分を心から愛してくれていた父王は死んだ。

パリを身一つで追われて、死にゆく父王に会うことすらできなかった。救えなかった。なにもできなかった。

それに幼い新イングランド王ヘンリー六世は、シャルロットにとっては従弟にあたる。

そのヘンリー六世の背後には、いまや新イングランド王の祖母となったイザボーがいる。

シャルロットには、イングランド軍と戦い続けてまで王座に就く覚悟も自信もなく、そもそも自分自身の戴冠に意味すら見いだせなかった。

だが、降伏もいやだった。自分を誰よりも憎んでいる母イザボーに復讐されることを恐れているのだ。

もうどうしていいかわからずに、鬱々《うつうつ》と日々を無為に過ごしていた。

パリの民衆が、このようなシャルロットを女王にしようと応援するはずもなかった。

素朴な羊飼いの少女ジャンヌには想像もできない、王家一族同士での憎悪の連鎖。実の母親から向けられてくる敵意と悪意。これが分裂したフランス宮廷の内実でありシャルロットの苦悩の原因だった。


「……自分は父上の子ではないの、だから女王になる資格がないの、母上がそう言ったのだから……それがシャルの運命なの……生まれてきたのが、間違いだったの……もう、こんな辛い思いをするのはいやなの！」

心のどこかが決壊してしまったかのように泣き止《や》まないシャルロットを抱きしめながら、ジャンヌはそっとささやいていた。

いつしか、自分の細い腕の中で怯《おび》えて泣いている少女に、シャルロット、と呼びかけていた。

「もう下りてしまいたいシャルロットの気持ちはわかるよ。わたしだったらとても我慢できないよ。でもフランスの人々を救うために、イングランドとの戦争を終わらせるために、女王になって。シャルロットにしかできないことだよ。人間はどのような条件のもとに生まれてくるかは決められないけれど、運命は神さまから与えられるものじゃない、自分で決めるものだって、モンモランシが言っていたよ。あらかじめ定められた運命なんて、ないんだって。運命は、自分自身の意志で切り開けって。シャルロット、負けないで。後戻りしちゃダメだよ。自分の魂に父上の血が受け継がれているかどうかを決めるのは、シャルロット自身だよ」

「……ほんとうに？　ジャンヌはほんとうに、そう思ってくれる？」

「もう泣かないで。わたしが、賢者の石の力でシャルロットを守るから。わたしは羊飼いの娘だけれど、心はシャルロットに仕える姫騎士になったつもりで戦うよ。必ずシャルロットをフランスの女王さまにする。たとえその夢を果たせなくても、後悔はしない。だからもう、自分で自分を傷つけるようなことは言わないで」

「……ジャンヌ。ほんとうに、本気？　あなたは、母上みたいにシャルを裏切らない？　わたしと、ずっとお友達でいてくれる？」

「うん。ずっと、お友達だよ。シャルロットを絶対に裏切らない。死ぬまで」


シャルロットは、絶望の果てについに一筋の光を見つけた。

※

地下牢に捕らわれたモンモランシとリッシュモンの前に、白い頭巾《ずきん》で顔を隠した数名の拷問官たち、そして槍を構えた衛兵たちが続々と押し寄せてくる中――。

モンモランシとリッシュモンは、さらに追い詰められていた。

宰相ラ・トレムイユ自らが、地下牢まで降りてきたのだ。

そして、衛兵たちに命じていた。

「諸君、緊急事態だ！　拷問により自白を引き出す必要はなくなった！　急いでその二人を処刑せよ！　《乙女》ジャンヌ、黒魔術師《マジシャン・ノワール》モンモランシ、リッシュモン元帥。この三人はイングランドと内通しシャルロット姫太子さまを暗殺するためにシノン城へ入り込んだ刺客だ！」

いきなりなにを言いやがる、とモンモランシは呆れた。

リッシュモンは、「裁判も経《へ》ずに私たちを暗殺するつもりか。どこまで卑劣なんだ貴様は」と困惑していた。

ラ・トレムイユは青白い頬をひきつらせながら、足枷《かせ》をはめられて転がされているモンモランシをにらみつけている。

この時、数年ぶりに従兄弟であり仇敵《きゅうてき》のモンモランシと再会したラ・トレムイユの脳裏に、思い出したくない幼い頃の記憶がよみがえっていた。

ジョルジュ・ド・ラ・トレムイユは、子供の頃から学者肌の物静かな少年だった。彼は生まれながらに身体が弱く、従兄弟のモンモランシが友人を連れて屋敷を訪ねてきた時なども、折悪《あ》しくいつも寝込んでいた。

このため、子供時代のラ・トレムイユは同世代の友人を作れなかった。モンモランシと、そして勝手にコロニーを作って住み着いている庭園から寝室に入り込んでくるフェイ族の妖精たちだけが、彼の知人だった。

だがラ・トレムイユは、いつか騎士となって冒険の旅に出たいという少年らしい夢を密かに抱いていた。自分と似たような顔立ちと近い血筋を持つモンモランシが、健康で快活そのものだったのに対して、自分はいつも身体を壊して寝込んでいる——今は小さな差異でも、いずれ二人の間には決定的な差がつくのではないか。ラ・トレムイユは焦っていた。

そのモンモランシがパリの騎士養成学校に入ると聞いた際に、「ぼくもパリで騎士の勉強をしたい」と勇気を奮《ふる》い起こして父親に訴えたラ・トレムイユは、しかし、騎士養成学校には通わせてもらえなかった。

「お前は身体が弱い。騎士働きなど、とても無理だ。それに、騎士などは次男坊三男坊の食い詰め者がやる汚れ仕事だ。お前は、栄光あるラ・トレムイユ家の長男。いずれ宰相となり王宮を動かす政治家にならねばならないのだ」という父親の方針に従わされたのだ。彼の父親は、家庭教師を雇って屋敷内でラ・トレムイユに英才教育を施したのだった。

このために、ラ・トレムイユは幼少時に人間の友人を作れなかった——モンモランシがパリで多くの学友を得ていると噂に聞くたびに、彼は敗北感に打ちひしがれたのだ。

この孤立が、ラ・トレムイユの独特の性格を作り上げることになった。

騎士になる道をあきらめた彼は、薄暗い屋敷に閉じこもるようになった。庭先から入ってくる妖精族だけを相手に繰《く》り言《ごと》を呟く孤独な暮らしを続けているうちに、転機が訪れた。

ある日、「ラ・トレムイユは人間さんのお友達がいないんでちゅね」と笑顔で軽口を叩いてきた仲の良い子フェイを、かっとなって殺してしまったのだ。その子フェイに悪気がないことはわかっていた。ただ、あの従兄弟のモンモランシとどこか似ていて、軽率で能天気な性格だったのだ。殺すつもりはなかった。腹立ち紛れに頭を軽く叩いただけで、その子フェイは、「ぴぎゃっ」と一言悲鳴をあげて、潰《つぶ》れていた。

はじめ、子フェイの「死」を理解できなかったラ・トレムイユは室内で錬金術や魔術のまねごとをして子フェイを再生しようと試みたが、無駄だった。それらの怪しげな術には、なんの効力もなかった。

子フェイが帰ってこないことに気づいた親フェイたちが、室内に押しかけてきた。子フェイの死骸を前に、ぴえええええと泣き叫ぶ親フェイたちを、皆殺しにした。妖精族などと戯《たわむ》れていたことが知れたら、厳格な父親からどのような罰を受けるかわからなかったからだ。

彼は、フェイたちの死骸の山を前に呆然となり、すべてを焼くか、あるいは地中に埋めることを考えたが、彼の心の中のなにかが「捨てるな。魂は消えても、身体だけが残っていれば、こいつらは決してお前を裏切らない。剝製《はくせい》こそが、お前にとって理想の友人だ」と囁いた。

彼は、フェイたちの死骸から内臓を抜き取り、丹念に手間暇《てまひま》を掛けて、剝製にした――。

物言わぬ剝製の子フェイは、二度と彼に「人間さんのお友達がいないんでちゅね」とは話しかけてこないようになった。そして、彼のもとを離れることも、彼を裏切ることもなかった。

ラ・トレムイユは、薄暗い快楽に目覚めた。「妖精学者」を志すようになった。

当時のフランスに妖精学などという学問があったわけではない。妖精族はあくまでも聖職者たちに「堕天使」「小悪魔」とみなされて駆除される運命の小動物にすぎなかったが、ラ・トレムイユは、目を離すとすぐに実家の庭園や近場の森に棲み着いてコロニーを形成する妖精族の群れを「駆除」することを日課とするようになった。

騎士として華々しく戦場で活躍する自分自身を空想し、パリの騎士養成学校に進学する道を父親に閉ざされた現実に気づき、その空想のむなしさに打ちひしがれる日々は、妖精族の「駆除」という新たな、そしてリアルな「聖戦」を覚えるとともに終わりを告げた。

無益な動物の殺生《せっしょう》を嫌う神父や司教たちも「妖精族は神に逆らった罪深い種族。駆除しなさい」と勧めたので、ラ・トレムイユの行う「妖精族駆除」は日ごとにエスカレートしていった。

地下に穴を掘って造っている妖精たちの巣への火攻め、水攻め、煙による窒息《ちっそく》攻撃、捕獲、虐待、拷問。まるで小人のように見える無力な妖精たちをあの手この手で殺戮《さつりく》していると、ラ・トレムイユは奇妙な慰《なぐさ》めの快感を得られるのだ。

単純で暴力的な同年代の子供たちと違い、知能の高いラ・トレムイユは妖精族を効率的に「駆除」することよりも、いかに苦痛を与えて珍奇な殺し方をするか、という薄暗い方向に興味を抱くようになった。

ただ潰してしまうだけでは楽しめないので、じわじわと妖精族を苦しめるための拷問器具などども自ら開発した。

「やめてでちゅ、やめてでちゅう！」

「人間さん、人間さん、殺さないで。お友達になってでちゅう！」

「ぴぎいいい！」

「ぴえええぇ！」

「ぴぎゃあああああああ！」

地下室の天井からフックをかけて吊り下げた多くの妖精族を順番に切り刻んでみじめな悲鳴をあげさせているうちに、彼は妖精族の剝製標本を作る名人になっていった。

そもそも妖精族とはいったいなんなのか、神に逆らう魔族というにはあまりにも脆弱すぎるし、その生態は小動物そのものだ。だが、ただの動物と違って人語を解し人間と会話をする知能を持つ。しかも、フェイ族のように雌ばかりの種族が多い。どうやって生殖しているのか。ある程度のところで身体の成長が止まって死ぬまで幼体の姿のままだというのに、人間に近い知性を持てるのはなぜか。ブルターニュ各地に残る巨石遺跡も、コリガン族と呼ばれる妖精族たちが築き上げたものなのだと言われている。今は見る影もなく零落《れいらく》しているが、かつてコリガン族には巨石を動かす不思議な力があったと――もしかして妖精族とは、人間と、神と呼ばれる存在との中間種なのではないか。そういった妖精族にまつわる謎を、果てしない拷問と解剖、標本作りによってきっと解き明かせる。自分は小動物を虐待して喜ぶ変態快楽者ではなく、あくまでも偉大な妖精学者の卵なのだと彼は信じた。信じなければ、自分は「友人」だった子妖精とその親を皆殺しにて剝製にした鬼畜ということになってしまう。

ある日、ラ・トレムイユは森で珍しい希少種を発見した。

手乗りサイズの小さな小さな「羽フェイ」だ。

一対の羽を背中に持ち、空をふわふわと飛ぶという、伝説の妖精だった。

妖精族にしては珍しい黒髪と黒衣とが、やけに美しかった。

その黒い衣服には、奇妙な五芒星の紋章が刺繍されている。

ラ・トレムイユはまるで自分がエルサレムで聖杯を探求するテンプル騎士団の一員になったような高揚感と陶酔感を味わった。

(欲しい。たまらなく、欲しい。ぼくのものにしたい。こいつを剝製にして飾ってやる！)

小さな黒い羽フェイを、ラ・トレムイユは追いかけた。

「やめなさい！　わたしには重大な使命があるの！　人間の分際でわたしに触れないでよ！　やめて！」

妖精族にしては気が強く、生意気だった。

いじめがいがあるやつだ、とラ・トレムイユはほくそ笑んだ。

ここで逃がしたら、二度と羽フェイには出会えないだろう。

執拗に弓矢や網を用いて捕獲を試みた。

驕慢《きょうまん》な羽フェイは何度もラ・トレムイユの攻撃を受けて全身を痛めつけられ、あちこちを骨折し、器用にあつらえた黒衣は無残に焼け焦《こ》げ、ついには背中の羽もぼろぼろになってまともに飛べなくなった。

最初は「愚かな人間め！」と偉そうに罵っていたが、途中からはただ無言で目に涙を浮かべてよろよろと逃げ惑うばかりだった。

もう飛べなくなった羽フェイは、小さな手足をけんめいに動かして地を這ってラ・トレムイユから逃げた。

ここまで追い詰められても命乞いをしてこないのは、「妖精の女王」と呼ばれる高貴な羽フェイゆえの気位《きぐらい》の高さゆえだろうか。

早くあの羽を引きちぎり、下腹部に手を突っ込んで内臓を摘出してやりたい、永遠にぼくの手許に飾り続けてやる、とラ・トレムイユはわれを忘れて羽フェイを追った。

羽フェイはしかし、庭園に身を隠して、姿を消した。

そう。そこは、騎士の才能などかけらもないくせに一人前面《づら》してパリの騎士養成学校に通ういけすかない従兄弟、モンモランシが所有する庭園だった。そのモンモランシが室内にいる気配を、ラ・トレムイユは感じ取っていた。

「モンモランシか！　そうか。アザンクールの戦いに負けて、パリから帰ってきていたのか！　あいつはなぜか妖精に懐かれるんだ……ぼくと違って、『生きている』妖精に……！」

あの美しい羽フェイをモンモランシなんかに渡してなるか、とラ・トレムイユはわれを忘れてモンモランシの部屋へと乗り込んでいた。

はたして、傷つき力尽きた羽フェイはベッドに腰掛けたモンモランシの手のひらの上で、ふるふると震えていた。

ラ・トレムイユは、誰にからかわれてものほほんとしている、どこかすっとぼけたモンモランシがいよいよ苦手になっていた。あの、潰してしまった子妖精を思い出させる。だが、今はそれどころではない。

「モンモランシ、そいつはぼくのものだぞ！　この泥棒野郎！」

「おう？　ラ・トレムイユじゃねえか。会わないうちに、ずいぶん元気になったな」

「モンモランシ。こいつがわたしを狩ろうとしているのよ。わたしをこの男から守って、お願い……」

羽フェイはもう、モンモランシに懐いているようだった。

モンモランシの細長い指に抱きついて、「放さないで」と頬を赤らめながら頬ずりしている。まるで恋する乙女のようなまなざしで、モンモランシを見つめている。

羽フェイは高貴な希少種ゆえに人間には決して懐かず飼われないと言われているが、モンモランシだけは特別らしい。

嫉妬なのか羨望《せんぼう》なのか、ラ・トレムイユははらわたをかきむしられるような不快さに耐えきれず叫んでいた。まるで、「初恋」の対象を喪失したかのように――。

「ぼ、ぼくは妖精学者を目指しているんだ！　羽フェイの貴重さも知らない素人《しろうと》が割って入ってくるんじゃない！　ぼくはそいつを剝製にして、寝室に飾るんだ！」

「殺すのか？」

「当たり前だ！　調査対象を解剖するのは学者として当然の務めだ！　まして、そんな生意気な糞妖精など、生かしておいてなるものか！　ぼくのことを愚か者だと罵ったんだぞ！」

「俺の『妹』、ジャンヌが死んだ。生き物の命は儚《はかな》い。命はなぜ生まれてくるのか、どうして死ななければならないのか、死んだ魂はどこへ行くのか。儚い命を守るすべはないのか、死んだ者をよみがえらせる奇跡はないのか。そんなことばかり考えちまう。こんなに小さくて傷ついた生き物をお前は殺すのか？」

「ぼくが最初に見つけたんだ、だからぼくのものだ！　これ以上生意気に口答えするなら許さないぞ、他の薄汚い妖精族ならともかく、その羽フェイだけは絶対に渡さない！　今のぼくは、妖精族駆除のために武装しているんだ！　ひ、ひ、火であぶってやる！」

「そうかい。俺はアザンクールの戦場から戻ってきたばかりなんだ。リッシュモンは捕らわれた。アランソンも。俺が留守にしている間に、ジャンヌも死んだ……だから俺はちょっとばかり気が立っている。こんなひ弱くて儚い小さな生き物を解剖しようだの殺そうだの、お前には腹が立った。珍しいことに、俺は怒ってるぞ」

「だからどうした、この昼行灯《ひるあんどん》野郎！　リッシュモンもアランソンも、ぼくは知らない！　会ったこともない赤の他人だっ！　どうせ戦場でなにもできずに、おろおろ逃げ回っていただけだろう？　無能な騎士のなりそこないめ！」

「お前、妖精族を解剖するためなら、人が変わったようになるんだな。アザンクールの戦場には駆けつけなかったくせに。人間と殺し合うのは怖いか？　妖精族しか殺せないのか？」

「う、う、う、うるさい！　ぼくが騎士にならなかったのは父上の方針だ！　敗走してきたくせに偉そうに！　部屋ごと燃やし尽くしてやる！―

ゴンッ。

モンモランシはラ・トレムイユの顎に、銀色の金属球をいきなり投げつけていた。

「いっ……いでえええええええっ？」

球は子供の手で掴める程度の大きさだったが、重量があった。そしてモンモランシは、躊躇せず全力で投げていた。

ラ・トレムイユの奥歯が数本、ぽろっと抜け落ちていた。

「う、うあああああああっ？　お、お、お前、お前っ……？」

「お前が先に暴れたんだろうが！　俺の部屋に火をつけるんじゃねえ！　貴重なグリモワールや錬金術の写本を灰にするつもりか？」

「も、モンモランシいいいいいい！　お前！　よくも！　ぼくの夢を否定したなあああ！　ぼくはそいつを手に入れて、解剖して、標本にして、永遠に保存するんだ。ヨーロッパ一の妖精学者になるんだあああ！」

「……まるで俺の妹を目の前で解剖すると言われているような気分だぜ。俺は不愉快だぞ、ラ・トレムイユ。暴力をふるっていいのは、暴力をふるわれる覚悟があるやつだけだ。その度胸がお前にあるか？」

気弱なラ・トレムイユが「自分より意気地がない」と思っていたモンモランシが見せた、本気を出した時のおそろしさ、そしていきなり金属球を自分の顔面に投げつけてきた容赦なさ。

まるで、魔王だった。

アザンクールの戦場という地獄を見てきたためなのだろうか？　それとも、モンモランシ自身が気づいていないだけで、彼の本質は——。

（どのみち、ぼくはもうこの美しい羽フェイを手に入れられない。なぜだ。なぜぼくでなく、モンモランシなんだ？）

ラ・トレムイユは叫んでいた。

「モンモランシぃぃぃい！　お前を絶対に破滅させてやる！　覚えていろ！　ぼくは一生、この屈辱を忘れないからなっ！」

ラ・トレムイユはモンモランシへの恨みとアスタロトへの執着を、一日たりとも忘れたことはない。

宮廷の混乱の中をうまく泳ぎ、首尾《しゅび》よくフランス王家の宰相に上り詰めた今も。

成長してからも、ラ・トレムイユは、人間の女性に興味を持たなかった。男色に目覚めたのではない。彼の頭の中は、常に妖精族を虐待し解剖し標本にすることでいっぱいだった。男性不信に陥っているシャルロットに認められて異例の出世を遂げたのは、能力を評価されただけでなく、彼がまったく女性に興味を抱かない、いや、抱けないからだった。

「黒魔術師、異端の錬金術師め。《乙女》ジャンヌなどという道化をでっちあげて姫さまを惑わせる奸物《かんぶつ》め。よくもシノン城までのこのこと来られたものだ。今日こそは、貴様の命を奪う」

「うるせえぞ。俺を異端として手配したのはてめえだろうが！」

「ふん。こそこそと逃げ回っていれば少しは生き延びられたものを、自分から飛び込んでくるとは愚かにも程がある。リッシュモン元帥もだ。そなたは追放中の身だったはず。二人は明らかに、示し合わせてシノン城で合流したのだ。姫太子さまを暗殺するために。姫太子さまが死に、フランス王室が消滅すれば、罪人である二人は自由の身になれるからな——敵国イングランドと手を結んだのだろう」

「モンモランシ。こんなふうにラ・トレムイユは、次々と自分の政敵の罪を捏造《ねつぞう》しては拷問を繰り返し、強制的に自白させて処刑していったんだ。さらに、刺客を操って暗殺をも繰り返した。しかも、そのすべての罪を、前線で戦っていた私にかぶせたんだ！」

リッシュモンはフランス宮廷に復帰するなり政敵を次々と葬ったと言われているが、むろん、彼女は不正を罰することはあっても政敵を拷問したり暗殺するような卑劣な真似はしない。それらの悪行はすべて、ラ・トレムイユがリッシュモンになすりつけたものだ。リッシュモンはラ・トレムイユの罪を押しつけられて追放され、ラ・トレムイユが宮廷を牛耳《ぎゅうじ》ったのだ。

「ラ・トレムイユの野郎は、人の些細《ささい》弱点を拡大解釈して巨大な罪をおっかぶせるのがうまいんだ。俺が黒魔術師として追われる身になった時もそうだった。俺が飼っていた妖精アスタロトを魔族と言い張り、俺が悪魔と契約したと言いふらしやがった」

「だがモンモランシ。私ときみがシャルロットを暗殺しようとした証拠などどこにもない。たとえ拷問されたって、そんな偽《いつわ》りの自白など私はしない」

自白も拷問ももう必要ない、この場で貴様たちを殺す、とラ・トレムイユは冷酷な笑みを浮かべていた。

「なぜならば今この時この瞬間、シャルロットさまは貴様らが放った刺客に襲われているからだ。もっとも、死ぬのは姫さまではなく、同席していた《乙女》ジャンヌ一人だがね」

なんだって、とモンモランシは声をあげていた。

「てめえ！　シャルロットの寝室に刺客なんぞ……そんなもの、どうやって入れたんだっ？」

「わたくしが入れたわけではない。ただ、姫さまの寝室には城外へ脱出するための隠し道がつながっていてね。おそらく刺客は、その道を逆に辿《たど》って寝室へと潜入したのだろう。ああ、モンモランシ。貴様の胸元に、隠し道の場所を記したシノン城の見取り図が。これは動かぬ証拠だ」

ラ・トレムイユは、小脇に抱えていたシノン城の見取り図を取り出して広げてみせた。

「ンン〜。見たまえ、モンモランシ。リッシュモン。この図面には、姫さまの寝室へ繋《つな》がる隠し道がはっきりと記されているなあ。これは動かぬ証拠すぎるなあ〜。ただし、神のご加護を得ている姫さまはご無事だがね。死ぬのは悪魔に魂を売った《乙女》一人だよ。せっかく姫さまが和平条約を結ぼうとしていたのに、抗戦を唱えて説得になど来るものだから。ジャンヌという娘も、運が悪かったなあ〜」

リッシュモンが「衛兵たち、こんな三文芝居を放置していていいのか！　ラ・トレムイユ自身がジャンヌを暗殺するためにシャルロットの寝室に刺客を放ったんだぞ。そして今、その罪を私とモンモランシにかぶせようとしているんだ！」と声をあげたが、衛兵たちはラ・トレムイユを恐れて口を開けない。逆らえば、容赦なく一族郎党を皆殺しにされる、と思い知らされているのだ。それも、楽な死に方はできない。ラ・トレムイユは、妖精博士であるとともに拷問博士なのだ。大勢の妖精族を実験台として開発した無数の新型拷問道具を、この地下牢に取りそろえてある。

ラ・トレムイユは、無数の鋲《びょう》が生えそろった黒い鞭《むち》を取り出して、ぺろり、と舌先で舐めはじめた。

大勢の妖精族と「罪人」の血を吸ってきた「死の鞭」だ。

ぴえええええ、と囚《とら》われのフェイたちの悲鳴が地下にこだました。

衛兵たちはいよいよ震え上がり、拷問官たちは「宰相。最初は、高慢なほどに誇り高きリッシュモン元帥から」「あの高貴な白い肌に赤い血の粒が浮かび上がる様を見たい」と舌なめずりをはじめていた。

※

その頃、シャルロット姫太子の寝室では――。

「ジャンヌ。フィリップ善良公女の父上は、シャルとの和平会議の席上でシャルの家臣に殺されちゃったの。シャルの頬や鼻にも、あの男の頭から飛び散った脳漿《のうしょう》が降り注いだの。怖かった。どうしていいかわからなかった。なにもできずに逃げだしちゃった。あの日からシャルは、なにもかもがおそろしくてずっと宮廷に閉じこもっていたの。そして今、そのフィリップ善良公女がこのシノン城に来ている……」

ジャンヌの腕の中で、シャルロットは溢れてくる感情を抑えきれずに泣き続けていた。

ひとたび無関心の仮面がはがれ落ちてしまうと、シャルロットは過酷すぎる運命に翻弄されてぼろぼろに傷ついた一人の少女にすぎなかった。

「……そうじゃん。フィリップはきっと、シャルを殺しに来たんだよ！　お父上をシャルの家臣に殺された仕返しに来たんだよ！」

「まさか。善良公女さまと仲直りしようよ、シャルロット。事故だったんだから。ちゃんと謝れば、いつか許してもらえるよ」

「無理だよ。フィリップ自身が暗殺を考えていなくても、フィリップが連れてきた家臣団の中に、きっとシャルを殺そうと企んでいるやつがいるよ」

「同じフランス人同士で殺し合うなんて、もう終わりにしようよ」

「誰も父上の血を引いていないシャルをフランスの女王だと認めてくれないよ……」

「シャルロットは女王になれるよ。イングランドを追い返して戦争を終わらせるために、がんばろう」

ジャンヌはただ、出会ったばかりのこの傷ついた少女を、シャルロットを守りたかった。

「シャルロット。わたしの思いを、聞いてくれる？」

シャルロットはジャンヌに抱きしめられたながら、無言でうなずいた。

「わたしはドンレミ村の人たち、森の妖精さんたち、みんなを戦火から守りたいという思いで子供のまま生き続ける道を選んだけれど——わたしは今、その道の先に新しい道を見つけたと思う。生まれも育ちもなにもかも、わたしとは違いすぎるけれど、羊飼いの娘が騎士になれないことは知っているけれど、それでもわたし、心の中だけでも——魂だけでも、シャルロットの『騎士』になりたいよ」

ジャンヌは今、自分が思いがけず手に入れてしまった強大な「力」の使い道を、見つけていた。

「シャルロットはフランスの民すべての運命を背負っているんだよ。前へ進むために、わたしの力と命を使って。たとえ目的地に辿り着く前に力尽きたとしても、心が折れなければ負けたことにはならない。きっとみんなに伝わる。最後まであきらめちゃダメだよ。わたしを、オルレアンへ派遣して」

「ジャンヌ？　でもあなたには率いるべき兵がいないのよ？」

「わたしには、賢者の石の力があるよ！　応援してくれる人たちだっている。だから、たとえ戦力不足でも戦えるよ！」

「待って。リッシュモンは不在だけれど、まだ兵力を温存している大貴族がいるの。その男に今、援兵を依頼しているから——」

シャルロットは「オルレアンへ行くのは、あと半日だけ待って」と懇願《こんがん》しながら、ジャンヌの髪をそっと撫でた。

「ありがとう、ジャンヌ。自信が持てそう。あなたがいてくれれば、シャルは、母上のようにはならない。たとえシャルの父上が誰であろうが、シャルはフランスの女王となってフランスを救う。ジャンヌ、あなたと一緒に」

「うん。がんばろうね！」

「ジャンヌだって、望めば騎士になれるわ！　神父さまが認めてくれなくても、シャルとジャンヌは信愛の絆《きずな》によって結ばれた貴婦人と騎士よ。ジャンヌ、王家に伝わる百合《ゆり》の王旗を受け取って」

「ええ？　王家の旗を、わたしが？　だ、ダメだよシャルロット」

「ダメ。どうしてもオルレアンへ出兵するのならば、シャルの代わりにこの旗を持っていって」

フルール・ド・リス。

伝説のフランク王クロヴィスの時代よりフランス王家が受け継いできた、高貴な紋章。

シャルロットがジャンヌに与えたものは、王家に伝わる由緒ある百合の王旗。

羊飼いの娘が手にして許されるものではなかった。

それはシャルロットからジャンヌへの、身分や立場を超えた友情の証《あかし》。

「フランク王国の始祖クロヴィスさまは、はじめはフランク族の一支族の王でしかなかったの。そんなクロヴィスさまの前にある時、天使が降臨して白い百合の花を捧げてくれたんだって。その百合の贈り物と同時に、クロヴィスさまは王権を与えられたの。乱れきったこのヨーロッパを統一する資格と覚悟がある真の王はあなたしかいない、と百合の花に勇気づけられたのね。

ジャンヌ、あなたが忽然《こつぜん》とシャルの前に現れて、フランスの女王になる資格とその覚悟を与えてくれたように」

「シャルロット……」

「でも、そんなことよりもね。『ガリア』と呼ばれていたいにしえのフランスでは、百合の花は処女の象徴だったんだって。だから《乙女》ジャンヌ、あなたにとてもよく似合うわ」

ジャンヌは、この時にシャルロットが浮かべた微笑を、生涯忘れることはなかった。

シャルロットの白い手のひらに唇を当てて、ジャンヌは、シャルロットの騎士になった。

二人の心の中だけで交わした騎士契約だったが、そんなことは関係がなかった。

しかし、そんなシャルロットの寝室にはすでに、「暗殺者」が潜んでいた。

暗殺者は、無言だった。

完全に気配を消していた。

無言のまま、その黒ずくめの巨漢が抱き合っているジャンヌとシャルロットの背後に降り立ち、ジャンヌの後頭部めがけて鉄槌《てっつい》を振り下ろしていた。

「ジャンヌ!?　いやあああああっ!?」

「……っっ……！　いつの間に？」

鉄槌の一撃を受けたのは、ジャンヌの左腕だった。

とっさに腕をあげて、シャルロットの身体に鉄槌が逸《そ》れないように、受けていた。

そして右腕は、シャルロットの腰を抱いている。

「小娘、よくぞ反応した。だが、これでもう両腕ともに使えまい」

刺客が潰れた低い声でつぶやきながら、もう一度鉄槌を振り下ろしてくる。

もう気配を消してはいない。ジャンヌの折れた腕ごとその頭を吹き飛ばそうと、咆哮《ほうこう》しながら全力を込めて一撃を放ってきた。

「ジャンヌ、腕が！　腕が折れているわ！」

「捕まっていろシャルロット！『石』の力を放つ！　三分しか動けないが、その三分で決着をつける！」

「じゃ、ジャンヌ？　あなた、瞳の色が――」

ユリスの力を、ジャンヌは解き放っていた。

「腕の骨を折ったくらいで、勝ったつもりか？　わたしに殺される覚悟はできているんだろうな？　刺客に身を落とした己の不幸を嘆きながらくたばれ！」

ジャンヌの、関節の方向とは逆に曲がった左腕が、瞬時に回復していく。

とどめを刺そうと前進していた刺客が、ぴたりと立ち止まった。

「おお？　小娘の皮を被った化け物め。汚《けが》らわしき不死者、異教が生んだ魔物、ヴァンピールめ。噂はほんとうだったか。魔性《ましょう》の娘め！　やはり貴様はなんとしても抹殺せねばならんな！」

「恥知らずな刺客よ、汚らわしい名を名乗れ！　貴様を埋葬する時に必要だからな！」

「俺は『モージ』だ。ただの通り名だがな。ほんとうの名など、刺客になった時から捨てた！」

この巨漢の刺客は、黒衣を着ているのではない。

黒く分厚い甲冑《かっちゅう》で全身を覆っているのだった。

まるで動く要塞だった。

「俺の獲物はジャンヌ、お前一人だ。姫太子は決して傷つけるなと厳命されている。さあ、姫太子を手放せ」

「ダメよ。ジャンヌ、放さないで！」

刺客が、鉄槌を構えて再び前進してくる。

モンモランシが用意してくれたマスクで口元を隠したジャンヌは、シャルロットを片腕で抱いたまま部屋の片隅へと跳躍した。

しかし、室内は狭い。はじめから小さい部屋だし、シャルロットがもともと暗殺を恐れていたために、本来はあいているはずの窓がなかった。窓だった部分には煉瓦が積み上げられていて、ふさがれている。

（ちっ。全速力でぶち当たれば突破できそうだが、シャルロットも無事では済まない！）

シャルロットを無傷で逃がすことができる出口は、廊下へと連なる扉だけだった。

シャルロットが頑丈な閂をかけているので、外側から開くことはできない。内側から開けるしかない。

しかしその扉の前には、鉄槌を構えた巨漢モージが立ちふさがっている。

電撃的な速度で移動できる、それがジャンヌのユリスとしての能力だが、野戦でならば縦横《じゅうおう》無尽《むじん》に駆け回れるジャンヌも狭い密室の中では速度の利点を生かすことができない。

まして今は、生身のひ弱い少女シャルロットを腕に抱いている。

背後の壁や目の前に立ちはだかっている刺客に突進して、強引に突破することもできない。

シャルロットと謁見するために広場に入った時に、剣は手放している。だから今、ジャンヌは武器も持っていない。

「《乙女》よ。戦いづらそうだな。狭い室内で刺客と命のやりとりをするのははじめてか？　野戦とは違うのだ、野戦とは」

「フン！　甲冑で身体を守らねば小娘一人殺すこともできないか。ならばその薄汚い甲冑を鉄槌ごとぶち破る！」

「やってみるがいい。だが姫太子を抱えていては全力を出せないようだな。姫太子を放すがいい」

「ダメ！　やめてジャンヌ、放さないで。怖い……お願い！」

加速の能力を用いて目の前の刺客を殺すために、シャルロットを手放すか？

どれほど不利を強いられようとも、シャルロットを腕に抱いて守り通すか？

賢者の石が増幅させている闘争本能と、シャルロットを守りたいという少女としての感情。

この時、極限状態に置かれたジャンヌの中で二つの衝動が激しくせめぎ合った。

そしてジャンヌは、加速の能力を、使わなかった。

「舐めるな！　加速しなくても、貴様ごとき蹴り殺せる！」

両腕でシャルロットを抱きしめて守りながら、間合いに踏み入ってきたモージの腹めがけて前蹴りを繰り出していた。

衝撃音。

シャルロットは思わず目を伏せたが、ユリスの力を解放しているジャンヌの足は砕けはしなかった。

甲冑の腹を蹴り抜く瞬間に、全身に激痛が走った。

だが、吹き飛ばされているのは巨体を鉄製の甲冑で完全武装し、小柄なジャンヌをはるかに超える重量を備えているモージのほうだった。

弾《たま》のような速さで飛ばされていくモージの身体は、これも暗殺を警戒して頑丈に造られている鉄製の扉に重い音を響かせながら激突して、やっと止まった。

「はは。はははははは！　甲冑があと少し薄ければ、お前の醜いはらわたをぶちまけてやれたのにな！　やはり加速せずに貴様の太鼓腹を貫通させるのは無理らしいな！」

シャルロットは、まるでこの闘争を楽しんでいるかのようなジャンヌの豹変《ひょうへん》ぶりとその異様な「力」を目《ま》の当たりにして、呆然《ぼうぜん》としていた。

だが、賢者の石の力を解放して人外の者となっているジャンヌは、それでもあくまでも自分を守ることを最優先してくれている。

これほどの極限状態にあっても、両腕で、自分を抱きかかえてくれている。

ジャンヌの首に巻き付けているシャルロットの細い腕に、力が入った。

「甲冑野郎、来い！　貴様ごとき、足だけでじゅうぶんだ！」

しかしジャンヌの表情に、焦《あせ》りの色が浮かんできた。

時間切れが迫っていたのだ。

体内の石が、真紅《しんく》から白化《アルベド》現象を経てすでに黒く変色しはじめているさまが、石とつながっているジャンヌにははっきりとわかっていた。

（エリクシルが、涸《か》れてきた――）

ユリスとしての変身が解ければ、ジャンヌはこの刺客に瞬時にひねり殺されてしまう。

「乙女の皮を被った化け物め！　これはもはや、仕事でも任務でもない！　立ち会いだ！　暗殺者としての誇りをかけてなんとしても貴様を倒す！　俺も罪に問われて死ぬが、貴様も死ぬ！」

肋骨《ろっこつ》を何本もへし折られたはずなのに、モージはすぐに立ち上がって前傾姿勢からジャンヌめがけてタックルを繰り出してきた。

「シャルロット姫太子、申し訳ないが巻き込まれていただく！」

「貴様!?　わたしをシャルロットごと押しつぶすつもりか！」

狭い室内で、ジャンヌとモージ、両者の間に距離はほとんどない。シャルロットを抱いたままでは加速して回避することもできないし、このまま受ければ腕と首にしがみついているシャルロットの身体が盾になってしまう。しかし、ジャンヌが身体を百八十度反転させて背中で受けたとしてもおそらくはその衝撃で壁に激突させられ、腕に抱いているシャルロットが潰される。

「他に方法がない！　十秒だ。十秒だけ手放す！　シャルロット！」

「待って。ジャンヌ、放さないで！」

「シャルロット！　恐れるな！　十秒でいい、自力で生き延びろ！」

ジャンヌはシャルロットの細い身体をぬいぐるみで埋め尽くされたベッドの上へ放り投げ、頭から踏み込んできたモージの兜を自由になった両手で摑んでいた。

「うあああああ！」

「ぬおおおおお！」

ガンッ！

背中から壁に叩きつけられながら、ユリスとしての変身が解けつつあるジャンヌは最後の力を振り絞ってモージの首をひねっていた。

ゴキン！

嫌な音がして、モージの頭がぶらり、とあらぬ方向に垂れ下がった。

モージの黒い巨体が力を失い、絨毯の上に突っ伏す。

「はあ、はあ、はあ……」

「ジャンヌううう!?」

ぬいぐるみの中に落ちていたシャルロットが、悲鳴をあげていた。

ジャンヌの変身は、解けていた。

僂いとすら言える非力で小柄な少女に、戻っていた。

全身が耐えがたい痛みに襲われ、滝のように汗が噴き出し、心臓が爆発しそうに高鳴っていた。

壁に背中を預けてそのままお尻からくずおれていたジャンヌは、無意識のうちに、酸素を求めて喘《あえ》いでいた。

「あ、あ、ああ……あうう」

前のめりに倒れて動かなくなっているモージの巨体を凝視《ぎょうし》しながら、ジャンヌは「ごめんなさい。ごめんなさい。ごめんなさい」と歯を鳴らしながら悔恨《かいこん》の涙を流した。

子供に戻ってしまったかのように、泣き続けた。

この時シャルロットは、自分という存在が、この羊飼いの少女ジャンヌにどれほどの重荷を背負わせてしまったかを知った。

そして――覚悟を決めた。

生まれてはじめて、もう絶対に姫太子という運命から逃げたりしない、と自分自身の魂に誓っていた。

(シャルもまた、絶対にジャンヌを裏切らない。ジャンヌと手を取り合って、フランスとイングランドの戦争を終わらせるために、生きる。もう、自分の運命から目を逸らして投げ出したりしない)

しかしシャルロットも、そしてモージの頸椎《けいつい》を外して沈黙させた自分の「傲慢」のおそろしさにうちのめされて泣いていたジャンヌも、気づいていなかったのだ。

シャルロットのベッドの上に溢れているぬいぐるみの中に、もう一人の男がじっと気配を殺して潜んでいたことに。

※

地下牢では、手枷足枷をはめられて転がされたままのモンモランシとリッシュモンの二人が、衛兵たちを引き連れながら「死の鞭」を取り出してきたラ・トレムイユと睨《にら》み合っていた。

「まずいぜリッシュモン。こんなところでラ・トレムイユとやりあっている場合じゃねえ。ジャンヌが危ない！」

「しかし衛兵たちが動かないのでは、どうすることもできないぞ」

そんなモンモランシの頭上に、ぱたぱたぱたぱた……と小さなアスタロトが舞い降りてきて、ちょこんとお尻を降ろしてきた。その手の中に、賢者の石の半球を抱きしめている。

妖精の女王でちゅううう！　と、いっせいに囚われのフェイたちが歓喜の声をあげた。

アスタロトが無事にモンモランシのもとへ辿り着くまで、我慢して黙っていたらしい。

「なにをちんたらしているのよモンモランシ。ジャンヌがたいへんなのよ？」

「おっ？　お前こそ遅かったじゃないか、アスタロト？」

「城内は迷路のようだもの。フェイどもが悲鳴をあげなければ、ここを見つけられなかったわ」

「うっ。こ、この五芒星の紋章で着飾った羽フェイは……あの時のあいつか？」

アスタロトの姿を久々に見たラ・トレムイユが反射的に身構えて、後ずさった。

「あら、ラ・トレムイユ。相変わらず愚かな男ね。姫太子の寝室に忍びこんだ者は、一人だけじゃないのよ。あなたが知らないもう一人の間者が、潜入しているわ。私、見たもの」

ラ・トレムイユの表情が、一変した。

「なっ、なにいっ？ う、嘘をつくな、この魔族め！ きょ、今日こそお前を標本にしてやる！」

「自分自身の陰謀を進めることで手一杯で、気がつかなかったのかしら？ もしも姫太子が殺されてしまったら、イングランドとの和平交渉の道が立ち消えになるどころか、姫太子に取り入って宰相に上り詰めたあなたの政治生命は終わりじゃないかしら？ ラ・トレムイユ」

「ま、まさか……いや。ありえる。姫さまを殺す動機を持つ人間が、今この城内に間違いなく一人、いる！ 父君を暗殺されたフィリップ善良公女さまだ！ だ、だがあのお方は誰よりも心優しく敬虔《けいけん》な姫君、たとえ相手が父親の仇といえども暗殺など絶対になさらないはず——」

ラ・トレムイユは、気づいた。フィリップが、奇妙な宝具の収集に血道を上げていた亡き父の遺志を継いで、フランス王家に伝わる聖剣ジョワユーズを欲《ほっ》していることに。もしもブルゴーニュの間者が、そのジョワユーズを……あるいは、ジョワユーズ以外の「別の宝具」を探すために姫太子の寝室に潜入しているとしたら？

「極限状態の密室だ。事故が起きるかもしれないな。そもそもてめえがジャンヌを殺すために送り込んだ刺客だって、シャルロットを巻き添えにしないとは限らないぜ。密室での戦闘なんぞ、簡単にやらせるもんじゃねえ。命のやりとりってのはな、人間の理性をぶっ壊すんだよ。文官にはわからねえだろうがな」

モンモランシに睨まれたラ・トレムイユが「まさかモージに限って。いや、あの部屋の狭さでは……その上、ブルゴーニュの間者まで紛れ込んでいるとなれば、最悪の事態が起こる危険も」と震えはじめた。

リッシュモンは「いったいどういうことだ？　刺客が二人いるのか？」と眉をひそめている。

「おいどうするんだ、ラ・トレムイユ。こうなった以上、俺とリッシュモンに『姫太子暗殺』の罪をかぶせるか？　それとも今すぐ姫太子を救いに駆けつけるか、だ」

「わっ、わたくしをたばかるな！　モージが殺す相手は《乙女》ただ一人！　ブルゴーニュの間者もきっとモージが始末してくれる！　姫さまはご無事だ、貴様の口車には乗らん！」

このわたくしが、武術ならばともかく、知力勝負でモンモランシに敗れるはずがない！

激高したラ・トレムイユは、金切り声をあげていた。

「モンモランシ！　貴様だけは許さん！　構わん、衛兵たち！　この二人と一匹を即座に処刑せよ！　その羽つきの黒い小悪魔の存在こそが、こやつらが姫さまを暗殺しようと企んでいるなによりの証拠だ！」

「おいおい。待てよ。姫太子を救うのが先だろう？　冷静になれよ！」

「ラ・トレムイユ、なにを血迷っているんだ？　馬鹿な真似はやめろ。衛兵たち、いい加減に勇気を出せ！　姫太子をお守りするのがお前たちの職務ではないか！」

「さ、宰相に逆らえば一族みな地下牢で拷問されて殺されてしまいます、申し訳ありません元帥どの！」

ラ・トレムイユに心を縛られている衛兵たちが、剣を抜いた。

「どうやらモンモランシ、きみがラ・トレムイユを煽《あお》った結果、最悪なことになってしまったようだが……どうするつもりだ？」

「どうもこうもリッシュモン。この場から脱出しねえとな……ジャンヌは賢者の石を持っている、まだ耐えてくれていると信じるしか……」

「ほんとうに、耐えられるのか？　これまでの経緯《けいい》を鑑《かんが》みるに、きみの計略とやらはどうも信用できない」

「待て、まずいぞ。アスタロトが抱いている賢者の石が、変色してきている！　エリクシルが涸れる！　ジャンヌが力を放てる時間は三分間だけだ。もしもラ・トレムイユが放った刺客とブルゴーニュの間者が、時間差をつけてジャンヌを襲えば……ジャンヌは『詰み』だ！」

モンモランシは、「どうする」と思わず天を仰いだ。

「――ならばもう、奥の手しかないな！　アスタロト、石をよこせ！」

「わざわざ届けに来てあげたのよ、感謝なさい。ちょうど、ユリス候補もいることだしね」

「え？　ええ？　まさかユリス候補とは、私のことか？　待ってくれモンモランシ。それは困る。私はそのような愛《アムール》のないべーぜなど、絶対に受けないぞ。殿方との初めてのべーぜが、錬金術の儀式だなんて、いくらきみが相手でもそんなのは嫌だ……！」

「あるよ。愛はある、そういうことにしておいてくれリッシュモン！　さあ早く！」

「ぜんぜん心がこもっていないではないか！　べーぜするならば、さっきのような優しい口調で命令しろ！」

「初々《ういうい》しい口げんかをしている場合じゃないわよ、二人とも！　受け取ってモンモランシ！」

アスタロトが、腕の中に抱いていた賢者の石を、モンモランシの手の上へ放り投げた。

しかし。

ばんっ！

ラ・トレムイユが素早く放った一振りの鞭が、その賢者の石を地下牢の片隅まではじき飛ばしていた。

もう終わりでちゅううう、とフェイたちの絶望の悲鳴が地下全体に鳴り響いた。

「うおっ？　てめえ、その神がかった鞭さばきはなんだ？　まさか修業してきやがったのか？」

「修業ではない、拷問という名の実戦で鍛えたのだ！　ははは！　馬脚《ばきやく》を現したな魔術師《マジシャン》め！　なにが賢者の石だ！　仮にそれがほんものだとしても、貴様のようなペテン師ではなく、フランス王家が所有するべき宝具だな！　没収だあっ！」

「くうう……愚かな人間め……！　私は妖精の女王なのよ、賢者の石の守護者なのよ！　お前ごときが……！」

「おいアスタロト。いつもの捨て台詞を吐いている場合じゃねえぞ」

「ちょっと待ってくれモンモランシ。これではほんとうに手詰まりじゃないか。ああもう、きみはいったいいつになったら私を助けてくれるんだ……」

「それは、俺とお前の息が合わなかったのが敗因だろう？　戦犯を探すっていうのならばお互いに同罪だぜリッシュモン？」

「ちっ、違う！　きみが乙女心をまるで理解していない鈍《にぶ》い男なのがいけないんだ！　きみがもっと優しい言葉で私にべーゼを懇願していれば、今頃は」

「ああ。地下牢で拷問官と妖精虐殺野郎に追い詰められている俺に、そんな余裕あるかーっ！　だいたい俺は女の子とべーゼなんてしたことねえ！」

「嘘をつくな！　ジャンヌとべーゼしたと言ったではないか！」

「だからそれはエリクシルを補給するためにだなあ……ああ。とてもシャルロットの寝室には駆けつけられそうにねえ。ジャンヌ……！」

※

シャルロットの寝室では、ブルゴーニュ公国の「間者」が姿を現していた。

その間者は、モージが命を賭《と》してジャンヌと命のやりとりをしている間、ずっと息を殺して潜んでいたのだ。ほとんど仮死状態に近い極限の段階まで自分の肉体の生命活動を抑え続けて、ジャンヌの「時間切れ」を、待っていたのだ。

「ドンレミの《乙女》は、これで時間切れのようですね。詰みです。姫太子さま」

間者は、物静かな若い男だった。

判断材料は、声だけだ。

その間者は、人のサイズを誇る巨大な熊のぬいぐるみの中に入っていた。

シャルロットが特注品として作らせ、先刻寝室に搬入《はんにゅう》させたばかりの品だ。

気がつけばその熊のぬいぐるみが、ベッドの上に大の字になって倒れていたシャルロットの首筋に暗殺用の短剣を突きつけていた。

シャルロットは衝撃で声も出ない。

「シャルロット!?」

ジャンヌはしかし、ユリスになることができない。

体内の石は、力を使い果たして黒化《ニグレド》してしまっていた。

モンモランシからエリクシルを補給し、かつ時間を空けなければ、回復できない。

「おっと動かないでくださいドンレミの《乙女》。わたくしはジラールと申します。そこに倒れている牛のようなブ男とは雇い主が異なりましてね。雇い主が異なる二人の間者が、ほぼ同時にこの寝室へ潜入したというわけです。わたくしがどうやって室内へ入ったかは説明しなくてもうおわかりですね?」

ぬいぐるみは、淡々とした口調で語る。

「さて。わたくしは、少々厄介な使命を担《にな》っております。ヨーロッパのどこかに隠されている賢者の石を見つけ、そして奪取しなければならないのです」

「賢者の石を？」

「石だけではなく、エリクシルも探しているのですよ。あるいはエリクシルの錬成方法を突き止められれば、最高ですよね。難しい使命でしょう？　あなたはたしかに賢者の石を持っている。これは間違いありません。ですがわたくしごときがどうあがいたところで、賢者の石の力でユリスになったあなたに正面から勝負を挑んでも太刀打《たちう》ちできませんからね。しかし都合のいいことに、室内にちょうどそのブ男が」

ジラールと名乗った間者は、勝利を確信しながらシャルロットの身体を抱き起こしていた。首筋には短剣の刃《やいば》を突きつけたままだ。

「わたくしはこれ幸いとあなたとの戦いをブ男に任せて、ずっとあなたの時間が切れる瞬間を待っていたわけです。さあ《乙女》よ、こちらへ来ていただけますか」

「……シャルロットは助けてあげて。賢者の石なら、わたしのお腹の中に入っているから。その短剣でわたしのお腹を切り裂いて、持っていって！　シャルロットは関係ないよ！」

「おっと、即断ですか。泣けますね《乙女》。てっきり賢者の石は渡さないと駄々をこねられて、やむを得ず姫太子を切り刻んで殺す羽目になるかと思っていましたが……さあ、来なさい。《乙女》」

「いいよ。シャルロットさえ無事ならばそれでいい！」

「ダメよ。ジャンヌ。シャルがこいつと交渉するから！　あなた、誰に雇われたの？　賢者の石の代わりに、シャルの身代金を支払うから、だからジャンヌを殺さないで！　お願い！」

「あなたとの交渉はありません姫太子。わが雇い主は、破産状態にあるフランス王家などよりもずっとずっと裕福でしてね。雇い主が求めているものはただ、賢者の石とエリクシルだけなのですよ。それに、わたくしの正式な雇い主はすでに死んでいます。今の雇い主は名ばかりの主《あるじ》。ですが正式な雇い主の死後も、わたくしは仕事を続けているわけです。少々、義理がありましてね」

「……雇い主が……死んでいる……!?」

この時、動転しているシャルロットは、フランス王家に伝わる聖剣ジョワユーズもまた「賢者の石」が宝具化されたものだという真実に気づけなかった。気づいていれば、ジャンヌと交換するために迷いなく差し出しただろう。しかしジラールが、自分の「今の」雇い主の正体を隠すために、捜索中の賢者の石のひとつであるジョワユーズの名を口にしなかったことが、ジャンヌとシャルロットをさらに追い詰めていた。

「そうそう。兎《うさぎ》のようにはらわたをぶちまける前にエリクシルの錬成方法もお教えください、《乙女》。賢者の石を手に入れても、エリクシルがなければ使えませんからね。ほんとうのことを言わなければ、姫太子のきれいなお顔を切り刻みます」

「……モンモランシ……モンモランシとベーゼを交わすの。そうすると、エリクシルが補給されるの。モンモランシの口から、熱いエリクシルが溢れてくるの」

「ほう？　そいつはずいぶんと突飛な話ですね。だとすると、たとえばわたくしがユリスになるためにはあの男とベーゼを交わす必要が？　想像するだけで寒気がしますね」

「ほんとだよ。でも、モンモランシを捕らえたりひどいことしたりしないで。わたしの石をあげるから、それで許して！」

「ジャンヌ！　ダメよ。その石はあなたの命なのよ。賢者の石を渡しちゃダメ。シャルを捨てて逃げて。シャル以外にも、王位継承権を持つ人間はいるから。王家の血筋を受け継いでいる人間が。その者をランスへ連れていって、フランスの王に！」

「ああ姫太子、あなたは黙っていてくれませんか。誇れるものはあの淫乱な母親譲りのいやらしい身体だけ、ラ・トレムイユのような売国奴に政権を丸投げして遊び暮らしていた屑《くず》ガキだったくせに、いきなり名君みたいなその物言い。いったいどうしたんです？　ま、やる気のない屑ガキのままだったほうが多少は長生きできたでしょうがね。助けを呼ぼうとして大声をあげたらその瞬間に命をいただきます。もっとも、声をあげても暗殺を恐れるあなた自身が、内側から頑丈な門をかけてしまっていますがね」

「……う、う……ジャンヌ。お願い。今なら逃げられる。この男は、それを防ごうとして言葉巧《たく》みにジャンヌをベッドへ誘導しているだけ。こいつは、シャルを殺せるのならばもうとっくに殺しているはず。きっとこいつも、シャルを殺すな、と雇い主に厳命されているのよ。早く扉を開けて、廊下へ」

「ダメだよ。わたし、シャルロットを守ると誓ったばかりなのに。シャルロットの騎士になったばかりなのに。そんなこと、死んだってできないよ！」

「……ジャンヌ」

「ええ、それはなりません。ドンレミの《乙女》。姫太子の言葉は当たりです。わたくしは『今の』雇い主から、たとえシノンに潜り込んでも姫太子は殺すなと命じられています。ですがあなたが逃げれば、わたくしは『今の』雇い主の命令に叛《そむ》いて姫太子の首をこのまま切り落としますよ。なによりも先代の雇い主の命令を――賢者の石の確保を最優先します。喉を切られた人間がどんな無様な声を漏らすか、聞いたことはありますか？　声帯を切られた人間の声は、もはや声にならないんです、魚のように口をぱくぱくさせて、『ひゅうう』と空気を漏らすだけなんです。それはもう間抜けで、笑えますすよ」

「やめて。やめて。暗殺なんてもうやめて！　シャルロットを殺さないで！　これ以上、シャルロットを傷つけないで！」

ジャンヌは目に涙を浮かべながら、シャルロットを片腕で羽交い締めにしている刺客のもとへと無防備に駆け寄っていた。

これはまあなんという愚かな小娘だ。賢者の石の力がなければただの弱い子供にすぎなかったか、とジラールはほくそ笑んだ。

「……ジャンヌ……！」

「ずっと一緒にいるよ、シャルロット！」

二人は、お互いに手を伸ばした。

「いいですね、少女同士の汚れなき友情ごっこ。でもこれで終わりです《乙女》。すぐにあなたの平らなお腹を十文字に切り開いて、永遠にあなたのお姫さまとお別れさせてあげますよ」

その指と指が絡み合う直前がいい。純真な希望が絶望に変わる瞬間を見届けてやろう。ジラールはぬいぐるみの面の中で舌なめずりしながら、短剣を動かすタイミングを見計らっていた。

この時、即座にジャンヌを始末しなかったことが、この嗜虐《しぎゃく》趣味のある間者ジラールにとって、命取りとなった。

鉄製の扉が、大轟音とともに『外側』からいきなりぶち破られていたのだ。

「間に合ったあああ！　ガスコーニュの女傭兵ラ・イルさま、颯爽《さっそう》と参上！」

「うおお、危ねえっ！　ラ・イルお前、来るのが遅いんだよ！　無事だったか、ジャンヌ！」

「ええっ？　モンモランシ？　ラ・イルまでどうしてここに？　わたしをシノン城まで送り届けたところで、契約は終わったんじゃなかったの？」

ジャンヌの疑問に、ラ・イルが答えた。

「ジャンヌとモンモランシを無事にシノン城まで送り届ける、それがあたしが請《う》け負った仕事の契約。ところが狡猾《こうかつ》なモンモランシは、あの宴会の夜に契約内容に細かい条件をつけていたのさ。自分たちを『シノン城の城門』まで届けるのではなく、『シノン城内にあるシャルロット姫太子の部屋』まで届けた時点で契約完了とみなす、と。一定の時間が過ぎても城内に入ったモンモランシから合図がなければ、ラ・トレムイユの罠にかかったと考えろと。その場合、あたしはガスコーニュ傭兵団を率いて城内に突撃しなければならなかったのさ」

マスケット銃がなければこの寝室を閉ざした頑丈な扉は破れなかったぜ、危なかったな、とラ・イルは苦笑している。

アスタロトが「ラ・イルを地下牢へ道案内してモンモランシを救出させたのはわたしよ」とモンモランシの帽子の上で威張っていた。

「モンモランシ〜！　羽つきさんも、すっごい！　ラ・イルもかっこいいよう！」

拷問官たちと地下牢の衛兵たちは、ラ・イルに解放されたわたしたちがいっせいに襲いかかって数の暴力で鎮圧したでちゅう、とフェイ族の妖精たちが廊下で踊っている。

「くうう、かわいいなあ……あ、いや。よ、妖精どもとジャンヌの役に立てたなら幸いだ。それにしてもモンモランシ。てめーはほんものの詐欺師だな。衛兵たちを派手に蹴散らしたあしは、反逆罪に問われる羽目になっちまったじゃねーか！」

「問題ないラ・イル。シャルロットを救い出して、お褒めの言葉をいただけばそれで片付く。その甲冑を着た刺客は死んでいない、まだ息がある。ジャンヌはユリスになっても、敵を殺したりはしない。頸椎を外されて失神しているだけだ」

「そうなのか？　ジャンヌってほんとうに優し〜い……い、いや、まったく甘い娘だぜ。それじゃ、あのデカブツを無理矢理自白させてラ・トレムイユを謀反人《むほんにん》に仕立て上げちまうか！」

「おっそうだな。シャルロットを暗殺しようとした、って自白させようぜ」

そう。

ラ・トレムイユがジャンヌを暗殺するために放った刺客モージはすでに床の上に突っ伏して

動かないが、賢者の石の力を解放して「傲慢」の感情を増幅させている時であっても、ジャンヌがドンレミ村の素朴で純真な少女であることに変わりはない。

これほどの死闘の中でも自分の力にブレーキをかけて、刺客の命を奪わずに失神させている。モンモランシはそう信じていたし、実際にそうだった。モージは生きていた。

「待ってくれ。モンモランシ、ラ・イル。決して嘘の自白を引き出してはいけないぞ。捕らえた刺客は正当に扱うんだ。こういう緊急事態の時こそ、私たちは騎士の名に恥じない行為をしなければならない」

「くすん、くすん。傭兵部隊と妖精族が反乱を起こしてシャルロットを襲撃したと聞いたのだけど、もしかして違うのかしら？　あ……こ、これは……!?」

地下牢からかろうじて解放されたリッシュモンと、そしてこの騒ぎを聞きつけて駆けつけてきたフィリップが、次々と室内に入ってきた。

だが――。

「残された問題は、このぬいぐるみ野郎だ。てめえは、ラ・トレムイユに雇われた暗殺者じゃねえな!?　雇い主は誰だ。シャルロットの寝室に潜り込んだ目的は？」

退路を断たれたジラールは、シャルロットの喉に短剣を当てながら、部屋の片隅に追い詰められたまま動けなくなっていた。

「ふ、ふ、ふ。困りましたね。わたくしの使命は、賢者の石を手に入れエリクシルの錬成方法を聞き出すことです。雇い主の名は、もちろん明かせませんとも。わたくしにこの使命を与えた先代の名も、主《あるじ》とは名ばかりの『今の』雇い主の名も、なにも教えられません」

「明かさないのなら、捕らえてラ・トレムイユ謹製《きんせい》の拷問道具を用いるまでだぜ？　趣味じゃねえが、お前はシャルロットとジャンヌを傷つけ苦しめた。文句はねえだろうな」

「それはごめんですね。わたくし自身の命など惜しくはないですが、雇い主を裏切るような真似はできません。やっとジャンヌから聞き出したエリクシルの秘密も伝えねばなりませんしね。錬金術師、わたくしを解放しなさい。シャルロットさまの命と交換です」

「モンモランシ！　逃がしてあげて！　シャルロットを取り戻さないと！」

「わかってるさジャンヌ。おい、ぬいぐるみ。先にシャルロットを放せ。忌々《いまいま》しいが、てめえを逃がしてやる。俺はシャルロットを取り戻したら平然とてめえとの取引を反故《ほご》にして裏切ってやりてえが、正義の姫騎士リッシュモンがそういう騎士道に反する行為を認めないからな。さあシャルロットを放せ！」

「いいえ、先にわたくしを城門の外まで逃がしなさい！」

「賢者の石も奪えずに、エリクシルの秘密だけを雇い主に伝えてどうする？　肝心の賢者の石はジャンヌのお腹の中だ。そもそもお前の雇い主は誰なのかは明らかだぜ？　ジャンヌがユリスとして活動できる時間に制限があることを知っていて『時間切れ』戦術を選んだお前は、ブルゴーニュ軍の人間だ。つまり、賢者の石を探せとお前に命じた張本人は今は亡き先代ブルゴーニュ公ジャンだ。そしてお前の強引なシノン潜入を止められなかった『今の』雇い主は……」

「わたくしにその種の質問をすれば、シャルロットさまを切り刻む！　すみやかに、わたくし

ち殺す」

「モンモランシ、こいつは人質を放しそうにないぞ。ぬいぐるみを被っていて顔は見えないが、雇い主のためなら平然と自分の命を投げ捨てられる殉教者の声だ。あたしがマスケット銃で撃ち殺す」

「ダメだラ・イル。シャルロットの喉に添えられている短剣のほうが速い」

人質として捕らわれていながら、シャルロットはジラールの声が耳に入らないようだった。

ただまじまじと、モンモランシを見つめている。

「やっぱりそうだったのね。もしかしたらそうなんじゃないかって、心のどこかで期待していたけれど……ジャンヌのお兄さんのモンモランシとは、あなただったのね？　騎士養成学校が閉鎖されたあと、実家に廃嫡されて、異端審問軍団に追われていた、あのモンモランシなのね？　すべてを失ったあなたがジャンヌを連れて、シャルのもとへはせ参じてくれたのね？」

フィリップが、涙目になって叫んでいた。

「もういいの。やめて！　やめなさい！　ごめんなさいみんな、私がジラールの『今の』雇い主なの！　ジラール、命令よ！　シャルロットを解放して！」

ジラールの『今の』雇い主はブルゴーニュ公国を継いだフィリップだが、ジラールはフィリップの父親ジャン無怖公《むふこう》の遺志を受け継いで勝手に動いているらしい。この寝室に潜入したのもジラールの独断なのだろう。どうすれば説得できる？　と歯ぎしりしていたモンモランシは(フィリップが勇気を奮《ふる》い起こして名乗り出てくれた！　面と向かって主から命じられた以上、の要求に応《こた》えろっ！」

この熊ぐるみ野郎はこんどこそフィリップの命令に従うはずだ）と期待した。

　しかしジラールは、フィリップのその懇願を無視した。

「ふん。情けないことをおっしゃる、善良公女さま。賢者の石とエリクシルの秘密を解き明かすまでは、誰になんと言われようともわたくしは止まりません。それが、先代の雇い主とわたくしが交わした契約です！」

「その雇い主はもう、この世にはいないわ！」

「いえ、肉体は朽《く》ちてもその志はこの世に残されております！　志半ばで倒れられたお父上の野望を実現することこそ、あなたの運命！　錬金術師！　五つだけ数えます。数え終える前に、決断なさい。さもなくばシャルロットさまのお命をいただきます。一つ。二つ。三つ。四つ」

　モンモランシは「わかった。降参する！」と叫んでいた。

「シャルロットの解放はあとでいい、先にお前をシノン城から出してやる！」

「言葉だけでは、信じられません！　あなたはラ・トレムイユの裏をかいてここまで辿り着いた策士です。どんな策を用いてくるか」

「わかったよ。『賢者の石』をくれてやる！　エリクシルごとな！　飲み込んでユリスにでもなれ！　それで俺たちはもう手出しできねえ！　だから絶対にシャルロットを傷つけるな！」

「ほう。ジャンヌの腹をあなたが割くのですか？」

「ジャンヌの腹を割いたりできるか！　賢者の石は、あらかじめ半分に割ってある。子供に丸ごと一個は与えられなかったからな。残り半分が、こいつだ。今これをエリクシルで満たすから、ちょっと待て。エリクシルつきの賢者の石だ」

「ほう。あなたの口の中から、エリクシルが？　ジャンヌの言葉はほんとうだったのですね？」

「ああ。ジャンヌは嘘をついたりしねえよ」

モンモランシは、手のひらの上に置いた賢者の石の半球を、自分の口の中に放り込むと、再び吐きだしてジラールへ向けてふんわりと投げた。

「おおおお！　一見すると錬金術師の唾液まみれに見えますが、これこそがエリクシルに満たされた賢者の石！　わたくしは今、ジャンヌと同等の力を持ったあのユリスになる！」

ジラールはシャルロットを解放すると、賢者の石を摑み取って、そしてぬいぐるみの口の部分に賢者の石を押し込んでいた。

「お嬢さま！　よく見ておくのです！　ブルゴーニュ公国、万歳！」

だが――。

賢者の石を飲み込んだぬいぐるみはみるみるうちに膨張《ぼうちょう》し、そして、風船が破裂するかのように爆発していた。

「うわあ？　どうして？　爆発しちゃったよ？」

解放されたシャルロットと抱き合いながら、ジャンヌが首をかしげた。

ラ・イルが「げっ!?」と悲鳴をあげ、アスタロトはへなへなと崩れていくぬいぐるみに「ちょっとあなた？　いきなり爆発するだなんて、どういうことなのよ？」と困惑したように声をかけていた。

「ああそうそう。実は、俺のエリクシルは欠陥品でな。空気に触れるとすぐに蒸発しちまうんだ。つまり俺はたしかに約束通り賢者の石をエリクシルで包んでやったが、そいつはもう蒸発済みだ……って、教え終わる前に慌てて賢者の石を飲んじまって全身に毒が回っちまったか。いやあ、悪いな。てめえとベーゼを交わす羽目に陥らなくて、助かったぜ」

フィリップは衝撃のあまり「あ、あ……ジラール……ごめんなさい……くすん」と膝《ひざ》から崩れ落ち、リッシュモンはモンモランシを呆れたように睨みながら「今のきみの行為は限りなく詐欺に近いが、明らかな嘘をついてこの間者を騙したわけではないし、ぎりぎり許してあげられる線だな」とため息をついた。

「それにしてもこいつ、賢者の石を飲み込む際にあまりにも躊躇がなさすぎだったな。どういうことだ？」

ラ・イルが首をかしげ、モンモランシは「ジャンヌが見せたユリスの力に惑わされたんだろうぜ。こいつがぬいぐるみを着ていなきゃひらめかなかった策さ。ジャンヌやシャルロットに、野郎が苦しみながら死んでいく姿なんて見せたくなかったからな。ま、苦しむこともなく得意の絶頂って感じで爆発したけどな」と髪をかきながら答えた。

アスタロトが「おかしいわ。いくら賢者の石に耐性がないからって、飲んだ瞬間に爆発するだなんて妙だわ。じわじわと体内に毒が回って死んでいくはずなのに？」とぬいぐるみの上を飛び回っている。

突然の爆発音に驚き、廊下をあたふたと転げ回っていたフェイ族の妖精たちが、「この錬金術師さんは、意外とおっかないでちゅう」「ジャンヌを救うためなら、容赦ないでちゅう」「魔王でちゅう」と口々に叫んでいた。

【「アンガルタ、キガルシェ」　第四歌　イナンナ】

「石《メ》」の受け渡しは困難を極めていた。「メ」を奪おうともくろむエンリルの手の者が常にわたしとエンキを見張っていたからだ。受け渡しができる可能性があるとすれば、機会はこの会議の場だけだった。だからわたしとエンキは危険を承知で乗り込んだ。この会議でエンリル派が勝利してエンキの提案が却下された時には、会議場で直接エンキから「メ」を受け取って、わたしはエ・テメンへと昇る。エンキは地上に留《とど》まって、エンリルと神々と戦い、足止めする。それはつまりエンキはわたしと「メ」とそして「適格者」を庇《かば》って反乱者として死ぬということだ。最初から、そういう約束だったのだ。

わたしに「愛」という感情があれば、エンキのこの提案をわたしは承諾《しょうだく》しなかったかもしれない。しかし、エンキを犠牲にしてでも、キエンギ全体、生物全体の未来を、わたしは選んだ。女神としての義務感からか。「キエンギの未来の可能性は、生殖能力と進化の多様性を喪失したアヌンナではなく、個としての脆弱《ぜいじゃく》さという不利を背負いながらもそれらを保持し続けている人間にある」という意見においてエンキとわたしとの考えが一致したからなのか、あるいは——。

「イナンナ！　キエンギの未来は、お前に託した！　頼む！」

だが、わたしもエンキも、エンリルの真の実力をいまだ理解できていなかったのだ。荒ぶる嵐の神・エンリルと、錬金術の神・エンキとの間には、想像以上の力の差があった。エンキは、戦闘に対して自分の才能をほとんど注ぎ込まなかったのだ。すべてを、錬金術と占星術に注いできた。命を生みだし育《はぐく》み守るための術に——とりわけ、生殖能力を失い女神との恋に墜《お》ちることができなくなってからのエンキはそうだった。

対するエンリルは、己の才能のすべてを「戦闘」「勝利」「支配」に振り分けてきた。エンリルにとっては、生き延びるということは他を圧倒し支配するということだったのだ。彼は次世代への継承などということに興味を持たなかった。それ故《ゆえ》に圧倒的な強者となり、キエンギの神々の王の座をも奪い取ったのだ。

エンキは護身用に、常に二柱《はしら》のイギギを侍《はべ》らせていた。この会議場にも、その二柱を密かに潜り込ませていた。ガラトゥッラと、クルガッラ。身体こそ小さいが、通常のイギギよりもはるかに戦闘力に長《た》けた、護衛官特化型のイギギだった。

エンリルと神々に包囲されたエンキは「メ」を放り投げるとともに、床と天井とに埋伏《まいふく》させていた二柱のイギギを解き放った。「メ」を、わたしの手に摑ませるために。

しかし——その二柱のイギギが放った剣が、エンキの胴体を貫いていたのだった。

「エンリル。てめえ。こいつらを寝返らせたのか……しかも、剣に、アヌンナの肉体組織を分解する毒『エレシュキガル』を……こいつは、俺がアヌンナの身体を縮小させて環境に適応させるために開発したものの、結局はアヌンナを殺す結果になると判明して永遠に封印した失敗作だぜ……まったく。こいつを盗み出すために俺のイギギたちをどれほど脅《おど》しあげたんだ？　ひでえことを、しやがる」

ガラトゥッラとクルガッラは、口々に「お許しください」と泣きながら、血に塗《まみ》れて膝《ひざ》から崩れ落ちていくエンキにひれ伏していた。「いや、いい。巻き込んですまなかったな」とエンキは仰向けに倒れながらイギギたちに向けて笑っていた。

「フン。もはや偉大なるアヌンナであろうとも助からない。そうだ、エレシュキガルは貴様自身が作りだした致死性の毒だ。貴様は急激に身体の組織を溶かされて人間のように縮み、息絶えるのだ。弟よ、愚かなイギギなどに頼るからこうなる。こいつらの一族を捕らえて『俺の陣営につかねば皆殺しにする』と脅迫するだけで、イギギどもは寝返ったぞ。なにしろ俺がひとたび脅迫すれば、それは決して脅しではない。いかなる非道な言葉であろうとも必ず実行する。イギギどものしみったれた小さな脳に染《し》みついた恐怖が、こいつらを縛ったってやつだ。イギギは欲望が薄い分、抵抗する意志ってやつも薄弱だからなァ～」

エンリルは、胸を反《そ》らしてそうそぶくと、エンキへとどめを刺そうと迫った。その時だった。ガラトゥッラとクルガッラはこのエンリルの言葉を聞いて、イギギとは思えないほどに激高した。たとえ気が弱く善良なイギギであろうとも、許しがたい悪に対しては、怒りを覚えるらしい。彼らは泣きながら、強大な体躯を誇るエンリルのもとへと、斬りこんでいった。力は弱くともその剣には、アヌンナの肉体組織を溶かしてしまう強力な毒が塗られている。

「貴様ら！　イギギの分際でこの神々の王である俺に逆らったな！　一族すべて、生かしてはおかん！」

エンリルが神々に命じて、イギギたちを殺戮《さつりく》している隙《すき》に、わたしはエンキの肩を担《かつ》ぎ上げ、会議場から運びだそうとしていた。イギギか、エンキか。どちらを捨ててどちらを救うか、愛という感情を知らないわたしは瞬時に理詰めで選択できてしまう。

だが、エンキは「俺はここまでだ」と首を振った。

「……イナンナ……済まない。どうやら予定よりも早く、俺は死ぬらしい。だがまあ、俺がここで死ぬことは『織《お》り込み済み』だ。あとは、お前次第だ……時間がない……計画通りに、やってくれ。天空へ、急げ」

わたしは、エンキの血に塗れた「メ」を、手を伸ばして摑み取っていた。

「メ」が重い。縮みはじめているはずのエンキの身体がなお、とても担ぎ上げられそうにないほどに重い。

そして、わたし自身の身体もまた嘘のように重い。

重力は、ますます強くなっている。

わたしはなぜ、エンキのために泣けないのか。

わたしにも、感情はある。あらゆる感情がある。恐怖がある。幸福がある。希望がある。同情がある。共感もある。ただひとつ、愛だけがない。愛を感じなければならない場面に立ち会った時、愛を喪失して傷つかなければならない時、わたしは凍り付いて立ちすくんでしまう。わたしの心に、愛がないからだ。愛の女神が愛を知らないなど、笑い話にもならない。あるのはただ、エンキがわたしに与えてくれた「愛」に「愛」で返せない自分に対する罪の意識だけだ。

エンキの肩を支えきれなくなって呆然と立ち尽くしていたわたしを、床の上に再び転がりながらエンキは叱《しか》りつけていた。

「さっさと行け！　アヌンナの終わりの時が来た！　これ以上重力が強まれば、アヌンナは徐々にその肥大しきった脳をやられる……脳は鍛えようがない。他の器官よりもずっと脆《もろ》い。損傷すれば知性が崩壊する。神の座から転がり落ちるかのように、アヌンナはみな野生の獣になる……大洪水で滅びるか、あるいは高重力で滅びるか。いずれにせよ、それがアヌンナの運命だ」

そう。イギギと人間の身体が環境に適応して小型化した理由は、複数あった。ひとつは高重力下での運動性の確保。ひとつは寿命を削り個体としての生命力を犠牲にしてでも、生殖機能を維持すること。そして最後が、脳を小型化することで、知性を司《つかさど》る脳の高次機能を維持することだった。有性生殖能力を捨てたイギギは脳を単純に小型化したが、人間の脳は神経組織を従来よりも高密度化させることで知能を犠牲にすることなく進化した。これも、有性生殖が進化に有利だという事実を反映した結果なのだろう。

エンキは言った。イギギは、脳の容量を削る際にアヌンナが持つ強烈な自我・欲望といった「個」の意識を軽減させて、「一族」としての「共通意識」を保つ方向に特化した。個体の大幅な弱体化と引き替えに「共生」の能力を選択した。単性生殖を選んだのも、雄《おす》と雌《めす》による「有性生殖」こそがアヌンナのほとんどあらゆる対立と葛藤《かっとう》の源泉だったからだ。雌を得るために、雄は強くなり、戦い、他の雄を打ち倒さなければならない。雌は雄を得るために美しく蠱惑《こわく》的であらねばならない。そして恋も愛も永遠のものではなく、いずれは破局と裏切りが訪れ、新たな嫉妬《しっと》と疑惑と悲劇を生む。イギギ独特の単性生殖、雌のみで共存する単性の社会は、それらアヌンナの「性」が生む問題を浄化した先に誕生した――。

しかし、それでは進化の可能性はなくなってしまう。雄と雌。男と女。異なる二極の融合がなければ、生物は多様性を発揮できず、進化できない。人間は、アヌンナ以上の自我と欲望、つまり「個」の意識に特化する道を選んだ。強靭《きょうじん》な肉体だけが持ち得る戦闘力や生命力を極限まで削り取り、有性生殖能力の維持に特化した。脆弱な肉体とは裏腹に脳を高密度化したのは、個体としての自我意識を捨て去らずにむしろ強化しようとしたからだ――。

エンキの言葉は、ひどく聞き取りづらいものだった。致命傷を負っているからだけではない。舌がもつれているようだった。脳の言語中枢に障害が発生している。

「エンキ、あなたもしかして……脳が……もう、壊れつつあるの？」

「知性は無事だが、運動機能がな。多少な」

「エレシュキガルのせいで？」

「いや、エレシュキガルのせいじゃない。高重力が負担になったのさ。イナンナ、お前たちの脳はまだ無傷だ。だが俺の脳は、長年に亘《わた》る錬金術実験ですでに痛《いた》んでいたんだ。だから他の連中よりも傷《いた》み方が少々早いのさ。すべてのアヌンナが、遅かれ早かれ、この高重力によって俺と同様に、脳を損傷するだろう。俺はいくつもの方法でアヌンナを守ろうとした。余剰《よじよう》空間開閉実験もその試みの一つだった……エレシュキガルもそうだ。エレシュキガルを開発することで、人為的にアヌンナの身体を人間のように小型化し、重力による脳の損傷問題を回避したかった。理論的には、エレシュキガルを用いて肉体と脳の質量を縮めれば、保持できる記憶容量は劇的に減るが、アヌンナが持つ高度な精神活動は、知性と自我は、変わらず保持できるはずなんだ。俺が導き出した理論ではそうなる。だが……」

アヌンナが従来の知性を保ちながら生き延びるためには、自ら身体の組織を破壊するエレシュキガルを体内に注入して強制的に分解し、身体そのものを大幅に縮小するしかない。人間やイギギに倣《なら》って。だが、それほどの強力なエレシュキガルを体内に注入すれば結局身体のほうが急激な組成変更に耐えきれず、アヌンナはその変容作業の途中で死ぬことになる。

「結局、実用可能な改良型エレシュキガルの開発は、残念ながら間に合わなかった——俺の脳がもしも全盛期の能力を保てていれば、あるいは解決策が閃《ひらめ》いたのかもしれないんだがな。時間切れさ」

「それで今日のあなたは、椅子から立ってはすぐに座り込んでいたのね？　酔っていたのではなく、身体の自由が利《き》かなくなっていたのね。だから、あっけなくイギギに刺されて」

「……『獣』になっちまった俺の姿をお前に見られなかっただけでも、俺は幸運だ。地上の重力が減衰するまでは冥界《めいかい》から下りるな、イナンナ。天船マアンナに、そのための設備と食料をすべて詰め込んである。そして──なにがあっても決して余剰空間には待避するな。余剰空間内はこの地上よりも遥《はる》かに高重力だ。余剰空間内に入り込めば、アヌンナの肉体は重力に耐え切るだろうが、脆弱な脳を破壊されて理性を失い、『獣』になる」

エンリルにも余剰空間の危険は教えた。だが奴は信じようとしなかった。アヌンナは完璧な生物だ、イギギや人間以下の獣に堕落することなどありえないと──高すぎる自尊心が現実を誤認させているんだ。

しかしイナンナ、お前は違う。お前は「自分は生まれながらに愛を知らない」と自嘲するが、お前はただ誰よりも客観的な知性と高い知能の持ち主だというだけだ。お前ならば、人間を新たな時代に導く女神としての使命を最後まで逃げずにやり遂《と》げてくれるはずだ。

「そうなのね。だから『神々の王』の座の継承を放棄してまでこのわたしにすべての『メ』の管理権を譲ったのね。だからわたしを冥界の管理者にしたのね、エンキ。重力が干渉《かんしょう》しない冥界ならば、脳は壊れない……地上の重力が減衰するまで冥界に留まることができれば、わたしは獣にならずに、女神のまま生き、そして死ぬことができる」

でもエ・テメンが倒壊してしまえばわたしも天船とともに地上に落ちるわ、あなたとしたことがずいぶんと些細《ささい》な失念をしでかしたのね、とわたしは苦笑いしていた。

「……たしかにエ・テメンが無事でいられる可能性は限りなく低い。だがな。少しでもお前を破滅の危機から遠ざけたかった。女神が獣になっちまった姿なんて、俺の趣味じゃねえ」

「わたしは愛を知らない。あなたはきっと、わたしを誰よりも深く愛してくれていたのね。それなのに……あなたに返せるものが、なにもないわ」

「いいんだ。お前は、仕事を成し遂げてくれればいい。立ち止まるな。迷うな。いつかきっと、お前は自分自身が失っていると信じているものを見つけることができる」

「わたしが、失ったもの……」

「イナンナ。ぐずぐずしているとエンリルにお前も殺される。もう、行け。ドゥムジとともに……ここから先は、俺の遺志をドゥムジが継いでくれる……」

「待ってエンキ。そうだわ。あなたの体内に、『メ』を埋め込めば！　あなたはもしかしたら生き延びられるかもしれない！　万に一つの可能性が……」

「……うろたえるなイナンナ。『メ』と生物の融合にはまず『メラム』の注入が必要だ。そいつは、この高重力下の大地ではできない作業だ。それに、俺の身体は人間よりも小さく縮みつつある。『メ』の強大な力に耐えられるはずがない。お前は、まったく、不肖の弟子だな」

「待って！　待って、エンキ！　きっとまだなにか、方法が……もしかすれば小さくなってしまったあなたの身体の質量に合わせて、『メ』を分割すれば――」

　しかしエンキの声は、すでに途切れていた。

　命が、尽きていた。

　ことされた時、あれほど背が高かったエンキの身体は人間よりもずっと小さくなってしまっていた。やっと、わたしのかぼそい腕で運び出せる軽さに。でももう、生きてはいない。エレシュキガルの毒が、エンキを永遠に沈黙させたのだ。

　こんな時になにを言えばいいのか、なにを感じればいいのか、わたしにはわからない。

「わが女神！　エンキさまはすでに亡くなられました！　重力異常が加速的に進んでいます、一刻も早く天船マアンナへ！」

　扉をこじ開けたドゥムジが飛び込んできて、わたしの手をひいていた。

　小柄な人間は、この重力下でもアヌンナほどに制限を受けない。しかし、ドゥムジは泣いていた。自分を見出《みいだ》してくれたエンキの死を、悼《いた》んでいたのだ。わたしも、わたしに錬金術を授け「メ」の管理権をことごとく分け与えてくれたエンキを兄のように思っていた、はずだった。しかしわたしは泣いていない。その事実が、わたしの涙腺《るいせん》を潤《うる》ませる。これはエンキへの愛のために泣いているのではなく、エンキのために泣けないわたし自身の生物としての不完全さが哀れで泣いているにすぎないのだ。

「わが女神、お優しいイナンナさま。エンキさまを想って泣かれるのは、後です。今は、エンキさまの遺志を果たすべき時です」

　そうではないの、とわたしはドゥムジに言いたかった。しかし、そのような気弱な言葉を吐いているような時ではなかったのだ。

　叛逆したイギギたちを殺し尽くし、エンキが死んだことを確認したエンリルの凶暴な視線が、わたしに向けられていたからだ。

「フン。高重力によってわれわれの脳が壊れる、だと!? 余剰空間内はさらに高重力だから、待避してはならない、だと？ エンキめ、最後までわれらを惑《まど》わす世迷《よま》い言《ごと》を！ 俺たちに猜《さい》疑心《ぎしん》を与えて計画を失敗させるつもりだな！『メ』を奪え！ イナンナも反逆者だ！ キエンギ全土に――〝全世界〟に非常事態宣言を発布する！」

わたしとドゥムジは、敵兵に満ちあふれた廊下を駆け、天船マアンナが停泊している港を目指した。

ドゥムジが誘導してきたわたしの随獣《ずいじゅう》たちが、次々と神々とその兵士を襲った。会議が決裂した際の避難ルートは、あらかじめドゥムジとエンキとわたしによって準備済みだったのだ。

ドゥムジの有能さについては、今さら驚くことはなかった。エンキが見出し、わたしが育ててきたのだから。しかし彼の優秀さの本質は、知能や勇気ではない。エンキ仕込みの錬金術に熟達した腕を発揮して、わたしがエ・テメンを整備して「メラム」を生成し続けるにあたって強力なパートナーとなってくれることでもない。彼こそが、ドゥムジこそが、万人に一人という奇跡的な資質を持つ「適格者」なのだ。人間でありながら大量の「メラム」を蓄積できる者。人間に破局の後の世界を託すことを決断したエンキが選びだした、「不死者《ジウスドゥラ》」の候補なのだ。

「マアンナはまだ接収されていません、間に合います！ エンキさまの『メ』の力を用いてこの高重力を振り切り、第七のエ・テメン――『エ・テメン・アン・キ』へ向かいます！ エンキさまの計画を実現するために！」

「ドゥムジ。あなたにはこれから、耐えがたい苦難の道を歩まねばならない。ほんとうに、いいの？　あなたは人間でありながら妻を娶《めと》り子をもうけることもできず、ずっとわたしの従者として働いてきた。それはきっと、人間の本能に反した、苦痛と不幸に満ちた生き方だったはずだわ。そしてこれから、もっと辛《つら》い試練をわたしはあなたに与えようとしている」

「そのようなことはありません。わたくしは、わたくしに命と愛を注いでくださったキエンギの皆さまのために、わたくしを実の子のように慈《いつく》しんでくださったエンキさまのために、そしてわたしのたいせつな主人のために、いかような試練をも笑顔で受け止め、そしてわたくしの任務を果たします。お優しいイナンナさま」

　エンリルの指揮下におかれた、あらゆる神々の天船が追撃してくる。しかし「メ」を実装している天船は、わたしたちのマアンナだけだった。他の天船は、エ・テメンから細々と送られてくる「メ」の力を借りて飛んでいるにすぎない。この異様な高重力下では、天船の推進力に圧倒的な差があった。振り切れる。わずかでも、計画を成就《じょうじゅ》させるための最後の時間を手に入れられる。七相の天空を貫き、わたしたちはエ・テメン・アン・キの「塔」に垂直に寄り添いながら漆黒《しっこく》の「冥界」へと飛んだ——もはや大地の重力が干渉できない、はるか高みの天空のさらに上。「メ」と生物とを繋いでくれる、神聖なる液体。エンキが「生命の水」と呼んできた「メラム」を生成できる聖なる空間。エ・テメン・アン・キの頂上に聳《そび》え立つ神殿「エディン」へと。

Ⅳ　ユリスの騎士

「モンモランシ。もう一人の甲冑男《かっちゅう》も、自決しちまった！　ラ・トレムイユがジャンヌを暗殺するために放った刺客《しかく》に違いないのに！」

シャルロットの寝室内。

モージはジャンヌに命を奪われてはいなかったが、ジラールと賢者の石《ピエール》を巡る騒乱の中で目覚めると同時に、奥歯に忍ばせていた毒を飲み込んで自ら命を絶ってしまっていた。

ラ・イルが、「ラ・トレムイユの罪を暴く証拠が消えた。悪運の強い男め」と嘆《なげ》いた。

「ううう。ラ・イル。甲冑のおじさんは、どうして死んじゃったの？」

「ジャンヌ。いくら鍛えられた刺客でも、あのラ・トレムイユの拷問設備を用いられたら口を割っちまうからさ。それでは雇い主を売り渡すことになるから、刺客としてのけじめをつけたんだ」

「おじさん……ぬいぐるみの人も甲冑のおじさんも、結局、顔を見せることなく死んじゃったね」

「刺客や間者《かんじゃ》とはそういうものさ。それにそのほうがジャンヌにとってもよかった。顔を見てしまうと、敵とはいえ情が移るから、死なれてしまうと心に深い傷が残っちまう」

「おじさんたちはお仕事をしていただけなのに、かわいそうだよ……」

「傭兵《メルスネール》もそうだが、刺客や間者なんて仕事は、自分の死を常に前提にしなければ務まらないんだ。二人とも、はじめから死ぬ覚悟はできていたのさ」

「そういうことだジャンヌ。よくシャルロットを守り抜いたな。あとでエリクシルをやるから少し我慢していてくれ」

「あっ？　エリクシル、ほしーい！　モンモランシ、今ちょうだい！　お腹ぺこぺこ！」

「い、今はダメだ。人が大勢いるだろうが。あとでな……っておいこらっ。んがぐぐ。んぐんぐっ？」

「んー！　生き返るよう！　エリクシル、美味しいっ！」

生真面目《きまじめ》なリッシュモンがわなわなと震えながら、「モンモランシ！　きみはこんな幼い子供になんてことを。よくもこんな悪魔じみた真似を。きみはほんものの変態だ！」と叫んでいた。

その一方で。シャルロットは「へえ。モンモランシとべーゼすれば、賢者の石を使えるんだー」と好奇心に満ちた目でモンモランシとジャンヌを見ている。

フィリップは「……な、なんだか……ちょ、ちょっといやらしいような……」と頬を染めて顔を逸《そ》らした。

「ふい〜。お腹いっぱい！　眠くなってきちゃった！　二人のおじさん、お葬式にたくさんお花を持っていくからね……くすん」

「賢者の石を上手《うま》く割れていれば、補給は数年に一度で済んだんだけどな。と、とにかくみんな、俺の話を聞いてくれ」

ラ・イルが率いてきた傭兵団の男どもとフェイ族の妖精たちに室内を片付けさせながら、モンモランシは「騎士《シュヴァリエ》養成学校以来だな、これだけの面子《メンツ》が集まったのは」と髪をかきながら苦笑していた。

期せずしてこの時、シャルロットの寝室に、フランス王位継承者シャルロット姫太子、ブルターニュ公家の姫騎士《シュヴァリエール》リッシュモン、ブルゴーニュ公国を統《す》べるフィリップ善良公女の三人が揃っていたのだ。

しかも、必ずモンモランシとジャンヌを邪魔するであろうラ・トレムイユもいない。

地下牢に目を血走らせたラ・イルとガスコーニュ傭兵団がなだれ込んできた時に、ラ・トレムイユは「傭兵団の反乱かっ!?」と怯《おび》えて逃げ去り、姿を消している。

「フランス王家、ブルターニュ公家、ブルゴーニュ公家。イングランドとの戦争を終わらせるためには、この三国がフランスの旗のもとに協力しなくちゃならない。これまでにいろいろないきさつがあって和解は難しいだろうが、ここはそれぞれ一歩引いて考えてくれ。王侯貴族の戦争で最終的に割を食うのはいつだって民衆だ。ジャンヌは、フランスの民衆を代表して救国の《乙女《ラ・ピュセル》》という役割を自ら担《にな》ってくれた。三国の間に生まれた深い溝は、ジャンヌと、ジヤンヌを支持するフランスの民衆たちが埋めてくれる」

よくわからないけどそうなんだよ！　とラ・イルに無理矢理モンモランシから引きはがされて背負われていたジャンヌが声をあげた。

「シャルロット。お前がイングランドに降伏すれば、王家の血を引く様々な人間が次々とフランス王を名乗り、フランス王国の領邦国はかたっぱしから独立し、ますます世が乱れる。今こそフランスは一つにまとまらなければならない。それも、イングランドが『もはやフランス王位はなんぴとにも簒奪《さんだつ》できない』と断念するほどに固く結束しなければ戦争は終わらない。ブルターニュ公国とブルゴーニュ公国とフランス王国の三国が不戦同盟を結んで歩調を合わせれば、仏英戦争は終わる」

これが、旅の途中でモンモランシが考えに考えて導き出した「戦争終結」のための唯一の方法だった。

「これまで、フランスにもイングランドにも服属しない半独立国であるブルターニュと、海洋貿易地帯フランドルを手に入れてフランスからの独立を目指すブルゴーニュ。この両国を味方に引き込もうとするフランスとイングランドの綱引きが、始終仏英戦争の原因となっている。逆に考えれば、この両国をがっちりとフランスの盟友としてつなぎ止めることができればイングランドはもうフランスに介入できない。シャルロット、リッシュモン、フィリップの三人が心を合わせればこの戦争は必ず終わる。できるはずだ。お前らは、同じ騎士養成学校に通った幼なじみだろう？」

シャルロットが、「ジャンヌが支えてくれるのなら、シャルはまだ戦えるよ」とうなずいた。

「モンモランシ。シャルを助けてくれたのだから、ラ・トレムイユが異端審問軍団へ出した逮捕命令は解いておいてあげる」

「おう。助かる」

「あなたの実家から出された廃嫡《はいちゃく》届のほうは、シャルにはどうにもできないけれどね」

「まあ、そいつはしょうがねえさ。しかし……お前、あのシャルロットなんだよな？　相変わらず童顔だが、俺が聞いていた噂以上に胸がでかくなってね？　ラ・イルよりでかいような……リッシュモンがお年頃の美人になっていたのも驚いたが、女の子って七年のうちに化けるんだな……」

「もう〜、シャルの胸のことはいいの！　モンモランシって相変わらずだよね！　ま、あんたならシャルの身体《からだ》をいやらしい目で見てもいいけどぉ。モンモランシはいつまでもガキだもんね〜」

「お前はもう子供じゃないんだからそういうどぎつい発言はよせよ、洒落にならない」

ジャンヌが「むっ」と目を逆三角形につり上げて、モンモランシにベッドの上のぬいぐるみを次々と投げつけてきた。

「ダメだよ〜！　シャルロットの胸を見る目つきがいやらしいよモンモランシ！」

「そうかな？　俺は女の子の腹筋を愛《め》でる男。いちいち胸をチェックするのは、女の子の顔よりも胸の形のほうが判別しやすいからだぜ？　ラ・イルはメロン。リッシュモンは梨。シャルロットはエジプトで収穫されるスイカ。ジャンヌはさくらんぼうな」

「なにそれ。なにそれ。わたしだけのけ者にされているうううう！」

シャルロットが、「仲の良い兄妹だね」と微笑みながらモンモランシに寄り添ってきた。

おい胸が当たる、とモンモランシは後ずさりしたが、シャルロットは面白がってむしろモンモランシの腕に自分の胸を押しつけてきた。

「ねえモンモランシ？　フランス王家に伝わるシャルルマーニュの聖剣《サント・サーブル》ジョワユーズ。あれってもしかしたら、賢者の石から造られた宝具《ホリック》じゃないかしら？」

「ああ、そうだ。アスタロトは、そう言っていた」

「やっぱり、そうなんだ〜！　もっと早く気づいていれば、シャルの寝室でジャンヌをあんな危地に追い込むことはなかったのに！」

「なぜそう思ったんだ、シャルロット？」

「熊ぐるみの間者ジラールは、ジャン無《む》怖《ふ》公《こう》の遺志を継いで賢者の石を探していたでしょう。フィリップも、同じ理由で……お父上の遺志を継いで聖剣ジョワユーズを求めていた。だから、聖剣もまた賢者の石から造られた宝具なんじゃないかって。それに、もうひとつ根拠が」

「もうひとつ？」

「歴代のフランス王は、戴冠《たいかん》式を行う際にランス大聖堂に伝わる『聖油《クレーム》』を浴びて『聖別《コンセクラシオン》』されることで、はじめて聖剣ジョワユーズへの『耐性』を得るの。聖油を浴びなければ、フランス王といえども聖剣の真の力を引き出すことはできないから。それが戴冠式の真の意義。でもね、実はランス大聖堂の聖油はもうずっと昔に涸《か》れてしまって、聖油を入れていると称している瓶は空《から》っぽなの。新しい聖油はぜんぜん手に入らないし、様々な錬金術師《アルシミスト》を雇っても錬成できなかった。だから王家は、聖油を失ってただの古びた剣になってしまったジョワユーズを隠しちゃったわけ」

「わかったぜシャルロット。その聖油の正体はエリクシルだ！　かつてフランス王家がテンプル騎士団を取りつぶしたのも、賢者の石を手に入れるためだけでなく、テンプル騎士団が東方で発見した聖油――つまり俺たち錬金術師が言うところのエリクシルを奪うためだったんだ！」

だがテンプル騎士団もエリクシルを持っていなかった。すでに使い切ってしまっていた。だから今もジョワユーズは埋もれたまま、ってことか、とモンモランシがうなずいた。

「ねえ、モンモランシ？　あなたが相手ならシャル、いいよ。今すぐシャルにべーぜして。エリクシルをちょうだい。シャルもジョワユーズを手にしてユリスになって、ジャンヌを守りたいの」

「そんなあ。いくらシャルロットでもモンモランシとべーぜするなんてダメだよおお！」とジャンヌが悲鳴をあげ、リッシュモンが「そそそそんな破廉恥《はれんち》な真似は私が絶対に認めない！」とまなじりを吊り上げた。

「いいじゃんジャンヌ。ジャンヌのものはシャルのもの、シャルのものはシャルのものだよ～？　それにジャンヌと違って、シャルの場合はべーぜは数年置きだよ？」

「ダメったらダメ！　よくわからないけど、すっごくいやな気分！　がるるる！」

「どうして？　いいじゃん。ジャンヌを守るためだよ？　それに、シャルはモンモランシの幼なじみだしぃ」

「それがいやなのっ！　だいいちシャルロットはおっぱい大きいからモンモランシとのベーゼ禁止！　ダメダメダメダメダメ～！」

「……うわあ、すっごい焼き餅《もち》。ジャンヌってまだ子供だと思ってたけど、意外と情熱的なんだね……」

「こら落ち着けジャンヌ！　お前、賢者の石を使ったからまだ気が高ぶってるんだ」

リッシュモンが「ユリスはジャンヌ一人でじゅうぶんだ。ユリスをむやみに増やしてはいけない。この仏英戦争はあくまでも人間と人間の戦争なんんだ。みだりに古代の宝具を扱って、神に等しい力を戦場に持ち込むべきではないと思う。もしもイングランド軍がユリスに対してユリスで応じようとすれば、戦争はより過激で悲惨なものになっていくだろう」と苦言を呈しつつ、シャルロットの腕を掴んでモンモランシから引き離した。

「錬金術《アルシミー》が教会によって禁じられている理由の一端を私は理解できたような気がする。互いの戦力がどんどん過剰《かじよう》になっていけば、フランスはいずれソドムとゴモラのようになってしまうかもしれない。まだ他にも賢者の石が存在するのだとすれば、なおさらだ」

「ふーん。相変わらず理屈は通ってるけれど……あーでも、見え見えだよねえ。頬が赤いし目が怒ってるじゃんリッシュモン。わかっちゃった。リッシュモンって、昔からモンモランシが好きだったんでしょ」

「え、えええ？　ちょ、ちょっと待て。シャルロット！　きみは、いきなりなにを言いだして……」

「ふふふ。その高い高い気位《きぐらい》を捨てて『モンモランシをくーださい』ってシャルに頭を下げれば、宮廷からの追放令を取り消してあげる。フランス王国軍元帥《げんすい》に戻ってもいいよ？」

「えっ、いや、それは、その……じょじょじょじょ冗談はやめてくれないか！　今はふざけている場合じゃないいんだぞっ⁉」

「ふざけてないもーん。お年頃の姫にとって、恋愛って、戦争と並ぶ重大事だよ？　騎士養成学校で学んだじゃん。あんたの好きなアルチュール王だって、家臣と妻の不倫で身を滅ぼしたんじゃん。フランスの次代の女王としては、モンモランシの所有権とブルターニュ公国の自治権の問題は早期にはっきりさせておかないとダメだよね～」

　モンモランシの奪い合いで済めばよかった。だが、ブルターニュ公国が独立国かそれともフランスの属国なのかという微妙な問題を、リッシュモンが聞き流せるはずがなかった。良くも悪くもリッシュモンは生真面目な性格で、嘘や演技を嫌い、政治感覚というものに乏《とぼ》しく、ことブルターニュ問題については譲らないものがあった。

「シャルロット、きみにそんなことまで決める権利はない。わがブルターニュ公国はフランスに忠誠を誓う領邦国だが、フランス王国に併合されるつもりは毛頭無い。ブルターニュは誇り高きブルトン人の国であり、永遠に独立国なんだ。私がきみのために戦っているのは、フランス王位を武力で奪い取ろうとしているイングランドの行為が不義だからだ」

「ふーん。なるほどなるほど。つまりモンモランシはあくまでもブルターニュ公国の家臣であって、シャルのものじゃない、と言いたいわけ？　ご執心《しゅうしん》なんだね〜。リッシュモンは騎士養成学校時代から、そんなことばかり言ってたような記憶が……」

「シャルロット。そういう話をしているんじゃない。一国の独立の問題とモンモランシを一緒くたにしないでくれないか」

「だからあ、どっちも重大な問題じゃん。しかもつながってるじゃん」

「……今、私たちは真面目な話をしている。きみはどうしていつもそういうふざけた態度なんだ？」

「リッシュモンこそまだ懲《こ》りてないんだね。ふざけていようが真面目な顔で喋《しゃべ》っていようが話の内容は同じだよ？　ブルターニュの独立を保持しながらフランスとイングランドの戦争には介入するって、おかしくない？」

「なにも問題はない。私は一人の騎士としてフランスに忠誠を誓っている。ブルターニュ公国は兄が統治している。私と兄とは、別々の存在だ」

「かのデュ・ゲクラン元帥は、ブルターニュの騎士として出発したけれど、フランス王に忠誠を誓ってからはフランスだけに仕《つか》え、二君《にくん》に仕えることはなかったじゃん。リッシュモンの言っていることはさあ、自分は騎士として最高の活躍をしてやるから王妃の不倫を見逃せって言ってるのと同じだよ」

「……アルチュール王の伝説をそんな風に引用するのはやめてくれないか、シャルロット」

「だって。何度話し合っても、いつも堂々巡りなんだもん。これをリッシュモンに言うと関係が決裂しちゃうかなと思って今まで黙っていたけどね。人質に捕らえられてイングランドに寝返り、しかもそのイングランドを裏切り、今はフランスに出戻りながらも祖国ブルターニュ公国の独立は譲らないと言い張る。リッシュモンが王宮の貴族たちから過剰に警戒されるのは、正義《ジュスティス》のためにいかなる不正も許さないという性格もあるけど、その蝙蝠《こうもり》みたいな立場が……」

「……シャルロット。それはきみ自身の意見なのか？　ならばもう、話し合うことはなにもないが……」

「ううん。シャルはそうは思っていないけれど。お母上を捕らえられた事情には同情している。けれど、王宮はシャル一人の意で動くものじゃないんだよ、リッシュモン」

「そうか。ならば私は、ブルターニュへ帰る。追放令は取り消してくれなくてけっこうだ！」

「二度も短気を起こして、王宮から追放されるなんて。リッシュモンは元帥に向いてないよ」

「……そうかもしれないな！」

モンモランシは「待ってくれ！　二人とも落ち着け！　お互いに譲れないものはあるだろうけれど、そこをどうにか妥協点《だきょうてん》を探ってだな。とにかくイングランドとの戦争を終結させるために手を組んでくれよ！」と慌《あわ》ててリッシュモンを引き留めようとした。

「今さらなんだ、モンモランシ。きみはジャンヌといちゃいちゃしていればいいだろう。異端の錬金術師らしく！」

「リッシュモン、全方位に怒るのはやめてくれ」

「そもそもジャンヌのような幼い子供を戦士として戦わせようだなんて、きみはどういうつもりだ？　年上のきみがジャンヌを守るために戦うべきだろうに。いたいけなこの子を羊飼いに戻してあげろ！」

「俺はもう賢者の石を装着できない身体になっちまったんだよ。ジャンヌは逆に、賢者の石を失うと生きてはいられなくなったんだ。だから俺はせめて、ジャンヌを守るために命を捧げる。生涯独身を貫いて、ジャンヌに仕えると誓ったんだ」

　この発言によってモンモランシは、シャルロットから「裏切りを繰り返している」と痛いところを突かれて反論できなくなり、怒りと混乱に我を忘れているリッシュモンを、さらに追い詰めてしまった。

「生涯……独身だって？　どうしてだ？　きみはなにを言っているんだ、モンモランシ？」

「あ、ああ。ジャンヌはずっと子供のままだからな。賢者の石を捨てたら死んじまう身体だし、俺がエリクシルを補給してやらないと保《も》たないしな。だから俺には兄として、ジャンヌの隣に侍《はべ》って守り続ける責任が」

「だからって、生涯独身を貫く必要がきみにあるのか？　きみは要は大人になりたくないだけなのだろう、モンモランシ。だから、理屈を作っては私からどんどん遠ざかっていこうとするんだろう？」

「俺が、大人になりたくない？　それは……もしかしたら、そうだな……ある意味では、錬金術士を志《こころざ》していた当初はそういう理由もあったのかもしれないが……だけど、この現実の世界から逃げだすつもりはなかったぜ。錬金工房でも、賢者の石の力を手に入れるために俺なりに必死だったんだよ。妹たちを守りたかったし、イングランドに囚《とら》われたお前を助けたかったんだ、リッシュモン」

「ならばなぜ、七年も私を放置してきたのだ!?」

「言ったろう？　実験に集中しすぎて、あっという間に時間が過ぎ去ってしまったんだ。時間の長さってのは主観的なものだから……だろうな」

「それほどきみは錬金工房の部屋の中で幸せだったということだろう、モンモランシ。私にとってこの七年間は、とてつもなく長かった。いつまでも来てくれないきみを待ち続けて……いつイングランド兵に陵辱《りょうじょく》される時が来るのかと、毎晩ベッドの中で怯《おび》えながら……一年が、十年にも感じられた……やっと、悪夢が終わるのかと、思っていたのに！」

「……リッシュモン」

「嫌いだ。大嫌いだ！　きみはそうやって、ずっと妖精や妹と戯《たわむ》れていればいい！　私をこの残酷な現実の世界に置きざりにして、妖精の世界にでも錬金術の世界にでもどこへでも行ってしまえばいい！」

「り、リッシュモン？　今はフランスとの共闘の話をしているところだぜ。落ち着いてくれ。もしかして、生涯独身の誓いってやつが気に障《さわ》ったのか」

「当たり前だ！　地下牢で私と抱きしめ合った時の言葉はいったいなんだったのだ！　きみは、

誰にでも無条件に優しさを見せすぎる！」

「リッシュモン。ごめん。お前を傷つけるつもりは、ないんだよ。俺は……」

それ以上、引き留めることはできなかった。リッシュモンは「私は幼い子供と一緒に戦ったりしない！　誇り高きブルターニュの騎士だからだ！　モンモランシ、今度こそさようならだ！」と震えながら、退室してしまった。

状況は一転した。やっと実現したリッシュモンとシャルロットの会見は、決裂したのだ。

モンモランシは頭を抱えて、室内を見渡していた。

「なんてこった。リッシュモンが元帥として復帰してくれないと、オルレアン解放は難しいぞ……」

「モンモランシ。リッシュモンさまは子供のわたしが戦うことを、すっごく怒ってたね？　どうしよう？」

ジャンヌも、涙目になっている。

「どうしようもねえ。時間をかけて誠心誠意説得するしか……だが、今はその時間がないな。オルレアン陥落は目前に迫っている」

「あーあー。さっそくモンモランシの三国同盟策が破れちゃったあ」

「シャルロット、きっかけはお前だろうに！　リッシュモンは気位が高いから、おちょくっちゃダメなんだって！」

「しーらない。リッシュモンがブルターニュは永久独立国だって言い張るのなら、リッシュモンの元帥としての復帰は不可能。王宮の貴族たちが納得しないもん。だから共闘は無理じゃん。リッシュモンらしいけどさ。だいいち、今の場面はさあ、モンモランシが火に油を注いだのが止《とど》めになったんじゃん。ジャンヌのために生涯独身を誓ったなんて唐突にあの子の前で言うから、あの子、混乱してわけがわからなくなっちゃって」

「……俺が独身を守ると言ったから、あいつはそこまで混乱したのか？　それってつまり……いや、まさか……でも」

「ああもう、答えはわかりきってるじゃん！　肝心のところで思考を停止するなあ！　でも、こういうモンモランシにいちいち真顔で怒りだしちゃうリッシュモンって、案外モンモランシと相性が悪いのかもね？　モンモランシにはシャルのほうが相性いいかも」

このシャルロットの言葉を聞いたジャンヌが、むっと目をいからせてシャルロットを睨《にら》んだ。なぜ、この姉妹よりも深い絆《きずな》で結ばれたはずの二人の間にまで微妙な緊張感が？　モンモランシは（つくづく女の子ってわかんねえな……）と震えた。

「それで、フィリップはどうするの？　イングランドとの同盟を継続する？　それともシャルと同盟する？」

シャルロットに声をかけられたフィリップは、それまでじっと沈黙を守っていたが、自分が発言する機会が来たと気づくや否《いな》や、毅然《きぜん》として言い放った。

「わ、私もほんとうは、シャルロットのためにフランスと同盟したいわ。でもフランスとブルゴーニュの遺恨をすべて水に流して同盟を結ぶのは難しいわ。私は、どうしても亡き父上の遺志を継がなければならないの」

「フィリップのお父上は生前、賢者の石を探していたんだよね。だから今でもジョワユーズの譲渡が同盟のための第一条件。今日シノン城に忍びこんできた熊ぐるみの間者ジラールも――」

「ええ。ごめんなさい……彼が無断で城に潜入することまでは覚悟していたけれど、まさかあなたを人質に取るなんて。ジラールは私の命令よりも、父上の遺志を優先したのね……くすん」

「いいよ。シャルはフィリップに殺されても文句言えない立場だもん。フィリップが『殺すな』と命令してくれていたから、命拾いできたんじゃん。感謝してるよ」

「決してあなたを殺したりなんてしないわ、シャルロット。あなたは私の、たいせつなお友達だもの」

「でも、『父上の遺志』が邪魔をしているんだよね。ブルゴーニュ公国を、フランスから独立させなければならない」

「ええ。父上は、フランスの王位を窺《うかが》っていたのではないの。ヨーロッパの中央にフランスでもなくドイツでもない第三の帝国、ブルゴーニュ帝国を造り上げる。それが父上の夢だったの。シャルルマーニュも、ドイツのオットー大帝も、賢者の石の力で皇帝位を手に入れた英雄。だから、父上は自ら皇帝となるためにジョワユーズをはじめとする賢者の石やエリクシルを欲《ほっ》していたの。十字軍に参加したのも、宝具やエリクシルを東方に求めたからよ。かつてテンプル騎士団がエルサレムで宝具を発見した故事にならったの」

「第三帝国、ねえ～。ブルゴーニュはでも、西と東をフランスとドイツに挟まれてるじゃん。南にはイタリアの都市国家と教皇領。地理的に苦しくない？」

「ええ。海を持たないブルゴーニュ本国だけでは無理だわ。でも、ブルゴーニュ公家が海に面したフランドルの商業地帯を手に入れた時から、公家は独立の野望を抱くようになったの」

「それって、フランス王国から完全に独立するってことじゃん」

「くすん。そうなの。フランスと同盟を結ぶならば、ブルゴーニュ公国の独立を認める。それが同盟に必要な第二の条件よ」

「ラ・トレムイユはブルゴーニュをイングランドとフランスの中間に独立国として配置して、緩衝《かんしよう》地帯にしようとしているようだけれど……でも、フランスがばらばらになっちゃう可能性のほうが高いと思うよ。分家が建てた公国の独立をひとたび許可したら、フランスはドイツみたいになっちゃうじゃん。ううん。イングランドとの戦争が続いているのだから、ドイツよりも酷《ひど》いことになるよ。無数の領邦国に大分裂して、イングランドに征服されちゃうよ。ドイツはさあ、北の僻地《へきち》だから分裂してもなんとかなってるけど、フランスは無理じゃん。ノルマン・コンクエストのことを根に持たれて常にイングランドに狙われているんだから、モンモランシが言うように王家を中心に一つにまとまるしかないじゃん」

シャルロットは、モンモランシが提案した「三国同盟」によるフランス王権の強化という構想を、ラ・トレムイユが唱える譲歩策・和平策よりも理がある、と判断したようだった。フランス王室が強大になれば、イングランドも侵略を断念するはずだ、と。

「ジョワユーズをブルゴーニュに渡すことはできない、ということね。くすん」

「フランスの王権の象徴だもん。モンモランシがエリクシルを手に入れた今となっては、象徴どころか仏英戦争の最終兵器だしね。今は傭兵を雇う銀貨もないし、王宮も和平に傾いているから、シャルはまだシノンで身動きとれないけれど、オルレアンさえ解放できればシャルの政権は安定する。シャル自身が軍を率いてシノンを出立できるようになるよ。その時こそシャル自身がフランスの女王としてジョワユーズを手にして、ユリスになる。ジャンヌを守るためにも。シャルは、そう決めたよ」

「……残念だけれど、和平交渉は中止ということね、シャルロット。あなたはもう、ジャンヌとともに戦う道を選んだのね。私もそう。公国を継いだ以上は、父上の遺志をも継がなければならないの。くすん」

「三国同盟の策は、夢と消えたってわけね。まあブルゴーニュとフランスの溝を埋めるのは、これまでの経緯《いきさつ》を考えれば簡単じゃないよね……」

ちょっと待てよジョワユーズはあたしがいただくんだ！　さんざん働かせておいて冗談じゃねーぞっ！　とラ・イルが慌てて叫んでいた。

「ええ？　あんたがフランスのために戦うユリスになるのなら、あげるけれど。売り払うのならダメ。イングランド軍の手に渡ったらやばいじゃん」

「だがあたしはモンモランシと契約した！」

「ジョワユーズはフランス王家のものじゃん。モンモランシとの契約なんてシャルは知らないもん」

「…あたしは普通のお嫁さんになるんだ。ユリスなんかにはならねー！　だ、だいいちモンモランシとベーゼなんてしたら、モンモランシと結婚しなくちゃいけないじゃないか……ま、まあ、モンモランシとの旅はけっこう楽しかったし、日頃はボンクラだけどジャンヌのために戦う時はすげー男らしくなる奴だってわかったし、そ、それも、ま、まあ、あ、ありかもしれねーかななんて……お、思ってねーからなっ⁉」

「あっそ。なにそれノロケ？　むかつく女ね。じゃ、この話はなかったことに。宮廷で暴れた罪は帳消しにしておいてあげる。あ。報酬の銀貨は、モンモランシに請求してよね」

「こらああっ！　モンモランシは一文無しなんだっ！　ったく、いけすかない王女だなっ！」

体《てい》よくシャルロットにジョワユーズの譲渡を拒否されたラ・イルは「モンモランシいいいい」と激怒した。

しかしモンモランシは、瞳を潤《うる》ませながら退室していくフィリップのあとを追うことにした。なにか悪い予感がしたのだ。

「悪いラ・イル、ジャンヌとアスタロトを守っていてくれ。フィリップを城門まで送ってくる」

「モンモランシてめえ、あたしをタダで使ってそれで済むと思ってるのかっ？　ジャンヌを守った分はタダでもいいが、てめえを守った分の対価は絶対に支払わせる！　ジョワユーズだ、ジョワユーズを渡せっ！　あるいは、ジョワユーズが買えるほどの銀貨だ！　さもなきゃこのまま暴れて宮廷を占拠するぞ .」

「わかったわかった。あとちょっとだけだから。頼むぜ！　シャルロットとケンカするなよ？」

「知るかよ！　あたしは家来どもを連れて町の酒場を占拠する！　約束した報酬は必ず受け取る、踏み倒そうとするやつはたとえ地獄までも追いかける。それが傭兵の掟《おきて》だ！　それまでてこでも動かないぞ！　ジャンヌは心配だが掟は絶対なんだっ！」

リッシュモンに続いて、ラ・イルもオルレアン解放軍には加わらないことになったらしい。

こいつはまずいな、とモンモランシはため息をついた。


だが今はとにかく、まだ味方につけられる可能性が残っているフィリップだ。

三国同盟の策は、三国が過去の恩讐《おんしゅう》をすべて捨て去らなければ成立しない。

モンモランシにも、すぐに成立させられるなどという甘い考えはなかった。

馬車に乗ったフィリップを、モンモランシは見送りに行った。

馬車の中に「少しだけ」と招かれて、フィリップと二人きりになった。

「お前もたいへんだな。お父上は暗殺されるし、イングランドとは同盟させられるし、間者はお前の命令を無視して暴走するし。しかしシャルロット相手にああも毅然《きぜん》とした態度を取れるなんて、立派になったたな」

「でもジラールが爆発したのを見た時に、怖くて少しだけ漏らしちゃったわ。くすん」

「はは。お漏らし癖《ぐせ》は、変わってないな。胸も相変わらず薄いしな、お前の胸だけは七年前とあまり変わらない」

リッシュモンやシャルロットへの態度とぜんぜん違う。あまりうれしくないわ、とフィリップは頬を膨《ふく》らませた。

「……ジラールは、私になにかを伝えるために、罠《わな》だと知って敢《あ》えて賢者の石を飲んだ。あるいは、自ら使命に殉《じゅん》ずることで、ずっと泣いてばかりだった私に父上の遺志を継承しろと訴えようとした。それが私が背負った逃れられない運命だと訴えようと……そんな気がするの」

「どのみちジャンヌのお腹を切り裂こうとしやがったんだ、同情はしねえさ。俺はさ、万事適当な男だが、女の子と妖精族をいじめる野郎にだけは容赦《ようしゃ》しねえんだよ」

「あの子が、あなたの新しい『妹』さんなのね。あの子が錬金術の世界にはまり込んでいたあなたを、現世に引き戻してくれたのね」

「まあ、そういうところだ。俺はどうも、守らなくちゃならない妹ってのがいないと働く気になれないダメ人間らしくてな。男は妻帯して家族を持たなければ一人前とはいえないと周囲から言われてきた理由も、わかった気がする」

「モンモランシは、このままずっと妻帯しないの？」

「そうジャンヌに誓ったしな。そもそも、俺はとっくに実家を廃嫡された錬金術師だぜ。異端審問軍団に出されていた逮捕状はシャルロットが取り消してくれたが、二度と実家には戻れない。妻帯なんてできる身分じゃないさ」

「ジャンヌちゃんとは結婚しないの？」

「あ、あいつは俺の妹だぜ？　そういう関係じゃねえよ！　それよりも問題は、ブルゴーニュ帝国の野望のほうだ。フィリップ。お前は、お前のお父上とは別の人間なんだぜ。そんな大それた野望なんて、忘れちまえ。イングランド軍をフランスから追い払うまでの間だけでいい、シャルロットと共闘してくれ。包囲されているオルレアンに兵を出してくれるだけでもいい。頼むぜ」

「そうはいかないわ。父上の魂を解放するまで、私は……このまま泣いてばかりじゃいけない。私も、私自身の運命に立ち向かわなければ」

「リッシュモンもシャルロットもお前も、天から課せられた過酷な運命に立ち向かおうとする覚悟と信念を抱いている。そいつは尊重するし尊敬するさ。いつまでもふらふらしている根無し草の俺とは違う。しかしな、フィリップ。お前にとってのブルゴーニュ帝国の夢ってやつは……どうも、お前自身の夢とは違う気がする。お前は暗殺されて志《こころざし》半ばで死んだ父親の亡霊に憑《つ》かれているかのように思えてならねえ。あのジラールって野郎もそうだった。ブルゴーニュって国は、今でもお前の親父、ジャン無怖公の亡霊に支配されているかのような」

「……ねえ、モンモランシ?」

「うん？」

「これもきっと、運命ね。あなたが相手でなければ私、こんなことできなかったわ。いくら父上の遺志を継ぐためとはいえ――」

フィリップ善良公女は、「？」と首をかしげていたモンモランシの唇に、自分の唇をそっと重ねていた。

なぜフィリップの目に涙が浮かんでいるのか、なぜ唐突にフィリップがこんなことをしてきたのか、その時のモンモランシにはわからなかった。

頭が、真っ白になったからだ。

※

フィリップ善良公女がシノン城を立ち去ったあと。

シャルロットは、ジャンヌの手を握りながら再び貴族たちが待ち受ける大広間に戻った。

「こんどは、ジャンヌが聖女だということを、シャルが証明してみせるね」

モンモランシも、シャルロットとジャンヌの隣に侍《はべ》っている。

貴族たちの前に現れたシャルロットの表情は、ジャンヌと謁見《えっけん》する直前の彼女とはまるで別人のように精悍《せいかん》になっていた。

「シャルの気持ちは決まったよ。降伏はしない。イングランドと戦って、オルレアンを解放する。そして、ランスで戴冠式を行ってフランスの女王になる！」

驚く貴族たちの前で、堂々と抗戦を宣言した。

「母上がなんと言おうとも、シャルは父上の娘。フランス女王としてこの長い長い戦争を終結させ、フランスの民を救ってみせる。父上と血がつながっていようがいまいが、そんなことは関係ない。オルレアンへ援軍を送るわ！」

先刻までのやる気がない失意のシャルロットとは、まるで違っていた。

「『フランスはフランス、イングランドはイングランド』よ。イングランド王家の祖先がフランスの貴族だったなんて話は、遠い昔のこと。いまや両国はもうお互いに別々の国。フランスの地をむざむざイングランドには明け渡さない。シャルはフランス女王となって、仏英戦争そのものを終わらせる。イングランド軍をフランスの土地から追い出して、フランス併合《へいごう》の野望をイングランド王に二度と抱かせないほどの勝利を手に入れる！」

「フランスはフランス」

「イングランドは、イングランド」

「そうだ、その通りだ」

「やつらは海の向こうから来た侵略者だ」

「そうだ。あいつらはわれらの国を奪い取ろうとしているんだ。追い返せ！」

貴族たちにはむろん抗戦派と和平派の双方がいて、それぞれ心中に期するものがあるのだが、誰もがシャルロットの放つオーラに息をのんでいた。

（姫太子は、生まれ変わられたわ）

（あの《乙女》ジャンヌと二人きりになったわずかな間に、なにかが起きたのだ）

（ジャンヌは、姫太子が先王の実子であるという確たる証拠を持ってきたのかもしれない）

（どうやって？）

（どこにそんな証拠があるというの？）

(それこそ、大天使ミシェルから教わったに違いない)

(奇跡、ね)

(密室でなにが起きたのかはわからない。すべては想像にすぎない。だが、姫太子の心がよみがえったことはたしかだ)

(もはや、ご自分を不義の子と罵倒《ばとう》する母君の影に怯えていない)

(ドンレミの《乙女》が。あの幼いジャンヌが、姫太子に自信を与えたのよ)

(あの固くにぎりしめられた二人の手を見よ)

これまでのやる気がなく自信がなく覇気がない拗《す》ねたシャルロットの姿を、彼らはシノンの宮廷でずっと見せられてきていた。

それだけに、大広間は今までになかった興奮に包まれた。

「侵略者と戦いましょう、姫太子!」

「フランス万歳!」

「われらも力を尽くしますぞ!」

「いや待て。援軍を出そうにも、先立つものがない」

「そうだ。もう宮廷には金がありません。これぱかりは……」

今のフランス王家には、常備軍というものが事実上存在しない。

対価を支払って傭兵を雇う。

あるいは、王家に忠誠を誓う諸侯に兵を出してもらう。

それ以外に、兵を集める方法がない。

だが、ラ・イル率いるガスコーニュ傭兵団に支払うべき銀貨も、宮廷にはもうなかった。そのため、ラ・イルは町へと引き上げてしまっている。

そしてフランス最強とうたわれるブルトン人軍団を率いるリッシュモン元帥は、いまだ追放処分を受けたままだ。

リッシュモンは戦闘指揮能力が高いというだけでなく、気弱で戦争嫌いな兄ブルターニュ公に成り代わって精強なブルトン人軍団を召集し、自在に動かせるという意味でもフランス王国軍の中核をなす人物なのだ。

密かに宮廷へ舞い戻り、柱の陰に隠れてこの成り行きを歯がみしながら見守っていたラ・トレムイユが、「だから戦争をしても勝てないとわたくしは言ってきたのです。わたくしが失脚《しっきゃく》しようとも、ブルトン人としての誇りを持つリッシュモンはブルターニュ公国の独立を認められない限りフランスのために戦えないのです。いわんや、お父上を暗殺されたフィリップ善良公女がそのお父上の遺志を捨てられないことは言うまでもない。あなたが抗戦の道を選べばフランスは滅びるのです、姫さま」とつぶやいている。

「戦争を回避しながら外交と根回しと陰謀で勝利を収める。それが現実の世界を統べる王者の道なのです。騎士道物語《ロマンス》と現実の区別がつかない愚かな騎士や傭兵などに引きずられていてはならない……ましてや錬金術師などに」

貴族たちはみな、混乱していた。

「宮廷に金がない今、ブルトン人軍団を率いるリッシュモン元帥がいなければ兵は集まらない」

「だが、あの行きすぎた正義を振りかざす姫騎士を戻してはダメだ！　われわれ全員が不正を働いたと断罪されてかたっぱしから粛清されてしまう！」

「そうだ、男嫌いで潔癖症のリッシュモン元帥に復帰されては困る！　兵は集まるが、宮廷の貴族が全滅するぞ！」

「リッシュモンを恐れてイングランドへ走る貴族も多数出てくるだろう。どうすればいいのだ」

　貴族たちは、口々に不安をもらし始めた。

　輝かしい希望と厳しい現実との間で揺れ動く貴族たちの喧噪《けんそう》の中、ジャンヌとシャルロットは固く手をつないで、お互いを見つめ合っている。

「リッシュモンはいつまたイングランドに寝返るかもわからない。裏切りの姫騎士だしな。なにしろ母親をイングランドに人質として取られている」

「彼女はフランスとイングランドを、一度ずつ裏切った。三度目は、ブルターニュへと寝返るのかもしれんな。我らが今シノンを空にすれば、ブルターニュから攻めてくるかもしれんぞ」

　フランスの貴族たちはイングランドを恐れていたが、それと同等にリッシュモンを恐れていた。彼女の名声はあまりにも高く、彼女の男性貴族嫌いは知れ渡っており、彼女がこれまで取ってきた複雑な行動は彼女を知らない者にとってはあまりにも危険だった。リッシュモンと共闘してイングランドに勝っても、次はフランス王室がリッシュモンに倒される……王室を乗っ取られる……貴族たちはみな追放され没落する……そんな度を過ぎた猜疑心《さいぎしん》が、宮廷内には渦巻いていた。その半ば以上はラ・トレムイユが撒《ま》いた種が大きく育った結果だった。

「シャルロット。貴族さまたちは、リッシュモンさまが苦手みたいだね。あんなにきれいで素敵な人なのに……リッシュモンさま以外に、大軍勢を集められる裕福な貴族さまはいないのかな？」

「有力な貴族のほとんどはイングランドに寝返ったり戦場で人質として捕らえられたりで脱落しちゃった。でも一人だけ、いる。アンジュー、ポワトゥ、ブルターニュにまたがる巨大な所領を持っている百戦錬磨の大貴族が。フィリップと和平会議を開くことが決まった際に、最後の望みを託して援軍を依頼してみたの。今日がその返答期限だから、もうすぐその者に送った使者が戻ってくるわ」

「出兵してくれそう？」

「めちゃくちゃ人格に問題があるやつだけど、戦争好きだし、なにしろ膨大な資産を持ってるの。あとはたいした人数を集められない小さな所領の持ち主や、騎士道にかぶれているだけで実際の戦争は苦手な手合いばかり。総大将を務められる実力者は、リッシュモン以外ではあいつしかいないの」

　だがそんなシャルロットたちのもとに、さらに苦しい報告が入った。

「アンジューより、ジャン・ド・クランからの使者が戻りました！」

「『赤髭《あかひげ》のジャン』か」

モンモランシのお爺《じい》さまだ？　とジャンヌが目を見開いた。

「あの下劣な鬼畜野郎か」

「所領を増やすためならどんな悪行にも手を染める、悪評高い男」

「たとえ相手が女子供でも容赦しないという」

「孫の許嫁《いいなずけ》を次々とさらっては死なせ、さらっては死なせ。『花嫁殺しの赤髭』と恐れられている外道《げどう》だ」

「だがもう、他に援軍を頼める者がいないのも事実だ」

貴族たちが、固唾《かたず》をのんで使者からの報告を待つ。

いまやフランス王家の命運は、『赤髭のジャン』の返事一つにかかっていた。

「出兵はできない、とのことです」

「ど、どうして？」

「自分の所領は、家の『主《あるじ》』から一時的に『預かって』管理させてもらっているにすぎない、つまり自分はただの財産管理人だ、だから主に無断で兵を出すことはできない、と」

ちょっと待って。あいつの所領はあいつのものじゃん！　だって家の『主』モンモランシはあいつが廃嫡したじゃん！　屁理屈じゃない！　とシャルロットは切れた。

「とにかく、その一点張りで。援軍は来ません」

「あの強突《ごうつ》く張《ば》りのヒヒジジイ〜！　どうせ負け戦《いくさ》になるからと踏んで日和《ひよ》ったわね！　シャルを見捨てるつもりなんだ！」

モンモランシが、申し訳なさそうにかぶりを振った。

「シャルロット。ジジイが出兵拒否している理由はだいたい見当がつく。俺が家から出ていっちまったのが、原因だ」

「モンモランシ、お願い。赤髭のジャンを説得して！　あなたにしか頼めないの！　オルレアンでは、イングランドでの人質生活から解放されたばかりのアランソンが、バタールとともに守備兵を率いて踏ん張っている。でももう、限界だわ」

「俺があのジジイに屈服すれば、あいつは機嫌を直すだろう。錬金術から足を洗い、あいつが押しつけてきた『婚約者』カトリーヌと結婚する、と俺が誓えばな。だが俺はすでに生涯独身を貫くとジャンヌに誓った身だ。ジャンヌに、賢者の石を与える時に」

「……そうだよねモンモランシ、あなたは錬金術師であると同時に、貴族。そしてなによりも、誇り高きブルターニュの騎士」

「そうだ。ブルターニュの騎士は、貴婦人と交わした約束を破れない。すまない」

リッシュモンと双璧をなす王家軍の主力「赤髭のジャン」は、この窮地《きゅうち》にシャルロットを見放して動こうとしない。

シノン城の広間は、貴族たちの嘆きで阿鼻叫喚《あびきょうかん》の場と化した。

フランス王家の運命はここにきわまった！

「もう、シャルロットさまのために戦ってくれる騎士はいない」

「降伏だ。降伏しよう」

「やはり、ブルゴーニュ宮廷に影響力を持つラ・トレムイユに頼るしかない！」

ラ・トレムイユが（惰弱《だじゃく》な連中だ。わたくしが復権するまで、意外と早かったな）とシャルロットの前に歩み出ようとしたその時。

「だいじょうぶ！　騎士は、ここにいるよ！　シャルロットに永遠の友情と忠誠を誓うユリスの騎士が！」

百合《ゆり》の旗を掲げたジャンヌが、シャルロットの前にひざまずいて、その手に唇を押し当てていた。

「シャルロット。わたし、オルレアンへ行くね。きっと、シャルロットをランスへ連れていく！」

イングランド軍に包囲されて飢えに苦しむオルレアンの市民たちは、「援軍来《きた》らず」と絶望しつつある。心が折れようとしている。

リッシュモン元帥も「赤髭のジャン」も援軍を出せない、あるいは出さないという忌まわしい知らせは、イングランド軍が放った間諜《かんちょう》によってオルレアンの町の津々浦々《つつうらうら》まで駆け巡るだろう。

オルレアン市民たちが絶望して守備兵たちを襲い、降伏開城してしまう前に、彼らの折れかけている心を奮《ふる》い立たせなければならない。

ドンレミの《乙女》が、戦場の最前線に立って彼らを鼓舞《こぶ》しなければならない。

幼いが聡明《そうめい》なジャンヌは、自分自身の使命を、よく理解していた。理解しすぎていた。

ああ。まるで神への生贄《いけにえ》に捧げられた子羊だ、とモンモランシは思った。

だが、ラ・トレムイユはなおも、ジャンヌを罠にかける「奥の手」を残していた。

昨日までモンモランシを追い回していたあの異端審問軍団が、大広間へ押し寄せてきたのだ。

それぞれ顔を隠していた布を取って、聖職者の素顔を見せていた。

「待て待てーい！」

「われら、ポワトゥより派遣されし異端審問軍団！」

「天使と直接会話したと言い張るジャンヌなる娘に、魔女の疑いあり！」

「はたしてジャンヌと会話した天使はほんとうに天使なのか？　悪魔ではないのか？」

「聖女ならば処女《ヴィエルジュ》に違いない！　非処女ならば魔女！」

「われら、今からこの場にて、ジャンヌの処女検査をする！」

「拒否すれば魔女とみなし処刑する！」

シャルロットが「なにを言いだすの、ふざけないで」と抗議したが、身も心も神に捧げた異端審問軍団の男たちは「すべては神のためです！」と本気そのもの。

こいつら、まだいやがったのか⁉　ラ・トレムイユの差し金だなとモンモランシは舌打ちしたが、無垢《むく》なジャンヌは「処女検査」という言葉の意味さえ知らなかった。

「うん、いいよ！　検査して！」

自分たちの前に躍り出てきて無邪気に笑うジャンヌを見た異端審問軍団は、思わずいっせいにジャンヌの前に「ははあーっ」とひれ伏していた。

彼らはみな神の教えを信じ、これまで純潔と童貞を守ってきた聖職者たちである。

数々の残虐な拷問《ごうもん》や異端審問も、ラ・トレムイユのように己の快楽を満たすために行ってきたのではない。本気で神の国を造るために、泣きながら手を汚してきたのである。

職業柄「魔女」を狩る仕事が多い彼らは、少女たちから悪魔よりも忌み嫌われてきた。

それなのに、これから貴族たちが見守る前で処女検査という辱《はずかし》めを受けるにもかかわらず、彼らにこれほどの笑顔を見せてくれたジャンヌのあまりにも無垢な心に、異端審問軍団の男たちはたちまち打ちひしがれていた。

「シャルロットさま！　この娘は処女です、聖女です！」

「むしろ天使です！」

「ええ、間違いありませんとも！」

「触れるまでもありません、いえっこの少女はわれらが触れてはならない無垢な存在！」

「この子が処女でなければ、われら全員この世に絶望して神を呪って死にます！」

一秒で、ジャンヌの処女性が確定した。

ラ・トレムイユは柱の陰で、卒倒しそうになっていた。

根っから女性に興味がない彼には、異端審問軍団の男どもがジャンヌから受けた衝撃と感動を理解できない。

にわかに城外が、騒がしくなっていた。

数百に及ぶ男たちが、ジャンヌ！　ジャンヌ！　と叫んでいた。

衛兵たちが、広間の窓という窓をいっせいに開放した。

庭園まで詰めかけてきた市民たちが、雄叫《おたけ》びをあげていた。

そのほとんどが、独身の野郎どもだ。

「俺たちは《乙女》についていくぜえええ！」

「こんな幼い子供がフランスのために戦うんだ、俺ら大の男が町で飲んで食って寝ている場合じゃねえ！」

「俺たちの命を、ジャンヌちゃんに捧げてやる！」

「フランスが滅びるかどうかの瀬戸際《せとぎわ》だ、貴族だけに任《まか》せておけるかよ！」

「俺たちは今ここに、《乙女》ジャンヌに命を捧げてイングランドと戦う市民部隊――『乙女義勇軍』を結成した！」

野郎どもの間に交じっていたラ・イルが、驚いているジャンヌにぱちりと片目を閉じてみせた。

あいつがジャンヌを応援していた野郎どもを焚《た》きつけて義勇軍としてまとめてくれたらしい、とモンモランシは気づいて苦笑していた。

またしても請求金額が上積みされたぜ、と。

そんな群衆の中に、ぽつんと立ち尽くしているリッシュモンの姿も、あった。

モンモランシと、視線が合った。

（モンモランシ。きみが選んだ道、きみが信じた正義だ。ひとたびブルターニュの騎士として決断したからには、ジャンヌを守り抜くんだ。この先に、なにがあろうとも。なにを犠牲にしようとも――）

そう、リッシュモンに背中を押された気がした。

リッシュモンは、俺を許してくれている。そして、俺を待ち続けてくれている――。

モンモランシは無言でうなずいていた。

いつかきっと、リッシュモンとジャンヌがフランスの百合の旗のもとで共闘してイングランド軍を海の向こうへと退却させる、そんな日が訪れることを信じながら。

「ありがとう。みんな、ありがとう！　だいじょうぶだよ、わたしが先頭に立ってイングランド軍を追い払うから！　みんなで戦争を終わらせよう！　おーっ！」

ジャンヌは百合の旗を「ぱたぱた」と振りながら、庭園へと飛び降り、乙女義勇軍の中へと突進していった。

「行ってくるね、シャルロット！　モンモランシも急いで！」

シャルロットは、モンモランシに「お願い。どんな手段を使ってもいい、ジャンヌを守って。聖剣ジョワユーズは、サンカトリーヌ・ド・フィエルボワ教会の礼拝堂の壁の中にあるわ」とささやいて、送り出した。

「ジョワユーズを使っていいのか？」

「ほんとうは今すぐシャル自身がジョワユーズを手に入れてユリスになるべきだけれど、宮廷がこういう混乱した状態だからシャルはシノンを動けないの」

「そうだな。オルレアンの戦局が好転すればシノンを留守にできるだろうが、今は無理だ。ラ・トレムイユや和平派の貴族たちが、お前の不在とリッシュモンの脅威《きょうい》を利用して、オルレアンを切り捨てにかかるに違いない。お前が率いるべき兵すらそもそもシノンにはほとんどいないわけだし、ジャンヌのもとに集まったわずかばかりの義勇軍にフランス軍の総大将を参加させるわけにもいかない。イングランド軍の連中を狂喜《きょうき》させる、生け贄そのものになっちまう」

「……今までなにもしてこなかったシャルのせいだけどね。ジャンヌのためなら、ここぞという場面でジョワユーズを用いていいよ。モンモランシの機知に賭ける」

「わかった。ジョワユーズがブルゴーニュの手に渡る前に、教会から掘り出させてもらう。だが、ランスでの戴冠式でお前自身がジョワユーズを手にして、ユリスの力を持ったフランス女王になる、それが最善手だってことは変わらないぜ。いちど誰かが賢者の石の力を手に入れてユリスになれば、その者の体内でエリクシルが枯渇するまで、他の人間に賢者の石の所有権を委譲《いじょう》できない。枯渇するには数年から数十年かかる。つまり、誰が賢者の石を用いてユリスになるかという選択のやり直しはできないってことだ。お前のジョワユーズは、容易に他人に譲れない貴重なものだぜ、シャルロット」

「ええ。わかったわ」

　シャルロットがうなずいた。

「市民が。この戦争に関心も希望も怒りもなにも感じていなかった市民たちが、突如として立ち上がった」

「羊飼いの娘でありながらフランス滅亡の危機を前に立ち上がったジャンヌの姿を見て、魂を奮い起こしたのだ」

「まさしく、救国の聖女だ」

「もしかしたら、この戦争に勝てるかもしれない」

抗戦派の貴族たちは大歓声をあげ、ラ・トレムイユをはじめとする和平派の貴族たちは膝《ひざ》から崩れ落ちていた。


シノン城の城門が開かれ、オルレアン解放のための援軍が出発しようとしていた。

乙女義勇軍――騎士階級の兵はほとんどいない。聖女ジャンヌの噂を聞き、そのけなげな姿に心打たれ、志願してシノンへ集まってきた町人や村人の男たちがほとんどだった。

みな、戦争に関しては完全に素人《しろうと》だ。

ただ、祖国を救うために立ち上がった羊飼いの少女・ジャンヌを守らなければならない、と燃えている野郎どもだ。

純白に輝く姫騎士専用の甲冑で小さな身体を飾ったジャンヌが、シャルロットから贈られた白馬にまたがって、行軍をはじめた。

その手には、鮮やかな百合の紋章をあしらった旗が、にぎりしめられている。

髪には、二人の妹カトリーヌから受け継がれた赤いリボン。

モンモランシが、そっと結んであげたリボンだ。

そのモンモランシは、白百合の姫騎士となったジャンヌの隣を黒馬に乗って進んでいる。

ジャンヌはシャルロットをランスへ連れていくためになら、どれほどの困難にも危険にも立ち向かうことをやめないだろう。

最初、俺はただジャンヌを生かすために賢者の石を与え、魔女狩りから守るために聖女と宣伝した。

まさかシャルロットとジャンヌとの間にこれほど分かちがたい友情が生まれるとは、予想だにしていなかった。

いや、ドンレミ村で森の妖精たちと家族として過ごしてきたジャンヌだ、なにもおかしくはない。

この俺ですら、ジャンヌの無垢な笑顔に癒やされて立ち上がっちまったんだ。

王家に「不義の子」として生まれついて深い絶望の底に沈んでいたシャルロットにとってジャンヌはどれほどまぶしい存在だろうか。

ただ、ジャンヌは、あまりにも重いものを背負ってしまった。

だから俺はジャンヌを守る。決して死なせない。そのためになら、なんだってできる――。

「ジャンヌ。ユリスになっていられる時間は短い。猪突《ちょとつ》猛進するなよ。俺が作戦を立てるから、暴走するな。賢者の石の副作用で興奮が収まらなくなったら、頭のリボンに指で触れて思い出せ。お前が賢者の石を装着する人生を選択した時の決断と覚悟を、思い起こせ。きっとそれで、お前は人間の少女ジャンヌの心を呼び覚ますことができるさ」

「うん！　だいじょうぶ！　モンモランシがいてくれれば、わたし、なにも怖くない！」

　ジャンヌは、息をもつかせぬ速さで馬を駆けさせて、先行していく。

　やや遅れて後方を進むモンモランシは、空を飛びながらようやく追いついてきた小さな羽つき妖精に声をかけた。

「遅かったじゃないか。アスタロト、自称フランス一の知恵者にして自由七科の達人よ、これからが俺とジャンヌの本番だ。よろしく頼むぜ」

「ジャンヌについていくと騒ぐフェイどもを追い返すのに手間取って遅れてしまったわ。ほんとうに行くのモンモランシ。彼我《ひが》の戦力差は絶望的だけれど」

「軍と軍が戦う通常の戦争ならな。だがよ。錬金術は、奇跡を起こせる」

「愚かね。人間の戦争ってそんなに甘くないわよ。必ずあなたとジャンヌは追い詰められる。リッシュモンの危惧《きぐ》は正しいわ。人間同士の戦争にユリスを投入すれば、戦いはさらに激化する。ほんとうに、後悔しない？」

「後悔など、しないさ」

「カトリーヌと正式に結婚すると適当に嘘をついて、赤髭のジャンから財産を返還させなさいな。あいつが管理している財産は本来すべて、あなたのものなのよ」

「それはできない。ジャンヌが永遠の子供に、しかもずっとエリクシルを常に補給しなければならない身体になったのは、俺が半分に割った賢者の石を与えたからだ。だから俺もまた生涯、独身を貫く。どこまでも兄と妹としてともに生きる。俺とジャンヌは、そう誓い合ったんだ。それに、そんな嘘をついたらカトリーヌまで裏切ることになる。兄ってのはな、妹を守らなければならないんだ。妹を守れない兄なんて、生きる価値がない。俺はもうなにがあっても逃げないぜ、アスタロト——ジャンヌを守るためならば俺は、魔王にだってなるぜ」

　アスタロトは、はじめて出会った時のようにモンモランシの細長い指をきゅっと小さな手で抱いて頬ずりしながら、まぶたを閉じ、恋に落ちた乙女のような切ない声でささやいていた。

「……あなたってほんとうに愚かだわモンモランシ。いつかジャンヌはあなたの『妹』ではいられなくなる。人間の心はね、成長するのよ。たとえ身体は未熟な子供のままでも。いつまでも幼いままで生きられる妖精とは違うの。もっとも、妖精だってほんとうは——」

　そんなアスタロトの言葉の意味を、その優しさを、「妹」を喪失して以来かたくなに少年の心を抱いたまま成長してきたモンモランシはこの時、まだ理解できなかった。

「さあ、行きましょうモンモランシ。いいえ、こういう時くらいは本名で呼ぶべきかしら。いずれ祖父『赤髭のジャン』ことジャン・ド・クランから家督《かとく》と財産と所領のすべてを受け継ぐ男、アンジュー、ポワトゥ、ブルターニュに広大な所領を持つフランス随一《ずいいち》の資産家にして貴族の中の貴族、伝説の騎士ベルトラン・デュ・ゲクランの栄誉ある子孫、聖地エルサレムで錬金術の奥義《おうぎ》を究《きわ》め聖杯《グラール》とエリクシルを発見したテンプル騎士団第二代総長ロベール・ド・クランの末裔《まつえい》、ジル・ド・モンモランシ＝ラヴァル——あるいは短くこう呼んだほうがいいかしら？『ジル・ド・レ』と」

「ああ。故郷の連中のように『花嫁殺しの青髭』と呼ばないのなら、呼び名なんてなんだって構わないさ」

（続く）

あとがき

作者です。

これまで日本史を扱った歴史ライトノベルは二作手がけてきましたが、西洋史には本作『ユリシーズ』で初挑戦です。青年コミックや少年コミックの世界では舞台の東西を問わず歴史ものが大ブームとなっているのですが（すでにフス戦争も百年戦争も秦《しん》の中国統一もアレキサンドロス大王もなにもかも漫画化されていますし、織田信長《おだのぶなが》や坂本龍馬《さかもとりょうま》の時代にいったい何人の主人公が未来から召喚されたことでしょうか。しかもどれも面白いのです！）、なぜか男子向けライトノベルでは歴史ジャンルを正面から扱う作品はいまだに少なく、まさか『織田信奈《おだのぶな》の野望』を書きはじめてから六年が経過しているのにジャンヌ・ダルクが空いているとは思っていなかったので、これは予定外といいますか、ある意味では幸運でした。

舞台は中世末期のフランス。フランス王位の継承権を巡って、フランスとイングランドによる百年戦争の後半戦が戦われている時代です。フランスのすぐ東隣《ひがしどなり》ではフス戦争が勃発《ぼっぱつ》していて戦場に大量の銃が投入され、すでに近世への扉が開きかけていますが、それでもヨーロッパはまだかろうじてぎりぎり中世なので、野良ねずみのような妖精族が森に棲みついていたり、怪しげな錬金術師や魔術師が跋扈《ばっこ》していたり、自称「妖精の女王」アスタロトがぱたぱたと飛んでいたりします。日本の戦国時代末期よりも百年以上昔ですから、異教的世界がまだまだ残存しているのです。事実、ジャンヌはフランスの民衆にとっては救国の「聖女」でしたが、イングランド軍や当時のパリ市民にとっては恐るべき魔術を用いる呪わしい「魔女」でした。

春日は歴史上の人物を少女化して描くのが好きなのですが（男のまま描くよりもずっと感情移入しやすくなります）、ジャンヌの場合は史実の段階で最初から少女ですから、まさに「事実は小説よりも奇なり」です。悲劇的な最期といい、織田信長とどこか似ていて、日本では非常にメジャーな歴史キャラクターですが、信長が「近世を開く革命児」だったのに対して、ジャンヌは「中世最後の英雄」だったと思います。そういうこともあって、本作のジャンヌは錬金術のマジックアイテム「賢者の石」を手に入れてほんものの超人「ユリシーズ」となり、「能力バトル」を戦います。

実は、史実の戦場にあたかも『ジョジョの奇妙な冒険』のスタンド使いのような異能力者が「兵器」として投入されたらどうなるのだろうか、彼らは、そして両国の軍はどう戦うのだろうか——人間の歴史、人間の戦争に、神とも言うべき（しかし『ウォッチメン』のドクターマンハッタンのような無双ではないレベルの）超人が介在していたとしたら——そんな「歴史IF小説」を読んでみたい、と思ったのが本作を書きはじめたきっかけなのです。

中世の最後を飾る百年戦争とジャンヌは、そんな設定を活かせる、ちょうど最適な時代、最適なキャラクター設定だったのです。

「ユリス」とはギリシャ神話の英雄オデュッセウスの英語読みで、フランス語では「ユリシーズ」となります。アスタロトは、誰が彼らを最初に「ユリシーズ」と名づけたのかはまだ教えてくれないのですが（アスタロトは不要な記憶を捨てているので、忘れているのかもしれません）、いずれ明らかになるかもです。

ですから、作中では、フランス人はジャンヌを「ユリス」と呼び、イングランド人はジャンヌを「ユリシーズ」と呼んでいますが、どちらも同じ言葉です。ただ、フランス人はフランス語を喋り、イングランド人はイングランド語を喋る、ということなのです。かつてはフランス人であったイングランド王は、すでにヘンリー五世の時代にはフランス語を喋れなくなっていたのです。それはつまり、フランスとイングランドが異なる国になった、ということです。

ケルト人（作中では「ブルトン人」）の伝説の英雄アーサー王を、リッシュモンたちが「アルチュール王」と呼ぶのも、同じです。アーサーは英語読みで、フランス語読みはアルチュールなのです。時折二つの読みが交錯するので少々紛らわしいのですが、「英語はイングランド人、フランス語はフランス人が使う言語だ」というルールを覚えて頂ければ、読みやすくなると思います。

この、円卓の騎士を率いたアーサー王の伝説は、『ユリシーズ』の世界では重要な位置を占めています。『ユリシーズ』は中世の物語ですから、アーサー王伝説が強大な影響力を持ち、「騎士道」がまだ生きています。とりわけフランス軍はこの騎士道精神に基づいて設楽原《したらがはら》の武田騎馬隊《たけだきばたい》の如き「騎馬突進→ロングボウの的《まと》に→敗北」という負け戦を繰り返しているのですが……。モンモランシの幼なじみのリッシュモンが苦労させられる一因は、彼女がアーサー王再臨の予言に巻き込まれてしまったことにあります。ジャンヌが聖女と信じられたのも、フランスに流布《るふ》していた予言のためです。『ユリシーズ』に登場するいくつかの予言は、どれもキャラクターたちの「運命」を左右する力を持っているのです。

また、アーサー王伝説以外にも、古代巨石文明、ロストテクノロジー、オーパーツ、錬金術、五芒星《ごぼうせい》、ソロモン王、聖遺物《せいいぶつ》――などなど、『ユリシーズ』の世界は異教の香りに充ち満ちています。作中に登場する妖精族は、これらの過ぎ去りし神々の世界と、人間の世界との間を繋いでいる、生きたミッシングリンクのような存在です。森の中や街の酒場の片隅で能天気に踊りながら飲んで食って寝てを繰り返している連中のように見えますが、妖精族の存在が『ユリシーズ』の世界にバランスをもたらしているのかもしれません。

一方、『ユリシーズ』のメインストーリーの舞台となる人間の世界ですが――。

百年戦争当時のフランスの事情は複雑で、まずリッシュモンの生まれ故郷である西のブルターニュ公国は、フランスに臣従《しんじゅう》を誓っていながら同時に独立国であり続けようとしています。百年戦争のうちの三分の一くらいは、フランスとイングランドが介入した「ブルターニュ公国継承戦争」なのです。これは、ブルターニュがブリテン島から移民したブルトン人の国だからです。ブルターニュは、そしてブルターニュ公家に生まれた姫騎士リッシュモンは、イングランドとフランスの間で揺れ動く運命なのです。

東のブルゴーニュ公国も、独立の野心を隠さなくなっています。ブルゴーニュ公家はフランス王家の分家ですが、イングランドとフランスの間で奪い合いになっていたヨーロッパ有数の商工地帯フランドル地方を領有したことで、フランドル人の自治独立心のほうに公家が引っ張られていきます。「お漏らし姫」ことフィリップ善良公女の代に至っては、すでにフランス人という意識が希薄になっているのです。フィリップは父親をフランス王家側に暗殺されたのですから、やむを得ないかもしれません。ブルゴーニュ公国はフランスに見切りをつけてイングランドと同盟を結んでしまったわけですが、イングランドに併合されるつもりもありません。あくまでも独立勢力として――フランス、ドイツに続く「第三帝国」たらんとしているのです。すべては、フィリップの父親ジャン無怖公《むふこう》の遺志なのです。

そして当のフランス王家は、アスタロトが言う通り、十字軍遠征で活躍してヨーロッパ一の富を築いた修道騎士団「テンプル騎士団」を弾圧・壊滅させた時点で、最後のテンプル騎士団団長ジャック・ド・モレーの呪いによっていちど断絶しています。王家が断絶したために、分家のヴァロワ家がフランス王位を継ぎ、新たなフランス王朝――ヴァロワ朝が成立したわけですが、母系ながらフランス王家と血筋が繋がっていたイングランド王家がフランス王位を要求したことによって、百年戦争がはじまったわけです。

当時のイングランド王家は、もともとフランス王の家臣だったノルマン貴族が開いた王朝です。またイングランド王家は南フランスのガスコーニュ地方――女傭兵ラ・イルの生まれ故郷――を領有していましたが、なにかあるとすぐにフランス王から没収宣言を受けます。解決には、イングランドがガスコーニュを手放して大陸から撤退するか、いっそフランス全土を奪うしかありません。英仏両国はブルターニュとブルゴーニュを自陣営に引き込もうと激しくせめぎ合い、リッシュモンやフィリップ、そしてフランス王家に生まれてきてしまったシャルロット姫太子は、それぞれの過酷な「運命」と対峙しなければならなくなるのです。ドンレミ村で羊飼いをしていた少女ジャンヌや、お気楽貴族のボンクラ息子であるモンモランシは、本来ならばのほほんと人生を過ごすことができる身分でした。しかし、百年戦争がそれを許しません。

なお、ジャンヌの年齢は、当人がそう主張しているのですから十八歳です（笑）。決して十二歳とか、ましてや十歳ということはありません！　きっと日本人のように童顔で幼児体型なだけなのです！　イラスト担当のメロントマリさんも、十八歳のつもりで書いているはずッ！

そんなわけで、『ユリシーズ』はページ数の都合上、一巻と二巻に分冊されていますが、実質的には一巻が「上巻」で二巻が「下巻」です。二冊合わせて、一話分なのです。いわゆる「序破急」の三幕構成のうち、一巻は物語のエネルギーを溜め込む「序」にあたります。一巻のあちこちにちりばめられた様々な謎や、モンモランシの運命、物語のクライマックスにあたる「オルレアン解放戦」、それらすべてが続く二巻で怒濤《どとう》のように展開します。一巻を読み終えて頂いた方は、即座に二巻に手を伸ばしていただければ——。

春日みかげ

発刊おめでとうございます!!

スミマセン。
生まれつき字を書くのがへたっぴなのでタイピングにします！

どうもはじめまして、メロントマリと申します！
今回春日みかげ先生の新シリーズ『ユリシーズ』の
イラストを担当させていただくことになりました。
今後ともよろしくお願いいたします！

えっと、シャルロットが最高にツボです！
もっとたくさん描きたいなあ！！
今後出番がたくさん増えてくれるよう祈ります・・・！！
（春日先生おねがいします!）

それでは、春日みかげ先生・担当編集K様。
とても楽しく描かせていただきました！
今回は本当にありがとうございました！

そして読者の皆様に最大の謝辞を！

メロントマリ

2巻も発売中ですよ!!

この作品の感想をお寄せください。

あて先　〒101-8050　東京都千代田区一ツ橋2-5-10
集英社　ダッシュエックス文庫編集部　気付
春日みかげ先生　メロントマリ先生

ダッシュエックス文庫

ユリシーズ
ジャンヌ・ダルクと錬金の騎士I

春日みかげ

2015年8月30日　第1刷発行

★定価はカバーに表示してあります

発行者　鈴木晴彦
発行所　株式会社　集英社
〒101−8050　東京都千代田区一ツ橋2−5−10
03(3230)6229(編集)
03(3230)6393(販売／書店専用)03(3230)6080(読者係)
印刷所　図書印刷株式会社

ISBN978-4-08-631011-6 C0193

ダッシュエックス文庫

はてな☆イリュージョン3

松　智洋
イラスト／矢吹健太朗

精霊医は勇者の変態を癒せるのか!?

神秋昌史
イラスト／みけおう

カボチャ頭のランタン03

mm
イラスト／kyo

サクラ×サク03 慕情編

十文字　青
イラスト／吟

星里家《ほしさとけ》にきて初めての中間テスト。真《まこと》が不本意な点数をとったのがきかっけで、はてなの家でみんなで勉強会をすることになり…!?

街角で美少女の巨乳に見とれ、ケガをしたリッシードは、精霊医テトリアと名乗るその少女に興味を持ち、共に旅に出ることに…!?

迷宮から無事帰還したランタン一行。だが、更に巨大な敵が、ランタンを待ち受ける！超本格迷宮ファンタジー、待望の第３巻！

太守の座を妹ナズナに奪われたサクラは兄のデュランに、カバラ大王国のアスタロト大王太子殿下に嫁ぐよう告げられてしまい…!?

ジャンヌ、あなたは今
ここで死ぬのよ
新たなユリス出現!!
陥落寸前の
オルレアンで繰り広げられる
超人《ユリス》VS超人《ユリス》の死闘
ユリシーズ
ジャンヌ・ダルクと錬金の騎士 II
絶賛発売中!!